NO ME COGERÉIS VIVO (2001-2005)

Alfaguara es un sello editorial del Grupo Santillana

www. alfaguara.com

Argentina
Av. Leandro N. Alem, 720
C 1001 AAP Buenos Aires
Tel. (54 114) 119 50 00
Fax (54 114) 912 74 40

Bolivia
Avda. Arce, 2333
La Paz
Tel. (591 2) 44 11 22
Fax (591 2) 44 22 08

Chile
Dr. Aníbal Ariztía, 1444
Providencia
Santiago de Chile
Tel. (56 2) 384 30 00
Fax (56 2) 384 30 60

Colombia
Calle 80, 10-23
Bogotá
Tel. (57 1) 635 12 00
Fax (57 1) 236 93 82

Costa Rica
La Uruca
Del Edificio de Aviación Civil 200 m al Oeste
San José de Costa Rica
Tel. (506) 220 42 42 y 220 47 70
Fax (506) 220 13 20

Ecuador
Avda. Eloy Alfaro, 33-347
Quito
Tel. (593 2) 244 66 56 y 244 21 54
Fax (593 2) 244 87 91

España
Torrelaguna, 60
28043 Madrid
Tel. (34 91) 744 90 60
Fax (34 91) 744 92 24

Estados Unidos
2105 N.W. 86th Avenue
Doral, F.L. 33122
Tel. (1 305) 591 95 22 y 591 22 32
Fax (1 305) 591 91 45

Guatemala
7ª Avda. 11-11
Zona 9
Guatemala C.A.
Tel. (502) 24 29 43 00
Fax (502) 24 29 43 43

México
Avda. Universidad, 767
Colonia del Valle
03100 México D.F.
Tel. (52 5) 554 20 75 30
Fax (52 5) 556 01 10 67

Paraguay
Avda. Venezuela, 276,
entre Mariscal López y España
Asunción
Tel./fax (595 21) 213 294 y 214 983

Perú
Avda. San Felipe, 731
Jesús María
Lima
Tel. (51 1) 218 10 14
Fax. (51 1) 463 39 86

Puerto Rico
Avda. Roosevelt, 1506
Guaynabo 00968
Puerto Rico
Tel. (1 787) 781 98 00
Fax (1 787) 782 61 49

República Dominicana
Juan Sánchez Ramírez, 9
Gazcue
Santo Domingo R.D.
Tel. (1809) 682 13 82 y 221 08 70
Fax (1809) 689 10 22

Uruguay
Constitución, 1889
11800 Montevideo
Tel. (598 2) 402 73 42 y 402 72 71
Fax (598 2) 401 51 86

Venezuela
Avda. Rómulo Gallegos
Edificio Zulia, 1º - Sector Monte Cristo
Boleita Norte
Caracas
Tel. (58 212) 235 30 33
Fax (58 212) 239 79 52

ARTURO PÉREZ-REVERTE

NO ME COGERÉIS VIVO (2001-2005)

Prólogo y selección
de José Luis Martín Nogales

ALFAGUARA

ALFAGUARA

© 2005, Arturo Pérez-Reverte
© De esta edición:
2005, Santillana Ediciones Generales, S. L.
Torrelaguna, 60. 28043 Madrid
Teléfono 91 744 90 60
Telefax 91 744 92 24

ISBN: 84-204-6943-2
Depósito legal: M. 36.404-2005
Impreso en España - Printed in Spain

© Cubierta:
más! gráfica

© Fotografía del autor:
Jon Barandica

Índice

2003

2005

La coherencia del huracán

Han transcurrido catorce años desde que Arturo Pérez-Reverte publicó el primer artículo en las páginas de El Semanal *con el título «La fiel infantería». En este tiempo, Pérez-Reverte ha publicado quince novelas, obras como* El maestro de esgrima, La tabla de Flandes, El club Dumas, La piel del tambor *o* El capitán Alatriste, *que han sido editadas en numerosos países y convertidas en guiones de cine. Entretanto, ha escrito cerca de seiscientos artículos, que han ido apareciendo cada siete días, con una disciplinada puntualidad, en las páginas de la revista* El Semanal. *Todos ellos están recogidos en los libros* Obra breve/1, Patente de corso *y* Con ánimo de ofender, *en los que se reúnen —con el mismo criterio que en éste— los artículos publicados hasta entonces, salvo aquellos que hacen referencia a temas muy puntuales y pierden sentido fuera del contexto en que se editaron.*

Este libro continúa allí donde finalizó el anterior, en el año 2001, y recoge los artículos publicados hasta 2005, el primer lustro del siglo XXI, un tiempo turbulento, contradictorio y confuso, que nos ha dejado algunas imágenes desoladoras: desde los aviones secuestrados por terroristas islamistas el 11 de septiembre de 2001 estrellándose contra las torres gemelas de Nueva York y contra el Pentágono, hasta la bancarrota definitiva de Argentina, las guerras de Afganistán e Iraq o la masacre terrorista del 11 de marzo de 2004 en Madrid.

En los artículos de Pérez-Reverte suena el eco de todos esos acontecimientos. Los textos de este libro transmiten los latidos de un nuevo siglo, los temblores de los seísmos cotidianos en una época agitada, el vértigo de un tiempo acelerado y con síntomas de desorientación.

Porque estos artículos siguen siendo para el autor un medio para enfrentarse al mundo actual, para reconocerlo y para encararse con él cuando es preciso. Son una manera de explicar el mundo y de tratar de entenderlo. Hay en estas páginas un texto revelador en este sentido. Se titula «La aventura literaria de Ramón J. Sender», y en él reivindica la obra literaria de este escritor. ¿Y por qué? Porque «nadie en la literatura del siglo XX —afirma— nos explica España tan bien como él. [...] Nadie consigue transmitirnos, como Sender en sus muchísimas páginas a veces irregulares, a veces mediocres, a menudo extraordinarias, la desoladora certeza de que el del español fue siempre un largo y doloroso camino hacia ninguna parte, jalonado de ruindad y de infamia».

Los artículos de Pérez-Reverte quieren ser también una explicación de la sociedad de nuestro tiempo, del largo y doloroso camino de la historia reciente, de la ruindad y la infamia que se manifiesta en muchas partes y de algunos atisbos de grandeza. Por eso en estos artículos están las sombras de una sociedad desconcertada y los claroscuros del pasado y toda la furia que reclama un presente gobernado en ocasiones por la estupidez.

Estos artículos son un escaparate del mundo actual. El autor comenta en ellos noticias del periódico, entrevistas escuchadas en la radio, programas de televisión. Glosa palabras del Parlamento, declaraciones y entrevistas de políticos; cuenta anécdotas personales; describe escenas y personajes callejeros. Toda la tradición de la literatura realista y testimonial en la prensa española, desde el costumbrismo decimonónico a los aldabonazos del 98 y el testimonio crítico de los escritores del Medio Siglo, se proyecta en estos textos.

No hay temas tabú en ellos, ni realidades intocables. Pérez-Reverte rehúye lo políticamente correcto. Se enfrenta a temas de opinión incómodos. No renuncia a expresar su postura favorable o crítica ante situaciones provocadas por la inmigración, el nacionalismo, el sexo, lo étnico, racial o eclesiástico.

Tal denuncia inmediata e impulsiva no permite a veces el corte de bisturí. «Aquí no caben florituras ni sutilezas», escribe en «Víctimas colaterales». El riesgo que supone la toma decidida de posiciones lo asume el autor sin aspavientos: «Esta página también tiene sus fantasmas, y sus remordimientos. Alguna vez dije que todos dejamos atrás cadáveres de gente a la que matamos por ignorancia, por descuido, por estupidez. Cuando te mueves a través del confuso paisaje de la vida, eso es inevitable».

Esa contundencia puede suscitar —y de hecho así ocurre— polémicas y posturas encontradas con lectores de las páginas en las que se publican estos artículos, la revista El Semanal, *distribuida por cerca de treinta periódicos y que es la revista de fin de semana que más lectores acumula en España, según el último Estudio General de Medios, que los cuantifica en 4.581.000.*

¿Qué ha cambiado en estos artículos —podemos preguntarnos— en el largo período de catorce años que ha transcurrido desde la publicación del primero en 1991? Su diagnóstico del mundo actual sigue siendo poco optimista. «¿Cuánto hace que no oímos pronunciar palabras como honradez, honor o decencia? —se pregunta el 3 de julio de 2005— [...], en una sociedad dislocada donde los auténticos valores, los únicos reales, son ganar dinero, fanfarronear, exhibirse».

La voluntad que predomina en los artículos sigue siendo la denuncia de esa sociedad dislocada por la ordinariez, la manipulación del poder, la estupidez política, la desmemoria histórica, el cainismo y la barbarie. Pérez-Reverte arremete en ellos contra las corruptelas, el dinero negro, el compadreo pícaro y la estafa canalla («Con o sin factura»); censura el tráfico de drogas y la injusticia («Maestros y narcos mejicanos», «La sonrisa del moro»); denuncia la falsedad de un mundo hipócrita y oportunista («Artistas (o artistos) con mensaje», «El subidón del esternón»). Desvela la vulgaridad de una sociedad infame, los comportamientos cazurros, la mala educación («Baja estofa»). Zarandea actitudes chulescas, gestos barriobajeros y cos-

tumbres de porqueriza, o desvela la mediocridad, el ambiente cutre y el territorio de la estupidez en que se han convertido no pocas parcelas de la vida contemporánea («La foto de la zorrimodel», «¿Cómo pude vivir sin Beckham?»).

En otros critica la chapuza, el desinterés, el poco amor al trabajo bien hecho. Lanza sus diatribas contra la imprevisión, la medianía, la desgana, la improvisación y la falta de profesionalidad («Mejorando a Shakespeare», «La sorpresa de cada año», «Un país de currantes», «Dos llaves de oro», «Se busca Ronaldo para Fomento», «Vienen tiempos duros»). O espolea ciudades dormidas, ensimismadas y en cierto modo incultas («El ombligo de Sevilla»).

Todos estos temas y estas ideas están expresados desde los primeros artículos que escribió Arturo Pérez-Reverte. Hay una línea de pensamiento coherente y contumaz que se reitera en ellos. ¿Qué ha cambiado, entonces, en estos textos desde aquel lejano «La fiel infantería» de hace catorce años?

Ante un panorama descrito a veces con tintes desoladores, los artículos basculan entre el enfado y la burla; conjugan la denuncia, el sarcasmo, el improperio, la nostalgia ocasional, la resignación a veces. Pero el tono se ha vuelto más radical, más agrio, más desesperanzado. Parece derivar hacia un arraigado escepticismo. «Les juro que a estas alturas ya me da igual —escribe en "Sushis y sashimis"—. O casi me lo da, porque hace tiempo comprendí que es inútil. Que los malos siempre ganan la batalla, y que el único sistema para no despreciarte a ti mismo como cómplice consiste en escupirles exactamente entre ceja y ceja, y de ese modo estropearles, al menos, la plácida digestión de lo que se están jalando».

La visión de España se hace más desgarrada en estos artículos publicados en los primeros años del siglo XXI. El que da título general a este libro es paradigmático en este sentido. Fue escrito el 20 de abril de 2003, y es un análisis certero de lo que estaba pasando en el país entonces. Tiene, además, un carácter

*premonitorio de algunas de las situaciones que iban a ocurrir un
año más tarde, tras los atentados del 11-M en Madrid y tras las
elecciones del 14 de marzo. «Lo que nos espera —escribirá meses
después— es el desmantelamiento ruin de la convivencia».*

*En estos artículos se diagnostica con reiteración el asomo
del fanatismo, el rencor y la revancha en la vida nacional. «Esta
tierra violenta, analfabeta y de tan mala leche, abonada para el
linchamiento», escribe. Y en varios artículos se posiciona frente
al nacionalismo insolidario («Istolacio, Indortes, Lutero», «La
carta de Iker», «Hay diez justos en Sodoma»). Escribe: «España
no es comprensible sino como plaza pública, escenario geográfico, encrucijada con la natural acumulación mestiza de lenguas,
razas y culturas diferentes, donde se relacionan, de forma documentada hace tres mil años, pueblos que a veces se mataron y a
veces se ayudaron entre sí. Pueblos a los que, si negáramos ese
ámbito geográfico-histórico de hazañas y sufrimientos compartidos, sólo quedaría la memoria peligrosa de los agravios».*

*Pérez-Reverte desenmascara el cainismo de una socie-
dad encrespada. «Cómo nos odiamos —escribe en "No me coge-
réis vivo"—. He vuelto a comprobarlo estos días con lo de Iraq.
Observando a unos y a otros. Porque aquí, al final, todo acaba
planteándose en términos de unos y otros. Pero es mentira eso de
las dos Españas, la derecha y la izquierda. No hay dos, sino infinitas Españas; cada una de su padre y de su madre, egoístas,
envidiosas, violentas, destilando bilis y cuyo programa político
es el exterminio del adversario. Que me salten un ojo, es la única ideología cierta, si le saltan los dos a mi vecino».*

*A quienes considera responsables de alentar estas situa-
ciones no les ofrece tregua en la crítica de la falsa diplomacia,
el compadreo político y tanto pasteleo egoísta. «La primera pregunta —comenta— que cualquiera con sentido común se hace ante el panorama es: ¿de verdad no se dan cuenta? Luego, al
rato de meditarlo, llega la atroz respuesta: se dan cuenta, pero
les importa un carajo».*

Por eso hay en estos artículos una constatación dolorida de la repetición histórica. «Tanta lucha y tanto sufrimiento para nada —escribe—: De aquellos sueños de redención del hombre sólo queda eso: la desesperanza».

Ciertamente, la visión del hombre que transmiten estos textos es poco esperanzadora. En ellos habla de la «infame condición humana» y de su infinita «capacidad de maldad y estupidez». «Ninguna guerra es la última —escribe en "Una ventana a la guerra", artículo que fue galardonado con el premio César González-Ruano de Periodismo—. Ninguna guerra es la última, porque el ser humano es un perfecto canalla».

Hay un progresivo asentamiento del escepticismo en estos textos, si los comparamos con los primitivos de hace catorce años. Es cierto. Pero sin embargo, su mensaje no está desprovisto de agarraderas y de boyas en las que sujetarse en medio del oleaje. En un momento en el que se confunden las fronteras entre el ingenio y la banalidad, en un tiempo de un blando relativismo en el que se equiparan la duda y la falta de ideas, Pérez-Reverte expresa con rotundidad sus convicciones. Y eso es lo que le convierte en un punto de referencia. Rehúye la moralina y el consejo paternal, pero sus artículos no están exentos de una exigencia moral. El 2 de marzo de 2003 publica el artículo titulado «Vieja Europa, joven América», y en él escribe, refiriéndose a Europa: «Este decrépito y caduco continente orillado al Mediterráneo, donde durante treinta siglos se hicieron con inteligencia y con sangre los derechos y libertades del hombre, sigue en la obligación de ser referente moral del mundo».

En este sentido, no pocos de estos escritos surgen de una voluntad ética. Los cimientos sobre los que se asienta esa ética son personales y en algunos aspectos discrepan de los valores en boga o del pensamiento cristiano que ha forjado la cultura europea. «Alguna vez he dicho —escribió el 6 de octubre de 2002— que cuando la vida te despoja de la inocencia y de las palabras que se escriben con mayúscula, te deja muy poqui-

tas cosas entre los restos del naufragio. Cuatro o cinco ideas, como mucho. Con minúscula. Y un par de lealtades». Esas cuatro o cinco ideas se asientan en estos artículos sobre unas pocas convicciones: la dignidad personal, el respeto mutuo, la responsabilidad ante las propias tareas, la honradez, la lealtad, la corrección de las formas.

Hay artículos que son necrológicas de algunas personas o un homenaje o un recuerdo. Y esos artículos suponen una enumeración de las cualidades que Arturo Pérez-Reverte aprecia, el retrato robot de los valores que defiende: la nobleza y el sentido del honor («Por tres cochinos minutos»), la lealtad («El asesino que salvó una vida»), la profesionalidad («Judío, alérgico, vegetariano»), el cumplimiento del deber («Párrocos, escobas y batallas»). También el valor de quienes se juegan la vida por un ideal. O a cambio de nada: sólo por medir su dignidad en la aceptación esforzada de la derrota. El valor de los vencidos. El valor de aquellos que no esperan nada en la pelea. Como se cuenta en aquel pasaje de la Eneida *que Pérez-Reverte glosa en «Retorno a Troya», cuando «Eneas y sus compañeros, sabiendo que Troya está perdida, deciden morir peleando; y como lobos desesperados caminan hacia el centro de la ciudad en llamas, no sin que antes Eneas pronuncie ese* Una salus victus nulam sperar salutem *que tanto marcaría mi vida, mi trabajo, las novelas que aún no sabía que iba a escribir:* La única salvación para los vencidos es no esperar salvación alguna».

Bastantes de estos artículos están escritos desde el sarcasmo, que es una mezcla de sentido del humor y de cabreo: «La España ininteligible», «El timo de las prácticas», «El afgano, el ranger y la cabra», «En Londres están temblando», «Somos el pasmo de Europa», «Santiago Matamagrebíes». En este último comenta con ironía la revisión de hechos históricos, personajes y obras artísticas que no responden a lo políticamente correcto en la actualidad: «Esa Rendición de Breda, *por ejemplo, donde Velázquez humilló a los holandeses. Ese belicista Miguel de Cervan-*

tes, orgulloso de haberse quedado manco matando musulmanes en Lepanto. Esa provocación antisemita de la Semana Santa, donde San Pedro le trincha una oreja al judío Malco en claro antecedente del Holocausto. Y ahora que Chirac nos quiere tanto, también convendría retirar del Prado esos Goya donde salen españoles matando franceses, o los insultan mientras son fusilados. Lo chachi sería crear una comisión de parlamentarios cultos —que nos sobran—, a fin de borrar cualquier detalle de nuestra arquitectura, iconografía, literatura o memoria que pueda herir alguna sensibilidad norteafricana, francesa, británica, italiana, turca, filipina, azteca, inca, flamenca, bizantina, sueva, vándala, alana, goda, romana, cartaginesa, griega o fenicia. A fin de cuentas sólo se trata de revisar treinta siglos de historia. Todo sea por no crispar y no herir. Por Dios. Después podemos besarnos todos en la boca, encender los mecheritos e irnos, juntos y solidarios, a tomar por saco».

El humor se convierte en tabla de supervivencia en un mundo gobernado por la estupidez. La aspereza de la crítica se suaviza con el comentario divertido y con una visión humorística de las situaciones descritas. De manera que en estos artículos se pone en juego un compendio amplio de recursos de humor, de imaginación, ingenio, sarcasmo y esperpento. Es un humor de situación que recrea escenas estrafalarias o inusitadas, con reducciones al absurdo que ponen de manifiesto el disparate. Pero es sobre todo un humor basado en el lenguaje. El lenguaje es la herramienta para transmitir las visiones humorística, coloquial, irónica o esperpéntica. Y éste es uno de los aspectos en los que se aprecia una mayor evolución en estos artículos. El lenguaje se hace en ellos más libre, más creativo, más contundente y más expresivo. Y esa voluntad de estilo es lo que convierte estos textos periodísticos en literatura.

Como he tratado de señalar, en los textos que se recogen en este libro aparecen temas similares a los tratados desde los primeros artículos publicados en El Semanal *hace catorce años. Las convicciones del autor permanecen bastante inmutables, y él mismo ha afirmado en varias ocasiones que sus opiniones respecto a ciertos temas «no han variado un ápice». La visión del mundo sigue siendo la misma. Hay una coherente línea de pensamiento en los artículos de Arturo Pérez-Reverte, que se ha mantenido invariable a lo largo de estos años. Como la tozudez del cierzo. Como la coherencia devastadora del huracán.*

La voluntad que predomina en ellos es de denuncia. El tono, de enfado y de cabreo. A veces ese tono se suaviza con el humor, la visión divertida, el comentario que suscita la sonrisa o la más hilarante carcajada. En ocasiones se abre una rendija para la simpatía: ante los amigos, ante la mirada comprensiva de un animal, ante el caminar torpe de un anciano, ante el recuerdo de su propia infancia. Artículos como «Paco el Piloto», «Pepe el Muelas» o «Cerillero y anarquista» dibujan la lealtad de los amigos; «Sobre chusma y sobre cobardes» describe la mirada conmovedora de un perro; «La pescadera de La Boquería» levanta acta de un gesto de compasión desinteresado y solidario. En artículos como éstos se destapa a veces la válvula de la comprensión. Porque sorprenden el lado amable pero frágil de la vida, y ponen de manifiesto que «la gente es cada vez más vulnerable, por menos culta»; más vulnerable frente a la tecnología («Pendientes de un hilo»); más indefensa frente a la manipulación («Matando periodistas»); más débil ante el dolor y la desgracia («Nos encantan los Titanics»).

En «El crío del salabre» puede leerse uno de los pocos rellanos que el autor concede a la nostalgia, al evocar su propia infancia de niño pescando entre las rocas del mar. En esas páginas recuerda tiempos no tan lejanos en los que «un niño podía vagar tranquilo por los campos y las playas: el mundo no estaba desquiciado como ahora» y aún «era fácil soñar con los ojos abiertos [...] Todo eso recordé —concluye— mientras observaba al chiquillo con su salabre en el contraluz rojizo de poniente. Y sonreí conmovido y triste, supongo que por él, o por mí. Por los dos. Después de un largo camino de cuarenta años, de nuevo creía verme allí, en las mismas rocas frente al mar. Pero las manos que sostenían los prismáticos tenían ahora sangre de ballena en las uñas. Nadie navega impunemente por las bibliotecas ni por la vida».

Hay en muchos de los textos de Pérez-Reverte ese dolorido sentir de los versos de Garcilaso: el dolor de saber. «A veces uno sabe más cosas de las que quisiera saber en esta puta vida», comenta tras contar la historia de Cinthia, una joven y hermosa mexicana, a quien le espera un cruel final, de drogadicta, mientras baila desnuda en un tugurio. El conocimiento de tanta desgracia produce ese sentir amargo y dolorido que transmiten algunas de estas páginas.

¿Qué va a encontrar el lector en este nuevo libro de artículos de Arturo Pérez-Reverte? La persistencia en la denuncia, desde luego, y bastante cabreo, ya lo he dicho, pero también unas dosis de humor y algo de afecto. Porque, a pesar de todo, en estos textos no está ausente la esperanza. Se manifiesta, por ejemplo, en uno de sus últimos artículos, «La niña del pelo corto», donde describe a una niña que lee un libro durante el recreo escolar, aislada del bullicio que la rodea. Esa imagen es la expresión de una fuerza más persistente que el impulso racheado del huracán. Ante ella, comenta el autor: «Tal vez esa niña solitaria y tenaz nos haga mejores de lo que somos».

JOSÉ LUIS MARTÍN NOGALES

2001

Dos profesionales

Calle Preciados de Madrid. Media tarde. Corte Inglés y todo el panorama. Gente llenando la calle de punta a punta con el adobo cotidiano de mendigos, vendedores y carteristas. Los mendigos me los trajino bastante a casi todos, en especial a los que se relevan con exactitud casi militar en las bocas del aparcamiento: unos me caen bien y otros me caen mal, y a unos les doy siempre algo y a otros ni los miro; sobre todo porque me quema la sangre verle a un menda joven y sano la mano tendida por la cara y con tan poco arte, habiendo tomateras en El Ejido y en Mazarrón y tanta necesidad de albañiles en el ramo de la construcción. El caso es que justo en mitad de la calle, interrumpiendo el paso de todo cristo frente a la terraza de un bar, hay un hombre joven arrodillado con las manos unidas y suplicantes, la frente contra el suelo y una estampa del Sagrado Corazón entre los dedos. «Una limosna, por el amor de Dios —dice—. Tengo hambre. Tengo mucha hambre». Lo repite con una angustia que parece como si el hambre le retorciera las tripas en ese preciso instante; o como si tuviera, además, seis o siete huérfanos de madre aguardando en una chabola a que llegue su padre con unos mendrugos de pan, igual que en las películas italianas de los años cincuenta. En realidad lo de tengo hambre no lo dice sino que lo berrea a grito pelado, con una potencia de voz envidiable que atruena la calle y hace sobresaltarse a algunas señoras de edad y a unos turistas japoneses, que incluso se detienen a hacerle una foto para luego poder enseñar a sus amistades, en Osaka, las pintorescas costumbres españolas. Y no me extraña que ese fulano tenga hambre, pienso, porque llevo año y medio viéndolo en el mismo sitio cada vez que paso por allí, arrodillado con las manos en oración y gritando lo mismo. Podría irse a su casa, me digo, y comer algo.

Lo mismo debe de pensar un tipo que se ha parado junto al pedigüeño y lo mira. Se trata de un treintañero con barba que lleva una mochila pequeña y cochambrosa a la espalda, una flauta metida en el cinturón de los tejanos hechos polvo, un perro pegado a los talones —en vez de collar, el perro luce un pañuelo al cuello, igual que John Wayne en *Río Bravo*—, y tiene pinta absoluta de Makoki, o sea, entre macarra, pasota y punki, chupaíllo pero fuerte de brazos y hombros, con tatuajes. El caso es que el tipo y el perro se han parado junto al que grita que tiene hambre y lo miran muy de arriba abajo, arrodillado allí, la cara contra el suelo y las manos implorantes. Y el Makoki pone los brazos en jarras y mueve la cabeza con aire de censura, despectivo, y nos dirige miradas furibundas a los transeúntes como poniéndonos por testigos, hay que joderse con la falta de profesionalidad y de vergüenza, parece decir sin palabras y sin dejar de mover la cabeza. Que uno sea un mendigo como Dios manda, con su flauta y su perro, y tenga que ver estas cosas. Y cuando el arrodillado de la estampita, sin levantar la cara del suelo, vuelve a vocear eso de «una limosna, por compasión, que tengo hambre», el Makoki ya no puede aguantarse más y le dice en voz alta «pero qué morro tienes». Lo repite todavía un par de veces con los brazos en jarras y moviendo la cabeza, casi pensativo; y hasta mira al perro John Wayne como si el chucho y él hubieran visto de todo en la vida, trotando de aquí para allá, pero eso todavía les quedara por ver. Y cuando el arrodillado, que sigue a lo suyo como si nada, vuelve a gritar «tengo hambre, tengo hambre», el Makoki se rebota de pronto y le contesta: «Pues si tienes hambre come, cabrón, que no sé cómo te pones a pedir de esa

manera». Y luego levanta un pie calzado con una bota militar de esas de suela gorda, amagando como si fuera a darle un puntapié. «Asín te daba en la boca», masculla indignado, y después, volviéndose de nuevo a la gente, los mira
a todos como diciendo habrase visto qué miserable y qué poca vergüenza. Luego saca del bolsillo un par de monedas de
veinte duros, se las enseña al del suelo y le dice: «Pues si tienes hambre, tío, levanta que yo te pago una birra y un bocata». Pero el otro sigue echado de rodillas con la estampita
y la cara pegada al suelo como si no lo oyera; así que al fin
el Makoki mueve la cabeza despectivo, chasquea la lengua, le
dice al perro «venga, vámonos, colega», y él y John Wayne
echan a andar calle arriba. De pronto el Makoki parece que
lo piensa, porque se para y se vuelve otra vez al pedigüeño
que retoma su cantinela de tengo hambre, tengo hambre,
y le suelta de lejos: «Ni para pedir tienes huevos, hijoputa». Y luego echa a andar otra vez con su mochila y su flauta
y su perro, pisando fuerte, como si afirmara cada uno es cada
uno, y a ver si no confundimos una cosa con otra, que hasta
en esto hay clases. John Wayne lo sigue pegado a sus botas, el
pañuelo de cowboy al cuello y meneando la cola, seguro de
sí. Y de ese modo los veo irse a los dos, amo y chucho, con la
cabeza muy alta. Serios. Dignos. Dos profesionales.

El hombre a quien mató John Wayne

El cine sólo fue cine de verdad cuando era mentira. Eso dice Pedro Armendáriz Hijo con el quinto whisky camino de Santa Fe, en el bar del hotel María Cristina de San Sebastián. Son las tres de la madrugada, o las cuatro, y el ambiente tiene el encanto de aquella gran mentira que hoy parece imposible salvo en momentos mágicos como éste: Fito Páez toca el piano en el pasillo mientras Ana Belén canta apoyada en su hombro, rodeados por María Barranco, el entrañable Pedro Olea, Cecilia Roth, José Coronado, educadísimo y encantador como siempre, y mi amigo que es casi mi hermano, el productor Antonio Cardenal, con las gafas torcidas y la nariz dentro de su White Label con cocacola, sin que falte el camarada Joaquim de Almeida, capitán de abril, inolvidable marqués de los Alumbres, que acaba de unírsenos y la arrastra mortal. Todos están en el pasillo donde se van congregando con sus copas en la mano en torno al piano de Fito y la voz de Ana Belén, y Antonio hace señas para que me una a ellos; pero permanezco en la mesa del rincón, mirándolos de lejos, sin decidirme, porque Pedro Armendáriz sigue contándome cosas de cuando acompañaba a su padre en los rodajes de John Ford, y de cuando trabajó en alguna película con John Wayne. Conozco ya varias de esas historias; pero cada vez que encuentro al hijo de quien se hizo abofetear por María Félix en *Enamorada* y fue sargento en *Fort Apache,* y también uno de los tres inmortales padrinos del bebé Robert William Pedro Hightower, le hago repetirlas frente a unos cuantos vasos de agua de fuego, y además con la esperanza de que me cuente algo que no sé mientras imita como nadie el acento del Duque diciendo *sonofabich*.

Ana Belén continúa cantando en el pasillo; pero yo, háganse cargo, soy incapaz de levantarme, porque el hombre que está a mi lado fue uno de los vaqueros del rancho de John Wayne en *Chisum*, y en este momento me detalla la forma en que el Duque desenfundó el revólver en *Los Indestructibles* y le pegó un tiro a él, a Pedro Armendáriz Hijo en persona, y lo sacó de la película. Y como esa última historia no me la sabía, se la hago repetir despacio, los gestos y el diálogo de Wayne en aquella escena, bang, bang, y digo carajo, te mató nada menos que John Wayne, hijo de la chingada, y para celebrarlo le encargo otras dos copas a Adolfo, el jefe de camareros, que es un viejo amigo y por eso las trae, aunque está a punto de cerrar la barra. Y luego le pido a Pedro Armendáriz Hijo que me cuente, por favor, la historia de la bandera roja y la bandera blanca, mi favorita, cuando él y Patrick Wayne, el hijo del Duque, tenían diez años y montaban a caballo por Monument Valley cuando el rodaje de *Fort Apache*, y se metieron en cuadro en mitad del rodaje y fastidiaron una toma, y el viejo Ford se cabreó como una mona, y los tuvo tres horas inmóviles bajo el sol a los dos zagales, para que espabilen, decía, y aprendan a no joderme planos en mitad de un rodaje. Pese a lo cual los sacó luego, sin rencores, en *El hombre tranquilo*, en la carrera juvenil de la fiesta de Innisfree. Y ya ves, dice. Con esta cara de mejicano que tengo, salí haciendo de pinche niño irlandés.

María Barranco me dice que vaya donde el piano, que va a dedicarme *Las cosas del querer;* pero todavía me demoro un poco porque antes quiero que Pedro Armendáriz Hijo cuente el entierro de su padre, cuando éste yacía de cuerpo presente porque esa vez estaba muerto de verdad, después de picarles el billete a las mujeres más guapas de Méjico y de hacer películas inolvidables con John Ford y con tantos otros, y fueron a velarlo Jack Ford y John Wayne, y Ward Bond, Harry Carey Jr., Ben Johnson, Barry Fitzgerald y todos los otros nombres legendarios, amigos irlandeses velando al irlandés adoptivo, y se pusieron hasta las trancas de Bushmills cantándole canciones al difunto e insultándolo en irlandés, por qué te moriste, hijo de perra, por qué dejaste sin ti a tus amigos, diciéndoselo con el pulgar en la encía y tocándose la oreja, con todos los viejos gestos y el ritual de la vieja Irlanda, borrachos como cubas, el Duque tambaleando sus legendarios seis pies y no sé cuántas pulgadas de estatura, ciego de whisky, y Pedro Armendáriz Hijo allí, entre todos ellos, que lo abrazaban llorando. Y yo estoy sentado en el bar del María Cristina escuchando aquello, y suenan el piano de Fito Páez y la voz perfecta de Ana Belén, y en la pared hay un cartel donde John Wayne, recortado en la puerta del rancho de *Centauros del desierto,* está parado de espaldas, cruzando los brazos en esa postura chulesca con la que rendía homenaje a Harry Carey padre, el que fue vaquero antes que actor y amigo del viejo Ford. Y creo que es cierto. Que, a diferencia del de ahora, el cine de antes era una gran mentira maravillosa. Y que sólo las grandes mentiras sobreviven y te erizan la piel y se convierten en leyenda.

El siglo XXI empezó en septiembre

Cada cual tendrá sus ideas al respecto. La mía es que el XXI va a ser un siglo muy poco simpático, y el mayor consuelo es que no estaré aquí para ver cómo acaba. Lo pensaba el otro día, viendo una película antigua de Marlene Dietrich donde la gente celebra bebiendo champaña la llegada del año nuevo 1914 en la Viena austrohúngara —los pobres gilipollas—, y me acordaba del jolgorio con que el personal de ahora, incluidos, supongo, quienes estaban el 11 de septiembre en las torres gemelas de Nueva York, celebró la llegada del nuevo siglo. En cuanto a las cosas de actualidad, a la hora de teclear esto ignoro cuánto tiempo va a durar la crisis —algunos la llaman guerra— de Afganistán; pero estoy convencido de que sea cual sea el resultado más o menos previsible, no cambiará nada importante. La Historia que se escribe con mayúscula, la que nada tiene que ver con las que reescriben los paletos que se miran el ombligo en España, ni con la Logse de Solana y Maravall, ni con las comisiones ministeriales políticamente correctas, seguirá su curso como siempre lo ha hecho. Avanzando y repitiéndose en la inexorable —Toynbeana o Spengleriana, me da igual— confirmación de sí misma.

Creo haber recordado alguna vez que, del mismo modo que los siglos XVI y XVII sentaron las bases de la Europa moderna, el XVIII fue el tiempo de la lucidez y la razón, y acabó abriendo la puerta a la esperanza que galoparía a lo largo de todo el XIX: la revolución, la fraternidad, las ansias de libertad, justicia y progreso. Nunca estuvo el ser humano tan cerca de conseguirlo como en ese período en el que hombres honrados y valientes se echaron a la calle para cambiar un mundo injusto. Corrió la sangre a chorros, claro. La batalla fue larga y dura, porque los enemigos eran poderosos: el Dinero —el poder sin escrúpulos ni conciencia—, el Estado tradicional —el poder corrupto en manos de los de siempre— y la Iglesia —el poder del fanatismo y la manipulación del hombre a través de su alma—. Lo cierto es que hubo momentos en que estuvo a punto de lograrse, y así entró la Humanidad en el siglo XX: décadas que fueron turbulentas y terribles, pero también de esperanza, cuando el viejo orden se desmoronaba sin remedio y parecía que el mundo iba a cambiar de veras. Pero el enemigo era demasiado fuerte. La esperanza duró hasta bien entrada la centuria, tal vez hasta los años setenta. Entonces, viciada por la infame condición humana, tan natural al hombre como las virtudes que habían hecho posible la esperanza, ésta murió sin remedio. Tanta lucha y tanto sufrimiento para nada. A Emiliano Zapata y al Che Guevara, quizás los dos símbolos más obvios de ese último combate, los asesinamos mil veces entre todos; y el injusto y egoísta orden resultante —presunto bienestar occidental liderado por Estados Unidos, subordinación del resto— tuvo por metrópoli algo sin exacta localización geográfica pero con símbolos externos perfectamente identificables. Uno de esos símbolos eran las torres gemelas de Manhattan.

De aquellos sueños de redención del hombre sólo queda eso: la desesperanza. Ahora sabemos que la vieja y noble guerra no se va a ganar, y que en esta película triunfan los malos de verdad, los mangantes que después de cumplir unos pocos años de cárcel —eso en el mejor de los casos— disfrutan de lo que han trincado, y además se casan al final con la chica. Pero el mundo ha evolucionado para todos, incluso para los de abajo; ahora la técnica es barata y está al alcance de cualquiera. Y el coraje del hombre sigue intacto, en donde siempre estuvo. Lo pensaba esta mañana, mirando la foto del rostro crispado y duro de un niño palestino que arroja una piedra contra un tanque israelí. Con la importante diferencia de que, a medida que pasa el tiempo, las ideologías van dando paso al fanatismo, a la desesperación, al rencor y a la revancha. Y en ese territorio, desprovisto de control y de marcha atrás, ya cuenta menos cambiar el mundo para bien que ajustar cuentas con los responsables, imaginarios o reales, de toda esa desesperanza y esa amargura. Frente a eso, la tendencia natural del poder —una inclinación con siglos de solera— es el enroque: la represión, el bombardeo, el control de las libertades que tanto costó conseguir. Las calles llenas de agentes del orden, los ejércitos implicados en operaciones de policía internacional, los mercenarios del Estado —qué risa comprobar cómo tanto analfabeto parece haber descubierto ahora lo que está en cualquier libro de Historia clásica— que defienden las fronteras, mucho menos cómodas y tangibles que el *limes* del Rhin y el Danubio, de un imperio donde la amenaza ya no son los bárbaros, sino la rebelión de sus esclavos.

Como decía el viejo maestro de esgrima Jaime Astarloa a sus jóvenes alumnos —y disculpen que me cite—, no les envidio a ustedes las guerras que nos esperan.

Inquisidores de papel impreso

Una nueva Inquisición, tan españolísima como la otra, ha hecho su aparición en el mundo literario de aquí, famoso por su cainismo navajero: los cazadores de plagios. De un tiempo a esta parte, diarios y revistas denuncian apropiaciones, intertextualidades sospechosas, ideas o párrafos que pertenecerían a autores vivos o muertos. Llueve sobre mojado, claro. Nuestra literatura menudea en ejemplos desgraciados y recientes, clamorosos unos y encubiertos otros. Pero el fenómeno no es de ahora: basta acudir a los clásicos del Siglo de Oro, al teatro y la poesía grecolatinos, para comprobar hasta qué punto las transferencias literarias vienen prodigándose durante tres mil años de cultura occidental. Lo singular es que el plagio, o la inspiración, o las semejanzas deliberadas o accidentales que puedan darse entre obras de diferentes autores, parece algo descubierto en España ayer mismo; como si de pronto todo cristo se lanzara a plagiar al vecino, y cada acto de escritura consistiera en dar gato por liebre. Buena parte del ambiente se debe, como decía, a gente que vive de la literatura de otros, formando parte de ese entorno parásito que no ha escrito nunca una sola línea, ni maldita la falta que le hace. El cazador de plagios vocacional lee relamiéndose, rotulador en mano. Siempre conoce a alguien que publica en alguna parte, a quien pasa el dossier elaborado con el cariño de rigor. Vaya escándalo bonito tienes con lo de Fulano. O lo de Mengana. Y en ocasiones el analfabeto de turno entra al trapo —a veces de buena fe— y dedica páginas a denunciar el presunto escándalo, sin detenerse a comprobar, o matizar, las fronteras, no siempre claras, entre un robo a mano armada y una zambullida en el acervo cultural, perfectamente digno y utilizable, que por la vida circula al alcance de cualquiera.

Para que no digan que hablo de oídas, permitan un ejemplo personal. Hace tiempo, una revista española publicó un artículo con la revelación de que la partida de ajedrez que figura en mi novela *La tabla de Flandes,* editada hace ahora once años, tenía sospechoso parecido con una de las partidas de ajedrez que figuran en una obra del anglosajón Raymond Smullyan sobre pasatiempos, adivinanzas y juegos de ajedrez. El autor del artículo se mostraba satisfecho de haber descubierto en exclusiva, tras ardua pesquisa, esa conexión clandestina; sin mencionar, naturalmente, que el capítulo de la novela donde se plantea la partida de marras comienza con un epígrafe expreso de Raymond Smullyan —a quien también dedico epígrafe y cita en *La carta esférica*—; y sin aclarar tampoco que la posición de las piezas de *La tabla de Flandes* se inspira, sin duda, en una de las partidas que Smullyan detalla, como podría haberla inspirado —cosa que hice en otros momentos de la novela—, en partidas de Capablanca, Lasker, Fisher o Kasparov, textos que naturalmente manejé durante la escritura de la obra, junto a muchísimos más. Entre otras cosas porque de infinitos lugares obtiene todo novelista los conocimientos técnicos de los que carece —pregúntenle a Thomas Mann por Doctor Faustus, si me permiten el osado colegueo—; pero que, pese a evidentes semejanzas en la disposición de ciertas piezas, las posiciones y el desarrollo no eran de Smullyan, sino una composición con diferentes piezas y movimientos, inspirada de cerca, y a mucha honra, en la idea básica de esa partida asombrosa que Smullyan plantea hacia atrás. Inspiración, por cierto, que no he mantenido nunca en secreto, pues aparte de los epígrafes mencionados, la comenté ampliamente durante la presentación de la novela en un famoso club ajedrecista de Méjico D. F. en presencia de treinta periodistas, y en muchas de las entrevistas de prensa que mantuve en la época.

Ése es un ejemplo de cómo una interpretación parcial o malintencionada puede convertir en acto delincuente, vergonzoso, el viejo y legítimo acto novelesco de manejar el abundante material, las películas vistas, los libros leídos, los documentos consultados y su elaboración posterior, las influencias conscientes o inconscientes que, unidas a la vida propia, al talento y a la imaginación de cada cual, hacen posible la obra literaria. Sobre todo ahora que ya no hay lectores ni escritores inocentes, cuando todo ha sido escrito y filmado mil veces, y cuando basta echarle un vistazo a la *Poética* de Aristóteles, a la *Odisea* o al teatro clásico griego, para comprender que la creación literaria, cinematográfica, poética, no hace sino reelaborar temas y personajes que siempre estuvieron ahí, adecuándolos al tiempo en que el autor vive; y que sólo cuando esa reescritura resulta extraordinaria, original, inimitable, se convierte en obra maestra.

Lo que no quita para que la literatura abunde también en escritores con pocos escrúpulos y menos vergüenza. Pero eso no es nuevo. Desde Homero, siempre estuvieron ahí.

La foto del abuelo

Date prisa, Elenita —sé que él te llama Elenita—, porque mañana o pasado ya no estará ahí. Ahora lo miras y te da pena, y a veces te cabrea, o te es indiferente, o qué sé yo. Cada cual es cada cual. Hay días en los que estás harta de ese viejo coñazo que se queda dormido y ronca durante el videoclip de Madonna, o lo hace fuera de la taza porque le tiembla el pulso, o fuma a escondidas cigarrillos que roba del paquete que tienes en un cajón de tu cuarto. A lo mejor te preguntas por qué sigue en casa y no lo han llevado a una residencia, donde los ancianitos, dicen, están estupendamente. Y la verdad es que a veces se pone pesado, o no se entera, o se le va la olla como si estuviera en otro siglo y en otro mundo. Y a ti te parece un zombi. Sí. Eso es lo que parece tu abuelo.

No voy a decirte cómo sé todas esas cosas de ti, aunque a lo mejor te lo imaginas. Yo nunca me berreo, como dice mi colega Ángel Ejarque, alias El Potro del Mantelete, que por cierto acaba de ser abuelo por segunda vez. El caso es que lo sé; y estaba la otra noche comentándoselo en el bar de Lola a mi amigo Octavio Pernas Sueiras, el gallego irreductible, que a estas alturas —cómo pasa el tiempo— aprobó lo que le quedaba y ya es veterinario. Y Octavio apartó un momento los ojos del espléndido escote de la dueña del bar, le pegó otro viaje al gintonic de ginebra azul y me dijo pues cuéntaselo a esa hijaputa, oye. A tu manera. Y ya ves. Aquí me tienes, Elenita. Contándotelo.

Ese viejo estorbo que tienes sentado en el salón está ahí porque sobrevivió a una terrible epidemia de gripe que asoló España cuando él nacía. Creció oyendo los nombres de Joselito y de Belmonte, y lo sobrecogieron las palabras Annual y Monte Arruit. Después, con diecipocos años, formaba parte de la dotación del destructor *Lepanto* cuando el Gobierno de la República mandó ese barco a combatir a las tropas rebeldes que cruzaban el Estrecho. Vivió así los bombardeos de los Junkers de la legión Cóndor, estuvo en el hundimiento del crucero *Baleares,* y en la sublevación de Cartagena fue de los que aquella mañana lograron incorporarse a sus buques esquivando a las patrullas sublevadas del cuartel de Artillería. Luego, con la derrota, se refugió en Túnez, donde fue internado. De allí pasó a Francia justo a tiempo para darse de boca con la Segunda Guerra Mundial, cuando miles de exiliados españoles no tenían otro camino que dejarse exterminar o pelear por su pellejo. Él fue de los que pelearon. Apresado por los alemanes, enviado a un campo de exterminio en Austria, se fugó, regresó a Francia y —de perdidos, al río— pudo enrolarse en el maquis. Mató alemanes y enterró a camaradas españoles muy lejos de la tierra en que habían nacido. Liberó ciudades que le eran ajenas con banderas que no eran la suya. Cruzó el Rhin bajo el fuego, y en las montañas del Tirol, en el Nido del Águila de Adolfo Hitler, se calzó una botella de vino blanco en memoria de todos los que se fueron quedando en el camino. Luego trabajó para ganarse el pan, y al cabo de veinte años de exilio regresó a España. Hubo mujeres que lo amaron, hombres que le confiaron la vida, amigos que apreciaron su amistad. Tuvo momentos de gloria y de fracaso, como todos. Humillaciones y victorias. Se equivocó y acertó miles de veces. Tuvo hijos y nietos. Fue como somos todos: ni completamente bueno ni completamente malo. Ahora, cuando ve a una pareja que se besa en la puerta de un bar, o a un hombre joven que camina dispuesto a comerse el mundo, piensa: yo también fui así. Y a veces, cuando te escucha, o te observa empezar a moverte por la vida, se dice que hay co-

sas que él sabe y tú no, y daría lo que fuera por poder ense-
ñártelas y que te sirvieran de algo, y evitarte aunque fuera
una mínima parte del dolor, del error, de la soledad, de los
muchos finales inevitables que tarde o temprano, en mayor
o menor medida, a todos nos aguardan agazapados en el
camino. A veces, cuando va clandestinamente, de puntillas,
en busca del tabaco que los médicos y tus padres le niegan,
se queda un rato registrándote los cajones. No por curiosidad entrometida, sino porque allí, tocando tus cosas, te
comprende y te reconoce. Se reconoce a sí mismo. Y se recuerda. Hay una foto que te dio hace tiempo y que tú rele-
gaste al fondo de un cajón, y que tal vez le gustaría encontrar en un marco, en algún lugar visible de ese cuarto: él en
blanco y negro, con veinticinco años —era guapo tu abuelo entonces—, un fusil al hombro y uniforme militar, junto a un camión oruga norteamericano, en un bosque que
estaba lleno de minas y en el que peleó durante tres días y
cinco noches.

Ése es el viejo inútil que se queda dormido frente al
televisor en el salón de tu casa. O a lo mejor no es exactamente él, sino otro cualquiera; y aunque su historia sea distinta, en realidad se trata de la misma historia, que también
es y será la tuya. Quién sabe, Elenita. Quién sabe.

La España ininteligible

Pues eso. Que hojeo el catálogo de un librero de Barcelona, y en la primera página me ofrecen un manuscrito firmado por «*la reina catalana*» en 1406. Así que me digo: hosti, tú, esa reina catalana a secas no la tenía censada. Y más abajo leo que esa reina era esposa «*del rey Joan I de Catalunya-Aragó*». Eso ya me suena un poco más, así que tiro de biblioteca, y caigo en la cuenta de que se refieren a la reina Violante, o Violant, sobrina del rey Carlos V de Francia, casada con Juan I —hijo de Pedro IV de Aragón, II como rey de Valencia y III como conde de Barcelona—, a quien durante toda mi vida lectora había creído, de absoluta buena fe, rey del Reino de Aragón, de la Casa de Aragón —única casa real que figura en los anales y relaciones históricas de la época— y soberano de la Corona Aragonesa —conjunto de estados sobre los que gobernaba—, que incluía Cataluña, Aragón, Valencia, Sicilia y toda la parafernalia. Así que voy y pienso: fíjate, chaval, uno se pasa la vida a vueltas con Zurita, Montaner, Moncada, Desclot y Pérez del Pulgar, entre otros, juntando libros para saber de qué va esta murga y no meter la gamba, y resulta que al fin hay un librero de Barcelona que aclara las cosas, sin duda documentándolas en alguna Historia de las que se escriben ahora, gracias a Dios, para refutar las viejas falacias históricas que justifican una palabra, España, pronunciada y escrita a tontas y a locas durante cinco siglos. Falacias a las que no son ajenos historiadores catalanes vendidos al centralismo como el ampurdanés Muntaner, que en su relación histórica sobre los almogávares en Oriente llama «*senyal real de*

Aragón» a la bandera de las cuatro barras, en vez de *«escut de Catalunya»* que por lo visto es lo correcto; y menciona también, creo recordar, esa tontería de apellidar *«Aragón»* como grito de batalla. Todo eso, pese a que el tal Muntaner estuvo en Oriente con los almogávares catalanes —algún aragonés también fue, creo— y debería saber mejor que nadie de qué iba el asunto. O esos otros abyectos manipuladores de la época que nunca utilizaron, quizás porque no existía, la expresión *«confederación catalano-aragonesa»* acuñada en el XIX, ni llamaron *«condes-reyes»* a nadie, seguramente porque ningún soberano medieval habría tolerado semejante chorrada. Pero ya se sabe —sabemos ahora, merced a ciertos historiadores modernos que ponen las cosas en su sitio— que los soberanos medievales eran ideológicamente fascistas.

Eso me recuerda, por cierto, que Julián Marías —el padre de mi vecino Javier Marías, alias el perro inglés— también manipuló lo suyo en su interesantísima aunque obviamente sesgada *España inteligible,* cuando, citando a Pérez del Pulgar, cuya única credibilidad es que vivió lo que cuenta, recordaba la expedición de 1481 para conservar Sicilia frente a los revoltosos y los turcos. Una expedición que Julián Marías llama *española* —no sé a santo de qué— sólo porque la componían, fíjense qué gilipollez, setenta naves de Vizcaya, Guipúzcoa, Galicia y Andalucía, movilizadas en socorro del reino de Sicilia, perteneciente a lo que el indocumentado Del Pulgar llamó Corona de Aragón, defendido por tropas catalanas y aragonesas y socorrido por esa armada gallega y andaluza —reino de Castilla— con la colaboración de los vascos —incorporados al reino de Castilla desde el siglo XIV— que formaron el contingente principal. Supongo que obligados a culatazos por la Guardia Civil, como los miles de vascos que luego fueron a Italia, a las Indias y a los tercios de Flandes. Se aprecia, al mencionar esa irrelevante anécdota, la pérfida intención del señor Marías padre de plantear una España coherente y a veces solidaria; lo mismo que cuando otros hablan de la participación conjunta en la guerra de Granada, o recuerdan que la defensa del reino de Nápoles, de la Corona Aragonesa, se hizo con tropas mayoritariamente castellanas mandadas por Gonzalo Fernández de Córdoba, a quien Franco —se ha demostrado que fue él— bautizó como el Gran Capitán.

Y en ésas andamos. Después de que el régimen franquista les pusiera camisa azul al Cid y a Hernán Cortés y se apropiara —ahora sí que hablo muy en serio— de la Historia para adecuarla a sus imbéciles rutas imperiales, y de que, por reacción, el postfranquismo lo relegara todo al desván de la infamia, los eruditos a sueldo, esos formadores del espíritu nacional aldeano que convierten los hechos en tebeos de Astérix, han convertido una Historia común en diecisiete historias diferentes, eliminando todo lo que no encaja en la norma autonómica. Como diría Caro Baroja, conviene distinguir entre un Herodoto o un Bernal Díaz del Castillo, que cuentan con veracidad, y un moralista como Tácito o un cura patriotero y facilón como el padre Mariana; pero lo cierto es que, comparado con algunos de los engañaniños que ahora nos reescriben la memoria, el padre Mariana parece Suetonio y Herodoto juntos. O algo así.

El timo de las prácticas

Protagonista: mi amigo Paco. Edad: 27. Situación: sin curro, por lo que decide apuntarse a un curso de técnico de distribución comercial, subvencionado por la Junta de Andalucía, más que nada porque incluye dos meses de prácticas. Termina el curso y Paco acude con otro compañero a una empresa asignada por la Confederación de Empresarios. A practicar. Vais a empezar por ferretería, les dicen. Para que cojáis el tranquillo. Cuando llegan, el jefe del departamento —nadie lo ha informado de nada— pregunta qué coño quieren. Paco y el otro se lo explican. Ah, dice el tordo. Y los pone a cargar cajas y herramientas, subiéndolas y bajándolas de estanterías de tres metros de altura, con lo que Paco y su amigo adquieren rápidamente práctica en no caerse desde arriba y romperse la crisma. Algo es algo, deciden. Esto promete.

A los cuatro días empiezan a mosquearse. Oiga, le dicen al jefe del departamento. Ya hemos aprendido a no descojonarnos desde lo alto de la escalera con una segadora encima. ¿Qué otras prácticas vienen ahora? El jefe del departamento los mira y sin decir palabra se va a hablar con el hijo del dueño de la empresa. Llamada al despacho. Bronca. Estoy harto de niños pijos, dice el jefe junior. A ver si queréis ser directivos en cuatro días. Volved el lunes. Paco y el colega vuelven el lunes, y el jefe de ferretería les dice que se han acabado las prácticas porque después de su protesta hay mal rollito. Puerta. Cuatro días por la cara. Ni un duro, claro. Son prácticas. Los dos proscritos se van a la Confederación de Empresarios. Otra bronca. A ver qué se han creído estos chulitos, dice alguien. Van a echarlos a la calle —ya habéis practicado, dice uno— cuando alguien cae en la cuenta de que al no haber firmado Paco y su amigo el convenio de prácticas, no consta en ningún sitio lo de la ferretería. Y como las prácticas son obligadas, hay que buscarles a regañadientes otro sitio. Ahora es un potente supermercado. Esta vez Paco está solo ante el peligro. Hola, buenas, saluda al jefe de tienda donde ha sido asignado. Por supuesto, el jefe de tienda no tiene ni puta idea de quién es Paco. Vuelve mañana, chaval. Paco vuelve mañana, y lo mandan a practicar cuatro días a un mostrador, despachando fruta, hasta que alguien recuerda que al ser de prácticas no puede tratar directamente con el público. Así que, como faltan reponedores, quién mejor para reponer cosas que un técnico de distribución comercial en prácticas. Durante los siguientes ocho días, Paco adquiere una práctica del copón en reponer en los estantes licores, vinos, refrescos y derivados lácteos. En los ratos libres ayuda con los productos de camping. Por supuesto, todos los otros reponedores odian a Paco, porque está allí por gusto y no cobra.

Los cinco días siguientes los pasa en carnicería, mirando cómo se cortan las chuletas. Aprende algo sobre envasado y reposición, y pregunta cuándo le van a enseñar lo suyo: oficina, ordenador, papeleo. Le dicen que ya habrá tiempo, y luego lo mandan a charcutería. Ocho días. Los primeros seis los pasa inventariando los embutidos y quesos del mostrador: pesa todos los jamones y cuenta minuciosamente las rodajas de chorizo, una por una. La única práctica útil la hace cuando anuncian la visita de un inspector de Sanidad: en sólo medio minuto los empleados arreglan los productos, quitan los que no deben verse, barren, limpian y lo dejan todo como una patena. Paco toma nota. Los siguientes dos días no da golpe. El jefe de tienda le sugiere que se tome uno libre, pero él declina el ofrecimiento porque no se fía del jefe de tienda. Tampoco se fía de una cajera que le sonríe. Ve trampas por todos sitios. Se ha vuelto un paranoico.

Otras sospechas rondan la cabeza de Paco. Por ejemplo, que la Confederación de Empresarios utiliza las prácticas como cebo para captar alumnos y subvenciones, y que a todos les importa una mierda lo que uno practique o deje de practicar. El caso es que, a dos semanas de acabar las presuntas prácticas —Paco sigue sin saber nada de oficina, ordenador ni papeleo— lo llaman para decirle que se irá antes de lo previsto, porque el seguro médico que le hicieron no coincide con las fechas. A Paco le da la risa floja. De perdidos al río: queda con la cajera y se la tira. Por lo menos, se consuela, eso saco en limpio. La última semana la pasa reponiendo yogures. Treinta y dos días. El penúltimo, el jefe de tienda jura que al día siguiente le enseñará la oficina, el ordenador y el papeleo. Pero cuando Paco se presenta, le dicen que el jefe de tienda ha salido un momento, y que se entretenga reponiendo quesos y leche. Por la tarde el jefe de tienda sigue sin aparecer. Sugieren a Paco que reponga yogures. Paco se quita el delantal y dice que los yogures los va a reponer la puta que los parió. Se va. Ahora quiere apuntarse a un curso de prácticas de tiro al blanco. No me imagino con qué objeto.

El afgano, el ranger y la cabra

Primeros de noviembre. Estoy tomándome una copa en el bar de un hotel de Los Ángeles, California, mientras miro alrededor y pienso: tiene huevos la guerra esta que se han montado los gringos. Porque la verdad es que uno esperaba que, después del hostiazo que encajaron el 11 de septiembre, fueran a despertarse un poco. A espabilarse lo suficiente para comprender que las cosas ya no ocurren sólo en las fronteras del imperio, que el horror ha estado ahí fuera desde hace muchísimo tiempo, que los Estados Unidos de América tuvieron parte —y no poca— de responsabilidad en la existencia de ese horror, y que ahora, con esto de la globalización y la tecnología y toda la parafernalia, a la hora de repartir leña hay de sobra para todos, con el cobrador del frac diciendo de pronto hola, buenas, gudmorning, mientras pasa de golpe la factura con los intereses. Pumba.

Pero me temo que no. Que los cinco mil palmados de las torres, y la guerra, y todo lo demás, no han servido para hacer a mis primos más solidarios con nadie ni conscientes de nada; sino que, aparte las banderas y los ramitos de flores y las velitas de homenaje al bombero —nuevo héroe americano— y recordar Pearl Harbor y fabricar papel higiénico con el careto de Bin Laden, todo sigue como estaba. Dentro, con la gente mirándose el ombligo sin el menor esfuerzo por entender ni razonar nada de lo que ha pasado. Fuera, sembrando más horror y más mierda para la siguiente cosecha, mientras emplean la tecnología más avanzada del mundo en la venganza de don Mendo. En convertir a infelices con babuchas —pero ojo: con dos cojones— en nuevas generaciones de kamikazes que, en su momento, agradecerán cumplidamente el servicio. Y, como de costumbre, que Dios bendiga a América. God bless, dicen aquí. Me parece.

Menuda guerra. Se empeñan en presentársela a sí mismos desnatada y descafeinada, como si se tratara de un ejercicio aséptico de los que no se notan, ni se mueven, ni traspasan. Una guerra políticamente correcta, en la misma línea del no fumar y del que los niños no se toquen en las guarderías por lo del acoso sexual, y de que las guerras americanas deban ser ahora limpias e higiénicas. Y para conseguirlo se difumina tanto la cosa que a todos, al final, les importa un huevo de pato. Tendrían ustedes que echar un vistazo al bar de mi hotel: hay una convención anual de jefes de policía, y en todas las mesas hay cenutrios tripones y grandes como armarios, con gorras y camisetas y brazos como jamones, y unas caras de intelectuales que te vas de vareta, cada uno con su cerveza en la mano. En la sala hay dos pantallas de televisión: una gigante, al fondo, que es la que miran todos, con la liga de béisbol; la otra, que sólo miramos el camarero, que se llama Custodio y es mejicano, y yo, tiene puesto el telediario, donde una Barbie y un fulano con peluquín se aplican ahora a la difícil tarea de informar sobre una guerra que deben contar como si no lo fuera, virtual, sin muertos, sin sangre y sin nada, satisfaciendo el orgullo patrio pero sin acojonar, con la justificación detallada de cada arañazo que sufre el enemigo y cada tropezón con las piedras que da un marine. De manera que mientras la Barbie cuenta que en el eficacísimo bombardeo masivo de ayer sobre Kabul sólo resultó muerta una cabra y herido un afgano que pasaba inoportunamente por allí —lo del afgano lo dice en tono de daño colateral, como disculpándose—, el del peluquín explica que un ranger que se hizo pupa en el dedito fue evacuado sin novedad; y que, pese a lo que afirma la malvada propaganda talibana, en el leñazo que se pegó el último helicóptero no hubo víctimas norteamericanas, entre otras cosas porque las tropas norteamericanas tienen terminantemente prohibido sufrir bajas bajo ningún concepto, no sea que empiece a pronunciarse la palabra Vietnam y otra vez la jodamos. Y todo así, en ese plan de guerra sin guerra, con las televisiones mostrando cosas de lejos en verde y a un fulano con turbante que señala agujeros en el suelo —Uaja Bismillah, dice el tiñalpa, sin que lo traduzcan ni puta falta que hace, y lo mismo está contando que por las tardes le gusta ver *Betty la Fea*—. De manera que, como aquello ni parece guerra ni parece nada, resulta lógico que a los telediarios les importe más el ántrax, que perturba el correo e impide que llegue puntual la suscripción de la revista de la Asociación del Rifle. Y así se explica que con esa guerra aburridísima, hecha y contada cogiéndosela con papel de fumar, donde pese a las toneladas de machaca no muere ningún bueno y al parecer casi ninguno de los malos, los jefes de policía de la convención que llenan el bar del hotel prefieran mirar el béisbol. Y uno —o sea, yo— llega a la conclusión de que ni siquiera el 11 de septiembre logró despertar a este país de su egoísmo, su ignorancia y su letargo. Ni con torres, ni sin torres.

La leyenda de Julio Fuentes

Se habría partido de risa, el muy cabrón, si hubiera sabido de antemano lo que se iba a decir y a escribir sobre su fiambre. Hasta los tertulianos de radio y los periodistas del corazón estuvieron, los días que siguieron a su muerte, llamándolo compañero —nuestro compañero Julio Fuentes, decían sin el menor rubor— y glosando con toda la demagogia del mundo su compromiso moral con la información y su sacrificio casi apostólico en aras de la humanidad, la libertad, la igualdad y la fraternidad. De haber estado al loro sobre tanto panegírico —me lo imagino, como siempre, revisando las pilas del sonotone y acercando la oreja para oír mejor—, Julio se habría carcajeado hasta echar la pota. Ni puñetera idea, habría dicho. Esos cantamañanas no tienen ni puñetera idea. Pero déjalos. A estas alturas me da lo mismo. Y además, qué coño. Suena bonito.

Los de la Tribu, los que siguen en activo y los jubilados como yo, le hemos hecho nuestro propio funeral entre nosotros, más íntimo, a base de llamadas telefónicas, conversaciones en voz baja, miradas y silencios, juntándonos como los soldados veteranos que cuentan los huecos que el tiempo va dejando en las filas: tantos hasta tal fecha, Miguel Gil hace un año, Julio ahora. Suma y sigue. Y lo hemos hecho sonriendo pese a las lágrimas y a las blasfemias —Alfonso Rojo, Gerva Sánchez y Ramón Lobo lloraban y Márquez blasfemaba, cada uno es como es—, porque recordar a Julio, incluso muerto, te obliga tarde o temprano a sonreír: su ternura, su sordera, su camaradería, su absoluta falta de sentido del humor, el miedo que siempre sabía convertir en extrema valentía, su ingenuidad adobada con el cinismo del oficio. Su concepto personal de la vida como leyenda que uno se forja, construyendo un personaje y siéndole fiel hasta las últimas consecuencias. Al día siguiente de su muerte, en el periódico donde él había publicado su última crónica, escribí —repetí— que Julio sabía mejor que nadie que a un reportero de guerra no lo asesinan nunca, sino que lo matan trabajando. Decir que te asesinan es insultarte. Son las reglas, y sólo los ignorantes o los idiotas creen seriamente que un guerrillero afgano analfabeto, un majara liberiano o un francotirador serbio van a comportarse según las exquisitas normas de la Convención de Ginebra, en un mundo donde Dios es un canalla emboscado. Julio era un profesional de la guerra. Un mercenario en el más honesto sentido del término. Un reportero de élite para quien aquello, en lo personal, era —o al menos lo fue durante mucho tiempo— una solución: un extraño hogar donde el horror puede asumirse como realidad cotidiana, y de esa forma deja de ser sorpresa o trampa. Una escuela de lucidez donde uno mismo está siempre dispuesto a pagar el precio. Un mundo fascinador y terrible donde, a diferencia de la puerca retaguardia, de las ciudades presuntamente civilizadas y razonables, todo es maravillosamente simple y funciona según normas elementales y precisas: el malo es el que te dispara y el bueno es aquel cuya sangre te salpica. Y cuando no tenía a mano guerras que meterse en vena, Julio vagaba por las ciudades y las redacciones como un alma en pena, colgado, autista, igual que un marino sin barco o un cura sin fe. Como todos, después de tantos años de oficio, en los últimos tiempos empezaba a pensar en cambiar de vida: una mujer a la que amaba, una casa, tal vez hijos. Pero ya nunca sabremos cómo habría sido. En aquella carretera de Afganistán salió su número. No tuvo suerte. O tal vez sí la tuvo, porque de ese modo se convirtió, por fin, en la leyenda en que siempre quiso convertir su vida. Quizá aquel día se limitó a pagar el precio.

Ahora, como de costumbre, los vivos recordamos. Y lo hacemos con esa sonrisa de la que hablaba antes, al pensar en los iraquíes que se le rendían a Julio durante la guerra del Golfo, porque en su ansia por entrar el primero en Kuwait llegó a adelantarse a las tropas norteamericanas. O en cómo fue la envidia de la Tribu ligándose a Bianca Jagger en El Salvador —«eso llevo ganado para cuando palme», decía—. O aquel bombardeo en Osijek, cuando empezaron a caer cebollazos y todos bajamos al refugio, y él se quedó durmiendo arriba sin enterarse de nada, tan tranquilo, porque se había quitado el sonotone de la oreja para dormir. O cuando en Sarajevo unos periodistas jovencitos le preguntaron cómo se llamaba y respondió: «Soy Julio Fuentes, chavales. Una leyenda». Ahora el muy perro nos ha hecho a sus amigos la faena de convertirse, por fin, en esa leyenda. Era el hombre más tierno del mundo, y vivió obsesionado por ser un tipo duro. Lo fue, y pagó el precio allí donde se envejece pronto, y donde a veces no se envejece nunca. Muriendo de pie. Y ahora está con Juantxu, Luis, Jordi, Miguel y los otros, con su sonotone y su chaleco antibalas, en el recuerdo de quienes tanto lo quisimos. En ese lugar adonde van, cuando los matan, los viejos reporteros valientes.

Esos refugiados promiscuos

Es que tienen razón. Vaya si la tienen, porque las cosas ya están pasando de castaño oscuro. La jerarquía vaticana acaba de echarle un chorreo de padre y muy señor mío a las Naciones Unidas, y en concreto al Alto Comisionado para los Refugiados, alias ACNUR, por promover la confusión moral, el sida y el aborto químico. Fíjense ustedes cómo estará el patio que, en estos tiempos de inmoralidad y libertinaje galopante, a los canallas del ACNUR no se les ocurre, para rematar el gorrino, otra cosa que distribuir un folleto en los campos de refugiados, que son unos cuantos y los que te rondaré morena, recomendando el preservativo, la píldora del día siguiente para quien la tenga, y distinguiendo muy clarito entre sexo y procreación. Tela. Todo eso, cuidadín, en vez de plantear valerosamente el indisoluble y sagrado vínculo entre sexo y preñez. O sea: nunca pólvora en salvas, sino poner la bala donde se pone el ojo, e ir a la legítima —nunca a la zorra que no lo es— no con torpes ganas de arreglarle el cuerpo con un selecto homenaje, sino dispuestos a incrementar los índices de natalidad, asumiendo con responsabilidad y alegría —du, duá, fondo de guitarras de amigas Catalinas y Josefinas, qué alegría cuando me dijeron— la paternidad consciente e inevitable, a razón de una criaturita por cada disparo, y que sea lo que Dios quiera. Condición sine qua non, según el magisterio de la Santa Madre, para que la Humanidad progrese y luego, además, vaya directamente al cielo. Ése es el verdadero amor. La verdadera entrega de templo a templo, etcétera.

«*Por eso son del todo inaceptables* —reza el texto eclesiástico que gloso y aplaudo— *los medios de control de natalidad que indica el manual de ACNUR. En vez de ser educados en el verdadero amor, en la perspectiva del matrimonio y en el porvenir de una familia, los refugiados son introducidos en un mundo de placer sexual*». Y es que ahí está la madre del agnus. El quid de la cuestión. Porque imagínense ustedes ese caos social, ese marasmo promiscuo de los campos de refugiados, con todos esos hombres y mujeres disfrutando sueltos por el monte o durmiendo juntos en tiendas de campaña con el pretexto de que huyen de algo. Esos hacinamientos humanos tan proclives a las bajas pasiones y a los sucios instintos, hala, todos revueltos, sin freno, sin control, sin pudor. Esas mujeres haciendo sus necesidades de cualquier manera, a la vista de todos. Esas copulaciones incontroladas. Esas viudas, trasuntos de Jezabel, a las que ya dan igual ocho que ochenta. Y para poner coto a las espantosas consecuencias que tal paisaje facilita, en vez de una vigilancia rigurosa que preserve el orden moral, de un control férreo y un adoctrinamiento cristiano que los mantenga a todos alejados de la tentación, obligándolos a emplear sus meses, años y vidas de ocio estéril en fortalecer el alma disciplinando el cuerpo, a ACNUR no se le ocurre otra cosa que atizar las bajas pasiones repartiendo preservativos, esterilizando, facilitando —me tiembla la tecla sólo de escribirlo— el aborto no sólo a mujeres violadas —que ya es perverso de suyo, y algo habrán hecho esas individuas para verse en tal coyuntura— sino el aborto en general. Con medidas que atentan contra la ley divina en dos órdenes, o categorías: primero, porque «*impiden la procreación y facilitan el sexo irresponsable*»; y segundo, porque ese reclamo del placer, vía desenfreno carnal, «*aumenta el riesgo de que se extienda el sida*». Con dos cojones. Por eso la Iglesia —Dios aprieta pero no ahoga— propone, apurando mucho la casuística y como máximo, «*los métodos naturales que respetan el cuerpo y la relación de la pareja, así como favorecen el diálogo y el comportamiento responsable de los cónyuges*». Como debe ser. Es decir: que una refugiada afgana, kosovar o mozambiqueña sea analfabeta y viva hambrienta y en la miseria no debe ser obstáculo, u óbice, para que, in extremis, consulte las tablas de Ogino —que eso sí puede bajo especiales condiciones— o, lo que es más hermoso, en caso de duda se abstenga de conocer varón, incluido el suyo; todo en el marco del diálogo y el comportamiento responsable con su legítimo cónyuge Ibrahim, o Bongo, o Marianoski. Y si su legítimo cónyuge u otros la violan sin animus procreandi, que aplique entonces el infalible método anticonceptivo natural de Santa María Goretti: antes morir que pecar. Eso incluye, supongo, a las monjas negras violadas por sacerdotes africanos, que luego, claro, cuando las echan del convento con su vergonzosa panza a cuestas, tienen que meterse a putas. Por puro vicio.

Me tranquiliza mucho, como ven, que el Vaticano restablezca el orden de prioridades, incluso en medio de la pobreza, el hambre y la vorágine bélica. Ni siquiera en tiempo de guerras y catástrofes es tolerable que cada hoyo se convierta en trinchera. Ojito. De alegrías, las justas. El orden moral, que emana del natural, no puede vulnerarse bajo ningún pretexto. Y a los refugiados, amén de jodidos, los quiere castos.

Esa verborrea policial

Tiene huevos. La madera, los picoletos y las fuerzas políticas correspondientes se pasan la vida pidiendo colaboración ciudadana en la cosa del terrorismo y la delincuencia, denuncie, oiga, persiga, telefonee, no se corte y eche una mano, y después, cuando uno va y lo hace, los primeros que se derrotan del asunto son ellos mismos, los cuerpos y fuerzas de seguridad del Estado, que cuando salen bien las cosas tienen la lengua demasiado larga. Y el abnegado colaborador ciudadano termina, a menudo, apareciendo en los periódicos. Uno, verbigracia, va por la calle y ve a unos etarras o a unos atracadores, y coge su coche y los persigue telefoneando a la policía —la ventaja es que nadie te multa por conducir con el teléfono en la oreja, algo es algo—, y al cabo trincan a los malos, y para agradecértelo te sacan en los periódicos y en la tele durante tres o cuatro días, a fin de que la sociedad, incluidos aquellos cuya detención facilitaste, pueda agradecértelo. Casi nunca ponen tu nombre y apellidos, claro; pero dan pistas suficientes: vecino de la calle Fulano a bordo de su coche modelo tal, mediana edad, empresario, socio del Athletic. El otro día, sin ir más lejos, un pastor le contó a la Guardia Civil que se había encontrado a un etarra fugitivo por el monte, etcétera. Y a la media hora al pobre pastor lo conocía toda España y parte del extranjero, con lo que, de encontrarme en el pellejo del infeliz, yo ahora estaría considerando seriamente la posibilidad de cuidar ovejas en Australia.

En ese aspecto, como en otros, las autoridades y la mayor parte de los medios informativos españoles hacen gala de una irresponsabilidad abrumadora. Hay que ser muy torpe y muy bocazas para, pretendiendo alentar la colaboración ciudadana, disuadirla de ese modo en el mismo envite. A ver con qué ánimo para colaborar se siente uno si sabe que arriesga verse al día siguiente en los periódicos, después de que el director general de la policía o el ministro del Interior lo elogien calurosamente en rueda de prensa, o el gabinete de tal comisaría o comandancia filtre a los medios, sobre el héroe anónimo, detalles que al héroe anónimo maldita la puta gracia que le hacen. Aunque la verdad es que en eso de filtrar, en España hay solera. Hasta hace nada, semanarios y diarios de aquí se descolgaban con interesantes reportajes en los que salían, con apellidos y fotos incluidas, los topos que la policía infiltraba en ETA, o los agentes del CESID que andaban por el extranjero espiando como buenamente podían. Y luego se quejan los responsables del asunto de que cada vez resulta más difícil infiltrar buenos en las organizaciones de los malos. Nos ha jodido. A ver quién se va a infiltrar, jugándose el pellejo para que un día, mientras desayunas cruasanes con los colegas en Francia, te encuentres en *Le Monde* o en *Sud-Ouest* tu foto de la primera comunión. O para que te llamen de Madrid a las cuatro de la mañana —caso real— y te digan: chaval, ábrete de ahí cagando leches que mañana sales en portada.

Y claro. Uno se explica que casi todos los etarras se derroten en cuanto les dicen estás servido —también es pasmosa la locuacidad de esos mendas, que cuentan hasta lo que no se les pregunta—, por aquello de que van muy mentalizados con eso de las salvajes torturas y toda la parafernalia franquista con la que les comen el tarro sus jefes; y aunque lo más eléctrico que tengan cerca sea la linterna del policía que les apunta con el fusko, se van por la pata abajo y largan nombres, direcciones, y hasta dicen quiénes los ayudaron a escaparse o los escondieron. Hay casos en los que, sin tocarles un pelo de la ropa, los heroicos gudaris empiezan a largar a los cinco minutos, y ya no paran. Derrumbe psicológico, me parece que lo llaman; que una cosa es dar tiros en la nuca y poner coches bomba, y otra verse esposado y con una ruina encima que te cagas. Pero oigan, el acojono es libre, y cada cual se cuida y se desmorona psicológicamente como puede. Lo que ya no me cabe en la cabeza es que también la policía, a la que nadie alumbra con linternas ni amenaza con dar de hostias, largue por esa boquita con tanta alegría y tanta incontinencia. Porque ya me dirán ustedes qué utilidad pública tiene, en vez de decir que se ha cogido a siete terroristas y punto, explicar con todo detalle cómo se ha hecho el seguimiento de Fulano o la captura de Mengana, que ésta cometió tal error o que aquél fue seguido de aquí para allá pegándole en el guardabarros o en el culo una chicharra de modelo japonés. Todo eso, aparte de la presuntuosa memez de demostrar lo eficaz y lo lista que es la madera, sólo sirve para que los malos, que también leen periódicos y ven la tele, tomen buena nota de todo, a fin de no repetir más tarde los mismos errores. La próxima vez, se dicen, os vais a enterar. Y claro. Nos enteramos.

Para terrorismo, éste. Aterra pensar que nos protegen semejantes gilipollas.

«Ding, dong. Señores clientes...»

Pues no sé si es cosa temporal, a causa de la Navidad de los cojones, o norma fija de la casa; pero lo del otro día en el Talgo Cádiz-Madrid estuvo a punto de hacer que me abalanzara sobre el freno de emergencia, tirase de él y dijera oigan, paren esto, pardiez, que necesito bajarme a echar la pota. El caso es que, fiel a mi táctica de supervivencia psíquica de evitar los aeropuertos españoles siempre que pueda —hasta la barba me ha encanecido volando con Iberia—, el arriba firmante iba tranquilamente sentado en su tren y sin meterse con nadie, cuando de pronto suena la megafonía, ding, dong, o como se diga eso que suena en los trenes y en los aviones antes de contarte algo, y una voz femenina espeta: «*Seeeñores clieeentes, eeestamos lleeegando a Jeeerez*». No puede ser, me digo. Clientes. Acabo de subir al tren y esto es un viaje de los de toda la vida; y si me hubiera equivocado y en vez de subirme en el Talgo hubiera entrado en unos grandes almacenes me habría dado cuenta, supongo, porque habría en la puerta un papá Noel diciéndome felicidades, el hijoputa, y sonarían villancicos animándome a querer a todo cristo y a ser dichoso acarreando paquetes y machacando la tarjeta de crédito por amor al prójimo, y una chica Revlon o Estée Lauder, o como se llamen esas top models maquilladísimas que acechan en los pasillos, me habría fumigado al pasar con esas muestras de perfume que luego, a los maridos, les cuestan un disgusto cuando llegan a casa y tienen que explicarle a la legítima por qué hueles a torda fresca, so cabrón, de dónde vienes, y el otro jurando por sus muertos te juro que fue la dependienta, Maruja, y yo sólo pasaba por ahí, etcétera.

El caso, como decía, es que oigo eso de señores clientes y pienso: no puede ser. He oído mal, seguro, porque esto es un tren y viajo en la Renfe, que dentro de lo que cabe es una cosa muy eficaz y correcta, de las que mejor funcionan en España, y aquí no hay clientes como en las tiendas y en los prostíbulos, sino viajeros, o sea, pasajeros de toda la vida. Lo mismo la chica de quiere usted café o té, caballero, es nueva y ha metido la gamba, me digo; o igual trabajó antes en la sección de charcutería de un supermercado y se le quedó el latiguillo. Así que sigo leyendo, y de vez en cuando miro el paisaje y pienso menos mal, desde que se pide a los pasajeros que no usen el teléfono móvil más que en las plataformas de los vagones, la gente, aunque no hace ni puto caso, por lo menos se corta un poquito y baja la voz cuando dice estoy en el tren, Manoli, y llego a Atocha a las nueve, en vez de contar su vida a gritos, aunque todavía quede algún subnormal recalcitrante. Algo es algo. Estoy en eso, como digo, a mi rollo, cuando de pronto el altavoz hace otra vez ding, dong, y la misma pava suelta: *«Seeeñores clieeentes, eeestamos lleeegando a Seeevilla»*. Y entonces empiezo a mosquearme un poquito más, y pienso que alguien, no sé, el revisor o quien mande algo, debería decirle a la chica que no, oye, que en los trenes y en los aviones y en los barcos no viajan clientes sino pasajeros, que es una palabra muy respetable y muy antigua, y nada tiene que ver con el que entra en una tienda o en un restaurante o pide un crédito en un banco. Pero en fin, concluyo. De un momento a otro la pobre chica se dará cuenta y rectificará, que es cosa de sabios y sabias.

Pero no. Al rato, la megafonía vuelve a la carga. *«Seeeñores clieeentes, eeestamos lleeegando a Córdoba»*. Y entonces pienso no puede ser. Aquí no hay error. Como le decía Auric Goldfinger a James Bond, una vez es casualidad, dos, coincidencia, y tres, enemigo en acción. Así que empiezo a mosquearme, porque está claro que lo de señores clientes va por mí y por el resto de la peña que ocupamos el vagón, y que algún tonto del culo del departamento de relaciones públicas de la Renfe confunde las churras con las merinas. Así que, cuando pasa el revisor, le pregunto oiga, jefe, eso de clientes ¿va por mí? Y el buen hombre me mira primero con recelo y luego cae en la cuenta de lo que digo, y entonces encoge los hombros y suspira, avergonzado y solidario, como diciendo si yo le contara, amigo. Y se va el hombre a lo suyo, sin decir ni pío porque, supongo, no quiere arriesgar el pan de sus hijos. Y yo me quedo pensando hay que joderse: ahora ya no somos pasajeros, ni viajeros, ni votantes, ni nada, sino que todos nos hemos convertido en eso, en clientes; y así se nos trata y se nos menciona sin el menor empacho. Sin ningún respeto. Ya verán como, de aquí a nada, en vez de dirigirse a nosotros como ciudadanos, empezarán a llamarnos clientes. Clientes españoles, dirá José María Aznar en sus discursos. Clientes y clientas vascos y vascas, matizará el lendakari Ibarretxe. Porque en eso nos han —nos hemos— convertido: en clientela políticamente correcta, salida de la mesa de diseño de cuatro soplapollas que confunden la modernidad con el mercado y con la estupidez. Y en Renfe, por lo visto, de esos imbéciles también hay unos cuantos.

Feliz año nuevo

Era guapísima, pensó. La mujer más guapa del mundo. Un vestido negro, escotado por detrás, el pelo recogido en la nuca. Unos ojos grandes e inteligentes que lo miraron de esa manera singular con que miran algunas mujeres, como si se pasearan por dentro de ti, escudriñándote cada rincón, y esa certeza te erizara la piel. No sabía cómo se llamaba, ni quién era. Ni siquiera si estaba con otro. Pero comprendió que era ella. Así que venció el nudo que se le había hecho en la garganta y dijo aquí te la juegas, chaval, te juegas el resto de tu vida, y a lo mejor haces el ridículo más espantoso; pero sería peor no intentarlo. Así que se fue derecho hacia ella, recorriendo esos cinco últimos metros que ningún hombre inteligente franquea si no son los ojos de la mujer los que invitan a recorrerlos. Hola, me llamo tal, dijo. Y no me perdonaría nunca dejarte salir de mi vida sin intentarlo. Ella lo miró despacio, evaluando su sonrisa algo tímida, la manera sencilla que tenía de estar de pie ante ella, encogiendo un poco los hombros como diciéndole ya sé que lo hemos visto muchas veces en el cine y por ahí, pero no puedo evitarlo. Te pareces a esas cosas que uno sueña cuando es niño.

Lo consiguió. La felicidad le estallaba dentro y el mundo y la vida eran una aventura maravillosa. Bailaron, rieron. Compartieron sus mundos e hicieron que éstos empezaran a fundirse el uno con el otro. Música, cine, viajes, libros. Tiene cosas que yo necesito, pensó. Cosas que a mí me faltan. A veces se quedaban callados, mirándose un rato largo, y ella sonreía un poco, casi enigmática. Quizá se sienta como yo me siento, pensó él. Tocó su piel, rozándola con precaución al principio. Acercaron los rostros para conversar entre la música, acarició su cabello, respiró su aroma, asimiló cada registro de su voz. Algo hice para merecerla, pensó de pronto. Los años de colegio, la facultad, el trabajo, la lucha por la vida. Sentía que era un premio especial; que una mujer así no caía del cielo a cambio de nada. Eso lo hizo sentirse más seguro, más cuajado y adulto. Y en sólo unas horas, maduró. Se hizo lúcido y se dispuso a merecerla.

Llegaron las campanadas. Ding, dong. Todos bailaban y reían, brindaban, chocaban las copas salpicándose de champaña. Feliz 2001. Feliz año nuevo. Él nunca había sido muy sociable; tenía sus ideas sobre las fiestas de año nuevo en general y sobre la Humanidad en particular, y no eran ingenuas en absoluto. Sin embargo, aquella vez amó a sus semejantes. Los habría abrazado a todos. Con la última campanada ella se quedó mirándolo en silencio, la copa en la mano, la boca entreabierta, y él se inclinó sobre sus labios. Sabían a champaña y a carne tibia, y a futuro. Alrededor los amigos aplaudían y bromeaban sobre el flechazo. Ellos seguían mirándose a los ojos y se besaron de nuevo, ajenos a todo. Y más tarde, rozando el alba, la acompañó a su casa. Se besaron de nuevo en el portal, mucho rato, y él regresó a casa caminando en la luz gris del amanecer, las manos en los bolsillos, sintiendo deseos de dar pasos de baile, como en las películas. Estaba enamorado.

Pasaron los meses y se amaron con locura. Ella estaba en el último año de carrera; él, a punto de conseguir el trabajo soñado. Viajaron juntos y hubo un verano maravilloso, el mar, los paseos por la playa, las noches cálidas. Cuando estaban juntos apenas necesitaban otra cosa. Ella se le aferraba, jadeante, sus ojos muy abiertos cerquísima de los suyos, abrazándolo como si pretendiera hundírselo para siempre en las entrañas. Te amaré toda mi vida, dijo él. Me parece que deseo un hijo, dijo ella. Que se parezca a ti. Que se nos parezca. El mundo era una trampa hostil, pero podía ser habitable, después de todo. Era posible, descubrieron sorprendidos, construir un lugar donde abrigarse del frío que hacía allá fuera: un refugio de piel cálida, de besos y de palabras. A veces se imaginaban de viejos, con nietos, libros, un pequeño velero con el que navegar juntos por un mar de atardeceres rojos y de memoria serena.

Aquel año consiguió el trabajo por el que había luchado toda su vida. Un puesto de responsabilidad en una multinacional importante. El primer día que fue al despacho, al llegar a su mesa situada junto a la ventana con una vista maravillosa de la ciudad, pensó que había llegado a algún sitio importante, y que el triunfo también era de ella. Tenía que compartir ese momento, así que descolgó el teléfono y marcó el número de la casa donde ahora vivían juntos. Estoy aquí, lo he conseguido. Estoy en la cima del mundo, dijo. Y te quiero. Mientras hablaba, sus ojos se posaron, distraídos, en el calendario que estaba sobre la mesa: martes 11 de septiembre. Luego se volvió a mirar por la ventana. El día era hermoso, los cristales de la otra torre gemela reflejaban el sol de la mañana, y un avión enorme se acercaba volando muy bajo.

2002

Pingüinos y parafina

El otro día dejó de funcionarme la caldera de gasóleo. Doce bajo cero. Un frío de cojones. Ni agua caliente, ni calefacción, ni nada. Siberia en versión doméstica, y yo clavadito al doctor Zhivago, con carámbanos en las pestañas. Así que llamé a Ramón, el fontanero. Ramón es un amigo, y acudió presto con su caja de herramientas y su mono azul —Ramón es un clásico— dispuesto a rescatarme del Gulag. ¿Hay gasóleo en el depósito?, preguntó al llegar. Mil litros, respondí. Pues va a ser el filtro, diagnosticó mientras aflojaba tuercas y juntas. Después me enseñó el filtro, lleno de una substancia gelatinosa. Parafina, sentenció. El gasóleo tiene parafina, el frío la espesa, el filtro se obstruye y la caldera se para. ¿Y qué hacen en Finlandia?, pregunté. Ramón recogía sus bártulos. Esto no es Finlandia, comentó. Aquello es un sitio serio.

Telefoneo al distribuidor local de gasóleo. Qué pasa con la parafina, digo, tirándome el pegote en plan experto en hidrocarburos. Que tengo media docena de pingüinos jugando al mus en el tresillo. Pues mire, me informa una señora o señorita. Nosotros somos agentes y servimos el gasóleo tal y como viene. ¿Seguro?, pregunto. Palabrita del niño Jesús, responde. La cantidad de parafina no es cosa nuestra.

Información de Telefónica. Ring, ring. Distribuidor nacional. Atención al cliente. Ring, ring. No, me dicen. Aquí es para el butano. Llame a tal. Más ring, ring. Contestan en tal. No, mire, aquí atendemos a los del propano. Llame al teléfono cual. Ring, ring. Teléfono cual. ¿Es usuario colectivo o particular? Ring, ring. ¿De Madrid o de la sierra? Por fin, tras gastarme una pasta en llamadas, consigo hablar con una señora o señorita encantadora de Atención al Cliente de Gasóleo Particular de Personas Particulares que Viven en la Sierra. Le cuento mi drama siberiano. La parafina se congela en un gasóleo que necesito justo para no congelarme. Tomo nota, dice. Lo llamaremos. ¿Cuándo?, pregunto angustiado. ¿Dentro de un rato? ¿Dentro de un mes? No sabría decirle, es la respuesta. Hay que pasar los datos a Asistencia Técnica. Empiezo a blasfemar. La señora o señorita aguanta impertérrita hasta que empiezo a cuestionar la virginidad de la Virgen. Entonces me da el teléfono de Asistencia Técnica. Ring, ring. Durante dos días telefoneo cada media hora, y siempre sale un contestador diciendo que deje un mensaje. Por fin dejo el mensaje: «Tienen ustedes muy poca vergüenza».

Sigo helándome. Los pingüinos cogen confianza. Se han comido media nevera y ahora se dedican a leer a Javier Marías en la biblioteca. Vuelvo a telefonear al distribuidor local. Hola, soy el del otro día. De momento, el distribuidor nacional no me hace ni puto caso. Así que no sé si mentarles los muertos a ellos o a ustedes. Mire, caballero, dice la misma señora o señorita de la otra vez. El gasóleo que nos sirven lleva parafina que en tuberías exteriores se espesa por debajo de seis grados bajo cero, y obstruye los filtros. Pero mi depósito es exterior, argumento, porque la ley me obliga a eso. ¿No será que le añaden alguna guarrería?, pregunto. Nada de nada, contesta. ¿Y a nadie se le ha ocurrido que cuando más falta hace la calefacción es precisamente por debajo de menos seis grados? Ya, responde. Pero la temperatura estándar calculada no baja hasta ahí. ¿Y quién calculó esa temperatura estándar?, demando. No sé, dice la torda. Pero en cuanto suba no tendrá problemas. Es un consuelo, respondo. Me alivia saber que cuanto más calor haga, más calefacción tendré; y que en agosto podré poner los radiadores funcionando a toda hostia. Para el invierno, ¿se le ocurre algo? Hay un truco, dice por fin. ¿Cuánto carga su depósito? Mil litros, respondo. Pues échele doscientos cincuenta de gasolina para descongelar la parafina. Oiga, le digo. Si meto doscientos cincuenta litros de gasolina en el depósito, cuando encienda la caldera volará la casa, y los pingüinos y todo cristo nos iremos a tomar por saco. ¿Cuántos me dijo que caben?, pregunta la señora o señorita. ¿Mil? Ah, bueno. Había entendido diez mil. Entonces póngale veinticinco litros de gasolina a ver qué pasa.

Ayer, a los pingüinos les sentó fatal verme aparecer con mi lata de gasolina. Se daban con el codo y ponían mala cara. De qué va éste, murmuraban por lo bajini. Pero no hizo falta echar nada, porque a última hora subió el termómetro y la calefacción volvió a funcionar. Por fin, esta mañana me ha telefoneado un caballero amabilísimo de Asistencia Técnica del distribuidor nacional, confirmándome que, en efecto, la temperatura de congelación prevista para el gasóleo en España es de -6° para la calefacción y de -10° para los automóviles, y que ellos se limitan a cumplir la norma publicada en el BOE. Le di las gracias y me cisqué en el puto BOE. Luego, cuando bajé a desayunar, comprobé que los pingüinos ya no estaban. Se habían llevado *Negra espalda del tiempo,* una chaqueta de ante y las llaves del coche. Ya no puedes fiarte ni de los pingüinos.

El beso de Cinthia

La noche es de música, humo de cigarrillos, cerveza Pacífico y tequila en el Don Quijote de Culiacán, Sinaloa. Mis amigos celebran un negocio reciente, y además, como cada día, el hecho milagroso de seguir vivos. Son cinco, de esos que llevan las chamarras puestas como si tuvieran frío en todas partes: bultos sospechosos en la cintura, botas de piel de serpiente, tejanas cien equis, gorras de béisbol de los Tomateros de Culiacán, mucho oro grueso encima. A la entrada, el portero que maneja el detector de metales se apartó con una sonrisa, sin cachearlos. Quihubo, señores. Qué onda. De siete a doce el Don Quijote es territorio narco, y de once en adelante es territorio gay; de forma que, durante una hora, ambas parroquias coexisten sin problemas, reinonas teñidas de rubio y caras morenas y rasgos duros, bigotazos y evidente peligro. Las cervezas caen de veinticuatro en veinticuatro, mientras en el escenario alguien canta *Lo que sembré allá en la sierra,* coreado por el público.

—¿También vas a sacar esto en tu novela, compa?

—A lo mejor.

—Chale. Pos me gustaría saber leer, para leerla.

Se parten de risa. Luego la seguimos en el Lord Black. Un téibol. Música discotequera. Hembras de infarto bailando desnudas en la pista mientras caen botellas de Remy Martin. Cada vez que insisto en pagar una ronda y logro que me dejen, la banda magnética de la American Express salta hecha confeti. Estos pinches cabrones, digo en voz alta, se gastan en una noche lo que yo gano en un mes. Pos ganas bien poco, güey, dice uno. Y otra vez se descojonan de risa.

Aparece Cinthia. Llevamos viniendo al Lord Black cinco noches seguidas, y Cinthia es como de la familia. Alta, rubia, un cuerpazo que quita el hipo, en su esplendor absoluto sin trampa ni cartón. Nos baila en la pista, a un metro. Al terminar su número, previo pago de cien pesos, las chicas bajan y le bailan a uno encima, sentadas en sus rodillas o donde se tercie. Por treinta pesos más, el baile es en un reservado. Sólo eso, baile. Desnuditas y en requetecorto, pero baile. Los cuates se invitan unos a otros. Báilale a mi compa, chavita. Y ella te baila durante cinco minutos exactos, que en el reservado son diez. Mis amigos se lo pasan de a madre mandándose chicas unos a otros, y me incluyen en las rondas. Yo hago lo mismo, claro. Báilale al Batman, guapa. O a ese del bigote que se llama Lupe Garza. Cuando llega mi turno, pongo cara de tipo duro y bebo mi coñac sin pestañear, como quien no se da por enterado, mientras las chichotas de la morra se balancean contra mi nariz.

Cinthia se nos para delante, espléndida, los brazos en jarras. Díganle al pinche español que o esta vez me invita a los reservados o le monto un escándalo. En medio del jolgorio general, el Batman saca un fajo de billetes. Pos ándele nomás, mi güera. Que yo invito al señor. Protesto, pero Cinthia me agarra de la mano y todos me empujan y me meten en el reservado y se quedan fuera cantándome *«saben que soy sinaloense, p'a qué se meten conmigo»*. Así que me siento, y Cinthia se sienta en mis rodillas, me pone una teta casi encima de cada hombro y me dice que le cuente cosas de España y si es verdad que escribo libros, y yo le digo vale, te cuento, pero no te muevas, que me vale así, quietecita, sin baile. Que tampoco soy de piedra. Y hablamos un rato como personas, y le pregunto cosas que me interesa saber, y Cinthia me dice que el trabajo allí es sólo provisional, que está ganando mucho dinero mientras estudia para actriz, y que dentro de unos días se irá a Los Ángeles porque tiene un visado para hacer una película. Luego me pregunta si es que no me gustan sus chichis, y le digo que me gustan mucho, que son unas chichis estupendas, y que a lo mejor otro día se las toco un poquito. Luego me pregunta si todos los españoles son tan tímidos y correctos como yo, y le contesto que sí, cantidad, Cinthia. Incluso mucho más. Y me mira raro y sonríe como calculando hasta qué punto le estoy tomando el pelo; y como han pasado los diez minutos me da un beso en la mejilla, un beso estupendo, de verdad de la buena, y salimos afuera, y se va a bailar a otra mesa.

Buena chica, Cinthia, le comento a mis amigos más tarde, cuando vamos en el Grand Marquis rumbo al hotel. Y el Batman, que conduce, se ríe y dice: lástima de todo lo que se mete, con ese cuerpo. Porque esa güera no va a durar mucho ni va a salir de aquí nunca, compa. Se gasta todo lo que gana en pericazos, o que no viste cómo moqueaba la morra, y cuando esté hecha una mierda se la traspasarán a otro tugurio de menos categoría y terminará de cualquier manera, cada vez más bajo, cogiéndose a cualquiera por cuatro pinches pesos. Y yo me digo, recordando el beso de Cinthia, que prefería la historia del visado y la película en Los Ángeles. Y que a veces uno sabe más cosas de las que quisiera saber en esta puta vida.

Una de tebeos

Acabo de enterarme de que José Sanchís Grau, el gran Sanchís de mi infancia, ha recuperado los derechos sobre su gato Pumby, el personaje cuya propiedad intelectual le fue arrebatada por un editor desaprensivo y listillo. Y no saben lo que me alegro. He sabido así, además, que Pumby nació en 1952, sólo unos meses más tarde que el arriba firmante y que el vecino de las almas tan blancas y la negra espalda. Los tres tenemos, por tanto, los mismos tacos de almanaque en la ejecutoria; e ignoro si el perro inglés leía Pumby o se dedicaba a Shakespeare desde su más tierna infancia, aunque me consta que ambos coincidíamos, en torno a los ocho o nueve años, en profesar la regla de los Proscritos junto a Guillermo, Pelirrojo, Douglas y Enrique. En lo que a mí se refiere, reconozco públicamente que antes de eso y de los Mosqueteros, y de los tripulantes del *Pequod* y Scaramouche y el capitán Blood, antes incluso de Tintín y el capitán Haddock, el primer personaje de ficción y aventura que adopté como amigo, guardándole lealtad inquebrantable, fue el gato Pumby. Y lo recuerdo como si fuera ayer. Yo acababa de salir de mi primer desengaño amoroso con Beba la Enfermera, a la que imaginaba novia del urbano Ramón, que con su pito para la circulación. Era un lector ávido de cuatro o cinco años, en busca de amigos con los que viajar lejos y multiplicar mi vida por cientos de vidas ajenas y maravillosas, apropiándomelas. Y entonces descubrí los tebeos, y en ellos conocí a Pumby, ese gato negro de sangre fría y valor acreditado, con su cascabel y su pantalón rojo corto. Con él amé castamente a la gata Blanquita —fue

Sigrid, reina de Thule, quien después barrió esa castidad de mi joven corazón— y seguí los sabios consejos del profesor Chivete; que por aquella época, junto al profesor Franz de Copenhague, simbolizaba para mí el colmo de la sapiencia. Y cada vez, al llegar a la última página, me daba una vuelta por Varsoniova —creo que se escribía así— en compañía del entrañable Soldadito Pepe.

Ahí empezó todo. En ese tiempo, igual que en la edad adulta pasa con los libros, los tebeos eran como las cerezas: tirabas de uno, y éste arrastraba otros. Comprando Pumby cada semana descubrí en el quiosco al pato Donald, al primo Narciso Bello y al tío Gilito, a Goofy y al buen Pluto. Y junto a ellos, a Mendoza Colt, El capitán Trueno, Roberto Alcázar y Pedrín, El Guerrero del Antifaz, El Jabato, y El Cachorro. Todos ellos se apilaban en el armario de mi dormitorio, y los leí tanto que mi madre los hacía encuadernar para que durasen un poco. Una de las más claras imágenes que conservo de entonces es la de mis amigos —Antoñito Rafael, Paco Cordobés, Jorge Cortina, los Ruscalleda— tirados en el suelo o en el jardín, leyendo —les dejaba los tebeos a cambio de sus bicis—, pues acudían a mi casa como a una biblioteca. Hasta los ocho o nueve años, que es cuando los libros de la colección Historias, y los de Cadete, y Guillermo Brown y los viejos volúmenes de la casa de mis abuelos empezaron a arrinconar tebeos, el género alcanzó su máximo esplendor entre mis lecturas con el descubrimiento de un nuevo filón: las traducciones americanas de Superman, Batman, Roy Rogers, Gene Autry, Red Rider, El Llanero Solitario, y mi favorito gringo, el enlutado sheriff Hopalong Cassidy. Y la guinda, el canto del cisne del tebeo antes de abandonarlo para siempre —Tintín era otra cosa, como más tarde Corto Maltés—, fue la colección Hazañas Bélicas, donde conocí a alguien que sería decisivo en mi vida: Donald, el reportero de guerra. Y más tarde, casi al final, Johnny Comando y el cabo Gorila. Todos esos tebeos, leídos y releídos hasta que se deshicieron entre mis manos —tuve la suerte, hoy inconcebible, de no conocer la tele hasta los doce años—, desbrozaron caminos, prepararon el terreno para que los libros que llegaron después se instalaran sólida y definitivamente. Aguzaron mis sentidos como lector, dotándome de ese instinto de cazador que caracteriza al devorador de relatos: el que sabe reconocerlos, disfrutarlos y apropiárselos sin vacilación y sin complejos, haciendo que formen parte de su vida para siempre.

Por eso escribo hoy sobre Pumby, y por eso sonrío mientras tecleo estas líneas. Hace cuarenta y cinco años contraje una deuda con él y con el hombre que lo creó. Y al enterarme de que José Sanchís ha recuperado sus legítimos derechos sobre el personaje, y también, con ese motivo, de que su felino cumple los mismos años que yo, he querido dedicarles esta página a los dos. Siempre desprecié a quien olvida sus deudas; por eso procuro recordar y saldar, si puedo, las mías. Celebro que el camino que en cierto modo empecé con Pumby me conceda ahora el privilegio de rendir este homenaje a tan viejo amigo, compañero de los primeros pasos por la lectura, por la aventura y por la vida. Así que gracias por ese gato, maestro.

Lejos de los aplausos

El bar de Lola está tranquilo esta noche. Música suave y las luces del puerto tras la ventana, al extremo de la calle. Tararí tarará, suena la minicadena colocada entre dos botellas polvorientas de Fundador, en un estante. Es la hora de los amigos que saben estar callados. El Piloto, Octavio Pernas, el gallego irreductible, y Pepe Sánchez, el malagueño de Cuevas del Becerro, beben a mi lado, apoyados en la barra, sin abrir la boca. Lola seca vasos al otro lado, o se entretiene haciendo cuentas de pesetas a euros. De vez en cuando le miramos el escote y seguimos bebiendo en silencio. Se está bien aquí, así. Callados, mirando. Pensando.

Y qué pasa, dice de pronto Pepe Sánchez, cuando a Manolo, el último héroe, se le acaba el partido. Dice eso y los otros nos quedamos inmóviles sobre nuestras ginebras azules, y hasta Lola se para con un vaso en alto, a medio secar. Pero Pepe no se corta. Qué pasa, insiste, cuando el artículo que escribiste sobre el futbolista Manolo, ¿te acuerdas?, se convierte en un viejo recorte amarillo. Cuando pasa el tiempo y la gente se olvida de él, y sus compañeros de equipo y su entrenador sólo recuerdan que pudo meter un gol y no quiso, por tirárselas de hidalgo. Y entonces, al cabo de unos días, van y lo echan a la puta calle.

El Piloto me mira, leal como siempre, seguro de que tengo una respuesta adecuada para eso. Y Octavio se ríe por lo bajini. Pasa, comenta el gallego, que Manolo no es el último héroe sino el último gilipollas. Pasa que le dan por saco bien dado. Que, como premio a su noble gesto, termina en el paro y ya no lo ficha ningún club. Que al final la vida demuestra que quienes tenían razón eran aquellos a quienes nunca importó cómo ganar el partido. Que los que juegan sucio pero ganan son los halagados y agasajados en todas partes, y que a estas horas el pobre Manolo estará tirado en una esquina, sin que nadie se acuerde de él. Algunos lo sabemos por experiencia.

El Piloto sigue observándome sin abrir la boca. Di algo, apremian sus ojos grises. Seguro que puedes cerrarles la boca a estos colegas. Pero yo no estoy tan seguro. Acabo de leer la historia de Santos González Roncal, el trompeta aragonés de Baler, otro último héroe, precisamente uno de los últimos de Filipinas, que estuvo sepultado durante mucho tiempo en una tumba sin cruz ni nombre después de que, ya anciano, un grupo de falangistas y guardias civiles lo fusilara en el 36 mientras pedía en vano que antes le permitieran ponerse su vieja casaca con sus medallas. También acabo de oír la historia de los honorables jueces que el otro día excarcelaron a un par de narcotraficantes en vísperas del juicio. Acabo de leer y de oír y de mirar como cada día. Y tal vez, Piloto, tengan razón estos dos aguafiestas, concluyo hundiendo la nariz en mi vaso. Los dos aguafiestas ni se inmutan. Lola me mira muy fijo. Te encuentro bajo de moral esta noche, comenta. Es que, respondo, vivo en España, y a veces me doy demasiada cuenta.

Y sin embargo, dice el Piloto. Lo miramos esperando que siga, pero ya no sigue. Ha dicho cuanto tenía que decir, así que enciende un cigarrillo y mira por la ventana hacia las luces del puerto. Pero yo sé lo que dice sin decirlo. Sin embargo, nos recuerda su mirada silenciosa, a veces te pega el levante duro allá fuera y estás solo y no hay público que aplauda ni cristo bendito que te ayude, y puedes elegir entre echarte a llorar o apretar los dientes y pelearte con la mar y con Dios. O estás solo en casa, o perdido en mitad de una calle o de la vida, o cavando tu propia fosa con un fusil en el cogote sin que te dejen ponerte las viejas medallas, y te dices bueno, claro, la verdad es que con claque y aplausos puede ser héroe cualquier tonto del culo a poco que lo animen. La cuestión es cuando estás perdido en el bosque igual que Pulgarcito, solo como un perro, y ves las cosas como son, y no te haces ilusiones sobre el monumento en la plaza de tu pueblo, y a fin de cuentas el asunto se dirime entre tú y tú mismo. Con mucha suerte, en el mejor de los casos, puede haber una mujer, un hombre, tal vez un hijo que te miran. Que comprenden, o no. Que saben por qué haces lo que haces y lo que no haces, o que un día, rebobinando la escena, quizá lo sepan. Y si no, pues oye. Qué cojones. Tampoco tiene tanta importancia.

Todo eso dice el Piloto en el bar de Lola sin abrir la boca. Y Octavio y Pepe Sánchez lo escuchan como yo; y a regañadientes inclinan la cabeza y asienten al fin, porque saben que el Piloto tiene razón. Entonces Lola cambia el cedé en la minicadena, y entre las botellas polvorientas de Fundador suena *Yo te diré*. Por los héroes, comenta alguien, levantando la copa azul. O tal vez no lo comenta nadie, sino que viene en las palabras de la canción. Entonces todos levantamos la copa, despacio, y Lola nos mira y dice: a ésta os invito yo.

Las carcajadas del ministro

Pues resulta que tengo delante una foto de prensa, con el ministro de Exteriores español de visita donde Ariel Sharon, en Jerusalén por más señas. Y lo chocante de la foto es que el titular de la noticia dice que Sharon niega a Josep Piqué las peticiones de la Unión Europea para que suavice la presión sobre Palestina. O sea, traducido del hebreo, que a Piqué y a la Europa que representa acaban de ponerlos mirando a Triana pero bien, en plan puedes meterte la mediación, chaval, donde te quepa. Y resulta que, en la foto, la cara del ministro europeo-español parece todo lo contrario, porque Sharon tiene cara de cabrón con pintas y mucha guasa, y el jefe de la diplomacia española está en plena carcajada, juas, juas, encantado, o eso parece, de estar allí ante los flashes para decir que Israel no le hace ni puto caso, qué risa Basilisa, este don Ariel que nos sale con que verdes las han segado y que Tsahal, o sea, sus tanques Merkava y compañía, van a seguir dándoles a los infames y prepotentes terroristas palestinos —recordemos que todos los terrorismos son clavaditos unos a otros, según José María Aznar— hasta en el cielo de la boca durante todo el tiempo que les salga de los huevos. O más.

A lo mejor es porque todos los terrorismos son iguales por lo que Josep Piqué se ríe tanto en la foto. Porque si no lo fueran, si hubiera aunque fuese la más mínima diferencia entre un admirable gudari que pone coches bomba junto al Corte Inglés y un cobarde rastrero palestino que con unas granadas y un Kalashnikov va a suicidarse vilmente a un puesto militar israelí, o hubiera alguna diferencia entre un kaleborroka hasta arriba de cerveza que quema un cajero automático y un niño palestino de ocho años que, descalzo, la emprende a pedradas contra soldados armados con fusiles de asalto y balas de verdad, entonces el ministro español, u otro ministro de Exteriores o representante europeo cualquiera, en vez de reírse tanto en plan qué simpático es el gordo este, cagüendiela con el Arielito, qué grasia y qué arte tiene el jodío judío, estaría serio como un ciprés a la hora de hacerse la dichosa foto. Estaría, digo yo, con cara digna y de mala hostia, para que quede bien claro que al animal que tiene al lado se la traen floja las mediaciones y está dispuesto a seguir, desde su posición de fuerza, machacando impunemente a quienes la cobardía internacional, la complicidad de Estados Unidos y las risitas blandas de ministros y mediadores, entrega a diario, maniatados, a sus opresores y verdugos. Y que éstos, con Piqué y sin Piqué, con Europa o sin ella, seguirán pasándose por el ojete todas y cada una de las resoluciones de Naciones Unidas.

Pero la verdad, no sé de qué me extraño. La risa del representante de la Unión Europea junto a Sharon me recuerda aquella otra risa que en circunstancias parecidas le salía a mi mediador favorito, Javier Solana, entonces también ministro de Exteriores español, y luego secretario general de la OTAN —no sé qué carajo será ahora mi primo, pero seguro que sigue siendo algo—, cuando se fotografiaba junto a Milosevic, Karadzic y sus generales chetniks, al principio de la guerra de Yugoslavia, con lo de Croacia y Bosnia y todo aquello de lo que ya nadie se acuerda. También entonces, mientras las tropas serbias saqueaban y asesinaban, y Sarajevo era un matadero, y los únicos que lo denunciaban eran los reporteros que allí trabajaban y morían, Javier Solana se rió un huevo y parte del otro estrechando la mano a todos aquellos cerdos carniceros. Y mientras sus correveidiles del Ministerio español de Asuntos Exteriores pedían a los responsables de TVE que presionaran a sus reporteros para que no entorpecieran el compadreo y fuesen objetivos y equidistantes entre las mujeres violadas y quienes les cortaban el cuello, el ministro Solana multiplicaba conferencias de prensa para decir, siempre con bonitos plurales, estamos en ello, tenemos perspectivas, llevamos la negociación por buen camino, tenemos que escuchar a las partes. Todo con mucho apretón de manos y mucho pasar la mano por el lomo y muchas fotos tronchándose de risa, ji, ji, en vez de poner los cojones de Europa sobre la mesa y parar los pies a todos aquellos psicópatas asesinos que, envalentonados, aún iban a seguir varios años metiendo las manos en el barreño de vísceras, hasta los codos. Así estuvo la miserable Europa, mareando la perdiz hasta que se desbordó el río de sangre y Estados Unidos tomó cartas en el asunto. Pero con lo de Israel y Palestina, y sobre todo después del 11 de septiembre y Afganistán y toda la murga, Estados Unidos lo tiene clarísimo, y a Sharon y a quienes lo votaron los vemos encantados de la vida: Osama Bin Laden es su milagro de Lourdes particular. Así que a la diplomacia europeo-española no le queda otra, como de costumbre, que llevar el botijo y reír los chistes cuando se hace fotos con hijos de puta.

Corbatas y don de lenguas

Reconocerán que fue un bonito espectáculo. Una de esas cosas plurales y modernas, para que luego digan que no atamos los perros de la diversidad con longanizas. Fue uno de esos momentos brillantes de la cosa nacional, o de lo que carajo sea esto, que luego, cuando viajas, hacen que intentes pasar inadvertido cuando la gente pregunta de dónde eres. Apátrida, dices. Yo soy apátrida. Primero por vergüenza, y luego por ignorancia. O sea, que realmente hay días en que me levanto y no sé de dónde coño soy. Y es que observen el cuadro. Estrasburgo. Parlamento europeo. Solemne apertura. España, es decir, nosotros —aunque lo de nosotros sea un anacronismo— estrenando presidencia. Todo cristo mirando. El presidente Aznar muy repeinado. Los ministros con la cara lavada y las uñas limpias, luciendo esas espantosas corbatas verde o rosa fosforito que ahora usan todos los políticos y que son, hay que joderse, el non plus de la elegancia. Todo, en fin, a punto de caramelo para que Europa se entere de que, pese a que nuestra política exterior y nuestra defensa las lleva el Pentágono, y de que nuestra política cultural la lleva Carmen Ordóñez con la bisectriz de su ángulo obtuso, en cuestiones europeas no hay quien nos moje la oreja, y que desde Carlomagno no hubo paladín de la cosa como la España que viste y calza. Todo en ese registro, les digo, con los telediarios y sus enviadas especiales en plan burbujas de Freixenet. Y entonces empieza el espectáculo.

En francés. Les juro por mis muertos que el representante de Esquerra Republicana de Cataluña habló en francés, que aunque le da cierto aire al catalán no es lo mismo ni de coña, y tiene la ventaja de que lo habla más gente. *J'ai perdu ma plume dans le jardin de ma tante,* dijo, para expresar el deseo de que la República Catalana acabe figurando en la Unión Europea, y luego, resumiendo, *visca Catalunya lliure dins una Europa Unida,* apuntilló al final, y tengo mucho gusto en invitar a estos señores a una copita. Tomaban aplicadamente nota de todo los parlamentarios europeos, cuando el representante de Batasuna hizo uso de la palabra para pronunciar su discurso, no en euskera —que tal vez no sea una lengua lo bastante extendida todavía en el ámbito comunitario como para que los parlamentarios europeos capten matices y sutilezas—, sino en fluido inglés de Shakespeare, *ladys and gentlemans, my taylor is rich* y todo eso. No sé cómo siguió la cabalgata, la verdad, porque a tales alturas del asunto fui a echar una carrera por el monte para que mis carcajadas no despertaran al vecino, un chaval que curra por las noches; así que me perdí las otras intervenciones de representantes de las naciones salvajemente oprimidas por la España Que Nunca Existió. Imagino, conociendo el percal, que después algún gallego se expresaría en italiano, porca miseria y todo eso, *la recita quotidiana del Rosario era finita y el príncipe Salina* etcétera, algún canario en alemán, *donner und blitzen* o como se diga, y algún extremeño en el bonito dialecto occidental de las islas Fidji: *Alolúa Ula-Ula manguti.* Lo que, en traducción libre, viene a significar que aquí cada perro se lame su cipote.

De modo que, tras ese descenso del Espíritu Santo en forma de don de lenguas sobre Estrasburgo, preveo una inolvidable presidencia española de la Unión Europea. Pintoresca y apasionante, pasmo de propios y extraños. Como para firmar autógrafos. Y así, amén de probar a Europa y al mundo que ni puta falta hace ir por ahí con esa otra lengua cutre, abyecta, utilizada por Miguel de Cervantes y Francisco de Quevedo entre otros notorios escritores franquistas, lo que va a quedar muy claro en Europa durante los próximos meses es que España, o como llamen ustedes a esto que tenemos aquí, y después de un cuarto de siglo de generosa respuesta a todo tipo de reivindicaciones regionales, ya no es sino lo que la dinámica impuesta por los nacionalismos aldeanos le permite ser: un concepto difuso, vergonzoso e intrínsecamente perverso, donde las únicas identidades históricas y culturales respetables son las que esos nacionalismos poseen, o se inventan. Incluido —que tiene huevos, en boca de paletos expertos en acojonar al vecino, clientela comprada y garrotazo en la mesa— el certificado de calidad de lo que es democrático y lo que no. Y lo más insólito es que a la palabra España, que lleva circulando veinte siglos, la hayan vaciado de contenido con tan pasmosa facilidad y sin esfuerzo, gracias a una eficaz combinación de astucia y estupidez: astucia para rentabilizar fanatismo propio y estupidez ajena. Todo eso, cociéndose entre una clase política a menudo inculta, acomplejada, bajuna, tan miserable cuando gobierna como cuando rumia revanchas de tuertos y ciegos en la oposición. Y que encima, por si fuera poco, tiene el mal gusto de ponerse esas corbatas.

El armario del tío Gilito

Es que ya no respetan ni los bolígrafos. El otro día se acabó la tinta del último rotulador: marca La Pava, modelo Equis Cuatro, azul de punta gruesa. En ciertas cosas soy de piñón fijo, y si algo me gusta o le tomo cariño me paso usándolo el resto de mi vida, si me dejan. Y ahí surge el problema. Que no me dejan. El Equis Cuatro sirve de muestra. Todas mis agendas y mis cuadernos de notas de los últimos tiempos están anotados con el mismo tipo de rotulador. Antes usaba el Equis Uno, pero en los aviones, con los cambios de presión, se salía la tinta y siempre terminaba blasfemando en arameo, los dedos y las camisas hechos una lástima y pidiendo auxilio a las azafatas. Mi compadre y colega Juan Eslava Galán me regaló un Equis Cuatro, que no se sale a nueve mil pies, y me quedó la costumbre. Hasta que el otro día, como digo, cuando fui a la tienda, la dependienta me quiso colocar un modelo diferente. Ni lo sueñes, dije. Quiero Equis Cuatro, como siempre. No hay, dijo la torda; pero éste es mejor. Me importa un huevo de pato que sea mejor, respondí. Quiero mi Equis Cuatro azul de punta gruesa. Pues ya no lo fabrican, respondió con un toquecito borde, como diciendo a ver de qué va el best-seller de los huevos. Se ha pasado de moda, y ahora hacen el Superequis Fashion Rotuling, con carcasa anatómico forense y capuchón holográfico fosforito que cambia de color según el ángulo en que lo mires. Que es lo último y mola un mazo. Pero si el otro era estupendo, protesté. Era la hostia en verso. Ya, contestó. Pero la gente se cansa. Quiere innovación. Novedades.

Me batí en retirada, hecho polvo. Porca miseria. Otra crucecita más en la lista de bajas. Mi padre, pensaba, palmó usando siempre la misma marca de loción de afeitar, idénticos zapatos, las mismas corbatas. Mi abuelo estuvo comprando el mismo tipo de sombrero panamá durante toda su vida. Y resulta que yo no puedo escribir seis meses seguidos con el mismo boli. Ni tampoco usar los mismos pantalones ni las mismas camisas. Basta, por ejemplo, que me acostumbre a las de cuadritos azules, para que a alguien se le ocurra que lo que se llevará el año que viene serán los cuadros rosa de a palmo. Entonces vas a la tienda, y absolutamente todas las putas camisas son de color rosa con cuadros de a palmo; y encima, cuando el dependiente oye que te ciscas por orden alfabético en toda la promoción del lago Tiberíades, piensa que eres un reaccionario y un carcamal. Antiguo, te dice. Que es usted un poquito antiguo, señor Reverte. Y así con todo: los zapatos, los calcetines, las corbatas. Porque no vean lo de las corbatas, yo que las usaba —por suerte conservo alguna— oscuras, de punto, lisas. O lo de los calzoncillos; porque según en qué tiendas, encontrar unos de algodón blanco normales, sin corazoncitos ni rayas fucsia ni pintas malva, se ha convertido en Misión Imposible IV.

En cuanto hay algo que usas de toda la vida o algo nuevo con lo que te sientes cómodo, de pronto un diseñador imaginativo y la madre que lo parió deciden cambiar la línea del asunto, y te dan por saco, pero bien. Todo, por supuesto, independiente de la calidad o la utilidad del objeto. La gente se cansa, dicen. O más bien la hacen cansarse porque lo conocido ya no es tan rentable y lo nuevo sí; y otra vez vuelta a empezar, y cada temporada una línea diferente, un producto o un envase distinto, pata ancha, pata estrecha, caja baja, caja alta, colores tal o cual. Y entonces, tropecientos millones de soplapollas y soplapollos arrinconan alegremente lo que han estado usando hasta ahora con enloquecido entusiasmo, y se instalan con el mismo entusiasmo en la nueva onda. Gastándose, por cierto, una tela.

Lo malo es que también me obligan a gastarla a mí; porque ahora, cuando veo algo parecido a lo que siempre usé, me abalanzo, aparto a los otros clientes echando espumarajos por la boca, y arrebato cuantas existencias puedo, alejándome con mis paquetes entre lunáticas carcajadas. Jua, jua. Resistiré, mascullo mientras calculo cuánto aguantará mi reserva logística. Resistiré y no podréis conmigo, hijos de la gran puta. Entre todos esos manipuladores de la moda y el diseño me han vuelto un paranoico, o un psicópata, o como carajo se diga; y en mi armario, como en la bodega de Ciudadano Kane, se amontonan camisas idénticas todavía dobladas y sin usar —quince azul claro y dieciocho de cuadritos—, calcetines azul marino, tejanos de los de toda la vida, frascos de jabón líquido Multidermol, colonia Nenuco, cepillos de dientes Phb super-ocho azules, tres pares de zapatos de reserva, siete Fluocariles en tubo pequeño, catorce cajas de Actrón, ochocientas treinta y cinco maquinillas de afeitar Wilkinson. El armario parece una sucursal de Pryca —o como se llame eso ahora—, y yo allí como un idiota, contando y volviendo a contar con aire tacaño, angustiado por el futuro. Rediós. Parezco el tío Gilito por culpa de todos esos cabrones.

Dos llaves de oro

Tengo una insignia de solapa con dos llaves doradas. Me la dio el otro día José Cándido Remujo, conserje del hotel Colón de Sevilla, que es allí mi hotel de toda la vida, o casi, desde que hace diez años pasé cierto tiempo pateándome la ciudad para una novela. José Cándido pertenece a esa clase especial que da categoría a los grandes establecimientos hoteleros. Quería agradecerme así, dijo, el homenaje que en *El club Dumas* dediqué a su oficio en el personaje del conserje Grüber. Y fíjense. Aunque nunca uso insignias —ni siquiera una con dos floretes de oro que me regaló un querido amigo—, agradecí el detalle. Desde hace treinta años, cuando empezaba a ganarme la vida, aspiré siempre a gozar de la benevolencia de esos individuos serios, vestidos de oscuro, imponentes con sus llaves cruzadas en las solapas, que enarcaban una ceja cuando me veían entrar con los tejanos, la camisa descolorida y la mochila al hombro. Después, el trabajo y la vida me convirtieron en cliente habitual. Pasé mucho tiempo tratándolos, observando su forma de trabajar, su actitud al recibir propinas, su modo de dar las llaves o de solucionar un problema. Hice así mi composición de personajes, extraje conclusiones, aprendí a conocerlos. A conseguir su eficacia, su favor. A veces, su amistad.

Sólo quien vive mucho en hoteles sabe hasta qué punto recepcionistas, telefonistas, porteros, camareros y conserjes pueden hacer grata la vida, o fastidiarla. Pero eso no se improvisa. Hacer de la atención al cliente un trabajo honorable, aceptar su dinero y no perder la dignidad sino todo lo contrario, establecer la sutil distancia entre servilismo y profesionalidad sólo está al alcance de unos pocos. De gente con casta y maneras. Y eso también se estudia, se aprende, se practica. También ahí existen viejos maestros de pelo blanco que se jubilan dejando como sucesores a jóvenes discípulos. Y, en el escalón más exclusivo de ese mundo especial, los conserjes de los grandes hoteles internacionales son raza aparte. La élite. Observar, entre otros, a José Castex en el Ritz de Madrid, a Maurizio en el Danieli de Venecia, a Philippe en el Crillón de París, a José Cándido o a Escudero en el Colón de Sevilla, verlos orientar a los clientes, resolver problemas, telefonear para una reserva de mesa, aceptar una propina espléndida o miserable con la misma amable indiferencia, es una lección de tacto, eficacia y maneras.

Pero también eso termina, me comentaban la otra tarde en el mostrador del Colón, cuando lo de la insignia, José Cándido y un par de compañeros, recepcionistas veteranos. Hasta hay grandes hoteles de toda la vida, apuntaban escandalizados, que ahora quitan las llaves de las solapas a los conserjes, como si las llavecitas fuesen un hierro infamante en vez de un signo de tradición, de confianza y de clase. Y el personal de hostelería se improvisa ya de cualquier modo, y los profesionales de los sitios legendarios se jubilan y a veces los sustituye cualquier zascandil que —como algunos clientes— confunde la dignidad con la mala leche y la cortesía con el compadreo. Así, lo mismo valemos todos para un cocido que para un zurcido. Y los hoteles, incluso los mejores, dejan de ser lo que eran.

Me miraban los tres, dignos y serios. Melancólicos. A lo mejor, respondí mientras daba vueltas entre los dedos a la insignia, sí quedan algunas cosas. Satisfacciones reservadas para quienes conocen las reglas no escritas, clientes que todavía saben apreciar matices, guiños a los viejos tiempos. Recompensas especiales, si uno sabe advertirlas: la leve sonrisa cuando uno de ustedes dobla el billete de la propina y se lo mete en el bolsillo agradeciéndolo de veras, el gesto al entregar la llave o hacer este o aquel servicio, el detalle no exigido por el reglamento, la mirada de inteligencia cómplice cuando a tu lado, en el mostrador, un animal de bellota, cuya única autoridad es tener dinero, ser famoso de papel cuché o manejar tarjetas de crédito ajenas, exige esto o lo otro, grosero y prepotente. Y a veces, como privilegio especial, alguno de ustedes se quita la máscara impasible para regalarte una insignia, o una conversación amistosa, recogida y discreta: momentos, experiencias. Sus recuerdos. El día en que siendo mozo de equipajes llevó las maletas de Marlene Dietrich. La borrachera de Orson Welles. La bronca de Onassis y la Callas. Manolete vestido de luces. El champaña de Coco Chanel. Ava Gardner rumbo a su habitación, de madrugada, los pies descalzos sobre la moqueta. Eso dije, más o menos. Y cuando llegué a lo de Ava Gardner, aquellos tres hombres graves, vestidos de oscuro, se miraban y sonreían. Ava Gardner, suspiró uno, el de más edad. Guapísima. Si yo le contara. Entonces nos acercamos un poquito más unos a otros, allí, en el rincón del mostrador. Y él nos empezó a contar.

Cortaúñas y otras armas letales

Me parece hasta cierto punto lógico, oigan, que los gringos de Bush, después de su heroica hazaña de Afganistán y las que vienen de camino, anden acojonados con la seguridad y el terrorismo y toda la parafernalia en los aeropuertos. Y que por precaución, cuando son vuelos suyos requisen todos los objetos inciso-cortantes que sirvan para decirle a la azafata: Salam Aleikum, mi nombre es Med, Moha-Med, y cuéntale al piloto que vamos a aterrizar en la alfombra del Despacho Oval. Si yo anduviera por el mundo como van ellos, de chulitos de barrio y otra vez haciendo amigos como en los tiempos del entrañable Kissinger, premio Nobel de la Paz —el hijoputa—, también me subiría a los aviones con cierta congestión en la garganta. Así que resulta natural que cuando pasas con un sable de caballería bajo el brazo, el aparato haga tirurí, tirurí, y el rambo que masca chicle te confisque el sable. Están en su país y en sus compañías aéreas, de manera que con su pan se lo coman, y son muy dueños de intervenir todo objeto metálico, incluido el Diu de las Barbies de las pequeñas Nancys que vuelan con sus papis a Disneylandia, que ahí me las den todas. Cada uno se lo monta como puede.

Lo que ya no me hace puñetera gracia es que contagien su histeria a todo el mundo. Si me subo en la Air Camerún, por ejemplo, o como se llame la Iberia de allí, es poco probable que un terrorista desalmado utilice un clip de sujetar papeles para degollar al piloto y estrellarse contra la Estatua de la Libertad. Le pilla un rato lejos. Y es más: si de veras hace eso con un clip, olé sus cojones y la próxima copita se la pago yo, incluso aunque me pille a bordo, que ya sería mala suerte. Y lo que digo de Air Camerún lo digo de cualquier otra compañía. Una cosa es que confisquen cuchillos, navajas, bisturís y cosas así, y otra muy distinta que ya ni te dejen llevar encima los objetos cotidianos, domésticos, que no sólo es dudoso que un terrorista comme il faut utilice para sus homicidios y tal, sino que además necesitas tener a mano. Factúrenlo, te dicen. Pero es que a lo mejor el objeto en cuestión te hace falta precisamente durante el viaje. Un cortaúñas, por ejemplo. A ver cómo te arreglas una uña en un vuelo trasatlántico de Iberia después de partírtela mientras intentas arreglar la luz de lectura del techo que no funciona. Además, ya me contarán ustedes, si sólo viajas con una bolsa de mano, cómo carajo vas a facturar un cortaúñas. Dónde le cuelgas la etiqueta.

La verdad es que ya hacemos el ridículo con tanta confiscación y tanta leche. No hay forma de comer con esos cuchillos de plástico que te dan ahora, que se parten o se doblan y con los que siempre terminas tirándole encima una patata hervida al vecino. En Nueva York me dejaron sin cortaúñas —imagínense un ataque suicida de tres integristas islámicos armados con cortaúñas—, en París sin cuchilla de afeitar, y en Madrid un amable guardia civil me informó de que ya no puedo llevar encima, cuando vuelo, la navaja suiza multiuso que me estuvo acompañando, en las duras y las maduras, durante los últimos treinta años de mi vida. La gota rebosó el vaso el otro día en el aeropuerto de Méjico, cuando la torda de seguridad me confiscó un mechero Bic de la bolsa de mano, después de haberle retirado a una señora que iba delante las pinzas de depilarse las cejas. Lo pintoresco es que además del mechero yo llevaba una caja de cerillas en la bolsa, y ésa no la detectó el aparato; de manera que, pese a tanta seguridad y tanta murga, de haber pretendido inmolarme al grito de Dios es grande, pegándo-

le fuego a la moqueta del avión sobre el cielo de Cuernava-
ca, yo no habría tenido el menor problema. Manda huevos.

Y es que eso es lo chusco del invento. Lo mucho que
toda esta paranoia de inspiración gringa incurre en la gilipollez. Puestos a quitarte unas cosas y dejarte otras —porque es imposible eliminarlas todas salvo que al final nos hagan viajar en pelotas—, ya me dirán ustedes qué diferencia
va de unas pinzas de depilar al frasco de vidrio de la colonia
que te dan con el neceser en los vuelos largos, un bolígrafo
metálico, un tenedor, unos cristales de gafas de sol rotos de
la forma adecuada. Recuerdo que, en mis jóvenes tiempos
de vida heterodoxa y poco ejemplar, un viejo amigo me enseñó a convertir vulgares objetos cotidianos en armas bastante cabroncetas y letales —*naked kill,* creo que lo llamaba,
o algo así—, y eso incluía un cordón de zapatos, un diario
enrollado, una tarjeta de crédito, una chapa de cerveza o
unas llaves. Así que, ya metidos a confiscar, calculen la lista. Porque siempre puede uno, metido en faena, estrangu-
lar a la azafata con el cinturón de Ubrique, degollar al del
Sepla con el peine, o secuestrar el Boeing amenazando con
la última canción veraniega de Georgie Dan. Con cualquier
novela histórica de José Luis Corral o Baltasar Porcel. Con
una película de Vicente Aranda. Con la lectura en voz alta
—metafísica, oye, que te vas de vareta— de la página de
Paulo Coelho.

Día «D» en La Línea

Ohú. Imagínense ustedes el cuadro, que a lo mejor hasta vieron parte en aquel vídeo de un aficionado que puso la tele. Yo mismo habría dado cualquier cosa por estar allí, mirando, mientras me tomaba una cerveza en un chiringuito con mi vecino el perro inglés. Ese domingo de Carnaval. Esa playa de La Línea de la Concepción, pegada a la verja de Gibraltar pero por el lado de aquí. Esa lancha británica arbolando pabellón de su Majestad la Queen. Esos feroces soldados de los Royal Marines haciendo maniobras con sus caras tiznadas en plan rambo y sus escopetas y sus morteros. Ese Peñón al fondo. Ese ejercicio de desembarco a media mañana, Inglaterra espera que cada uno cumpla con su deber y toda la parafernalia. Esa fiel infantería de marina británica dispuesta a mostrar una vez más su letal eficacia en las cosas de la guerra crué. Ese sargento chusquero Thomas Smith, o como se llamara, con un tatuaje de las Malvinas en un brazo y otro de su puta madre en el otro, que patronea la lancha de desembarco. Y que se equivoca de playa. Y que mete al teniente Mortimer y a sus veinte máquinas de matá en la playa española en vez de en la gibraltareña, o sea, por el lado de acá de la verja. Y ese desembarco impecablemente táctico, con muchas posturitas y mucho arrastrarse por la playa y mucho adelante, muchachos, a por ellos, cúbreme, Tommy, Bragueta Seis a Zulú Cuatro, afirmativo, cambio, etcétera.

Ahora imagínense las caras de los de este lado. Los padres paseando a sus niños en los cochecitos. La gente de La Línea que andaba por allí con sus cañas de pescar. Los varillas aparcacoches, dame algo, colega. Y la guasa. Domingo de Carnaval, insisto. La playa asín de gente y los Royal Marines haciendo el gilipollas, a gatas por la orilla. Los pescadores en sus pateras, con las redes a medio sacar, gritándoles os habéis equivocao, hihoslagranputa, que esto no es Hibraltá sino España, Spain. This is Spain and yu mistaken, pishas. Y esos dos policías municipales de La Línea moviendo las manos, que no, tíos, que la verja está allí atrás y os habéis pasao unas yardas y varios pueblos. Y esos llanitos del otro lado, británicos y todo lo que quieran, pero que les va la coña marinera como al que más, que para eso son de allí y se apellidan Sánchez y Cohen y Parodi, agarrados a la verja y llorando de risa con los ingleses, no te lo pierdas, Johnny, la Navy no sólo navega sino que patina. Rule Britannia.

Y en ésas, el teniente Mortimer que se da cuenta del planchazo y se le caen los cojones al suelo y dice por la radio aquí Zulú Cuatro, retirada, retirada, Black Hawk down o lo que sea, y todos los rambos nasíos pa matá otra vez a gatas para la lancha a toda mecha, apuntando para aquí y para allá, antes de que al cabo primero Romerales, del puesto de la Guardia Civil, que lleva cuatro coñás esa mañana, se le crucen los cables y saque el nueve parabellum y se vaya derecho a la playa, cagüentós los muertos de los ingleses, y la líe. Y al día siguiente, ese Ministerio español de Exteriores diciendo nada, hombre, chiquilladas bélicas sin importancia; y el portavoz del Ministerio de Defensa inglés haciendo chistes, je, je, un fallo lo tiene cualquiera, pero somos aliados y pelillos a la mar, así que tranquis y a joderse, que para eso están ustedes en la OTAN.

Ahora imagínense que hubiera ocurrido lo contrario. Que en el curso de unas maniobras militares españolas, el teniente Arensibía y la sargenta caballera legionaria Vanesa, con cabra incluida, hubieran desembarcado por error en una playa de Gibraltar, no ya con escopetas, sino con el bocata de mortadela de media mañana. Si hace algún tiempo, cuando una lancha del Servicio de Vigilancia Aduanera español se despistó, metiéndose tras una planeadora contrabandista en el Peñón, ya montaron los llanitos y los ingleses la de Dios es Cristo, calculen la que hubiera caído con esto, y más si encima alguien lo filma en vídeo: violación de aguas y territorio británico, agresión a la colonia, afrenta irreparable a la bandera de Su Majestad. Esos llanitos poniendo el grito en el cielo. Ese Foreign Office mandando notas de protesta. Esos editoriales del *Times* y del *Guardian* dando caña. Esos hooligans ingleses rompiendo bares de Benidorm como represalia. Los tertulianos de las arradios españolas pidiendo que rueden cabezas, y acto seguido ese Ministerio de Defensa destituyendo por si acaso a toda la cadena de mando, sargenta y cabra incluidas, y mandando al general jefe de la región militar destinado forzoso a Chafarinas, a enseñarle instrucción, un, dos, ep, aro, a la foca Peluso. Y ese ministerio nuestro de Asuntos Exteriores, pues ya saben. Arrastrándose, como suele, en busca de alguien a quien hacerle una mamada urgente —especialidad de la casa— para relajar la cosa. Y dando gracias al Cielo por que el teniente Arensibía y la cabra se hubieran equivocado desembarcando en Gibraltar, y no al otro lado de la verja de Melilla.

Salón Tropicana

Como dice mi amigo el escritor mejicano Xavier Velasco, todo puede convertirse en literatura. Todo vale. O más bien, apunto yo en el segundo tequila, hay un momento en la vida de quien le pega a la tecla en que la literatura se convierte en una especie de puerta, en un filtro por el que entra sólo aquello que te interesa, y el resto se queda fuera. Pasas. Y del mismo modo en que un lector de pata negra es quien descubre un día que todos los libros del mundo hablan de él, y se reconoce en ellos, un escritor va por el mundo consciente de que es posible proyectar sus recuerdos, sus sueños, sus lecturas, su imaginación y, en resumen, el conjunto de su vida, en casi todo cuanto se va tropezando por el camino, apropiándoselo como un cazador ávido que echa las cosas al zurrón, seguro de que, tarde o temprano, tomará forma en la pantalla de un ordenador o en el negro sobre blanco de una hoja a medio escribir.

Un taxi de confianza, patrón. Los porteros del Bombay, un antro de ficheras que linda con la plaza Garibaldi del D. F. y el barrio duro de Tepito, los mismos que nos han cacheado en busca de armas a la entrada, aconsejan que no vayamos a pie, y que confiemos nuestro pellejo y nuestras carteras a un taxista bigotudo, con aspecto de poderle confiar, como mucho, la salud de nuestro peor enemigo. Así que no, gracias, propina al canto y preferimos seguir a pie. De esa forma, me digo, al menos tienes oportunidad de correr. Xavier es un buen guía del Méjico nocturno en su vertiente golfa. No en vano nos hicimos amigos precisamente después de que yo leyera su libro *Luna llena en las rocas,* donde les da un repaso a los garitos más infames y peligrosos del centro de la capital mejicana. Y esta noche peregrinamos juntos como por sus páginas. El estreno ha sido en el Tenampa, un lugar clásico de mariachis, bastante tranquilo y decente, bajo las efigies legendarias y protectoras de Cornelio Reyna, Vicente Fernández y José Alfredo, con los mariachis cantándonos *Mujeres divinas,* que a estas alturas de la vida más que una canción es un estado de ánimo. Luego hemos salido del ámbito más o menos protector de la plaza Garibaldi para internarnos por las callejas que llevan a Tepito, allí donde a los gringos tontainas que buscan tipismo y folklore suelen ponerles la 45 entre los ojos y los aligeran de dólares y tarjeta Visa. Y después de abrevar aguarrás en el Bombay nos vamos calle abajo en busca del Catorce, un antro gay con espectáculo en vivo. Pero el Catorce está cerrado —orden judicial, dice alguien— y lo sustituye el local contiguo, que se llama literalmente Ahora Es El Quince. Entramos con cuidado. Más cacheos. Ni cristo dentro. Cuatro gays que se lo montan a su aire con la música en una esquina, media docena de soldados de paisano y con el pelo al rape, luz violeta, el espectáculo que se retrasa y no empieza nunca porque, nos cuenta el camarero, no llega el presentador. Nos vamos. Taxi de confianza, patrón. No, gracias. Otro día. Seguimos a pie, mirando por encima del hombro. Llegamos otra vez a Garibaldi. La cartera todavía en el bolsillo. Vivos.

De perdidos, al río. Salón Tropicana. Orquesta, lleno hasta arriba, baile. Lo mismo güilas elegantes con pinta de buscar lo que buscan, que honestas familias de clase media y gente de toda la vida. Boleros. Salsa. Danzón. Una doceañera con calcetines blancos baila con su papi, celebrando, comunica la orquesta, el cumpleaños. En la pista abarrotada, haciéndose notar mucho, un galán flaco y alto, con cara de indio guapo, baila que te mueres con una dama bastante ordinaria pero de buen ver, que se mueve de forma perfecta en sus brazos. El galán sabe que existen espejos. Sabe manejar el perfil. Tiene maneras. Lo suyo es auténtica coreografía. Quién bailara así, comenta Xavier. Todas las señoras que están a nuestro alrededor miran al bailarín, que hace como que no. Un espectáculo. Y entonces yo le pego otro sorbo al tequila, me inclino hacia mi amigo y digo míralo, compadre. Ése no ha leído a Proust ni a Stendhal ni falta que le hace, y a lo mejor en vez de leer deletrea, el hijo de la chingada. Pero ahí lo tienes. A ése le hablas de literatura y se parte de risa, pero me juego un capítulo de mi próxima novela a que se arrima a cualquier torda de este salón, chasquea los dedos y la saca a la pista con el chichi hecho agua de limón. Órale, responde Xavier. Ésa es la neta. Te pasas la vida recitando sonetos y hablando de la brevedad de la existencia y de la profundidad del espíritu, intentando explicar *La montaña mágica* para trajinarte a una chava, y en ésas llega aquí, el bailarín, le echa una sonrisa y dos pasos de baile, y sin abrir la boca te friega bien fregado. No me digas que no es injusto, compa. Eso es lo que me dice Xavier, y miramos un rato evolucionar al guaperas, y después nos miramos de nuevo el uno al otro, agarramos el tequila y sonreímos, cómplices y resignados. Sin embargo, digo, también eso es literatura.

La aventura literaria de Ramón J. Sender

Gracias a él comprendí mejor la atroz realidad de ser español. A través de sus páginas me sublevé contra mi rey camino de El Dorado, peleé junto a los almogávares en Bizancio, viví la guerra cantonal o sufrí bajo el sol despiadado de Marruecos. Le debo muchos ratos de feliz lectura a ese oscense que tuvo la desgracia de nacer aquí, de ser exiliado de izquierdas para unos e ir demasiado a su aire para otros, díscolo y aragonés, malquerido al fin y ninguneado por casi todos. Primero anarquista, después comunista y al final fugitivo de sí mismo, perdió una guerra civil, una mujer fusilada, unos hijos abandonados, una patria y casi todas las ilusiones, salvo la de escribir —a veces demasiado— contando historias hasta el final de sus días. Historias que lo explicaban a él y a la atormentada piel de toro española, turbia y homicida, cuna de Caín, que tan a fondo conoció. El año 2001, el de su centenario, pasó ya sin pena ni gloria, salvo muy pocas y honrosas excepciones, perdida la ocasión para reivindicar seriamente su obra. Y Ramón J. Sender, uno de los poquísimos grandes novelistas españoles del siglo XX, vuelve a sumirse en esa zona gris, intermedia, difusa, del desdén y del olvido.

No tuvo suerte Sender. La generación del 27 se la traía bastante floja, y el estilo, que por cierto poseía, no era para él más que un instrumento, una herramienta eficaz al servicio del acto principal, narrativo: contar bien una buena historia, y aproximarnos al corazón del hombre, a nuestro corazón, a través de ella. Por eso, en este país de soplapollas donde los cortadores del bacalao cultural jugaron durante décadas, y ahí siguen algunos, a despreciar todo lo que no fuese experimentalismo y estilo floripondioso, aunque no hubiese nada debajo, Ramón J. Sender, pese a que la segunda edición de su primera novela, *Imán,* alcanzó en 1933 una tirada de treinta mil ejemplares —un best-seller para la época—, fue considerado desde la guerra civil escritor de segunda fila, especie de reliquia extraña de otros tiempos que vivía en el extranjero y se empeñaba en el acto decimonónico, obsoleto, de contar. Olvidando esos mandarines de la culta latiniparla que, en literatura, lo poético puede surgir tanto del estilo como del fondo contextual, y que muchas veces lo primero sólo es artificio —cítenme ahora mismo de memoria, si pueden, los títulos de cuatro novelas de Fulano, Mengano o Zutano que en su momento fueron saludadas por la crítica oficial como obras maestras imprescindibles—, mientras que lo segundo es de más denso calado, y permanece. Y explica.

Ahí está, desde mi punto de vista, la clave del Sender novelista. Que nadie en la literatura del siglo XX nos explica España tan bien como él. Ni siquiera Baroja o Blasco Ibáñez en su amplia obra novelesca, ni el *Pascual Duarte* de Cela, ni Valle-Inclán en su *Ruedo Ibérico,* ni el Galdós de los últimos *Episodios nacionales.* Nadie consigue transmitirnos, como Sender en sus muchísimas páginas a veces irregulares, a veces mediocres, a menudo extraordinarias, la desoladora certeza de que el del español fue siempre un largo y doloroso camino hacia ninguna parte, jalonado de ruindad y de infamia. De que la grandeza, el fulgor de nuestra historia, resulta compatible con nuestra miserable condición humana; y que, paradójicamente, una es complemento o consecuencia de la otra, y viceversa. *La aventura equinoccial de Lope de Aguirre,* por ejemplo, ayuda a comprender y a comprendernos. Ese conquistador visionario y duro, que no deja la coraza y las armas para dormir porque no se fía ni de los hombres a los que arrastra en su locura, con esa carta que escribe al rey de España de igual a igual, liberándose del vasallaje, adiós, Felipe, no eres mejor que yo porque estés más alto, tú matas por personas interpuestas y yo mato con mis propias manos, y asumo el resultado con la arrogancia que me dan mis peligros y mi espada. O esos mercenarios catalanes y aragoneses de Bizancio, rodeados de enemigos en el extremo oriental del Mediterráneo, rapaces, crueles y violentos, que entran en combate bajo su propia bandera cuatribarrada, voceando Aragón y San Jorge, y que en los ratos libres de la tarea de degollar turcos o vengarse de bizantinos y de varegos se acuchillan con saña entre ellos, gracias al virus de la guerra civil que todo español contrae por nacimiento y lleva consigo allí adonde va, por muy lejos que vaya.

Hay novelas de Ramón J. Sender que me gustan más que otras. Si tuviera que recomendar algunas, aparte de *La aventura equinoccial de Lope de Aguirre* y *Bizancio*, que son mis favoritas, añadiría *Imán, Mister Witt en el Cantón, Requiem por un campesino español* y la monumental *Crónica del Alba*. De modo que, si esta página les abre hoy el apetito senderiano, pues me alegro. Vayan, entonces, y léanse alguna. En esas páginas hay literatura como tiene que ser. Como fue y seguirá siendo siempre, pese a los imbéciles, a los falsificadores y a los mangantes.

Sushis y sashimis

Les juro que a estas alturas ya me da igual. O casi me lo da, porque hace tiempo comprendí que es inútil. Que los malos siempre ganan la batalla, y que el único sistema para no despreciarte a ti mismo como cómplice consiste en escupirles exactamente entre ceja y ceja, y de ese modo estropearles, al menos, la plácida digestión de lo que se están jalando. Esta introducción —o proemio, que diría don Antonio Gil, mi profesor de latín— viene a cuento del atún rojo, y el atún fucsia, y el chanquete, el salmonete o lo que ustedes quieran, y de los peces en general y de un mar en particular, el Mediterráneo en este caso. Y me da igual, les decía, o hago como que me lo da, que los pescadores, entre los que alguno no tiene dos dedos de frente o medio palmo de escrúpulos y le da lo mismo tener pan para hoy y hambre para mañana, estén logrando la extinción de cuanto vive bajo el agua, hasta el punto de que ir a una lonja para una subasta da ganas de llorar, cuando ves lo que sacan del agua: cuatro raspallones de mala muerte, un cefalópodo junior y un atuncillo despistado que pasaba por allí.

Me da igual —o me pongo así de esta manera, como si me diera o diese— que ahora los pescadores trabajen para esos campos de exterminio flotantes que se han montado en España los del atún rojo: las jaulas donde dicen que los crían, qué risa Basilisa, como si no supiéramos algunos que ese atún no nace en cautividad ni aunque los padres estén borrachos, y que lo que se está haciendo en el Mediterráneo con ese bicho, además de una canallada ecológica, es un negocio que sólo beneficia a unos cuantos, y sobre todo a los japoneses que pagan una pasta, porque allí ese pescado es apreciado y carísimo. Podría, si tuviera ganas —pero ya no tengo muchas—, detallar cómo se lo montan aquí mis primos; cómo detectan con avionetas los bancos de atún, los acosan, los cercan, los encierran en jaulas marinas, los engordan, los matan y se los remiten a los de las Nikon para sushis y sashimis.

Podría contar cómo, pese a que España es un país que en teoría protege la especie en extinción del atún rojo —aquí no se expiden licencias, faltaría más, somos Unión Europea de élite y todo eso— se hacen bonitas carambolas a cuatro bandas con licencias francesas y con morro nacional, un poquito de tela por aquí y un poquito de mandanga por allá, se habla eufemísticamente de viveros y de criaderos y de la zorra que los parió, y el Ministerio de Agricultura, Pesca y Alimentación, del que también podríamos charlar despacio otro día, mira impávido al tendido, supongo —me da la risa floja al suponerlo— que por amor al arte; y la Dirección General de la Marina Mercante prefiere no meterse en problemas; y los ecologistas, a quienes tanto les gusta salir en las fotos para gilipolleces, andan en esta materia con el bolo colgando en vez de montar la de Dios es Cristo; y los pescadores, esos pobres pringados, en lugar de boicotear ciertas jaulas o bloquear un puerto, o incluso pegarle fuego al organismo oficial correspondiente, aceptan trabajar como sicarios por cuatro duros miserables para los que de verdad se lo llevan crudo y que luego se hacen fotos en plan empresa ejemplar con las más altas autoridades, consejeros, presidentes y ministros incluidos, todos compadres con sus corbatas verde y rosa fosforito, encantados de conocerse íntimamente unos a otros. Smuac.

Podríamos entrar en documentados y deliciosos detalles sobre todo ese panorama, repito. Pero a estas alturas no sirve de nada, y ya he dicho antes que me da igual; que el mal está hecho y es irreversible, y que cuando tenga ocasión de tropezarme con algún responsable de toda esa bazofia, ya me encargaré personalmente de ciscarme en su puta madre, si puedo. Pero lo que ya no me da igual es izar las velas para olvidar precisamente que vivo en un triste lugar llamado España, con elevadísimo número de sinvergüenzas por metro cuadrado, y cuando al fin me creo libre allá fuera, génova y mayor arriba y con quince nudos de viento a un descuartelar, rumbo a donde sea, toparme con uno de los doscientos mil laberintos de jaulas, redes y balizas que ahora hay fondeados de cualquier manera y multiplicándose por todas partes, a veces sin señalar en las cartas, mientras te preguntas quién es el imbécil —en el más honesto de los casos— que autoriza que los calen aquí y allá, con luces que a menudo están apagadas en noches de temporal, en medio de las rutas tradicionales, bloqueando el paso a los abrigos de toda la vida —la otra noche, por ejemplo, eché las muelas recalando en la trampa mortal en que han convertido La Azohía de Mazarrón—, y olvidando que, además del derecho de unos pocos a enriquecerse con el exterminio, para otros también existe el derecho a la libre navegación, y a que no nos toquen los cojones. Y eso sin contar la sensación de tristeza, la amargura que produce navegar entre esas jaulas siniestras que huelen a mares desolados, a dinero turbio y a muerte.

Teta y pólvora

Imagino que no se llama teniente Mariloli; pero ni el Ministerio de Defensa ni los periódicos dan su nombre, y de alguna forma tengo que llamarla. El caso es que la teniente Mariloli, además de soldado o soldada, es madre. Su bélica vocación no quita que tenga una criatura. Y como sus jefes no le dejan tiempo para el ejercicio materno, ha montado una bronca a base de batalla legal y con consecuencias políticas. Su demanda arguye que los rigores del horario castrense resultan incompatibles con el cuidado de su hijo. Y estoy de acuerdo: son incompatibles con eso y con muchas otras cosas. Imagínense a la teniente consultando el predictor tras las líneas enemigas mientras calcula si romperá aguas antes de la victoria final. O cubierta de sudor y sangre, interrumpiendo el combate porque es hora de la teta. O que la pólvora del último asalto a vida o muerte le haya contaminado la leche, y se fastidie la lactancia y luego el mamoncillo crezca con poco calcio.

Lo que pasa, claro, es que, asumido el conflicto de la teniente Mariloli entre amor materno y ardor guerrero, la pregunta que te haces no es si la vida militar resulta compatible con el cuidado de un hijo, sino justo lo contrario: si quienes tienen a su cargo el cuidado de un hijo, o planean tenerlo, son compatibles con las situaciones clásicas de lo que en todos los países del mundo —menos en esta España demagógica y soplapollas— se entiende por vida militar. Ahí me temo que el problema afecte más a las mujeres que a los hombres; salvo que ustedes me digan que también en la cosa bélica debe haber absoluta igualdad de sexos, y que marido y mujer han de turnarse equitativamente en el biberón y en el campo de batalla, porque una trinchera talibán pueden asaltarla, o defenderla, o lo que sea, lo mismo veinte Marilolis que veinte Manolos. Si me salen con eso, hemos terminado ahora mismo esta conversación. Además, que las fuerzas armadas de aquí sólo estén para hacerse fotos llevando el botijo de los norteamericanos en Kosovo o Afganistán, y que a Piqué y a Solana se les descojone Sharon de risa en la cara, no significa que un ejército sea una oficina o una fábrica o un supermercado. Ahora todo soldado es voluntario y está para lo que está: para obedecer a cambio de una paga, joderse cuando toca guardia, e ir a la guerra cuando toca guerra, a tragar mierda y lo que se tercie, a matar y a que te maten sin rechistar. Así ha sido siempre, pese a toda la murga moderna con las misiones presuntamente humanitarias o antiterroristas, con el ejército español para la paz y toda la guasa habitual, y con esa demagógica desvinculación que se pretende ahora entre ejército y guerra, como si ya no tuviesen que ver uno y otra. Algo así como decir: tengo un cuerpo de bomberos, pero los incendios son moralmente reprobables y prefiero ignorarlos o que los apaguen otros. Así que tengo bomberos para darles juguetes a los niños quemados, el día de Reyes.

A ver si nos entendemos. Un soldado, en esencia, no es más que un hijoputa que es mejor que esté de tu parte y joda a otros, a que esté de parte de otros y te joda a ti. Luego entran los matices: el heroísmo, la dignidad, el sacrificio y todas esas cosas; que a veces están bien pero siguen sin afectar el hecho principal: aunque en España lo de las fuerzas armadas sea un bebedero de patos, la guerra está ahí fuera, es una desgracia histórica permanente, y no va a ser Federico Trillo, ni los juguetes antibélicos, ni las oenegés de Almería, lo que cambie el rumbo de la sucia condición humana. La cuestión es si tienes ejército de verdad o tienes sólo un pretexto para figurar en la OTAN. Si estás dentro o no lo estás. Si eres soldado o si la puntita nada más. Las reglas están ahí y su aceptación es voluntaria; así que la teniente Mariloli podría habérselo pensado mejor antes de jugar a la teniente O'Neil, que al fin y al cabo no es más que una puta película.

Y también podrían haberlo pensado esos tiñalpas del Ministerio de Defensa que ahora andan poniendo parches y buscando soluciones. Los mismos que, para mantener unas fuerzas armadas que son una patética piltrafa, llevan años recurriendo a emigrantes y a mujeres para cubrir las plazas profesionales mal pagadas y poco atractivas que a los varones de aquí les importan un carajo, abriéndolas a candidatos sin otra motivación que un curro para comer caliente. Convirtiendo así a España en el segundo país occidental, tras Estados Unidos, en mujeres militares; dato del que, encima —entre el ejército gringo y el nuestro hay pequeñas diferencias—, algunos cretinos y cretinas alardean orgullosos y orgullosas. Eso supone casi una hembra por cada diez máquinas de matar, feroces legionarias incluidas. Y no cuenta a las 1.072 mujeres soldado que han pedido la baja por depresión en los últimos cinco años. Ya saben: el ambiente machista, el estrés. Pero no perdamos la esperanza. El estrés desaparecerá el día en que nuestras fuerzas armadas establezcan al fin un adecuado ambiente feminista. Se van a enterar los marroquíes cuando quieran tocarnos los ovarios con Ceuta y Melilla.

Baja estofa

Hay días en que ya no aspiras en absoluto a que cambie el mundo —a estas alturas sabes que no hay más cera que la que arde— sino sólo a que ese mundo te dé por saco lo menos posible. A quedarte fuera, si puedes, o al margen, y que todo lo que te molesta o te importa un carajo, que son unas cuantas cosas, venga a rozarte lo imprescindible; como cuando, antiguamente, los duelistas a pistola se ponían de perfil para ofrecer menos blanco al adversario. Días en que envidias a aquellos capaces de mantenerse a distancia con la ayuda elegante de un florete honorable, de un libro, de una actitud o de una idea, en medio de tanto bellaco que viene a contarte sus cuitas, a declamarte versos propios y ajenos, o a tirar mondas de naranja en mitad de la calle. Hace quince años escribí una novela sobre eso, lo que indica que ya me pasaba entonces. Y si ya me pasaba, y me sigue pasando, mala papeleta. Significa que llevo quince años jodido. Y lo que me queda.

Ayer fue uno de esos días de que les hablo, y empezó precisamente con las mondas de naranja. Conducía rumbo al aparcamiento en el que dejo el coche cada vez que bajo a Madrid; y en plena calle Mayor, casualmente enfrente de la esquina de mi vecino el rey de Redonda, se detuvo a mi lado un coche con un par de varones jóvenes. Pese a mis ventanillas cerradas pude oír el pumba-pumba de la música que llevaban a todo volumen. El que estaba más próximo a mí tenía un pie calzado con zapatilla de tenis sobre el salpicadero, pelaba una naranja y se comía los gajos, deshaciéndose de las mondas por el método más natural y espontáneo:

dejarlas caer a la calle. Lo miré, me miró, se volvió un poco a su compañero como para comentarle qué estará mirando ese gilipollas, y siguió tirando mondas como si tal cosa.

Aparqué en el subterráneo, unos metros más allá. Cerré el coche y me disponía a subir por la escalera cuando llegó una pareja, hombre y mujer, treintañeros ambos. Iban cogidos de la mano, vestían de forma razonable. Ella parecía, incluso, elegante. Les cedí el paso —nadie dijo gracias, por supuesto—, y cuando subía detrás de ellos, el varón carraspeó para despejarse la garganta, se volvió de lado y escupió, justo en el peldaño donde yo me disponía a apoyar el zapato, un gargajo de generosas dimensiones. Sorteé el lapo como pude. Salí a la calle y los vi alejarse, satisfechos de la vida, moviendo ella el culo, encantada, supongo, de ir de la mano de aquel animal de bellota. Y es que, reflexioné, algunos tíos que vienen directos de la porqueriza lo traen escrito en la cara, pero el alma de las mujeres es insondable. Me equivocaba. O eso era antes. Ahora el alma de las mujeres es sondabilísima. Por lo menos, el alma de la que estaba en la Plaza Mayor conversando con otra en voz muy alta. Le calculé cuarenta. Aspecto normal, de infantería. Clase media. Hablaba con una ordinariez indescriptible; y acto seguido, para rematar, fue a sentarse al banco de piedra de una de las farolas, bien espatarrada, en una actitud bajuna que ni siquiera una furcia de barrio marinero se habría permitido hace diez años. Espero que no le dé ahora por rascarse el coño, pensé. Sería excesivo para un solo día.

Y ahora viene la pregunta. Los porqués. O la reflexión. A esa chusma que cruzó por mi vida en el breve espacio de media hora no hay forma de prohibirles que salgan a la calle, naturalmente. Tienen derecho a frecuentar lugares públicos, ir al cine, entrar en restaurantes, viajar en metro o en autobús. Tienen derecho a vivir. Y no sólo eso, sino que el mundo gira cada vez más en torno a ellos, se adapta a sus gustos y costumbres. Ellos pagan con el dinero de su trabajo, ellos mandan, ellos educan; hasta el punto de que, poco a poco, ese *ellos* termina convirtiéndose en *nosotros*. Con nuestras mondas de naranja y nuestros lapos y nuestros espatarres. Y en semejante panorama, mantener disciplinas, actitudes exteriores que reflejen y apoyen una actitud moral distinta, no sólo es un acto anticuado, inútil, sino socialmente peligroso. Sitúa a quien lo ejercita en la mala coyuntura de pasar por un reaccionario, por un tiquismiquis gruñón. Por un antiguo y un perfecto gilipollas. Y la lógica es aplastante: por qué no ser por fuera lo que somos por dentro. Por qué sacrificarnos con reglas incómodas, pudiendo estar cómodos y naturales. Por qué guardar las mondas de naranja en el bolsillo, si tenemos el suelo a mano. Por qué no hacer oír a los demás la música que nos encanta, o no sacar los pies por la ventanilla si de ese modo se ventilan. Por qué quitarnos la puta gorra de béisbol al entrar en un restaurante, si puesta en la cabeza no se nos olvida al salir. Por qué aguantarnos las ganas de escupir y despejar la garganta. Por qué sentarnos con las rodillas juntas si estamos más relajadas y frescas abiertas de piernas.

Somos así de absurdos. O de estúpidos. Siglos de esfuerzo intentando educar al ser humano, y descubrir ahora que maldita la falta que nos hace.

La tecla maldita

Hay pesadillas domésticas para las que basta un simple teléfono. Verbigracia: hotel español, once de la noche, lucecita roja de aviso, mensaje telefónico. Descuelgo. *Tiene usted un mensaje nuevo*, dice una de esas Barbies enlatadas que ahora salen en todas partes: en la gasolinera, en la autopista, en el teléfono móvil, en las centralitas, en los contestadores automáticos. *Para escuchar, pulse Uno*. Pulso, obediente. Voz de mi editora Amaya Elezcano: *Arturo, soy Amaya, te mando las pruebas de los seis primeros capítulos*. Cuelgo apenas termina el mensaje, y voy a cepillarme los dientes. Al regreso, veo que la luz del aparato sigue roja. Descuelgo. *Tiene usted un nuevo mensaje. Para escuchar, pulse Uno*. Obedezco, y escucho lo mismo que antes: *Arturo, soy Amaya, te mando las pruebas de los seis primeros capítulos*.

Vaya por Dios. Algo hice mal, me digo. Así que esta vez aguardo con el auricular en la oreja, y a los tres segundos de acabar Amaya lo de las pruebas, la Barbie interviene y dice: *No tiene más mensajes*. Pues ya está, concluyo. Resuelto. Cuelgo, pero la luz roja sigue encendida. Empiezo a mosquearme. Descuelgo por tercera vez. *Tiene usted un mensaje nuevo. Para escuchar, pulse Uno*. Y si no quiero escuchar, pregunto algo cabreado. No hay respuesta. No hay tu tía. Decido hacer de tripas corazón. Pulso Uno. *Arturo, te mando las pruebas de los seis primeros capítulos*. Aguardo, paciente cual franciscano. Por fin suena la voz enlatada: *Para escuchar de nuevo el mensaje, pulse Uno. Para conservar el mensaje, pulse Dos. Para borrar, pulse la tecla de Servicio*. Ahí está la madre del cordero, me digo. Busco alegremente la tecla de Servicio; pero el teléfono es de esos de hotel llenos de teclas complementarias y de signos cabalísticos, y me pierdo. Además está en inglés, y mi inglés es como el de Caballo Loco en *Murieron con las botas puestas*. Mientras, en mi oreja, la voz concluye: *No ha elegido usted ninguna opción*. Y luego me suelta de nuevo, íntegro, el mensaje de Amaya Elezcano, a la que ya odio con toda mi alma. *Arturo, soy Amaya, te mando,* etcétera.

Mientras acaba el mensaje sigo buscando, angustiado. En ninguna tecla pone servicio ni nada que se le parezca. Al fin Amaya cierra el pico y vuelve la Barbie: *Para escuchar de nuevo el mensaje, pulse Uno. Para conservar el mensaje, pulse Dos. Para borrar, pulse la tecla de Servicio.* Pulso una tecla donde pone algo parecido a Servicio, y nada. Hay que joderse. Pulso la de asterisco, y después de comunicarme que tengo un nuevo mensaje, me endilgan otra vez: *Arturo, soy Amaya, te mando las pruebas de los seis primeros capítulos.* Blasfemo ya sin rebozo, en voz alta y clara. Sigo largando por esta boca pecadora mientras estudio el teclado maldito. Cuando voy entre el copón de Bullas y las bragas de María Magdalena recuerdo que hay otro teléfono en el baño. Acudo allí y no veo luz roja. Chachi. Pulso la tecla de Servicio, a ver qué pasa. Me sale el servicio de habitaciones: *Habla Luis, ¿en qué puedo servirle, señor Pérez?* Aprovecho para pedir un agua mineral sin gas. *¿No desea nada más? ¿Un sandwichito, una ensaladita?* No, gracias, Luis, de verdad, respondo. Sólo agua.

Pulso el Nueve. Biiip. Biiip. Clic. *Operadora, habla Maite, ¿en qué puedo ayudarle, señor Pérez?* Pues mire, Maite. Puede ayudarme diciéndome cuál es la puta tecla de Servicio. Le paso, responde la torda, sin darme tiempo a intervenir. Biiip. Biiip. Clic. *Servicio de habitaciones, habla Luis, ¿en qué puedo servirle, señor Pérez?* En nada, Luis, gracias. Viejo amigo. Sólo el agua sin gas de antes. *¿No quiere un* *sandwichito, una ensaladita?* No quiero una maldita mierda, respondo. ¿Vale? Cuelgo. Marco el Nueve. *Operadora, habla Maite, ¿en qué puedo ayudarle, señor Pérez?* Borrar mensajes, digo atropelladamente, antes de que me pase otra vez con Luis y su servicio de sandwichitos y ensaladitas. Busco la tecla de borrar, la tecla de Servicio o como cojones se llame. Descríbamela con detalle, Maite, por la gloria de su madre. *Es la del cuadrado,* responde con cierta frialdad. *Una con un cuadradito dentro.* Le pregunto si tiene dos rayas verticales que cruzan otras dos horizontales. *Esa misma, señor Pérez.* Antes la llamaban almohadilla, apunto. *Ah, pues aquí la llamamos cuadrado.* Es igual, Maite, me vale, gracias. Cuadrado. Clic. Cuelgo. Vuelvo al otro teléfono. Descuelgo. *Tiene usted un mensaje nuevo.* Rediós. Me cisco en los muertos de Graham Bell y de San Apapucio, y en los de quien inventó los contestadores automáticos. Lo hago a gritos, y eso me desahoga un poco. Ya más sereno, pulso cuadrado. Ni caso. Me sale Amaya otra vez: *Arturo, soy Amaya, te mando las pruebas.* Llaman a la puerta. Dejo el teléfono, abro precipitadamente, y aparece Luis con el agua mineral en una bandeja. *Aquí tiene, señor Pérez. Su agüita mineralita. Que tenga una feliz noche.* Cierro la puerta, vuelvo al teléfono a toda leche, me llevo el auricular a la oreja. Demasiado tarde. *No ha elegido usted ninguna opción,* dice la Barbie. Y luego: *Arturo, soy Amaya, te mando las pruebas de los seis primeros capítulos.*

Los perros del Pepé

Una vez, cuando era niño, un pastor tiró delante de mí un perro al pozo de una mina. Le ató una cuerda al cuello, amarró un trozo de hierro viejo de las vías del ferrocarril, lo llevó hasta el agujero —el pobre animal trotaba alegremente a su lado, sin saber lo que le esperaba— y allá se fue el perro, arrastrado por el peso. Lo oí aullar al caer, y todavía, mientras tecleo estas palabras, sigo oyéndolo. Se estaba volviendo loco, me dijo el pastor, y zanjó el asunto. Hasta ese día, el pastor, un hombre joven y rubio con el que yo charlaba a menudo cuando iba a jugar al monte y me lo encontraba, había sido amigo mío. Me enseñó algunas cosas que todavía recuerdo sobre hierbas, cabras, ovejas y perros ovejeros, y tengo en la cabeza el chasquido de su navaja cuando, a la sombra de una higuera, compartía conmigo rodajas de pan, queso y un vino muy áspero de la bota que siempre llevaba. Nunca supe su nombre, o tal vez lo olvidé a partir de ese día. Tampoco volví a acercarme a él. Después de aquello, cuando lo veía de lejos, él levantaba una mano para saludarme, y yo levantaba también la mano. Pero seguía mi propio camino. Recuerdo que correteaba junto a él un perro nuevo, y que me pregunté si cuando también se volviera loco lo tiraría al mismo pozo. Supongo que sí, que lo hizo. Ahora, con los años, después de haber visto hacer cosas peores lo mismo con perros que con seres humanos, comprendo que el pastor no era un mal tipo, o al menos no peor que el resto de nosotros. Sólo era algo más elemental, quizás. Más bruto. Con ese duro sentido práctico de la gente de memoria campesina, que sabe lo que cuesta una boca más por alimentar, aunque sea la de un perro. Gente a la que curas fanáticos, ministros canallas y reyes imbéciles hicieron, durante siglos, analfabeta, despiadada y miserable. En cualquier parte del mundo, la infame condición humana sólo necesita pretextos para manifestarse. Y en cuanto a pretextos, la España que hizo a ese pastor siempre los tuvo de sobra.

Ahora, cuarenta años después, tengo delante una foto que recuerda aquello: dos perros galgos ahorcados por sus dueños en un pinar de Ávila. La foto tiene actualidad porque el partido del Gobierno, o sea, el Pepé de esta España que dicen va de cojón de pato, se pasó el otro día por el forro de los huevos un documento con más de seiscientas mil firmas exigiendo que se castigue con más dureza el maltrato cruel a los animales. La cosa venía a cuento de los quince perros a los que hace unos meses serraron las patas delanteras en Tarragona, y al hecho de que los hijos de la grandísima puta que hicieron aquello sigan tan campantes —ojalá sepan ellos mismos un día lo que es morir como perros— mientras los mozos de escuadra, o la Guardia Civil, o quien puñetas tenga la competencia de esclarecer el asunto, anda tocándose la flor sin que a nadie se le caiga la cara de vergüenza. Pero resulta que el Pepé no ve la cosa tan grave. Para qué dramatizar, dicen. Abandonar a un animal doméstico o maltratarlo sólo es, para el Código Penal y para ellos, una falta contra los intereses generales que se castiga con una multita de nada. Un pescozón. Ya saben: vete, hijo, y no peques más. Y la mayoría parlamentaria de esa peña de gilipollas impidió que el pasado abril prosperaran cuatro proposiciones de ley para que el maltrato a los animales se considere delito, y se castigue con arrestos de fin de semana y penas de prisión cuando medie muerte del animal. Tampoco se trataba de silla eléctrica, como ven. Pero no. El Pepé dijo nones. El Peneuve, por cierto, se abstuvo, fiel a esa equidistancia política exquisita que mantiene lo mismo cuando alguien mata perros que cuando alguien mata concejales. Y al final salió en la tele un tiñalpa repeinado y con corbata rosa fosforito, para decir que bueno, oigan, que tampoco hay que precipitarse, y que un hecho concreto como el de Tarragona no justifica la modificación de un texto legal. Olvidando que en esta ruin España se tortura y se mata animales impunemente y a diario, que sigue habiendo peleas de perros, que se ahoga a los cachorros, que se ahorca a los perros de caza que no satisfacen a sus dueños, que hay animales que son apaleados a la vista de todo el mundo sin que nadie intervenga, o que miles de ellos son abandonados cada año —abuelo al asilo, perro a la carretera— cuando a sus propietarios les incordian para las vacaciones o se les mean en la alfombra. Y que todo eso ocurre porque la presunta autoridad competente ni siquiera intenta hacer cumplir las ridículas normas mínimas que ya existen. Y también porque nadie agarra por el cogote a uno de esos animales bípedos cuando se le pilla con las manos en la masa, y le sacude, a falta de legislación adecuada, media docena de hostias. Pues al final resulta que cualquiera puede torturar gratis a un perro; pero darle una buena estiba a un hijo de la gran puta no es civilizado ni europeo, y a quien detienen y multan y empapelan es a ti. Hay que joderse. Me pregunto en qué se fundarán esos imbéciles para creer que vale más un ser humano —embriones incluidos— que la lealtad, la honradez y los sentimientos de un buen perro.

Teresa Mendoza

Acabo de separarme de una mujer con la que conviví durante dos años y medio. Las últimas semanas han sido grises y tristes, porque ambos sabíamos que todo terminaba entre nosotros de forma anunciada e irremediable. El final llegaba sin estridencias, sin señales espectaculares, callado como una enfermedad o una sentencia sin apelación. Todo moría poquito a poco, en la rutina final de cada día. Despacio. Y parece mentira. Al principio, cuando esa mujer entró en mi vida, todo era deslumbramiento, expectación. Ansiaba conocerlo todo de ella, tocar su piel y oler su cabello, vivir como propios su infancia, sus sueños, su memoria. Oír su voz y el rumor de sus pensamientos. Y así lo hice. Durante todo este tiempo anduve sumergido en ella sin reservas. Dormí, comí, viajé, viví con ella. Y ahora, justo cuando se va, la conozco mejor que a mí mismo. Sé cómo pelea, cómo sufre, cómo ama. Identifico sus heridas, porque fui yo quien se las infligió deliberadamente, una por una. Sé cómo ve el mundo, la vida y la muerte. Cómo ve a los hombres. Cómo me ve a mí. No podía ser de otro modo porque, aunque ella siempre estuvo ahí, en alguna parte, esperando que se cruzaran nuestras vidas, fui yo quien en cierto modo la convirtió en lo que ahora es. Nadie pone lo que no tiene. Y de ese modo llegué a reconocerme en sus gestos, palabras y silencios como si contemplara mi imagen en un espejo.

Ahora todo terminó. Hemos estado por última vez frente a frente, mirándonos a los ojos, y al fin la he visto fuera, lejos. Completamente extraña, como si su vida y la mía discurrieran por caminos distintos. Y lo singular es que al advertir eso no experimenté dolor, ni melancolía. Sólo una precisa sensación de alivio infinito, e indiferencia. Eso es tal vez lo más singular de todo: la indiferencia. Después de haber ocupado durante veintinueve meses la totalidad de mis días y noches, la miro y no siento absolutamente nada. Qué raro es todo. Cuando al cabo lo sé todo de ella, y tras consagrarle mi trabajo, mi tiempo y mi salud la conozco mejor que a ninguna otra mujer en el mundo, resulta que ya no me importa. Es como si se quedara de pronto atrás, a la deriva, o se alejase por caminos que me son ajenos, y me diese igual lo que sufra, a quién ame, con quién viva, cómo sienta o cómo muera. Esa mujer ya no es asunto mío, y eso me hace sentir egoístamente limpio y libre. Es bueno, decido, poder desprenderse de esa forma de pedazos de tu vida, dejándolos atrás como quien se desembaraza de algo viejo e inútil. Una automutilación práctica. Higiénica.

Sé que el mundo es un pañuelo, y que voy a tropezarme muchas veces con su fantasma en las próximas semanas. Amigos y desconocidos me hablarán de ella y tendré, a mi vez, que dar explicaciones al respecto. Esto y aquello. La quise. Me quiso. Etcétera. Nuestros caminos se cruzarán sin duda en librerías, aeropuertos, páginas de diarios. Intentaré dejarla lo mejor posible, claro. Hablaré de nosotros como si todavía me importara, o como si mi vida girase todavía en torno a sus palabras, sus pensamientos, sus odios y sus amores. Lo haré echándole buena voluntad, lo mejor que sepa. Y casi todos pensarán: hay que ver cómo la quería. Cómo la quiere. Contaré sobre todo la parte fácil: los primeros días, los primeros tiempos, cuando todo era perfecto y era posible porque aún estaba todo por vivir. Cuando cada momento era una hoja en blanco, y ella un enigma que parecía indescifrable. Callaré el resto: la soledad, el hastío, la indiferencia del final, cuando ya nada quedaba por descubrir, por vivir, por imaginar. Cuando todo estaba consumado, y nos situábamos cada día y cada noche uno frente a otro con la intención, el deseo, de terminar de una vez. De agotarnos y olvidarnos.

Ahora, al fin, esa mujer me ha dejado para siempre. Hizo la maleta en su último amanecer gris y acaba de irse sin mirar atrás, el pelo recogido en la nuca, muy tirante y con la raya en medio, su semanario de plata mejicana tintineándole en la muñeca derecha. No la echo de menos, y tampoco creo que ella lamente perderme de vista. Es hora de que viva su propia vida, y lo sabe. Durante todo este tiempo me esmeré en prepararla para eso. Y en el fondo tiene gracia: me rifé en ella el talento, la piel y la vida, y ahora la veo irse y no siento emoción ninguna. Sin duda pronto la encontraré en manos de otros, y la verdad es que no me importa. Antes de marcharse entornando despacio la puerta para no hacer ruido —yo estaba inmóvil, fingiendo que dormía—, dejó sobre la mesa una raya de coca, una botella de tequila y una copa a medio vaciar, y en el estéreo una canción de José Alfredo Jiménez. Cuando estaba en las cantinas, dice la letra, no sentía ningún dolor. Ahora termino de teclear estas líneas, me levanto y apago la música. Qué cosas. Por qué diablos tendré un nudo en la garganta. A fin de cuentas, sólo se trataba de una novela más.

La lengua del imperio

El otro día, en un diario de una autonomía bilingüe, un cagatintas local de los que la pretenden monolingüe comentaba, molesto, lo mucho que me gusta la lengua del imperio. Eso del imperio lo apuntaba en tono despectivo y de venenosa denuncia. Según el fulano, yo debería avergonzarme de amar este idioma que algunos llaman castellano y otros llaman español, porque es el mismo en que hablaban, pensaban y escribían señores que, por lo visto, le dieron mucho a él por el saco. A él o a sus ancestros. Y como la mía es la lengua que utilizaron los reyes católicos, y Felipe V, y la misma con la que José María Pemán, o quien fuera, le puso camisa azul al Cid Campeador para hacerle la pelota al general Franco —exactamente igual que otros le ponen ahora barretina a los almogávares—, el tiñalpa a quien hago referencia sugiere que yo debería olvidar que esa lengua también la utilizaban Jorge Manrique, Quevedo, Cervantes, Sor Juana, Valle-Inclán, Galdós, Borges, Miguel Hernández, Juan Rulfo, Cernuda, Machado y algunos otros, y no hacer tanto alarde de ella en artículos y novelas, que ya es el colmo del exhibicionismo insultante y la provocación lingüística. Tendría, apunta mi primo, que limitarme a ser, como él, un columnista cateto, minoritario —porque quiere, claro, no por incapaz ni mediocre—, autosuficiente, satisfecho con que lo lea el cacique local que le manda butifarra el día de la fiesta de su pueblo. Debería esconder mi lepra lingüística, y una de dos: utilizar idiomas intachables que jamás de los jamases hayan tenido nada que ver con imperios, como el inglés o el francés, verbigracia, o recurrir a las siempre democráticas y nunca sospechosas lenguas autonómicas. Que en ésas sí puede uno hablar o escribir con la cabeza muy alta, pues resulta históricamente probado que en España los hijos de puta sólo hablan castellano.

Y lo que son las cosas de la vida. Estaba el otro día meditando sobre todo eso, apesadumbrado y medio convencido —el último esfuerzo imperial me ha dejado con las defensas intelectuales bajas—, considerando la posibilidad de renunciar a esta miserable lengua fascista en la que fui educado, a esta anquilosada jerga que es hablada por cuatrocientos millones de siervos abyectos. Estaba, digo, a punto de descolgar el teléfono para llamar a mi vecino el rey de Redonda y decirle oye, perro inglés, tú que dominas la lengua de Shakespeare, nada sospechosa de imperial ni de lejos, y todavía eres joven y guapo, chaval, aún estás a tiempo de cambiar y ennoblecer tus textos renunciando para siempre a esta parla infame en la que ahora escribes. Yo estoy demasiado encanallado, me temo; pero tú estás a tiempo. Sálvate. Teclea en inglés esa novela que publicarás el próximo otoño y gánate el respeto del mundo. O mejor, puesto a ser honrado de verdad, vete a Soria y escríbela en soriano. Con un par de huevos. Qué más da que no te lean fuera, si en Soria vas a ser la hostia. Estaba en eso, les digo, a punto de ver la luz de la verdad —la página de Paulo Coelho me está ayudando mucho en la parte espiritual, últimamente— y pedirle una foto dedicada a Baltasar Porcel, para ponerla junto a la carta autógrafa de Patrick O'Brian que tengo colgada junto al ordenador, cuando me llamó mi amigo el escritor mejicano Élmer Mendoza, que estaba en Madrid en su primera visita a Europa y a España. Quihubo, cabrón, me dijo. Estoy en tu pinche tierra gachupina hijadeputa, y es que no me lo creo, carnal. Alucino porque todo esto lo conocía ya de antes sin haberlo visto, de los libros, y ahora que lo pateo comprendo tantas cosas de mi tierra y de aquí, y es como si me paseara por una memoria antiquísima que tenía ahí y no me daba cuenta. Y estoy tan entusiasmado que ahorita mismo quiero que me lleves a una librería y me aconsejes, porque quiero comprar un Quijote bueno, el mejor que pueda, y releer sus páginas esta noche en el hotel.

Eso dijo Élmer. Así que me fui para allá, lo conduje a la librería de Antonio Méndez, en la calle Mayor, y le regalé a mi carnal sinaloense el *Quijote* en la edición crítica de Francisco Rico, el que viene con letra grande en un solo tomo, que me parece la mejor y más fiel presentación actual del texto original de Cervantes. Pero como aún tenía fresco lo del imperio del otro, confieso que sentí una punzada de remordimiento. A ver si estoy haciendo mal, me dije. A ver si fomento glorias imperiales al regalar un libro franquista por antonomasia, y jodemos la marrana. Pero cuando le miré la cara a Élmer se me quitó la aprensión de golpe. Pasaba las páginas de su Quijote con una expresión de felicidad infinita. Sabes, güey, me dijo. Desde niño, cuando era un hijo de campesinos incultos y empecé a ir a la escuela allá en Méjico, soñaba con caminar por España con este libro en las manos. Me lo quedé mirando con cara de guasa. ¿A pesar de Cortés y la Malinche, Alvarado, el Templo Mayor y toda la parafernalia?, pregunté. Y Élmer encogió los hombros, sonrió y dijo chale, carnal. No mames. O como decís en España, no me toques los cojones.

Vomitando el yogur

Lo mismo también las ve pasar el perro inglés, porque siempre me las cruzo cerca de su esquina. Y son alumnas, me parece. De algo. Modelillos pedorras con aspiraciones. Van en grupitos, con bolsas en la mano, altas y flaquísimas, mirando el horizonte como si anduvieran por esa pasarela de modelos donde sueñan —las pobres gilipollas— con hacerse famosas y, lo que ya sería el non plus ultra de la fama y del glamour —otras terminan en putas a secas—, que les pique el billete un millonetis tipo Fefé o un chulo italiano. Las veo pasar, digo, con menos carnes que una bicicleta, tan esqueléticas que entran ganas de invitarlas en Pans and Company, que está allí cerca, en plan come algo hija, por Dios, que tú te verás muy Esther Cañadas y muy fashion, o así, pero la verdad es que da lástima veros a la Cañadas y a ti. Que la penúltima que me encontré de ese calibre fue en África, y tenía un buitre cerca, esperando a que dejara de respirar para hacerse un bocata con los pellejos.

Se creen atractivas, supongo. Se creen que están buenas que se rompen, las cretinas; o que, en ausencia de buenez, eso les da atractivo y las asemeja a la gente que la tele y el cine y las revistas nos meten por los morros. Antes, en otros tiempos del cuplé, la cosa era parecerse a Ava Gardner o a Sofía Loren, que ésas sí eran tordas de rompe y rasga; mientras que ahora el colmo del atractivo canónico dicen que lo tiene Calista Flockhart, manda huevos, cuando todo cristo sabe que las que de verdad ponen a un tío a marcar el paso, caritas de discoteca y pijaditas de cine aparte, son Kim Basinger en sus buenos tiempos de *Nueve semanas y media*, la

Elizabeth Sue de *Leaving Las Vegas,* o la Sara Montiel de *Veracruz.* Con esas jacas sí que temblaría la calle Mayor a su paso, perro inglés incluido. Lo demás son camelos de diseñadores, a la mayor parte de los cuales quien de verdad les interesa es Mel Gibson, o más concretamente Rupert Everett; que son opciones estupendas y respetables, siempre y cuando los que manipulan el canon no pretendan imponernos a los demás su desprecio, o indiferencia, por las tradicionales y apetitosas curvas femeninas, y las borren de la lista dejándonos compuestos y sin novia a los vulgares machistas carnívoros que no sabemos ver, pobres de nosotros, la belleza espiritual que anida tras un paquete de huesos asexuado o andrógino, aunque tenga la cara de Gwyneth Paltrow, y preferimos un par de tetas a dos carretas llenas de etéreas sílfides. Con perdón.

Así va la cosa, y no sólo con las pavas, sino con tíos como castillos que andan vomitando el yogur, bulímicos perdidos, prisioneros todos de esa enfermedad que es mentira que ataque sólo a las niñas pijas y a los majaretas, sino que se extiende por todas partes, propagada por la tele y el cine y la moda; y se contagian las madres que acaban de parir y se ven feas, y los que ahora sustituyen la iglesia por el gimnasio —no sé qué es peor—, y los que van a una tienda joven en busca de una talla 40 y les dicen no, mire, vaya a la sección de morsas adultas. Y así sucede que la señora del súper, ahora que llega el verano, se queje de no vender más que pasteles de espinacas —en septiembre, comenta, vendrán ansiosos por atiborrarse de dulces—; y también ocurre que en estas fechas de ombligos al aire y cuerpos descremados con bífidos poliactivos, las radios y la tele y las revistas están llenas de irresponsables dietas de mierda que algunos imbéciles e imbécilas siguen a ojos cerrados, mientras florece, cual setas venenosas, una legión de medicuchos y charlatanes de feria que se forran estafando a la gente con consejos que deberían guardarse para la puta que los parió. Y así conseguimos, entre todos, que la joven adolescente cuyo cuerpo se redondea —lo que es una maravilla y un hermoso regalo de la vida— se avergüence y sufra y se odie a sí misma, y anhele ser como su compañera de pupitre, escuchimizada a base de engañarse, no comer, y echar lo que traga en el cuarto de baño. Y conseguimos que el joven gordete, alegre, monitor voluntario de chavales pobres o de abuelos solitarios, crea que su novia lo ha dejado por cuestión de unos kilos más o menos, y eso le amargue la vida, y lo destroce, y se arruine la salud negándose a comer y volviéndose un perfecto idiota acomplejado e infeliz. Todos esos, fíjense, también son crímenes que dañan, enferman y matan; pero los legisladores, gobiernos y ministerios correspondientes —incluido el de esa cateta de Málaga que no recuerdo ahora cómo se llama— siguen con el bolo colgando, sin poner coto al desmadre con represión del fraude, con información exhaustiva y con ayuda eficaz a los afectados. No es cosa nuestra, dicen. Ignorando que, en lo que a crímenes se refiere, vivimos en un mundo interdependiente donde ya no sirven las coartadas neutrales, el neoliberalismo ni las milongas. Ahora, los que no son víctimas ni asesinos suelen ser cómplices.

La sonrisa del moro

El otro día, en el mercadillo de Torrevieja, a las siete de la tarde y hasta la bandera de gente, un moro me ofreció hachís. Vaya por delante que el hecho en sí no me molestó en absoluto. No consumo, pero no impongo. Quiero decir que no me pongo estrecho cuando alguien me propone algo fumable, inyectable, esnifable, una señora o lo que sea. Sólo digo no, gracias, otro día, y sigo mi camino. Me habían ofrecido hachís muchas veces antes, pero siempre de modo discreto, en voz baja, colega, un susurro cómplice, un gesto furtivo, chocolate bueno, paisa, ketama pura, etcétera. Pero esta vez fue diferente. Vi el grupo de lejos cuando me acercaba: media docena, todos moros jóvenes, sanos, camisas de marca, cadenas de oro, buenos relojes. O mis primos han tenido mucha suerte desde que bajaron de la patera, me dije, o se lo montan de cojón de pato. Cuando estuve cerca no me cupo duda. Es mucha mili, y conoces al pájaro por la mota. En ésas uno me miró, y me puso proa.

Seamos justos. Yo acababa de amarrar un velero y mi aspecto era, según ciertos estereotipos, de los que se fuman canutos a pares: barbudo, tejanos raídos, una camisa lavada doscientas veces. Quizás hasta parecía guiri. El caso es que el morapio se me acercó. Pero no en plan clandestino, sino al contrario. Vino partiéndose de risa por algún chiste de los colegas, y en voz alta, con sonrisa provocadora, me cortó el paso y preguntó a grito pelado si quería hachís. Lo que me fastidió no fue la propuesta, sino la sonrisa insultante, la chulería y el descaro con que la hizo, en mitad del gentío y sin ningún complejo, consciente de la impunidad con que actuaban él y sus compadres, en un país donde que te vendan chocolate a plena luz del día es lo de menos. Y ya ven. Esto lo confiesa el arriba firmante, que en los diez años que llevo tecleando esta página dejé bien claro, muchas veces y para solaz del buzón de lectores de *El Semanal,* mi punto de vista sobre inmigrantes, invernaderos almerienses y subnormales neonazis incluidos. Opiniones que no han variado un ápice, pues sigo más a gusto entre la indiada y la morisma que en un pub de Oxford o una sauna letona, aprecio al inmigrante que viene a trabajar honradamente para mejorar su vida, y me niego a mezclar las churras con las merinas. Pero, en lo tocante a las churras aprovechadas o con mala fe, que las hay a manadas, también tengo mis propias ideas, resumibles en leña al gorrino hasta que hable inglés, lo mismo si el gorrino es rifeño como si es de Zamora. Y en ese contexto debo reconocer que, en aquel mercadillo torrevejense, y a falta de un guardia que obligase al berberisco del chocolate a vender de manera más discreta —por lo visto ese día libraban todos, para jolgorio de camellos y carteristas—, me habría encantado partirle yo mismo la cara a aquel hijo de la gran puta, aun a riesgo de que luego me llamaran xenófobo y racista y toda la parafernalia. Que por cierto, me importa un huevo. Pero como aquel jambo y sus colegas sumaban seis, todos vigorosos y bien alimentados, y uno mismo es ya un barco camino del desguace, o casi, opté por la vía pacífica y me la envainé sin rechistar. Seguí caminando sin despegar los labios, y como el tío continuaba plantado enfrente, cortándome el paso, me limité a empujarlo con el hombro para apartarlo. Y se apartó. Pero me fui frustradísimo, lo confieso. Tragándome las ganas de borrarle la sonrisa provocadora de la jeta.

Ésa fue la bonita anécdota callejera. Y fíjense lo que les digo: en el fondo no culpo al fulano. A fin de cuentas, si uno llega a una casa y se encuentra la puerta abierta, y la señora también se abre de piernas, y el marido no rechista por miedo a que lo llamen celoso y dice barra libre, chaval, pues uno va y se calza a la señora, y al marido de la señora, y de paso vacía el frigorífico. Sobre todo si la otra opción es que te exploten en un bancal por cuatro duros miserables, descontándote del sueldo esa covacha donde vives con veinte más, como animales. Y cuando lo piensas, a quien de verdad te gustaría borrarle la sonrisa es a los empresarios sin escrúpulos que con su avaricia persuaden a los inmigrantes de que es más rentable el hachís en Torrevieja que un invernadero de Lorca. También a los cantamañanas que con sus discursos oportunistas los convencen de que esto es Jauja, y que aquí todo el que llega puede aprovecharse de los derechos sin respetar las normas locales y las obligaciones. Y en especial a esas presuntas autoridades que, por debilidad, oportunismo y miedo al qué dirán, carecen de huevos y de sentido común para poner límites razonables a un desmadre que hace tiempo se les va de las manos. Y al final, cuando todo se haya ido de verdad al carajo, pagarán el pato los de costumbre: el inocente que pasaba por allí, el pobre inmigrante a quien, camino de la tomatera, apalea un tropel de energúmenos con bates de béisbol. Lo de siempre. Nada nuevo en esta España triste y falsa hasta la náusea, feudo de demagogos, de sinvergüenzas y de cobardes.

El gendarme de color (negro)

Esta semana también va la cosa de moros y negros de color. Porque estoy sentado en el café parisién que es uno de mis apostaderos gabachos favoritos, cuando observo algo que me recuerda lo que tecleaba el otro día: un gendarme franchute, negro azul marino, multa al conductor de una furgoneta. Y el multado, un tipo rubio y con bigote que parece un repartidor de Seur del pueblo de Astérix, asiente contrito. Y hay que ver, me digo. Tanto que se habla en España de integración racial. Estamos a años luz, o sea, lejos de cojones. Porque integración es exactamente esto: que un guardia negro ponga una multa, y que el conductor baje las orejas. Y aquí paz y después gloria.

Me imagino la escena en España. Y me parto. Ese guardia municipal negro que dice ahí no puede aparcar, caballero, o no se orine haciendo zigzag en la acera, o haga el favor de no pegarle a su señora en mitad de la calle. Y la reacción del interpelado. ¿A mí me va a decir un negrata de mierda dónde puedo aparcar o mear o darle de hostias a mi señora? ¿Venga ya, hombre. Vete a la selva, chaval. A multar en un árbol a la mona Chita. O metidos en carretera, en la nacional IV por ejemplo, ese guardia civil que se quita el casco y aparece la cara de un moro del Rif diciéndole al conductor oiga usté, acaba de pisar la continua. Documentación, por favor. Y sople aquí. No veas la reacción del fulano del volante, y más si lleva una copa de más y va a gusto. ¿A mí? ¿Pedirme un moro cabrón los papeles a mí? ¿Y que encima sople? Anda y que le soplen el prepucio los camellos de su tierra. No te jode el Mojamé, de verde y en moto. Etcétera.

Y sin embargo, ahí está la cuestión. En España, donde la demagogia y el cantamañanismo confunden integración con política y beneficencia, la cosa no estará a punto de caramelo hasta que uno suba a un taxi y el taxista sea de origen peruano, y el guardia tenga un abuelo nacido en Guinea, y el médico de urgencias provenga de Larache, y lo veamos como lo más normal del mundo, y por su parte todos esos taxistas, guardias, médicos, funcionarios o lo que sean, dejen de considerar a España un lugar donde ordeñar la vaca mientras están de paso, y la sientan como propia: un lugar donde vivir echando raíces, del mismo modo que otros se establecieron en Gran Bretaña o Francia, y al cabo de una o dos generaciones son tan británicos y franceses como el que más.

Me levanté de la terraza parisién y fui a dar un paseo, y al rato vi una escuela infantil donde, bajo la bandera tricolor que allí ondea sin complejos en todas las escuelas, se leían las viejas palabras: *Liberté, égalité, fraternité*. Y por qué, me dije, salvando las distancias y los Le Pen y los guetos marginales, que haberlos haylos, eso que es posible en Francia o Gran Bretaña no lo es en España. Cuánto tiempo tendrá que pasar. Porque la integración es ante todo una cuestión de tiempo y cultura: te instalas en una cultura extranjera, de la que te impregnas poco a poco, aceptas sus valores y cumples sus reglas, y a la vez la renuevas, enriqueciéndola en el mestizaje. La diferencia es que Francia y Gran Bretaña, que se respetan mucho a sí mismas, supieron cuidar siempre con extraordinario talento su historia nacional, su lengua principal y su cultura, manteniendo el concepto de comunidad, ámbito solidario y referencia ineludible. De modo que, cuando miembros de sus ex colonias o inmigrantes diversos quisieron mudar de condición, a ellas viajaron y en ellas se reconocieron; o en su mayor parte procuraron adoptarlas, para ser también adoptados por ellas.

Ese sentimiento de pertenencia, a veces hecho de lazos muy sutiles, se fomenta todavía con una política exterior brillante y con una política cultural inteligente que nadie allí cuestiona en lo básico. A quien acojo y educo, me ama. Quien me ama, me conoce, me disfruta y me enriquece.

Y al cabo ésas son las claves: educación y cultura como vías para la integración. Pero mal pueden educar ni integrar gobernantes analfabetos, oposición irresponsable, oportunistas animales de bellota sin sentido solidario ni memoria histórica. A diferencia de Gran Bretaña o Francia, el inmigrante no encuentra en España sino confusión, amnesia, ignorancia, insolidaridad, cainismo. A ver cómo va a integrarse nadie en cinco mil reinos de taifas que se niegan y putean unos a otros. Aquí todo depende de dónde caigas, cómo respire el alcalde de cada pueblo y si la oenegé local está a favor o en contra. Y para eso los inmigrantes ya tienen su propia cultura, a menudo vieja y sólida. Así que nos miran y se descojonan. Que primero se integren los españoles, o lo que sean estos gilipollas, dicen. Que se aclaren, y luego ya veremos. Mientras tanto conservan el velo, exigen mezquitas, salones de baile angoleños, restaurantes ecuatorianos con derecho de admisión, y pasan de mandar niños a la escuela. A falta de una patria generosa y coherente que los adopte, reconstruyen aquí la suya. Se quedan al margen, dispuestos a no mezclarse en esta mierda. Y hacen bien.

Mejorando a Shakespeare

Escribir novelas no tiene un punto final exacto, porque luego hay que acompañarlas un trecho por el mundo de la publicidad, y el mercado, y todas esas cosas que ayudan a que un libro se conozca y se lea más. Eso incluye giras artístico-taurino-musicales en plan Bombero Torero, donde a menudo uno se lo pasa bien, charla con los amigos, escucha a los lectores y demás. Pero no todo el monte es orégano. A veces pierdes demasiado tiempo explicándole a un fotógrafo que, aunque otros traguen, no estás dispuesto a dejarte retratar con sombrero mejicano. O pasa lo del otro día en una conferencia de prensa, cuando comenté que un autor o crítico, cuyo nombre no recuerdo, afirmó que los autores masculinos, incluso los mejores, fueron siempre torpes con el alma femenina, y que Ofelia, madame Bovary y Ana Karenina son, de algún modo, versiones travestidas de Shakespeare, Flaubert y Tolstoi, quienes proyectaron en ellas su punto de vista masculino. Tal vez sea cierto, dije. Y, consciente de ello, a la hora de trabajar en la protagonista de mi última novela hice cuanto pude por no caer en esa trampa. Que supongo, maticé, acecha a todo autor masculino cuando deambula por el complejo mundo de la mujer, donde las cosas nunca consisten en sota, caballo y rey. Al lector corresponderá decidir, concluí, hasta qué punto lo he conseguido o no.

Eso fue lo que dije. Soy perro viejo en el oficio, y sé que ciertas cosas conviene detallarlas, porque el de enfrente, aunque —sólo en ocasiones, que ésa es otra— tenga una grabadora, tiende a simplificar, y a buscar frases que valgan para el titular, y a veces no capta las ironías o los matices, o —cada vez con más lamentable frecuencia— es una mula analfabeta que no siempre tiene la certeza absoluta de si Flaubert se hizo famoso tirándose a María José en *Gran Hermano* o cantando con Chenoa en *Operación Triunfo*. Pues bueno. Les doy mi palabra de honor de que, aunque el comentario se interpretó correctamente en casi todos los periódicos locales, una de las crónicas simplificaba en corto y por derecho, afirmando: «*Pérez-Reverte dice que Ofelia y Ana Karenina eran hombres travestidos*».

No me enfadé mucho, la verdad. Pa' qué les digo que sí, si no. A estas alturas de la feria, y tras haber sido veintiún años miembro activo de uno de los oficios más canallas que conozco —las famosas tres pes: putas, policías y periodistas— uno sabe a qué se expone cuando abre la boca. Pero si la cierras te llaman arrogante y chulito, y se preguntan de qué va el asocial este, que sólo se relaciona con el *Washington Post*. De qué vas, te dicen. Que publicas pero luego andas de estrecho por la vida. Resulta que en el tinglado de ahora eso de largar es inevitable, y uno juega con lo que hay; poniendo cuando quiere, eso sí, ciertos límites. Pero tampoco es cosa de elegir todo el rato con quién hablas y con quién no, a éste le doy una entrevista y a éste que le vayan dando. La gente se ofende, con razón o sin ella. De modo que intentas atender los requerimientos de tu editorial, promoción, conferencias de prensa y canutazos de la tele incluidos —que ésa es otra: resúmame en treinta segundos su puta novela—. Resignado de antemano, claro, a los inevitables daños colaterales, en manos de quien, a veces, pregunta dos chorradas y luego opina alegremente sobre una novela que a ti te llevó cincuenta años de tu vida, y que él ni se ha leído ni la piensa leer nunca.

Total, me dije. Que la próxima vez lo de Shakespeare y la Karenina y la pava esa de la Bovary voy a dejarlo más claro, si puedo. Y en la siguiente ocasión me amarré los machos. En cuanto dije hola, a la hora de contar lo del alma femenina y tal, me apresuré a matizar. Hubo un tonto del culo en otro sitio, dije, que cuando conté esto interpretó lo otro. Y yo quería decir exactamente tal y cual. Lo juro. Lejos de mi ánimo enmendarle la plana, o soñarlo siquiera, a los grandes de la literatura universal. Insisto. Mucho ojito. Sólo digo, fijaos bien, que conocer esa opinión, lo de autores masculinos travestidos y tal, me tuvo veintinueve meses obsesionado por no caer en una posible trampa, que a Flaubert, que era un genio inmenso, tal vez se la traía bastante floja; pero que a mí podía hacerme polvo el personaje y la novela, etcétera. ¿Está claro? Parecía estarlo. Incluso algunos redactores y redactoras, conmovidos por mi inquietud, asentían con sosegantes movimientos de cabeza. Tranquilo, chaval. Nos hacemos cargo. Flaubert y todo eso. Estás en buenas manos.

Por la tarde presenté la novela y me fui a dormir con la satisfacción del deber cumplido. Esta vez lo tienen claro, pensaba. No voy a quedar otra vez como un imbécil. Pero me equivocaba, por supuesto. A la mañana siguiente, con el café, abrí un periódico local por la sección de Cultura. Titular: Pérez-Reverte presentó su novela. Texto: «*No he caído en el error en que cayó Shakespeare. A diferencia de Ofelia, Madame Bovary y otros personajes de Tolstoi, mi personaje sí es una mujer auténtica*».

La soledad del huevo frito

Hace unos días se clausuró la última feria de arte de Basilea, que como saben ustedes es el tinglado más importante del mundo en la materia. Y en la edición de este año hubo de todo, como siempre. Genio y filfa. Desde Matisse a las últimas tendencias. Eso incluye obras maestras y bazofias innumerables, pues con lo del arte plástico pasa como con la literatura y con la música y como con tantas otras cosas. Hay quien tiene algo que decir o sugerir, y lo demuestra de forma más o menos evidente, echándole imaginación, talento y trabajo, y hay quien disfraza su mediocridad bajo la farfolla del símbolo vacuo y el supuesto mensaje a desentrañar si uno sintoniza, y se fija, y sabe, y realiza su propia *performance* subiéndose a un columpio colgado del techo —no es coña, la obra la firmaba Han Baracz—, o reflexionando profundamente sobre la apropiación de la naturaleza por la ciencia ante el bisonte disecado de Mark Dion, o dejando las huellas de frenazos de una moto sobre una plataforma como Lori Hersberger. Con un par.

Tampoco vamos a ponernos apocalípticos. La cosa no es de ahora. Lo que ocurre es que nunca, como en el tiempo en que vivimos, fue tan difusa la frontera entre el arte y la gilipollez, alentada esta última por los caraduras y los cantamañanas que viven del cuento o se tiran el pegote consagrando esto o negando aquello, engañando a niños de colegio y timando a los memos, en una especie de onanismo virtual que nada tiene que ver con la realidad ni con el gusto de nadie, y ni siquiera con el arte en el sentido más amplio y generoso de la palabra. Y así, entre galeristas, críticos y público que babea ante lo que le echen, se alienta a cualquier mangante a montárselo por el morro, fabricando inmensos camelos que encima, para que no se diga de Fulano o de Mengano que son retrógrados, o incultos, o poco inteligentes, van éstos y los aplauden, y los pagan, y además los exhiben orgullosos como si acabaran de adquirir *La batalla de San Romano* de Paolo Ucello o *La mujer agachada* de Maillol. Y es así como las casas particulares, y los jardines públicos, y los edificios, se decoran con engendros que te dejan boquiabierto de estupor mientras te preguntas quién tiene el cuajo de sostener que eso es arte. Salvo que aceptemos, yéndonos a otro terreno peliagudo, que ahora la palabra arte pueda mezclarlo todo sin remilgos: una tabla de Robert Campin, una escultura de Lehmbruck, un cuadro de Seurat o de Hopper, con una lata de cocacola puesta en el suelo —recuerden aquella exposición reciente, cuando las mozas de la limpieza se cargaron una obra expuesta pensando que era basura de los visitantes— o con un huevo estrellado sobre patatas fritas de Casa Lucio: la soledad del huevo invitándote a reflexionar sobre el tempus fugit y las propiedades emergentes de la vida.

No sé. A lo mejor es que no sé hacer mis propias *performances*. O que soy un reaccionario y un cabrón, y cuando me dicen que tan artista es Duane Hanson como Botticelli, o que un bosque envuelto en papel albal por Christo es tan fundamental en la historia de la cultura como el pórtico de la catedral de Reims, me da la risa locuela. En mis modestas limitaciones, Andy Warhol, por ejemplo, me parece sólo un ilustrador aceptable de magazine dominical; y, en otro orden artístico, lo que de verdad me conmueve del edificio Guggenheim de Bilbao es el perro de la puerta. Que sólo le falta ladrar. Será por eso que cuando en la feria de Basilea de este año vi expuesta una obra que consistía en el propio artista en carne mortal, completamente desnudo y boca abajo en un foso casi a ras del suelo, con un cristal por encima para que pisaran los visitantes, lamenté muchísimo que el artista no estuviera boca arriba y sin cristal para que los visitantes pudieran pisarle directamente los huevos.

Y lo que son las cosas. Acabando de teclear este artículo, hago una pausa para tomar café mientras hojeo los diarios, y hete aquí que me salta a la cara un titular a toda página: *«Hice la escultura de mi hijo con su placenta»*. Chachi, me digo. Ni a propósito. A ver quién es este soplapollas, que me viene perfecto. El fulano se llama Marc Quinn, y la entradilla de la entrevista informa, como aval, que es un auténtico Ybas de pata negra —*young british artist,* precisa el rendido informador que le dedica toda la página— que se hospeda en hoteles de lujo, que se permite acudir borracho a los mejores programas de la BBC, y que ahora expone en Barcelona entre el delirio del mundo artístico local. *«Esculpí un molde de arcilla con la cabeza del bebé* —cuenta el Ybas—. *Luego metí la placenta de su madre en una batidora, rellené el molde con la mezcla y la congelé. Representa la separación de la identidad madre-hijo».* Y acto seguido añade el hijoputa: *«Cuando encendí la batidora salía humo. Resulta que el cordón umbilical se había enganchado en las aspas. Fue algo muy simbólico de la fortaleza de la conexión entre un bebé y su madre».*

Hay días, ya ven, en que esta página me la dan hecha.

Por mí, como si los bombardean

Lo siento, pero estoy con míster Fischler. La flota pesquera española no sólo debe ser reconvertida sin piedad en el marco de la Comunidad Europea, sino que además, en mi opinión personal que comparto conmigo mismo, debería ser torpedeada y bombardeada en los puertos en plan Tora, Tora, Tora, como lo de Pearl Harbor. Por sorpresa y al amanecer. Kaputt. Desguazada. Hundida. Aniquilada. Eso no quiere decir, naturalmente, que los pescadores y los armadores y sus familias deban ir al paro. Al contrario. Con el dinero que se gastan España y Europa en subvencionar toda esa gran mentira y ese expolio infame que sólo es pan para hoy y hambre para mañana, y que únicamente beneficia de verdad —salvo contadísimas y honradas excepciones— a unos pocos espabilados, y con lo que se trinca donde algunos sabemos, y con las ayudas comunitarias que sólo sirven para mantener en pie un cadáver que lleva muerto la tira, asesinado por la codicia y la ausencia de escrúpulos y la cara dura de funcionarios y de particulares, podrían perfectamente buscársele empleos en tierra a toda esa gente, de una puta vez, y dejarse de milongas. También podrían dejar de tomarnos a todos por gilipollas. Así que el ministro Cañete y sus mariachis deberían asumir la situación y reconvertir a los pescadores en cualquier otra cosa: camareros, ingenieros agrónomos, traficantes de hachís. En cualquier cosa decente, quiero decir, o al menos más decente de lo que hay ahora. Porque la pesca en España apesta. Y nadie lo dice, oye. Qué raro. A saber por qué.

Todo es una gran mentira. Un camelo artificial que nada tiene que ver con los hechos reales. Cualquiera que lleve años navegando por aguas españolas sabe a qué me refiero. No sé lo que pasa con la flota nacional en los caladeros extranjeros, y en esa parte no me meto. Pero aquí, en nuestras costas, ves a los barcos con las redes pegadas a tierra, en cuatro palmos de agua, rascando el fondo para llevarse hasta las piedras, en busca de un par de boquerones que justifiquen la palabra pesca y las subvenciones correspondientes, pasándose todas las leyes y reglamentos por el forro de los huevos. Ves las jaulas y presuntos criaderos de atún rojo de los que hablaba el otro día, que con sospechosa frecuencia no son sino campos de exterminio que se friegan las normas ante el compadreo cómplice de la Administración, que encima los pone como ejemplo. Ves bocanas de puertos llenas de miles de peces que flotan muertos porque su llegada ese día a la lonja haría bajar los precios, o porque son inmaduros, y dentro está la Heineken de la Guardia Civil, y quienes los traen los arrojan por la borda. Ves concursos de pesca deportiva donde algunos bestias alardean de haber sacado, en un solo día, *«trescientos atunicos de palmo y medio»*. Ves todo eso y luego echas la pota, claro, cuando un portavoz o un ministro van y dicen que en la Comunidad Europea nos putean y no nos comprenden. Qué va. Lo que ocurre es que la gente no es tan idiota como aquí se creen que es, ni a todo el mundo se le tapan los ojos con una cesta de Navidad y un fajo de lo que ya me entienden. Y nos putean porque nos comprenden perfectamente. No te fastidia.

El día que escuché las declaraciones de míster Fischler regresaba de un viaje por mar del que una singladura transcurrió en calma chicha, con el Mediterráneo convertido en balsa de aceite, cruzando bancos de medusas que proliferan por todas partes desde que exterminamos a las especies que se las comían. Calor y sol fuerte, sin viento, el agua quieta igual que un espejo. Daba la impresión de moverse por la superficie oleaginosa de un mar muerto. Nada. Sólo medusas blancas y pardas, una lata vacía de refrescos de vez en cuando, y muchos restos de plástico. Al fin encontré un pez espada muy joven, todavía de pequeño tamaño, que saltaba en el agua dando coletazos a medio cable; y el encuentro, que habría debido alegrarme, me entristeció porque una milla antes me había cruzado con unos palangres y un pesquero que se movía despacio en el horizonte.

Ojalá sigas vivo al caer la noche, le deseé al espadilla mientras lo perdía de vista, feliz en sus cabriolas. Horas más tarde —la mar seguía como un plato— divisé una pequeña tortuga que nadaba solitaria en la superficie, puse proa hacia ella y di vueltas alrededor: jovencita, aislada, un caparazón de dos palmos. Se quedaba quieta cuando me acercaba, como para pasar inadvertida. Enternecedora y vulnerable. Sola. Sin madre, ni padre, ni perrito que le ladre. La última de Filipinas, supuse, de una familia que tal vez había desaparecido entre redes de pescadores o con bolsas de Carrefour hechas madejas en el esófago. Habría querido hacer algo por ella, pero no se me ocurría qué. Así que le deseé suerte, como al pez espada joven, y seguí mi camino. Al día siguiente amarré el velero, oí lo de Fischler y la respuesta de los pescadores y del ministro, y me estuve riendo un rato largo. Me reí muy atravesado y amargo. Les aseguro que no me gustaba nada mi propia risa.

El extraño caso de Nicholas Wilcox

Durante algún tiempo me intrigó el caso de Nicholas Wilcox: escritor inglés, nacido en Nigeria, aficionado a la ornitología, erudito, viajero constante, buen conocedor de España y su cultura, autor de novelas de intriga histórica ambientadas aquí. *La lápida templaria* fue el primer libro suyo que cayó en mis manos, y luego la trilogía: *Los falsos peregrinos, Las trompetas de Jericó* y *La sangre de Dios.* Este tío, me decía al leerlo. Se sabe esta tierra como la palma de la mano, y no sólo eso. Costumbres, gastronomía, ciudades, paisajes. Lo controla todo. Uno de esos ingleses apasionados por España, como Parker y Elliot y toda la peña, pero este en plan best-seller sin complejos. Y además lo leen, de lo que me alegro infinito, porque cuenta unas historias estupendas; y eso de que alguien cuente historias y encima la gente las lea revienta mucho a los cagatintas que viven del morro, o sea, de poner posturitas en mesas redondas —la narrativa en el próximo milenio y cosas así— sin haber tenido nada que contar en su puta vida, y encima van y patalean porque la gente no los comprende. Así que olé los huevos del Wilcox este, me dije. Aunque sea también perro inglés. Que cuantos más seamos, cada uno en su registro, más nos reímos, y en la biblioteca de un lector de pata negra tanto montan *El asesinato de Rogelio Ackroyd* como *La montaña mágica,* y no hay como pasar buenos ratos echando pan a los patos.

Comentaba todo esto hace tiempo en Sevilla con mi amigo Juan Eslava Galán, premio Planeta de los de antes —*En busca del Unicornio* se titulaba aquella bellísima y conmovedora aventura—, y tan amigo mío que hasta lo metí, sin pedirle permiso, de chulo de putas y espadachín a sueldo bajo el nombre de El Galán de la Alameda en la última aventura de Alatriste. Hablaba yo de Wilcox, decía, con Juan Eslava y con Fito Cózar, mi otro compadre de allí —éste sale en el próximo libro, cada cosa a su tiempo— mientras nos tomábamos en Las Teresas, catedral del tapeo, unas manzanillas y un jamón de esos que sientes el éxtasis místico cuando te lo zampas. Y entre manzanilla y manzanilla le comenté a Juan Eslava lo de Wilcox, ya que en las novelas figura él como traductor. Ese inglés, dije, sabe mucho y lo cuenta de puta madre. ¿Verdad? Y entonces Juan se rió así como él hace, grandote, socarrón y tranquilo. Lo conozco hace la tira, y al verlo reírse de aquella manera me quedé pensando y luego le dije no puede ser. Cacho cabrón. No me digas que Wilcox eres tú.

Lo era. Años atrás se topó con unas notas de una especie de logia templaria que hubo en Jaén, y se le ocurrió que el material era chachi para una novela de acción y misterio con un toque esotérico. El temor a que sus lectores habituales se sintieran decepcionados por una incursión tan clara en el género lo decidió a inventarse un seudónimo. Así nació Nicholas Wilcox, de quien Juan reclamó oficialmente el digno papel de traductor. Necesitaba una biografía, naturalmente; de modo que —me imagino la risa y la guasa, porque lo conozco— la fabricó ad hoc: nacido en colonia británica de África, viajero, aventurero, experto ornitólogo, apasionado de España, etcétera. Había una pega, y es que la colección de libros donde aparecieron los de Wilcox llevaba la foto del autor en la solapa. Así que Juan metió la de su hermano, que tiene más pinta de británico y de aventurero que él de aquí a Lima. Una foto en la que el presunto Wilcox parece que está ante el Nilo o algo parecido, cuando el agua que se ve detrás, en realidad, es una piscina de las Alpujarras. O de por ahí.

De anécdotas, imagínense. Miles. Verbigracia, que el año pasado invitaron a Nicholas Wilcox a la Semana negra de Gijón, y como oficialmente estaba viajando por el Amazonas en ese preciso momento, tuvo que ocupar su lugar el humilde traductor, Juan Eslava. O las bromas que te gasta Internet si tecleas las direcciones que encuentra el protagonista de la última novela. O quienes le piden a Juan que traduzca más Wilcox; a lo que él replica que es muy lento traduciendo, que tiene mucho trabajo —ahora está con una novela nueva entre manos, para suerte de sus numerosos lectores y amigos— y que tengan paciencia. O lo mejor de todo: el lector exigente que escribió una extensa carta criticando varios fallos en la traducción que delataban la procedencia inglesa de los textos, y aconsejando más rigor y eficiencia la próxima vez. Carta a la que Juan respondió muy cortésmente, prometiendo esmerarse en lo sucesivo.

Y es que la literatura también consiste en esas cosas: juegos, guiños, libros, lectores y amigos. En lo que a amigos se refiere, yo mismo he guardado silencio sobre el caso Wilcox todos estos años. Omertá siciliana. Lo cuento al fin porque una revista ha dado el cante, y el camarada Wilcox acaba de salir del armario literario. Mejor así. No sea que al final ocurra como en esa novela que siempre le digo a Juan que escriba para rematar la serie Wilcox: un novelista que escribe como traductor de sí mismo, y que, como el presunto autor no aparece, es acusado de asesinar a su propio seudónimo: *El extraño caso del traductor asesino.*

Beatus Ille

Si es que no puede ser. Si es que pico siempre el anzuelo, porque voy de buena fe, y luego pasa lo que pasa. Que es lo habitual, pero esta vez en Toronto, Canadá: el escenario listo para el espectáculo, con la megafonía y las luces a tope, pantalla gigante de vídeo y el público a reventar el recinto de la cosa, y decenas de miles de jóvenes allí, enfervorizados. Una pasta organizativa, pero será que la tienen. Para gastársela. Y yo me digo de ésta no pasa, porque tal y como está el patio no queda más remedio que mojarse. A ver por dónde sale mi primo. Y en éstas, en efecto, sale el artista rodeado por su grupo, o sea, el papa Wojtila, o lo que queda de él, con su elenco habitual de cardenales y monseñores para pasarle la página del misal y ponerle derecho el solideo cuando se le tuerce. Y en éstas agarra el micro y yo me digo a ver por dónde empieza: por los obispos pederastas que meten mano a los seminaristas y a los feligreses tiernos, o por esos ilustrísimas y párrocos que sólo se sienten pastores de ovejas vascas, y a las demás que les vayan dando equidistante matarile, o por Gescartera y el ecónomo de Valladolid, o pidiendo disculpas y diciendo que no se repetirá lo de aquel hijo de la gran puta al que encima pretendieron hacer santo, el papa Pío XII, que se retrataba con un gorrioncito en la mano, en plan San Francisco de Asís, haciéndose el longuis mientras los nazis gaseaban a judíos, a comunistas y a maricones.

Aunque a lo mejor, pienso esperanzado, el papa decide abordar temas más actuales y le dice a Ariel Sharon que la única diferencia entre él y un cerdo psicópata es que

Sharon se pone a veces corbata, y a George Bush que quien siembra vientos recoge torres gemelas. O a lo mejor, en vez de eso, Su Santidad decide al fin tener unas palabras de aliento para todos los curas y monjas y misioneros que luchan y sufren junto a los desheredados y los humildes, y se juegan la salud y libertad y la vida en África, y en América Latina y en tantos otros sitios, atenazados tanto por los canallas seglares como por los canallas con alzacuello: los superiores eclesiásticos que invierten en bolsa mientras a ellos los amordazan y los llaman al orden cuando piden cuatro duros para vestir al desnudo y dar de comer al hambriento, o cuando exigen justicia para los parias de la tierra, o cuando proclaman que, si es importante salvar al hombre en el presunto reino de los cielos, más importante todavía es salvarlo antes en la tierra, que es donde nace, sufre y muere. O lo matan.

El caso es que ahí estoy, sentado ante la tele, y me digo: de ésta no pasa. Tal como está el patio, aunque sea con circunloquios y perífrasis pastorales, seguro que el amigo Wojtila se moja esta vez, por lo menos la puntita de la estola. Con tanto joven delante es imposible desperdiciar la ocasión. Aunque sea algo suave. Justicia social. Coraje ciudadano. Cojones a la vida. Ojo, que el cabrón del Reverte ha puesto este año la crucecita de Hacienda en la otra casilla. Y como él, ciento y la madre. Cosas de ese tipo, aunque sea con mucho matiz. Algo para el 2002, que es el año en el que vivimos. Cualquier cosa de las que vienen cada día en los periódicos. Y en ésas, tatatachán, Juan Pablo II se arrima al micro y suelta: «*Queridos jóvenes, tenéis que ser beatos, o sea, santos*». Y se queda tan campante. Y los obispos y los cardenales y toda la claque eclesiástica sonríen paternales y mueven la cabeza como diciendo ahí, la fija, qué certero es el jodío, ha dado en el clavo, como de costumbre. Ni *follati* ni *protestati*. Canto gregoriano.

Santos, eso es lo que en este momento precisa con urgencia la Humanidad doliente. Y todos los queridos jóvenes —que empiezo a sospechar son siempre los mismos y los llevan de un lado para otro, como los romanos esos de las lanzas en las óperas y los babilonios de las zarzuelas, que dan la vuelta y salen varias veces desfilando como si fueran muchos—, en vez de silbar y tirarle berzas al Papa y acto seguido pegarle fuego al tablado y a la pantalla de vídeo, y colgar a todos los sonrientes monseñores de las farolas más próximas, que es de lo que a mí personalmente en mi propia mismidad me dan ganas en ese preciso instante, se ponen a aplaudir, y a tremolar banderitas —norteamericanas, que ésa es otra—, y todas las Catalinas y Josefinos venidos de las montañas, a quienes, por lo visto, no afecta ni de lejos el tema del aborto, ni la homo-sexualidad, ni el sida, ni el preservativo, ni la desoladora ausencia de justicia social, ni la infame condición de la mujer en las cuatro quintas partes del mundo, ni el mangoneo imperturbable de los poderosos, ni el Protocolo de Kioto, ni el Tribunal Penal Internacional, ni las mafias del Este y el Oeste, ni echar un polvo sin pensar en la procreación cristiana y responsable, sacan las guitarras y se ponen a cantar, ya saben, du-duá, qué alegría cuando me dijeron, etcétera. Con ser santos estamos servidos de aquí a Lima. Incluso más lejos. Y hasta luego, Lucas. Hasta la próxima. Rediós. Hay días en los que me gustaría ser lansquenete de Carlos V.

Esas topmodels viajeras y solidarias

De vez en cuando, alguna revista del corazón se descuelga con siete u ocho páginas emotivas y humanitarias, con fotos grandes y titulares ad hoc: Fulana o Mengana de tal, solidaria con los niños huerfanitos de Sierra Leona, o de Perú, o de donde sea. Y allí sale la torda, a veces actriz, o topmodel, a veces putón verbenero de papel cuché sin más, vestida de Coronel Tapiocca o de Calvin Klein, dando de mamar a las criaturas o haciendo palmitas con ellos en el cole, a ver, vamos a cantar todos en la casa de Pepito con esta señora tan guapa que tanto os quiere y ha venido a visitaros, o con una niña desnutrida y llena de moscas en brazos, o en un hospital hecho polvo acariciándole el muñoncito a un crío que pisó una mina. Con cara compungida, claro, cual corresponde a sentir próximo, casi propio, el dolor ajeno, etcétera. Tan conmovedores suelen ser los afotos, que cada vez que me tropiezo uno de esos reportajes solidarios se me atragantan de ternura los crispis con el colacao. Sobre todo cuando leo las declaraciones, en plan *esta experiencia me ha hecho ver cosas que antes no veía*, o *ahora comprendo que somos egoístas porque vivimos de espaldas al dolor*, aunque mi favorita sea esa de *a nivel humano, no sabía que hubiera gente que vivía así*. Otros sí lo sabíamos, claro. Algunos misioneros y cooperantes, verbigracia, lo saben de sobra desde hace la tira. Y creo que en los periódicos también viene. Pero no vamos a ponernos estrechos, exigiéndole a una pava que anda con la agenda a tope, entre *Tómbola, Crónicas Marcianas,* operarse las ubres, el desfile de modelos del viernes, las fotos robadas en Ibiza y el yate de

Fefé para este verano en Puerto Portals, que se lea los periódicos o vea el telediario. Bastante tiene ya encima haciendo la calle en versión postmoderna. Famoseando, que se dice ahora. De modo que si de pronto lo descubre, tras cuatro días empapándose —para variar— el chichi de dolor ajeno, y siente el impulso irresistible de contarle a todo el mundo lo mal que está el mundo y lo injusta que es la vida, pues qué quieren que les diga. Me parece bien.

Porque la verdad, además, es que las oenegés andan chungas de viruta. Con lo de la pasta de Gescartera, con Izquierda Unida haciéndole la competencia a Payasos sin Fronteras y con la cantidad de mangantes que se lo montan en plan no gubernamental para viajar gratis y vivir por la cara —para los sindicatos y los comités de empresa, que era lo tradicional, hay lista de espera y ya no corre el escalafón— la gente mezcla churras con merinas, se fía menos que antes de la cosa solidaria, y afloja poca tela; aunque este año, con la caída en picado de las crucecitas de Hacienda para la Iglesia, lo mismo la cosa ha mejorado un poco, y lo que antes se destinaba a pagar estolas y roquetes ahora se destina a leche en polvo. No sé. El caso es que resulta comprensible que las oenegés decentes, que hay muchas, se busquen la vida. Y desde su punto de vista cualquier medio es bueno si luego, en la fiesta amadrinada por Chochita O'Flanagan, en Marbella, o en Mallorca, las millonetis de turno aflojan una pasta para colaborar con esa organización tan simpática que han visto en el *Lecturas* o en el *Hola*, hay que ver, con esos niños escuchimizados y anémicos, que parece mentira que esas cosas se consientan, ¿verdad?, en el siglo XXI.

Lo que pasa es que, bueno. Habrá cabrones estrechos de miras —no es mi caso, por Dios— que se pregunten qué coño, y nunca mejor dicho, pinta esta o aquella pájara milongueando en una piragua del Amazonas, expuesta a que una piraña le roa una teta, con un indio de cara sufrida remando detrás —dejen al indio un rato a su aire y verán lo que entiende mi primo el aborigen por solidaridad activa—, mientras nos explica cómo sufren los que sufren; y a cambio de prestar su morro para la oenegé que le monta el viaje, se gana portada a todo color en plan Teresa de Calcuta. A fin de cuentas, dirán esos escépticos malpensados, poca diferencia formal existe entre tales reportajes y otros que salen a veces, cuando para promocionar un destino turístico, una agencia de viajes o una colección de moda, cualquier chocholoco de titular y exclusiva pagada, presentador de la tele, daifa de torero, modelo varón cachas, zurrapa de *Gran Hermano* o ídolo de *Operación Triunfo,* sale en portada allá por Bali, las Bermudas o la Patagonia haciéndose fotos de luna de miel, disfrazado de jeque árabe ante las pirámides o brindando con exóticos cócteles tropicales en playas paradisíacas que, de otro modo, no habría podido pagarse en su puta vida. Pero no debemos pensar mal. Mucha solidaridad y amor al arte es lo que hay. A chufla los toma alguna gente; pero, como el Piyayo, a mí me dan un respeto imponente. Que no todo lo de viajar va a ser, en las revistas del corazón, motos de agua que cruzan osadamente el Atlántico, o exploradores intrépidos que se pasan la vida zarpando y nunca llegan a ningún sitio.

El crío del salabre

He vuelto a verlo. Ocurrió hace tres semanas, en un atardecer de esos que justifican o confirman un día, un verano o una vida: muy lento y tranquilo, el sol entre una franja de nubes bajas y toda esa luz rojiza reflejándose con millones de pequeños destellos en el agua. Había fondeado en una pequeña cala, la cadena vertical sobre el fondo de arena limpia. Había un par de veleros más hacia tierra, un chiringuito de tablas en la playa y algunos bañistas de última hora a remojo en la orilla. El sol recortaba la punta de rocas cercana y la rompiente suave sobre una restinga traidora que desde allí se mete en el mar, al acecho de navegantes incautos. Y a contraluz, en la distancia, un barco de vela de dos palos, un queche con todo el trapo arriba, navegaba despacio de norte a sur, sin prisas, aprovechando la brisa suave de la tarde.

Fue entonces cuando lo vi. Tendría ocho o diez años y caminaba entre las rocas de la punta, por la orilla: moreno, flacucho, descalzo, vestido con un bañador y con un salabre en la mano, esa especie de red al extremo de un palo que sirve para coger peces y bichos. Estaba solo, y avanzaba con precaución para no resbalar o lastimarse en las piedras húmedas y erosionadas por el mar. A veces se detenía a hurgar con el palo. Aquella figura y sus movimientos me resultaron tan familiares que dejé el libro —una vieja edición de *El motín del Caine*— y cogí los prismáticos. El crío se movía con agilidad de experto; tal vez buscaba cangrejos en las lagunillas que cubre y descubre el oleaje. Y casi pude sentir, observándolo, las piedras calientes, el olor de las madejas de algas muertas y el verdín resbaladizo. Todo regresó de golpe: olores, sensaciones, imágenes. Una puerta abierta en el tiempo, y yo mismo otra vez allí, la piel quemada de sol, revuelto de salitre el pelo corto, el salabre en la mano, buscando cangrejos junto al mar.

Fue asombroso. Oía de nuevo el rumor en las rocas y me agachaba buscando entre el vaivén del oleaje. Otra vez el silencio sólo roto por el mar, el viento, el crepitar del fuego en una hoguera hecha con madera de deriva, los juegos sin gestos ni palabras. La impecable soledad de un territorio diferente, ahora inconcebible. No se conocía la televisión, y un niño podía vagar tranquilo por los campos y las playas: el mundo no estaba desquiciado como ahora. Otros tiempos. Otra gente. Veranos interminables jalonados de libros, tebeos, horizontes azules, noches con rumor de oleaje o de grillos cantando tierra adentro, entre las higueras y las encañizadas de las ramblas sin agua. La luna llena recortaba tu silueta en los senderos o en la arena de la playa, y al levantar el rostro veías miles de estrellas girando despacio en torno a la Polar. Y así, los días y las noches se sucedían junto al mar, sin otro objeto que leer sobre viajes y aventuras y vagar por los acantilados y las playas soñando ser un héroe perdido en lugares inhóspitos entre cíclopes, y piratas, y brujas que volvían locos a los hombres, y doncellas que se enamoraban hasta traicionar a su patria y a sus dioses. Era fácil soñar con los ojos abiertos. Muy fácil. Bastaba sentarse frente al mar, y nada impedía arponear a la ballena blanca antes de flotar agarrado al ataúd de Queequeg. Volver exhausto de una ciudad incendiada, tras aguardar espada en mano y cubierto de bronce en el vientre de un caballo de madera. Verse arrojado a una playa por el temporal que desarboló tu navío de setenta y cuatro cañones. Buscar el sitio, marcado con una calavera, donde aguardaba un cofre de relucientes doblones españoles. Tumbarse boca arriba, inmóvil, agonizante, en una isla desierta, y que las gaviotas fueran buitres que acechaban tu último aliento para dejar los huesos mondos en la orilla, a modo de advertencia para futuros héroes náufragos. Y cada vez que un velero cruzaba el horizonte, permanecer quieto mirándolo, una mano sobre los ojos a modo de visera, preguntándote si sería el *Pequod, La Hispaniola* o el *Arabella*. Soñando con ir a bordo, atento al viento en la jarcia y las velas, viajando a sitios adivinados en libros cuyas páginas abiertas amarilleaban al sol; allí donde las fronteras del mundo se volvían difusas para mezclarse con los sueños. Lugares donde, en la fría luz gris del alba, una mujer hermosa, con pistolas y sable al cinto y una cicatriz en la comisura de la boca, te despertaría con un beso antes del combate.

Todo eso recordé mientras observaba al chiquillo con su salabre en el contraluz rojizo de poniente. Y sonreí conmovido y triste, supongo que por él, o por mí. Por los dos. Después de un largo camino de cuarenta años, de nuevo creía verme allí, en las mismas rocas frente al mar. Pero las manos que sostenían los prismáticos tenían ahora sangre de ballena en las uñas. Nadie navega impunemente por las bibliotecas ni por la vida. El sol estaba a punto de desaparecer cuando el crío fue a detenerse en la punta, sobre la restinga. Luego se llevó los dedos a los ojos a modo de visera y estuvo un rato así, inmóvil, recortado en la última luz de la tarde. Mirando el velero que navegaba despacio, a lo lejos, rumbo a la tierra de Nunca Jamás.

Sicarios en el país de Bambi

Me telefonea Ángel Ejarque, el rey del trile, mi colega de *La ley de la calle,* que es también abuelo de mi ahijada Inés —me hizo esa faena el cabrón—: El choro impasible que utilicé de modelo para el Potro del Mantelete, y que hace años cambió de registro y ahora es de honrado y ejemplar, el tío, que aburre a las ovejas. Es como lo de las lumis, dice: si un primavera las quita de la calle, ya nunca vuelven. O casi nunca. El caso es que él no ha vuelto, pero le queda el punto de vista; así que cuando nos vemos o nos llamamos le damos cuartelillo a las cosas de la vida, como en los viejos tiempos, cuando le dedicaba canciones en el arradio los días que no estaba de cuerpo presente porque dormía en Alcalá-Meco. *Puños de acero,* de los Chunguitos. O *La mora y el legionario,* de Javivi, me parece. Todas esas. Dedicado a mi colega Ángel, que se está comiendo un marrón, etcétera. De noche no duermo, de día no vivo. Bailando un tango en un burdel de Casablanca. Hay que ver cómo pasan los siglos. Ocho o diez años hace de eso, creo. O más.

El caso es que me llama Ángel, qué pasa, colega, cómo lo ves y toda la parafernalia. Y como resulta que acaban de darle matarile a un policía, por el morro, cuando iba a decirle estás servido a un sicario colombiano, le pregunto a mi plas cómo lo ve. Estas cosas en tus tiempos no pasaban, ¿verdad? Y cómo iban a pasar, me dice. Si entonces era al revés; si eran los de la secreta y los picoletos y los grises quienes tenían acojonado a todo el mundo, colega. Impunidad gubernativa, me parece que lo llamaban. O igual no. El caso es que te majaban a hostias o te daban un buchante disparando al aire, tócate los cojones, y encima les ponían una medalla. Todo por la patria. O por la cara. Menudas estibas me llevé yo por la cara. Lo que pasa es que luego, con la democracia, que vino de puta madre, pues pasó al revés. Y ahora, aunque maderos perros siempre los hay mande quien mande —a ver quién, si no, colega, se hace madero—, los cuerpos y fuerzas se andan con mucho ojo antes de tirar de fusko o dar una hostia, porque a poco que se les vaya la mano se comen una ruina que te cagas. Que está muy bien y me parece guais del paraguais, oyes. Que se corten un poquito los hijoputas. Lo que pasa es que de tanto cogérsela con papel de fumar, porque los primeros que los venden si meten la gamba son sus propios jefes, se han amariconado mucho. Y ya me dirás quién tiene huevos de coger a un caco con las manos en los bolsillos, pidiéndole que se entregue, oiga, hágame el favor, si no es molestia. Fíjate si no el otro día, los picos esos de un atraco, que el chaval llevaba una pistola de fogueo —averígualo, tronco, en mitad del esparrame—, y se dio a la fuga pegando tiros; y cuando los cigüeños lo pusieron mirando a Triana en la persecución, que cuando atracas son cosas que pasan, todo cristo quiso empapelar a los picolinos diciendo que si era proporcionado o desproporcionado, y los periódicos titularon por lo de menor de edad con pistola de fogueo, que parecía que acababan de cargarse a un niño de la lotería de San Ildefonso. Como si los menores de edad no fueran igual de peligrosos, o más, que muchos mayores, y las pistolas se adivinara de lejos si son de fogueo o del nueve parabellum. Venga ya.

¿Y lo de los sudacas malos, colega?, le pregunto. ¿Eso cómo lo ves? Pues de ese palo ni te cuento, plas, me dice. Que al lado de mis primos los colombiatas, de un lado, y de los yugoslavos, los rusos, los rumanos y demás del otro, el moro del chocolate y la navaja resulta más tierno, te lo juro, que el Babalí del Tebeo. De momento se cascan entre ellos, y la gente dice bueno, ahí me las den. Pero con el tiempo impondrán sus cojones, y entonces nos vamos a enterar de lo que vale un peine. Porque ésos no tienen complejos: matan a su madre y se fuman un puro. Y a eso la madera de aquí está poco acostumbrada, y encima nos han convencido, los de las tertulias de la radio, de que en una democracia los policías detienen a los malos con persuasión, psicología y una estampita de San Pancracio; y que un madero que utilice la violencia para detener a un violento se pone a su altura y es un fascista. Así que ya me contarás cómo van a meter mano los de aquí, que andan acojonados sin atreverse a pincharle el teléfono ni a Al Capone, y no te digo a sacar una pipa, no sea que los jueces los empapelen, y encima no tienen presupuesto ni para las balas o la gasolina del zeta. A ver cómo colocas así a un sicario colombiano armado con una tartamuda, o infiltras confites y chusqueles en las bandas, como si esas cosas se hicieran por amor al arte. En plan: como me caes bien, inspector Gadget, voy a denunciar a mi doble y a mis consortes. No, por Dios. A cambio no quiero viruta de un fondo de reptiles, ni parte del cargamento de droga, ni nada. A cambio sólo quiero un besito. Mua, mua. No te jode. Y con el terrorismo, igual. Parece mentira que todavía haya gente que, tal y como está el patio, se tome la vida como si esto fuera Bambi.

Cuatro calles de Madrid

Llevo siete semanas emborrachándome con Queve-
do. No salgo del barrio, calle Francos a calle Cantarranas,
mentidero de Representantes al corral del Príncipe y al de
la Cruz, donde el otro día vi comedia nueva de Tirso en
compañía de Íñigo Balboa y el capitán Alatriste; que, por
cierto, llegó tarde porque venía de batirse en la cuesta de la
Vega. Hoy me topé con ese autor joven, Calderón, en el fi-
gón de La Tenaza, y luego encontré a Alonso de Contreras
en el jardincillo de Lope, bebiendo Pedro Ximénez bajo el
naranjo, mientras alguien contaba que Góngora agoniza en
Córdoba, y Quevedo, despiadado hasta el final, lo despedía
con un crudelísimo soneto. Di un paseo hasta la esquina, y
estuve parado frente a la casa de don Miguel de Cervantes.
Después anduve por el mentidero, entre bellas actrices que
salían de misa, estudiantes con manojos de versos asoman-
do de los bolsillos, el zapatero Tabarca y los mosqueteros
haciendo tertulia en su zaguán, y el teniente de alguaciles
Martín Saldaña con su ronda de corchetes, feliz porque al
corregidor Álvarez del Manzano, me contó, lo echan a la calle de una puñetera vez. Y es que ya dije alguna vez que lo
mejor de escribir una novela es cuando la inventas: cuando
vas por ahí buscando escenarios e imaginando cosas mientras lees, tomas notas, hablas con la gente, miras. Mientras
metes más amigos y más aventuras en tu vida y tu memoria.
Ahora vuelvo a encontrar a los viejos camaradas cuya historia dejé en suspenso tras el asalto a un galeón cargado
con oro de las Indias. Dos años es mucho tiempo, y tuve que
buscarlos uno por uno en las tabernas, en la calle del Arca-

buz, en las gradas de San Felipe. Por allí andaban, como de costumbre, buscándose la vida entre versos y estocadas. Con el mapa de Texeira sobre la mesa y pilas de libros alrededor, vuelvo a internarme por aquel Madrid peligroso y fascinante. Qué momento, pardiez. Qué siglo y qué barrio. Entre la calle del Prado y la de Huertas, a los pocos pasos quedas abrumado con la huella de quienes allí vivieron, escribieron, odiaron con toda su bilis —eran españoles, naturalmente— y murieron. Ninguna otra lengua tiene un santuario callejero tan preciso y localizado como aquí la nuestra. Nadie conoció nunca otra concentración semejante de talento y de gloria.

Ahí está el lugar, esquina con Atocha, donde se hizo la edición príncipe de la primera parte del *Quijote*. Y a este lado, la casa de la calle Francos —hoy Cervantes— donde Lope de Vega vivió los últimos años y escribió sus últimas comedias. En la calle del Niño —hoy Quevedo— moró don Francisco de Quevedo; y también su arruinado y culterano enemigo, Góngora, hasta que el otro adquirió la casa para darse el cruel gustazo de echarlo a la calle. En el bar de patatas bravas de la calle de la Cruz uno puede tomarse una caña exactamente en el lugar que ocupó el corral de comedias donde estrenaban Calderón, Lope y Tirso. La calle del León sigue llamándose, cuatro siglos después, igual que cuando paseaban por ella Alarcón, Vélez de Guevara, Guillén de Castro y Quiñones de Benavente; y, a poca imaginación que se le eche, uno puede codearse en cualquier bar con Juan Rana, Jusepa Vaca o La Calderona. En la esquina de esa misma calle con la antigua de Francos, una lápida señala dónde vivió y murió, pobre y olvidado, el buen Cervantes. Y, a pocos pasos de allí, Cantarranas abajo —hoy Lope de Vega—, está el convento de las Trinitarias donde profesaron una hija de Cervantes y otra de Lope: el sitio donde las cenizas del desdichado don Miguel descansan en lugar

ignorado, oscuramente, sin apenas homenaje público de
una España tan desmemoriada y miserable ahora como entonces.

Todos ellos siguen ahí, en pocos metros y unas cuantas calles, al alcance de cualquiera que vaya en su busca. Si
ustedes se animan, no esperen itinerarios oficiales, ni muchas placas señalando personajes, ni cosas así. En la del Niño, por ejemplo, donde vivió Quevedo, no hay apenas nada.
Sería distinto en Francia, Alemania, Italia o Inglaterra. Pero
esto es la puta España. Aquí, *Operación Triunfo* sale en las
páginas de Cultura de los diarios, y a las ministras del ramo
Quevedo les cae un poquito lejos, salvo que toque centenario, o milenario, o una de esas mierdas conmemorativas
donde se derrocha viruta para salir en el telediario y para
que la gente haga colas, y vea o lea amontonada y en una
semana lo que puede ver o leer todos los días del año. Pero
bueno. El toque francotirador le da más encanto a la cosa,
y la ventaja es que no hay quinientos turistas japoneses en
cada esquina. Así que pasen de placas y de ministras. Bas-
tan un plano de Madrid, un par de libros, una tarde libre.
Y entonces caminen tranquilos, atentos, en busca de tantas
vidas geniales y tantas nobles voces. Lean dos líneas del
Quijote frente a la tumba de Cervantes, una jácara de Quevedo en la taberna del León, unos versos de Lope ante unas
patatas bravas en la calle de la Cruz. Organicen su propio
homenaje-centenario privado, por la cara. Y al Ministerio
de Cultura, que le vayan dando.

Resentido, naturalmente

Hay tres asuntos que, cada vez que se plantean en esta página, suscitan una airadísima reacción. Uno es más ambiguo: el gremial del lector que se siente aludido en el todo por la parte. Cuentas, verbigracia, que el camarero de un bar era un guarro, y veinte camareros protestarán porque llamaste guarro a un honrado colectivo de tropecientos mil trabajadores. Por no hablar de las oenegés. O los pescadores. O el personal de vuelo de las compañías aéreas. Y es que eso es muy nuestro: que un fulano te dé palmaditas en la espalda y diga te sigo mucho, colega, hasta que a él también le tocas los cojones. Entonces dice qué desilusión, y que ya no va a leer un artículo ni un libro tuyo en su vida. Y tú concluyes: pues bueno. Mala suerte. Si de ese tipo de cosas depende que éste me lea o no, por mí puede leer a Paulo Coelho, para no salir de *El Semanal*. Que muestra el camino y no se mete con nadie.

Pero a lo que iba. El otro asunto es el de los nacionalismos periféricos. Y qué curioso. Si digo que España es una tierra de caínes y una puñetera mierda, nadie rechista. Tal vez porque las bestias ultrapatrióticas leen otro periódico, o porque los lectores —llevo diez años aquí— saben a qué me refiero exactamente, y a qué no. Pero basta tocar, aunque sea de refilón, algún aspecto del otro patrioterismo, provinciano y egoísta, que en España ha contaminado tradiciones, historias y culturas muy respetables, para que airados cantamañanas salten acusándote de nostálgico del Imperio y del Santo Oficio. Como si hubiera algo más negro y reaccionario que un cacique que medra a base de manipular a los lameculos y a los paletos de su pueblo. E incluso, a veces, mis primos se descomponen no porque te chotees de algo, sino porque mencionas cosas que ellos identifican con centralismo activo: un autor clásico, un momento de la Historia, la certeza de lo que hay de común en esta compleja encrucijada de razas y culturas que ya los romanos llamaban España. Por no hablar de lenguas. Puedes elogiar el catalán, el euskera, el gallego, el bable, la fabla aragonesa y hasta la de Barbate, enumerando las obras maestras que todas ellas han aportado a la literatura universal, y no pasa nada. Pero si hablas de la necesidad del latín te llaman reaccionario, y si dices que el castellano es una lengua bellísima y magnífica, no te libras de diez o doce cartas llamándote fascista.

En fin. Hablando de latines, el tercer asunto es la Iglesia Católica. Todavía arde el buzón, tras mi comentario del otro día sobre la parafernalia vaticana, con cartas de lectores indignados. Contumaces todos, curiosamente, en no darse por enterados de la distinción que he hecho siempre entre la Iglesia que me parece dignísima, necesaria y respetable —la fiel infantería— de una parte; la Iglesia histórica que es preciso conservar y estudiar como pieza clave de la cultura occidental, de la otra; y la Iglesia reaccionaria y autista instalada en el Vaticano y en las salas de estado mayor donde se mueven los generales: graduación ésta, lleve uniforme, sotana o corbata parlamentaria rosa fosforito, que, salvo contadas excepciones, siempre desprecié profundamente. Porque no sé ustedes; pero yo he visto enterrar a mucha gente a la que entre obispos, políticos y generales llevaron de cabeza a los cementerios. Leo libros. Miro alrededor. Conozco el daño terrible, histórico, que discursos como los que aún colean en boca de santos padres y santos obispos hicieron, directa o indirectamente, a este desgraciado mundo en el que vivo. Daños que no se borran pidiendo disculpas cada tres o cuatro siglos. Alguien, en una de las cartas del otro día, me calificaba de resentido. Y acertaba de pleno: resentido e incapaz de perdonar —porque a veces el perdón conduce a la resignación y al olvido— que esta España a menudo analfabeta, violenta, cobarde y miserable hasta la náusea, no sería hoy el lamentable espectáculo que es, problema vasco y terrorismo incluidos, de no haber estado siempre la Iglesia Católica en el confesionario de estúpidos reyes o sentada a la mesa de tantos canallas. Manteniendo a un país entero en la superstición, el fanatismo y la ignorancia. Sometiéndolo en la apatía y el miedo. Vinculando el Padrenuestro al *vivan las caenas*.

Esto ya no es una opinión personal. Está en los libros de Historia, al alcance de quien tenga ojos en la puta cara. Así que en vez de tanta carta y tanto soponcio y tanta milonga, vayan a una biblioteca y lean, que allí viene todo. Y si además tienen tiempo, y les apetece, hojeen seiscientas páginas que escribí hace ocho años sobre el asunto. Lo mismo hasta les interesan, fíjense. Hablan de obispos, curas y monjas. De dignidad y de fe. De la vieja y parcheada piel del tambor sobre la que todavía, pese a todo, resuena la gloria de Dios. Échenle un vistazo, si quieren, y déjenme de cartas y de sandeces beatas. Tengo canas en la barba, mucha mili en la mochila, algunas cuentas que ajustar antes de palmarla, y poco tiempo para perderlo en chorradas.

Yoknapatawpha y la madre que los parió

Comentaba hace unas semanas mi vecino el rey de Redonda la pena que le da ver cómo escritores importantes caen en el olvido, o casi, y el hecho de que su recuperación no dependa casi nunca de organismos oficiales ni suplementos culturales y revistas del ramo, sino, tristemente, de las adaptaciones para el cine o la tele; y se congratulaba de que, a veces, simples tecleadores de infantería como él o yo mismo podamos manifestar nuestra admiración por tal o cual viejo maestro, y eso ayude a ponerlo de nuevo en circulación para disfrute y felicidad de algunos lectores. Pero el camarada de páginas se dejó algo en el tintero. A la hora de reivindicar a los grandes maestros puede ocurrir algo peor que el semiolvido: su apropiación coyuntural, fraudulenta, por parte de los golfos apandadores de la cultura. Y a menudo me pregunto si no sería mejor dejar a Fulano o a Mengano en su estante polvoriento, como tesoro a conquistar por iniciados y corsarios autodidactas de la letra impresa, que verlos mancillados, desvirtuados, envilecidos, demagógicamente traídos y llevados por oportunistas del capricho, el interés o la moda.

El monarca redondil, en el mismo artículo, apuntaba un ejemplo: su volumen-homenaje sobre Faulkner hizo que varios lectores se interesaran por ese gringo, olvidado en los últimos años. Lo que ya no decía mi primo, porque él es educado y olímpico en sus desprecios, es que hace cosa de década y media, cuando ambos empezábamos a publicar cosas —cada uno a su aire y con sus maestros—, todos cuantos manejaban el cotarro literario se pasaban el día con la boca llena de Faulkner; que era entonces, por lo visto, el único modelo del que la novela moderna podía sacar algo en limpio. Si en una entrevista no mencionabas al menos tres veces cuánto habían influido en tu obra el profundo sur americano y el mítico Yoknapatawpha, ni eras escritor ni eras nada. Después pasó la moda, claro. Y los mismos que juraban tener *El ruido y la furia* bajo la almohada desde su más tierna infancia, se pasaron a otros autores con el mismo íntimo conocimiento e idéntica devoción. Y al maestro de Mississippi le dieron dos duros. Cosa, por cierto, que me importa un carajo; porque a mí, la verdad, Faulkner ni fu ni fa. Lo cito más que nada por la bonita anésdota, y porque el perro inglés es mi hermano de armas.

Pero lo que son las cosas. Aquella pandilla, que entonces chupaba de la teta cultural sin otro riesgo que atragantarse, sigue ahí: en la tele, en los suplementos, en las tertulias de radio. La literatura actual no tiene nada que ver con la que ellos imponían; pero siguen administrándola. Desmemoriadísimos. Alguno hasta escribe novelas de las que antes criticaba, con tramas policíacas, de espionaje y cosas así. Pero ojo. No para vender libros ni ganar pasta. Niet. Se trata de un simple divertimento intelectual. Un ejercicio de estilo. El caso es que hay hermosos recortes y páginas enteras en las hemerotecas que dan fe de sus antiguos dichos y hechos. Y lo gracioso es que de pronto, en un artículo, en un programa, uno los lee o los oye, atónito, elogiar como si conocieran, leyeran y admiraran de toda la vida a viejos autores a quienes en otro tiempo no sólo ignoraban, sino que denostaban públicamente. Por supuesto, siempre coincide con un centenario, una biografía, un homenaje en el extranjero. Entonces se lo apropian sin más, se ponen al día con una rapidez pasmosa, y de la noche a la mañana se manifiestan extrañadísimos de que nadie lea ahora a Fulano, a Mengano, a Zutano y a otros grandes nombres de la literatura universal; a quienes ellos no sólo no leyeron en su puta vida, sino que encima ayudaron a enterrarlos, sosteniendo que lo que de verdad había que leer, Faulkner aparte, era *Onán y yo somos así, señora* (Anagrama), de Chindasvinto Petisuik, imprescindible minimalista sildavo.

Llevo años viendo a esos tontos del culo recomendar con la fe del converso, como si acabaran de descubrirlos —y a veces es literalmente cierto— a Conrad, Stendhal, Schnitzler, Lampedusa, Heinrich Mann, Joseph Roth y Victor Hugo, entre otros, a un público lector que a menudo los conoce mejor que ellos. El penúltimo imprescindible —cómo les gusta esa palabra— ha sido el pobre Stefan Zweig, que justo a partir de la reedición reciente de su autobiografía *El mundo de ayer* —que otros, humildemente, leímos y conocemos desde 1968— ha pasado, oh milagro, de segundón cuentahistorias a fino observador de la condición humana. Pero lo más descarado ocurrió hace mes y medio, coincidiendo con la actual reivindicación en Francia de Alejandro Dumas; cuando otro antaño pontificador exquisito, gloria de las letras y la cultura de ambas orillas, para quien hasta ayer la novela que contaba cosas siempre fue un deleznable subgénero, terminaba un artículo de suplemento literario con la urgente exhortación: «Es necesario leer a Dumas». Ahí va, me dije al verlo. Pues no había caído. Qué sería de nosotros, pobres lectores, si no tuviéramos para orientarnos a este insigne gilipollas.

Son las reglas

Ahora le toca al rey de Redonda. Javier Marías acaba de marcarse un tocho impreso —primera parte, con *continuará* incluido— que a estas alturas debe de andar ya por las librerías. No ha caído aún en mis manos, pero lo leeré con mucho cuidado y mucho respeto por diversas razones. La principal es que me gusta ese maldito perro inglés. Somos muy diferentes, pero me gusta. Gracias a nuestras páginas vecinas de *El Semanal* nos vincula una vieja lealtad de camaradas de armas que no se fundamenta en nada racional, en ninguna ideología ni en la misma forma de ver la literatura o la vida; ni siquiera en los talantes de cada cual —él, por ejemplo, es un caballero, y yo sólo fui educado para serlo—, sino en unas cuantas películas, unos cuantos libros, unos soldaditos de plomo y en el contacto hombro con hombro en las filas cuando granizan las balas sobre los arneses. Que no está nada mal, por cierto, y es algo que une mucho más que otra clase de milongas. Él también vive de su espada. Caza solo, a su aire, desde su humilde y arrogante, a la vez, casilla de peón de ajedrez; y se la traen al fresco las torres, las damas y los alfiles. Aquí estoy, aquí peleo. Aquí palmo. Además, siempre ha sido más generoso conmigo que yo con él. Tiene esa habilidad, el muy cabrón, ducado de Corso incluido. Por eso estoy en deuda. Me fastidia, la verdad. Pero lo estoy.

Tiene reglas. Y supongo que ahí reside la cosa. Alguna vez he dicho que cuando la vida te despoja de las inocencias y de las palabras que se escriben con mayúscula, te deja muy poquitas cosas entre los restos del naufragio. Cuatro o cinco ideas, como mucho. Con minúscula. Y un par de lealtades, entre ellas el respeto por el valor y la consecuencia —hasta en el error—, que son tal vez las únicas virtudes que no pueden comprarse con dinero. Cuando todo se va al carajo, en mitad del caos en que nos toca vivir, las reglas son lo único que ayuda a mantener la compostura. Convencionales o retorcidas, claras o sombrías, compartidas o personalísimas, son necesarias incluso aunque tú mismo no las practiques. Por lo menos como referencia. Hasta para transgredirlas, llegado el caso, hacen falta las putas reglas. Y eso es lo que más me gusta del perro de Oxford. Que tiene reglas y se atiene a ellas cuando escribe, cuando mira, cuando se comporta. Cuando me manda copias de sus faxes, o los libros de Redonda, o recortes de subastas. Cuando mantiene viva, a su manera, esta amistad semanal, domingo a domingo, de la que ambos gozamos, seguros el uno del otro, espaldas cubiertas por el camarada, pese a que nos hemos visto cuatro o cinco veces en nuestra vida. Pero en él eso es normal. Está lo bastante solo y tiene las suficientes agallas como para poder elegir amigos y enemigos. Ya lo he dicho antes. Son las reglas.

Me acordaba de él y de todo esto el otro día en una cantina mejicana, La Ballena de Culiacán, cuando anduve por allí presentando mi última historia. Y me acordé porque ocurrió algo, una pequeña situación, trivial en apariencia, que el perro inglés habría comprendido tan bien como yo mismo la comprendí; porque, aunque no lo parezca, tiene mucho que ver con lo que hoy les cuento. El caso es que estaba con Julio Bernal, el Batman Güemes y el escritor sinaloense Élmer Mendoza, mis amigos de allá, bebiendo tequila en una de las mesas del fondo del antro, rodeados de tipos bigotudos y silenciosos, raza pesada que miraba la pared o al vacío ante un caballito de tequila o una media Pacífico mientras en la rockola sonaba *Veinte mujeres de negro*.

Sólo Élmer no bebía. Padece del estómago, y un trago de alcohol le sienta como una patada en los mismísimos epicentros. En ésas estábamos cuando se acercó el camarero y, poniendo ante Élmer un vaso de tequila, dijo que lo traía con los saludos de los ocupantes de una mesa cercana. Miramos en esa dirección: cuatro tipos mostachudos, silenciosos y graves, con sombreros de palma y chamarras que ocultaban cualquier cosa que llevasen —y les aseguro que esos tíos la llevaban— fajada al cinturón. En Sinaloa, Élmer es un escritor muy respetado: la gente lo saluda por la calle. Vi que tomaba la copa sin vacilar y la alzaba en dirección a la mesa, mientras los otros, muy serios, asentían con la cabeza. ¿Te conocen?, le pregunté. Claro que sí, fue la respuesta. ¿Y no saben que no bebes alcohol? Lo saben, contestó mi amigo. Pero también saben que aquí, cuando te encuentras con alguien a quien aprecias, le mandas una copa. Y saben que yo lo sé. Y dicho eso, Élmer se echó al cuerpo el tequila sin pestañear. Glub, glub. De un solo trago. Volvieron a asentir los otros allá en su mesa, muy serios, aprobando el gesto en silencio, y cada uno volvió a lo suyo. Yo miraba a mi amigo, viéndolo apretar los dientes mientras el alcohol le raspaba el estómago. Luego me miró con una sonrisa estoica y sonrió de la manera en que él suele hacerlo, así, como muy despacio:

—Ni modo, carnal —resumió, encogiéndose de hombros—. Son las reglas.

El suicidio de Manolo

Mi amigo Manolo es un poco gilipollas. Él dice que esnob; pero no. Háganme caso. Gilipollas. Debe de andar por los cincuenta y algo, pero se quedó anclado a finales de los sesenta. Se considera miembro de una difusa élite intelectual que, de puro elitista, nunca hizo nada de nada. Lo desprecia todo. Para qué trabajar, para qué escribir, para qué vivir. Tenía y tiene, por supuesto, un cómodo puesto de funcionario; así que siempre pudo permitirse posturitas. Es todo tan mediocre, dice. Es tanto el hastío. Se lía un canuto, agarra el vaso de whisky y filosofa hora y media. Un pelmazo. De vez en cuando le da la vena creativa y hace poemas imitando a Kavafis, pero en cutre. Y haikus, el hijoputa. Malísimos. Mirando el mar / pienso / luego existo. O algo así. Todo eso pegado a la barra de un bar. Lo único serio, decía antes, es ir al Sáhara como los personajes de Paul Bowles. Al fin se fue al Sáhara. Semana y media con viajes Marsans. A la vuelta escribió un poema infame sobre el vacío y la nada, y se hizo una foto en el café Hafa. Ése fue su momento de gloria. Prefiero Tánger a Estambul, dijo. Cosa extraña, pues no ha estado en Estambul en su puta vida. En fin. Como ven, ninguna soplapollez le era ajena. Le es.

Además de gilipollas, Manolo es algo bocazas. O muy. El otro día se quejaba en el bar del pueblo —la farmacéutica, el concejal del Pesoe, el médico, el arriba firmante que pasaba por allí— de haber hecho ya cuanto ambiciona en esta vida. He vivido en el desierto, dijo. Me he tirado a la tía a la que siempre me quise tirar, añadió, y acto seguido pregonó con detalle el nombre, apellidos, domicilio, NIF y estado civil —casada, por cierto— de la afortunada. Ya me diréis, concluyó, qué me queda de excitante en esta vida. De modo que pienso con detalle en el suicidio. Lo expuso tal cual, con ese tonillo hastiado de quien vive más allá de todos los límites. Y lo hizo, además, mirando a la farmacéutica, que se llama Rosa y está bastante buena. Porque Manolo sigue colgado de cuando a las tordas se las trajinaba uno a base de Leonard Cohen y angustia vital, y antes de que te suicidaras eran capaces de pasarse la noche convenciéndote de que no hicieras esa tontería, con lo hermosa que es la vida, oye. Y tal. Y así, a lo tonto y como quien no quiere la cosa, al final, zaca. Siempre caía alguna subnormal. Y como Manolo no ha evolucionado desde entonces, cree que el rollito melodramático aún funciona. Suicidio, insistía. Lo tengo claro. Y será algo exquisitamente clásico: Petronio, Sócrates. Del hastío a la nada. Este mundo me aburre, oh muerte, zarpemos. Etcétera.

Además de estar buenísima, Rosa es lista. Cuarentona mediada pero de excelente ver, cuajada, eriza, guapa. Y cuando Manolo llegó a Sócrates, ella se lo quedó mirando. Le va a mentar a la madre, pensé. Pero erraba. Se limitó a asentir, comprensiva. Me hago cargo, dijo. Es lógico que quieras terminar. Mírate —señalaba la imagen de Manolo en el espejo del bar— estás hecho una mierda, envejeces fatal, tu barriga da náuseas, y encima te estás quedando calvo, aunque quieras disimularlo con el mechoncito de pelo que te subes desde la oreja. Siguió así un rato, enumerando implacable, mientras Manolo, al principio repantigado en su silla, se erguía poco a poco, acercándose al borde, las rodillas juntas y los dedos crispados en torno al vaso. ¿Y sabes qué te digo?, remató Rosa. Que estoy segura de que cuando decidas dar el salto —del hastío a la nada, me parece que has dicho—, lo harás en serio, y no como esas idiotas e idiotos que se toman ocho optalidones para llamar la atención y luego telefonean a su mejor amiga o a su novio, adiós para siempre, estoy en el número tal, piso tal, clic. Así que mira. Como profesional de la farmacopea que soy, te recomiendo cien pastillas de esto mezcladas con cincuenta de aquello, en ayunas para que haya mejor absorción. Si prefieres agonía larga, purificadora, compra esto en la droguería, que con un litro a palo seco vomitas las asaduras durante seis o siete horas de espumarajos. Y si tarda mucho, siempre puedes chinarte así, ¿ves?, de aquí hasta aquí, no con la puntita nada más, sino de esta otra manera, raaaas, que no te para la hemorragia ni Dios. ¿Tomas nota, Petronio? Mano de santo. Y el hastío, oye, a tomar por saco.

Lamento no poder enseñarles una foto de la cara de Manolo. Porque es el tío más hipocondríaco del mundo. Y a medida que la otra añadía consejos técnicos, él cambiaba de color. La piel se le puso amarilla, dejó el vaso y empezó a rascarse la cara. Bueno, farfulló. En realidad. Miraba a Rosa con ojos desorbitados que iban de ella a la puerta, como si temiera ver aparecer allí a un mensaka con kilo y medio de pastillas y una Gillette. Tampoco, apuntó al fin con voz temblorosa, es para tanto. Joder. Entonces Rosa se lo quedó mirando, callada al fin, los ojos llenos de guasa y desprecio. Y yo pensé: ojalá nunca me mire así una mujer. Esa mirada sí que es una razón para suicidarte.

Las piernas de mi vecino

Oye, tonto del haba. Soy yo, en efecto, el mismo que iba sentado a tu vera en el vuelo de Iberia. Madrid-Málaga, ya sabes. Asiento 2 D. Bisnes. Te lo digo por si no te fijaste bien en mi careto cuando te tiré encima medio vaso de agua mineral sin gas. ¿Te acuerdas, chaval? El mismo. Ese hijoputa que te metía el codo en los riñones cada vez que se movía con cualquier pretexto, desplegar el periódico, cerrar el libro, abrirlo, sacar las gafas. Meterlas. Sacarlas otra vez. El que se desperezaba —yo, que nunca hago eso en público— sin venir a cuento. El que de vez en cuando te miraba medio raro. ¿Ya caes? Pues eso. Oui, c'est moi. Como Lulú. Pedazo de soplapollas.

Te lo explico. En la cola de embarque ya te eché el ojo. Yo aún estaba sentado, leyendo, cuando vi pasar unas sandalias y unas piernas masculinas y peludas que asomaban de un pantalón corto, tipo safari. Por un momento tuve la sensación de que en vez de la sala de embarque del aeropuerto de Barajas estaba en un chiringuito playero. Hay que joderse, me dije. En octubre. Dónde se creerá que está este cenutrio. Así que te hice un reconocimiento visual. Treinta y tantos. El polo tenía buen aspecto, el reloj era bueno. La cara de animal —lamento comunicarte que la tienes, colega— no aportaba un dato básico, porque hay fulanos con jeta de mala bestia que luego resultan muy correctos y educados en distancias cortas. La cintita brasileña en la muñeca derecha ya me mosqueó un poco más. Un globetroter, me dije. No sólo viaja vestido así porque se siente más fresco y cómodo, el cabrón. Niet. Se indumenta de esta guisa para reflejar un estado de espíritu. Cosmopolita, aventurero, directamente llegado, sin tiempo para ponerse un pantalón correcto, de la selva tropical. Tal vez venga de salvar a la Humanidad en el Amazonas, o de cruzar el Atlántico en moto de agua, o de mayor quiera ser Mendiluce —hay gente para todo—, y en la mochila lleve el borrador de un libro armado de amor donde también nos cuente lo humanitario que es y lo mucho que en Solidarios sin Fronteras, entre polvo y polvo, le dicen guapo.

Luego comprobé que erraba. Ya en la cola, sacaste el teléfono móvil y comprendí que de Amazonia, nada. Que eras un modesto empresario de Burgos, con negocios de tuberías en San Pedro de Alcántara. Y mientras entregabas la tarjeta de embarque, pensé: apuesto un billete de cien euromortadelos a que —LCSCNL: Ley de la Chusma Siempre Cerca y Nunca Lejos— me toca de vecino en el avión. Y ahí me caíste, en el 2 E. Con tus patas desnuditas y peludas a un palmo de mi rodilla. Fue entonces cuando le pregunté a la azafata, lo bastante alto para que oyeras, si no había otro asiento libre, y ella contestó muy amable que no, que íbamos a tope. Resignación, me dije. Seamos estoicos. Pero luego, cuando el comandante Ortiz de la Minglanilla-Salcedo y Álvarez de Castro dijo lo de buenos días, etcétera, y despegamos, y te pusiste a rascarte una corva —ris, ras, hacían tus pelillos entre las uñas—, el estoicismo se me fue al carajo. Además, lamento comunicarte que no eres Brad Pitt. Tienes unas piernas feas de cojones. Peludas, torcidas en las tibias. Pa qué te digo que no, si sí. Si yo tuviera esas piernas, te juro que no iría por el mundo exhibiéndolas como si tal cosa. Es más. Normales como las tengo, me las guardo para la playa, y la intimidad, y todo eso. Ya sabes.

Total. Que empecé a cabrearme. Mira que si se cae el avión, pensé. Tendría delito que la última imagen de mi vida fueran las patas peludas de este tío. Y luego, cuando vino la azafata con los bocadillos aeronáuticos y empecé el de jamón, la visión de tus extremidades me quitó el hambre. Mascaba, te miraba los pelos de las piernas —tampoco tus rodillas son para una exposición veneciana, tío— y el jamón se me hacía una pelota en la glotis. De manera que dejé el bocata y pensé: pues vamos a jodernos todos. Fue entonces cuando empecé a moverme, y a clavarte un codo en los riñones y a pedirte perdón con mucha cortesía y cara muy afligida, y darte por saco cuanto pude, y a quitarte el brazo del asiento. La venganza del Coyote, colega. De vez en cuando me mirabas, pero yo ponía cara de tolai. Perdone, decía —¿te acuerdas, gilipollas?—, pero con estas apreturas, etcétera. La clase bisnes de los huevos. Y está feo que me ponga flores; pero el golpe maestro fue cuando hice que se me escapara el vaso de agua y chorreó por un lado de la mesilla, exactamente sobre tu rodilla peluda. Chof. Oh, perdón, dije. Ahí te mosqueaste un poquito, la verdad. Pero yo ponía tal cara de hipócrita y sonreía tanto —reconoce que lo de secarte yo mismo con la servilleta fue un toque selecto— que no hubo otra que decirme: no importa, gracias. No pasa nada. Y ya ves. Al cabo, lo que son las cosas: disfruté como un cochino en un maizal. Pero estos lances son como lo de aquel torero que se lo hizo con Ava Gardner. Si luego no lo cuentas, sólo disfrutas a medias. Por eso te lo cuento ahora. Imbécil.

La carta de Iker (I)

Sé que es inútil, amigo mío. Que nada de lo que te escriba hoy va a cambiar esa forma de ver el mundo con la que los caciques de tu aldea llevan veinte años —tus veinte de vida— comiéndote el tarro. Si en vez de veinte tuvieras cincuenta, diría: para qué gastar tiempo y tinta. Quien a esa edad no tiene claras las cosas, ojos para ver y leer, oídos para escuchar, sentido común para razonar, ya no tiene remedio. Seguirá siendo un simple y un cenutrio toda su vida. Que le vayan dando. Pero no es el caso. Por tu carta deduzco que eres joven. Mucho. Y no me hago ilusiones: tienes todas las papeletas para militar en ese grupo de paletos voluntarios al que me refería antes. Quienes te educaron —por calificar de algún modo la canallada que han hecho contigo— llevan tiempo procurando que así sea; necesitan tu complicidad, tu sumisión, tu voto, para seguir medrando y trincar. Como todos los políticos, claro. O al menos —seamos justos— nueve de cada diez.

Lo que pasa es que en los pueblos sin horizonte se nota más. Los estragos son mayores. Los daños generacionales, irreversibles. Hay un párrafo significativo en tu carta: *«No es lo mismo el hijo del padre que disparó a bocajarro que el hijo de la víctima que recibió el balazo»*. ¿Y sabes qué significa que afirmes eso? Pues que alguien te convenció de dos mentiras peligrosas: que en tiempo de tus padres, o de tus abuelos, se disparaba en una sola dirección, y que sigue ocurriendo lo mismo. Esto último es terrible, porque significa que alguien logró su objetivo: que tu generación ignore, olvide, disculpe o aplauda a dos clases de hijos de puta per-

fectamente definidos: el que practica ahora el tiro a bocajarro en rigurosa exclusiva, y el otro; la rata de moqueta, más
cobarde y despreciable aún. El que, cómodamente emboscado, sin riesgo, propone aventuras irresponsables, soborna
o amedrenta a la clientela, y recoge las nueces, farisaica-
mente compungido, mientras estúpidos criminales, fabri-
cados en laboratorio sin un gramo de cerebro ni de conciencia, sacuden el árbol jugándose la libertad y la vida.

En lo que a ti se refiere, además de joven, tu carta es
inteligente y está escrita con buena voluntad. Te caigo bien,
dices; pero crees que estoy equivocado. Lees mis novelas y te
cabrean algunos de mis artículos. Te duele que no compren-
da a tu nación ni tu cultura. Que ignore la represión, los
ultrajes, el asfixiante centralismo franquista. Etcétera. Crees
sinceramente que a los españoles sin otra lengua nacional
que el castellano y con Rh convencional nunca nos ultrajó
nadie, y por eso quieres hacerme reflexionar. Convencerme.
Y eso es lo que me enternece y hace que te llame amigo. Que
eres un buen tío y lo intentas. Por eso intento darte una respuesta. No sé si tengo talento para eso. Tal vez necesite más
de una página. Tal vez haría falta toda una vida.

Te cuento. El otro día estuve en tu tierra. En tu patria. Harto de que la gente me hablara en voz baja y mirando por encima del hombro —qué sombrío y triste han
conseguido que sea todo, pardiez—, fui a mi hotel. Puse la
tele un rato. Canal autonómico. Y lo que vi fue un documental histórico en blanco y negro, con el suelo lleno de
muertos y ruinas humeantes y aviones nazis bombardean-
do en picado. No sé qué decía el texto. No controlo la lengua, y lo siento. Pero el asunto estaba claro: banderas españolas, cañones, pelotones de fusilamiento. Por el amor de
Dios, pensé. Han pasado sesenta años. Sesenta largos años,
la mitad en democracia. Y lo plantean como si hubiera ocurrido ayer. Como si nada hubiera cambiado. Infectando el

presente, y el futuro, con métodos idénticos a los que usó el franquismo para contaminarnos a todos la memoria. Luego vi el informativo —ése en castellano, claro—, y allí salió un anciano que escupía rencor y odio por el colmillo, asegurando que, a poco que se baje la guardia, esos aviones del documental volverán a destrozar ciudades, libertades, vidas. Había otros ancianos aplaudiendo. Momificados, como él, en el pasado que nunca existió: en una utopía inventada ayer por la tarde. O pasando lista, como clientes ante un patrono que da de comer. Apenas vi jóvenes. Estaban, quizás, sacudiendo el árbol. Luego salió un presidente autonómico con cara de buen chico, dirigiéndose a los ciudadanos y ciudadanas. Me fascinó su discurso. Un marciano autista glosando a Tomás Moro. Y de pronto me dije: atiza. Tal vez sea eso. Tendemos a creer que quienes nos gobiernan son inteligentes. Por eso votamos. Por eso los seguimos ciegamente. Y qué pasa si no, me pregunté. Qué pasa si al final resultan ser mediocres, y estúpidos. Como el retrasado mental de George Bush, que para desgracia de la Humanidad gobierna el país más poderoso de la tierra. Qué pasa cuando la incompetencia la camuflan con el lloriqueo y la huida hacia delante, prisioneros de la propia imbecilidad. Y al final se pierden, y nos pierden a todos, en el bosque donde crecen las cruces de madera. (Se acaba el espacio de hoy, amigo. Lo siento. De *esa España que usted defiende, una, grande y libre, que prohíbe nuestra lengua, cultura e identidad*, hablaremos el próximo domingo.)

La carta de Iker (II)

Me están volviendo loco, Iker. Como a esos pobres perros a los que se apalea hasta que sólo ven enemigos. Te están fundiendo los plomos con esa milonga de la patria oprimida y el nosotros y ellos, unos con el chegüevarismo trasnochado de su discurso criminal, y otros con la vileza xenófoba y racista, capaz de afirmar por boca de su lenda-kari —en tu carta lo citas aterradoramente satisfecho— que el tuyo es «*un pueblo prehistórico*». Pues fíjate: mienten como bellacos quienes aseguran que memoria y nacionalismo son la misma cosa, y que este último equivale a progreso. La Revolución Francesa estableció hace doscientos años que lo importante son los individuos y no los pueblos, y que todos los hombres son iguales ante la ley. Hoy, acorralado por la democracia y la razón, todo nacionalismo necesita apelar a lo más reaccionario que anida en el corazón del hombre, pervirtiendo culturas, ideas y sentimientos. De esa forma, la lengua, la tradición, la memoria de cada pueblo —la patria, en el sentido noble de la palabra— se convierten en armas arrojadizas y excluyentes. Que no te engañen: Astérix es un tebeo. Estudia la Historia. Detrás de cada aventura nacionalista hubo siempre un visionario majara, dos curas fanáticos que necesitaban tener a la parroquia agarrada por los huevos, media docena de burgueses que pretendían pagar menos impuestos, y un pueblo inculto y manipulado que terminó creyéndose distinto, elegido o superior. Y así, tanto importa el qué dirán, que al final cada vecino vigila al otro o teme que lo vigilen. Llegan la delación y el miedo. Y a la gente, insolidaria, egoísta, se le acaba pudriendo el alma. Se convierte en un rebaño de borregos chivatos y cobardes.

Dices también, en tu carta, que *«nadie tiene interés en que España siga siendo una, sino muchas distintas»;* y añades que la prefieres *«fraccionada, y no bajo un centralismo monopolista, incapaz de una diversidad política que cubra las necesidades de todos».* Pero te equivocas, Iker. O te equivocan. No es verdad que haya muchas Españas. Hay una sola, llamada así hace ya veinte siglos por los romanos. Que eran unos invasores y unos cabrones, vale. Pero que, por suerte para los invadidos, nos hicieron pasar de la tiniebla prehistórica —esa que añoran ciertos imbéciles— al progreso y al futuro. Tu confusión, amigo, viene de que nadie te explicó nunca que España no es comprensible sino como plaza pública, escenario geográfico, encrucijada con la natural acumulación mestiza de lenguas, razas y culturas diferentes, donde se relacionan, de forma documentada desde hace tres mil años, pueblos que a veces se mataron y a veces se ayudaron entre sí. Pueblos a los que, si negáramos ese ámbito geográfico-histórico de hazañas y sufrimientos compartidos, sólo quedaría la memoria peligrosa de los agravios. Por eso, junto a la historia de cada cual, es necesario conocer, asumir y respetar la historia común. No la contaminada por el franquismo imperial, que les puso camisa azul a Carlos V y a los almogávares, sino la de verdad. La que nos explica y nos relaciona. En lo que a la historia de España se refiere, te asombraría —si lo permitieran quienes te educan— conocer la cantidad de nombres de paisanos tuyos vinculados al esfuerzo común en lo bueno y lo malo, junto a catalanes, castellanos, aragoneses o andaluces. ¿De veras no te intriga que, pese al secular centralismo opresor y monopolista, haya tantos monumentos y calles dedicados a vascos fuera de tu tierra, en el resto de España?

Lo mismo ocurre con la raza y la lengua. Nadie te las niega; y si gozas del privilegio —para mí dudoso, pero tengo derecho a opinar— de que tu sangre nunca se haya mezclado con la de otros pueblos, ése es asunto tuyo. Yo creo que la gente más guapa, lista e interesante —date una vuelta por Cádiz o por Río de Janeiro, chaval, viaja un poco— es la mestiza; pero se trata de una apreciación personal. En cuanto a tu idioma, ahí lo tienes. Nadie te lo discute ya. Y es así porque el conjunto de los españoles, votando en democracia, hizo posible que lo aprendas y disfrutes, con otras libertades autonómicas que nadie —ni corsos, ni irlandeses, ni bretones, ni escoceses, ni vascos franceses— posee en toda Europa. Pero, por mucho que ames esa lengua, recuerda que también son precisas la referencia o el dominio de otras. Como el latín, que fue la primera lengua común española y clave de la cultura occidental. O como el castellano: patrimonio colectivo de esta plaza pública —pudieron serlo el árabe, el euskera, el gallego o el catalán, pero la Historia les negó ese privilegio—, y además herramienta hermosa, moderna y potente, que permite comunicarse con cuatrocientos millones de seres humanos repartidos por el mundo.

En fin, amigo. No sé si he respondido a tu carta, pero así lo veo yo. En última instancia, apelo al sentido común y a los viejos libros: ahí comprobarás que en ese lugar del que hablo cabemos todos. Pregúntate cuántos caben en la mezquina patria que quieren fabricarte los oportunistas, los visionarios y los psicópatas.

Notificación urgente

Pues nada. Que estoy dándole a la tecla, y suena la campana de la puerta: ding, dong. Así que dejo al capitán Alatriste a media estocada y salgo afuera, donde llueve a mares. Camino de la verja, el cabroncete de mi labrador se restriega moviendo el rabo y poniéndome hasta arriba de agua. «No te la dejo en el buzón porque pone urgente», dice el cartero, que es colega. Así que cojo la carta, vuelvo empapado —el perro aprovecha para colarse y encharcar media casa—, abro la capadora y corto el sobre. *Notificación urgente,* pone con letras muy gordas. Trago saliva. Glups. En España, por vía urgente sólo llegan demandas judiciales, puñaladas traperas de Hacienda y cosas así. Y el remite no tranquiliza: *Garantía jurídica de Fulanez S. L.* Angustiado, imagino posibles delitos: una señal de stop, mi cánido le mojó la puerta al alcalde del Pepé, el banco olvidó pagar el impuesto de actividades económicas —en mi pueblo figuro en el extravagante gremio de pintores, ceramistas y escultores—. Cualquiera sabe. El caso es que desdoblo el papel con mucho acojono, y en el interior viene un impreso con apariencia oficial. *Garantía jurídica, etcétera,* repite el membrete. *Delegación de Madrid.* Y debajo está mi nombre acompañado por un aterrador: *Código y n.° personal SPD-28133-S.* A esas alturas no me atrevo a seguir leyendo sin telefonear a mi abogado. A saber en qué ando metido. Por fin tomo aire, me siento con cautela y leo:

    ¿Por qué renuncia a su premio?
    ¿Por qué renuncia a un televisor o a un premio valorado en 1.724 euros?

Usted es la única persona a la que todavía no hemos entregado su televisor.

Leo esas líneas tres veces. Sin dar crédito. Me froto los ojos y las leo otra vez. Al cabo hago memoria, y entonces me pongo a blasfemar en arameo. Gracias a Telefónica y al tío marrano que vendió los datos de los abonados a empresas de buzoneo, con frecuencia recibo en mi casa publicidad que maldito lo que me interesa. A veces hasta llaman por teléfono para informarme de tal o cual oferta de música o de cremas depilatorias. Y entre la abundante basura que llega a mi buzón, hace meses vino una de esas notificaciones-trampa típicas: le ha correspondido tal premio, enhorabuena, para recogerlo vaya a tal sitio tal día a tal hora. Ni se me ocurrió ir, claro. En tal sitio y a tal hora lo que siempre hay es una promoción de cremas de belleza, o de electrodomésticos, o de apartamentos en La Manga. Y aunque regalaran de verdad televisores, me importa un huevo porque ya tengo uno. Así que pasé mucho. Pero al cabo de quince días llegó otra notificación, y luego otra: *Le ha correspondido un premio; para recogerlo preséntese con su cónyuge, si son pareja estable y con unos ingresos conjuntos anuales de 12.000 euros, en la dirección tal. Es su última oportunidad.* Luego otra más, y al cabo de un tiempo, otra. Todas fueron a la basura, claro. Con la última, harto, llamé al teléfono de contacto. Paso de su premio, dije. Bórrenme. Tomo nota, caballero, me dijo la prójima que se puso al aparato. Pero la nota la tomó mal, por lo visto; pues sigo adelante con la carta de ahora, y leo:

Hace tiempo, nuestro departamento le comunicó que le había correspondido un premio. Esta comunicación se le ha repetido en varias ocasiones, y no hemos recibido todavía respuesta suya. ¿No recibió usted nuestras anteriores cartas, o se le olvidó llamarnos?

¡Pero aún está a tiempo! Llame al teléfono tal y cual. Con mi más cordial saludo: Fulano de Tal.

Me abalanzo al teléfono. Marco el número. Pregunto por Fulano de Tal. Está reunido, dice una sicaria, impertérrita. ¿En qué puedo ayudarle? Puede ayudarme, respondo, diciéndole al señor Tal o a quien sea que me olvide para siempre jamás. Ah, bueno, responde —se nota que tiene costumbre—. Si no está conforme con recibir nuestra correspondencia, póngase en contacto con la empresa que figura en la letra pequeña, al dorso. Y cuelga. Me voy al dorso. Un teléfono. Marco. Un contestador: *Si desea cancelar sus datos, grábelos. Gracias.* Llamo cinco veces, y sale siempre el mismo contestador. Al fin deduzco que hay truco. De modo que me resigno, digo mis datos, y al terminar la voz enlatada anuncia: *No se ha grabado nada. Vuelva a intentarlo.* Lo intento seis veces más y comprendo que, amén de haber truco, éste es maquiavélico. Te gastas una pasta, y nadie graba ni cancela nada. Miro otra vez el dorso de los cojones, donde figura otra empresa y una dirección de Bilbao como responsable última del fichero, pero sin teléfono. Llamo al 1003. Un joven encantador intenta localizar el número. Imposible, concluye. Es restringido. Me quedo con cara de idiota. Llamo otra vez al primer teléfono, y pregunto si Fulano de Tal sigue reunido. «Efectivamente», responde la de antes. «Lo suponía», digo. Y a continuación explico con detalle todas las cosas que el señor Tal puede hacer con el televisor, con el buzoneo y con la puta que lo parió. «Grosero», responde la torda. Y me cuelga.

Zorras de última generación

Hay que ver cómo el tiempo, que todo lo masca, cambia las cosas. No sé si recuerdan mi *Manual de la perfecta zorra* de hace cosa de tres años, con bonitos y útiles consejos para convertirse en chocholoco de rompe y rasga. Ahora tendría que actualizarlo, porque resulta evidente que se ha producido una mutación en las filas del famoseo vaginal. Me refiero a las nuevas zorras tomboleras que vienen pisando fuerte —lo de pisar es delicada perífrasis— y comen terreno a las veteranas. Así coexisten magisterio y juventud. Y es lo bonito de la vida, ¿verdad? Que todo fluye y nada permanece, como dijo Homero, o Espartaco, o uno de aquellos filósofos de antes. Me refiero a la evolución de las especies. Lo malo es que en ese aspecto las especies no siempre mejoran. La zorra española, verbigracia, evoluciona fatal. O involuciona.

A ver si me explico. Antes, llegar a vulpes-vulpi de revista semanal tenía sus requisitos: famosa por mérito propio, legítima de alguien que lo fuera, o —esto era óptimo— causa de que la legítima dejara de serlo. Además, debías moverte en niveles altos de popularidad, sociedad o dinero. En tan favorable contexto, una pájara con pocos escrúpulos y enamoradiza —o simplemente folladiza— podía hacer carrera; y, baldosa a baldosa, con suerte y combinando hábilmente matrimonios, divorcios, fotos robadas por *Interviú* y portadas del *Diez minutos,* llegar a la envidiada categoría de zorra con la vida resuelta. Pero la maquinaria mediática exige combustible, el público ávido pedía más, y la oferta no cubría la demanda. De modo que esa primera categoría de honestas trabajadoras de su propio coño terminó compartiendo portada con una segunda generación: hijas de famosos de la farándula, amigas, cuñadas, primas segundas, novias, esposas o ex esposas de los respectivos de todas ellas, incluyendo hijas, sobrinas y demás familia. Y, aunque con el tiempo se iba perdiendo el rastro de la zorra inicial o primigenia, cabeza de serie, con memoria y habilidad podía rastrearse el apasionante árbol genealógico que situaba, e interrelacionaba, varios escalones de zorras de diversos niveles en torno al núcleo central de media docena de zorras clásicas. Si quieren probar, háganlo. Aún se puede.

El problema es que el mercado, con el éxito de *Tómbola* —que sigo viendo de vez en cuando por mi amigo Cucho Farina—, la proliferación de la basura rosa en los programas de la tele —todos con su mariquita para darle el punto—, y la aparición de un tipo de periodista, también de tercero o cuarto nivel, tan nauseabundo que a su lado Karmele Marchante parece Oriana Fallaci, seguía exigiendo más madera; y ni siquiera el segundo escalón de productos cárnicos cubría las necesidades. Así que empezó a recurrirse a la chusma de tercer nivel: marmotas preñadas por toreros analfabetos, futbolistas o gente así, desprovistas de otro mérito que el de abrir las piernas con la persona adecuada en el momento justo. A partir de ahí, eso ya daba derecho a desfilar en pases de modelos, a viajes organizados a playas paradisíacas para fotos del *Hola*, y a llevar gafas de sol ante las cámaras que te acosan mientras empujas el carrito de las maletas en el aeropuerto de Málaga.

Pero el mercado es como el monstruo devorador de pan rallado. Creció el negocio, las teles rivalizaron en empaquetar bazofia, y para cubrir la demanda masiva se introdujo un cuarto nivel, que a la larga terminó adueñándose del cotarro: la zorra a palo seco. La pedorra siliconada o sin siliconar que, pretendiéndose artista o modelo, cuenta cómo se la tiraron Mengano o Fulano, y trinca por ello. Lo que pasa es que eso no podía terminar ahí. Ya metidos en harina, quedaba un paso muy fácil de dar: el que va del cuarto al quinto nivel. De guarra mediática a simple puta. Y lo digo *stricto sensu:* la fulana profesional que cobra el servicio, o espera cobrarlo, y hace el recorrido por las teles exactamente igual que antes hizo la calle, y cuenta, interrogada por auténticas perlas del periodismo audiovisual español, cómo se calzó, no ya a famosos o famosillos, sino a chusma de su propia calaña: primos segundos de chulos cubanos, conocidos de toreros o de cantantes, macrós de discoteca, etcétera.

Total. Que uno mira atrás y cae en la cuenta de que, comparado con el género que ahora pregonan, aquellas zorras que antes se divorciaban de marqueses, se emocionaban en el Rocío o tangaban a millonarios fatuos y sesentones eran unas señoras; incluso las que, para seguir pagándose las aspirinas —algunas son adictas a las aspirinas porque les duele mucho la cabeza— se vieron obligadas a montárselo en plan cada vez más bajuno, codeándose con la chusma de niveles inferiores a fin de que las furcias postmodernas no les quitaran el pan. Por eso apoyo sin reservas la creación de una Fundación para la Defensa de la Zorra Española Clásica (FDZEC). Más que nada para preservar la especie, y no mezclar las churras con las merinas, o las meretrices. Que cada cuala es cada cuala, Pascuala.

Esa chusma del mar

Qué cosas. Miro la foto del *Prestige* hundiéndose en el Atlántico, y la del capitán Apóstolos Manguras en tierra, entre dos picoletos, con una ruina que se va de vareta —ruinakos totalis lakagastis, capitánides—, y me digo que, pese a la modernidad, a los satélites y a todas esas cosas, el mar sigue siendo lo que siempre fue: un mundo hostil, de una maldad despiadada, del que los dioses emigraron hace diez mil años. Un sitio con reglas estrictas, incluido que a partir de cierto punto no hay reglas y todo se vuelve puro azar. Océanos que dan de comer, enriquecen, arruinan y matan a quienes los navegan. Cambian los tiempos y los modos, claro. Ahora todo eso está informatizado, cotiza en bolsa, abre telediarios, y hasta la prensa rosa disparata a título de experta en la materia. Ahora, también, los daños ecológicos, en un planeta gris que se está yendo a tomar por saco sin remedio, son más devastadores e irreparables. Pero al margen de la ecología, la incompetencia gubernamental, la demagogia, la ignorancia, las buenas intenciones, la legislación marítima y otros etcéteras, las cosas son como siempre fueron. El mar siguen navegándolo y explotándolo quienes se buscan el jornal, pasándose a veces por el forro las normas y los principios porque tienen letras que pagar, hijos a los que alimentar, bemeuves que ambicionar, señoras caras a las que calzarse; y, frente a eso, a muchos el mañana les importa una mierda. Más o menos como quienes se lo montan en tierra. Lo que pasa es que, a veces, en un barco se nota más. Y los marinos golfos quedan bien en las novelas de aventuras, pero fatal en titulares de prensa cuando meten la gamba: contrabandistas, mercenarios, piratas. Qué cosas. Casi nadie ha dicho estos días que el capitán Manguras se arrimó a la costa haciendo lo que muchos marinos harían en un temporal con un buque averiado: proteger los intereses de su armador y buscar un puerto o un refugio para la tripulación, el barco y la carga.

Los conozco un poquito nada más, pero me vale. Primero cuando joven lector, gracias a novelas como esa de Traven, *El barco de la muerte,* o el *Lord Jim* de Conrad, que explican muy bien de qué va la cosa —navegar literariamente a bordo del *Yorikke* o del *Patna* enseña mucho—. Más tarde, como cualquiera que frecuente el mar y los puertos, me los topé aquí y allá, con sus viejos cascarones oxidados y el nombre repintado cuatro o cinco veces, luciendo matrículas y pabellones no ya de conveniencia, sino imposibles. Los he visto limpiando sentinas o tanques entre una mancha de petróleo, varados en playas de África y América como buques fantasmas, abandonados en muelles con o sin tripulación, y apresados con toneladas de droga dentro. Escucho las charlas de sus tripulantes por radio —Mario, filipino monkey, nazarovia y todo eso— las noches que estoy de guardia en el mar, las velas arriba, vigilando sus putas luces roja y verde que no me maniobran nunca. También hay experiencias más concretas; como el caso del *Tintore,* mi primer contacto, hace treinta y cuatro años, con un barco raro —igual lo cuento un día si estoy bastante mamado—. O aquello que recordará Paco el Piloto: lo de Juanito Caminador y la isla de Escombreras cuando hacíamos contrabando por el lado de afuera. O lo del bar Sunderland, en Rosario, la noche del barco que se hundió, glub, glub, justo cuando iba a caducarle el seguro. O ese amigo que se forró traficando con crudo nigeriano y una vez me hizo un favor a cambio de otro en Malabo. O los pedazos de chatarra flotante cargados con armas y comida, a cuyos armadores y ca-

pitanes solté una pasta gansa —dólares del diario *Pueblo*—
para que me embarcaran en puertos griegos, turcos y chi-
priotas rumbo a Sidón, Beirut o Junieh, cuando la guerra del
Líbano a finales de los setenta y principios de los ochenta,
incluido el capitán Georgos —en *La carta esférica* aparece
bajo el nombre de Sigur Raufoss—, que en la madrugada
del 2 de julio de 1982, burlando el bloqueo israelí, le jugó
la del chino a una patrullera, conmigo a bordo, sentado sobre mi mochila en cubierta y bastante acojonado por cierto, diez millas a poniente de la farola de Ramkin Islet.
Resumiendo: algunos, una panda de cabrones. Y sé
de lo que hablo. Pero el mar es su medio de vida, y seguirán
ahí mientras haya algo que flote para subirse encima y sacarle un beneficio. Por muchas vueltas de tuerca que den las
leyes, siempre quedarán rendijas por donde cierta chusma y
ciertos barcos seguirán colándose en el telediario y en nuestras vidas. Trampeando, contaminando. Pero, entre toda la
cuerda de golfos, los tipos como el capitán Apóstolos Manguras y sus filipinos —éstos suelen ser buenos marineros, no
vayan a creer— me caen mejor que otros. Sobre todo porque son ellos los que se la juegan, pagan el pato y hasta se
ahogan cuando se tercia; y nunca, o casi nunca, los cerdos
de secano atrincherados en despachos de armadores, fle-
tadores y sociedades interpuestas en paraísos fiscales, sin olvidar a tantísimas autoridades marítimas y funcionarios co-
rruptos, que son quienes de veras retuercen las leyes, hacen
negocio sin mojarse, y trincan del mar una tela marinera.

Daños colaterales en Farfullos de la Torda

Qué peligroso es este país. Qué contaminable de todo, cuando andan de por medio la estupidez, la ruindad o la demagogia. Gracias a la televisión, se multiplican aquí hasta la náusea las modas chabacanas, la jerga de informadores analfabetos, los latiguillos idiotas de políticos y humoristas. Toda gilipollez arraiga, crece y se hace gorda y lustrosa. Imitadísima. Hay que tener un cuidado de la leche cuando abres la boca; todo se manipula y acaba teniendo efectos secundarios. O, como dicen ahora los miles gloriosus, daños colaterales. Entre esos efectos, el nacionalismo tiene algunos especialmente perversos. No podía ser de otro modo cuando se lleva años en primera página y en tertulias de radio. Algo tendrá el agua cuando la bendicen. Y al final, hasta el alcalde de Villacantos del Vencejo termina copiando a Javier Arzallus en su modalidad más pueblerina, esperpéntica y cutre. En España da lo mismo que se trate de tele rosa, ecologismo, Izquierda Unida del payaso Fofó, líneas aéreas y aeropuertos, fuerzas armadas, nacionalismo radical o lo que sea. Casi todo es caspa, y al final acaba igual: en mucha más caspa.

No sé si se han fijado ustedes —imagino que sí—, en esa nueva forma de nacionalismo rampante que se multiplica como setas venenosas. No hablo de los pueblos y las lenguas de toda la vida, que ésa es otra historia, sino de esa fiebre ultranacionalista local, más de andar por casa, que se apropia del mismo discurso para aplicarlo a la fiesta del santo, a la era, a la matanza del gorrino, a la alberca municipal, con el aplauso de docenas de imbéciles e imbécilas. Si uno presta atención a lo que dicen algunos presidentes regionales, consejeros, alcaldes de pueblo, concejales de esto o lo otro, resulta estremecedor detectar ahí, sin rebozo alguno, una adaptación calcada de la insolidaridad periférica más cerril y ultramontana: nosotros y ellos. Ahora todo cristo hace un discurso cantonal, autista. Lo mismo el presidente de la autonomía regional que el alcalde de tal o cual pueblo. Y como no hay errehache a mano, la limpieza de sangre se sustituye por la de opinión: uno es más andaluz, más canario, más gaditano, más burgalés, más de Sangonera la Seca o de Villatocinos, cuanto más ciegamente sigue a los cabestros de su dehesa. Y esa obediencia, que incluye la adopción de símbolos nacionales propios como la Virgen patrona del pueblo, llamar godos a los de fuera o el pañuelo verde que usan las peñas en ferias, está reñida con cualquier crítica. Cualquier disidencia se convierte en alta traición; en herejía ideológica y casi religiosa. Y a partir de ahí, la eliminación del sujeto —o sujeta, como ya dicen algunos subnormales— se convierte en necesaria. Higiénica. Cualquiera que denuncie los chanchullos de un concejal, la ineficacia de un alcalde, la corrupción de tal o cual ayatolá local es marcado y proscrito, a fin de que su mal ejemplo no contamine a los ortodoxos, para quienes Farfullos de la Torda —nada que ver con Perales de la Torda, que está al otro lado del río; que cada cánido se lama su pijo— es lo más grande del mundo, con historia, tradiciones e himno propios. Por eso la concejalía de cultura farfullense, por ejemplo, pretende ahora que sea obligatorio estudiar en la escuela la geografía, la historia, los bandos de la huerta y los villancicos locales; y como materia optativa, la lengua propia: el farfullo. Que sería una pena para la cultura occidental que se perdiese; pues los pastores locales han llamado con ella a sus ovejas, que se sepa, al menos desde el siglo III antes de Cristo.

A partir de ahí viene la huida hacia delante y el enloquecimiento. Todo exquisitamente de manual: de una parte, la limpieza étnica de todos los farfullenses que no tragan; de la otra, la instauración de un régimen populista que recurre al clientelismo descarado para crear una trama de adhesiones inquebrantables. Eso incluye comprar el periódico local con publicidad institucional, tapar canalladas ecológicas de compadres, recalificarles terrenos a los constructores leales, etcétera. Cualquier denuncia de estos monipodios irá automáticamente a la cuenta del antifarfullismo traidor al pueblo, que es la última y esencial patria, y como tal deberá atenerse el delincuente a las consecuencias. De esa forma los díscolos pueden verse marginados, vigilados, denunciados, excluidos de licencias municipales y préstamos de las sucursales bancarias locales, entre otras delicadas represalias, hasta que traguen. E incluso, si les gusta escribir, quedar fuera de la magna antología *Cien Poetas Farfullenses imprescindibles,* que, prologada por el alcalde, edita el cuñado del concejal de cultura. El mismo que tiene en preparación, con cargo a los mismos fondos, el *Diccionario Farfullo* —siete onomatopeyas y un verbo—, y preside el *Premio Internacional de Novela Histórica Farfullos de la Torda.* Cuya edición del año pasado, por cierto, ganó él. Con seudónimo.

Daños colaterales, golfos colaterales. Al final resulta que el problema no son los nacionalismos. El problema es tanto aprovechado y tanto hijo de la gran puta.

Estas Navidades negras

Se acojonaron. Así de sencillo. Fueron cobardes como ratas. O como políticos. Cuando el *Prestige* amaneció frente a la costa, la gente empezó a ponerse nerviosa. Entonces las autoridades, el gobierno autonómico y el gobierno central se cagaron por la pata abajo. Chof. Está chupado imaginarlo, conociendo a nuestros clásicos. Ese ministro aullando histérico. Fuera. Lejos. Que me lo saquen de allí como sea. Al quinto pino. Y sus sicarios y correveidiles, que siempre sugieren exactamente lo que el jefe espera oír, aplicando el viejo principio de que, en iglesia y política, problema alejado o aplazado es problema resuelto. Tienes razón, ministro. Ni puerto de refugio, ni trasvase de la carga, ni leches. Que se lo lleven a cualquier parte. Que se hunda en mitad del Atlántico o en donde sea, pero ni una gota aquí. Por Dios. Con las elecciones a la vuelta de la esquina.

Nadie les hizo ni puto caso a los marinos, claro. Ni al capitán del *Prestige,* que intentaba salvar su buque y su carga, ni a los que sugerían que más vale contaminación local, controlable por grave que sea en un refugio o un puerto, que andar paseando por ahí setenta mil toneladas de fuel con la chorra fuera. Pero nones. La idea oficial no era evitar el desastre, sino que éste se produjera lo más lejos posible. En Portugal o en Groenlandia o en cualquier sitio, con tal de que al concejal del Pepé correspondiente no le calentaran las orejas los percebeiros de su pueblo. Ni hablar. Alta mar, bien lejos de momento, y luego a cualquier sitio de negros, donde si se vierten treinta mil toneladas al mar tapas las bocas con unos miles de dólares y a nadie va a importarle un carajo.

Por eso no se buscó un refugio para el barco, concepto reclamado hace tiempo por marinos y armadores, pero al que España y otros países se oponen por razones electoralistas. Por eso se obligó al capitán Manguras a encender máquinas y alejarse de la costa, pese a que la vibración de los motores podía aumentar la vía de agua. Por eso los remolcadores lo condujeron a mar abierto, tras el tira y afloja con la compañía holandesa de salvamento, a la que no se dio oportunidad de salvar nada, ni se tuvo en cuenta que el Atlántico norte, en esta época del año, tiene muy mala leche. Por eso se hizo navegar al *Prestige* a rumbo de máximo alejamiento, sin permitirle alterar éste para que recibiera el mar por estribor, en vez de por donde estaba la vía de agua. Por eso arrumbaron luego al sur, hacia Cabo Verde o por ahí, metiendo de lleno la futura gran mancha de fuel la corriente Navidad. Todo eso ocurrió porque les daba igual. Lejos y pronto, fue la consigna. Y una vez mar adentro, al que le toque, que se joda. Así no hace falta ni gabinete de crisis ni nada. Cualquier cosa con tal de no alterar el España va bien o la cacería de don Manuel.

Y luego, el otro frente: el informativo. Piratas de los mares, barcos basura, monocascos pérfidos y toda la parafernalia. Barrer para casa movilizando en plan expertos a todos los tertulianos paniaguados de radio y televisión, programas rosas incluidos, y bloqueando cuanto contradijese la versión canónica. Ni una palabra de los paquetes de seguridad Erika I y Erika II, teóricamente aprobados desde hace la tira, ni de dónde estaban los limpiamares que decían haberse comprado, ni dónde los planes de contingencia por contaminación marítima, ni por qué nadie tenía almacenado y previsto en Galicia, zona de alto riesgo, el número suficiente de barreras flotantes, y éste tuvo que completarse a toda prisa desguarneciendo otros lugares. Como tampoco se dijo, pues contradecía la demagogia táctica del momento, que lo del doble casco será estupendo en el futuro, pero hoy es una utopía irrealizable, porque buena parte de los buques que transportan crudo y derivados tiene alrededor de veinte años y es monocasco, lo mismo en España que en el resto del mundo. Y a ver quién es el chulo que desguaza de golpe la mitad, o yo qué sé cuántos, de los barcos que navegan. ¿Por qué nadie aclara que España importa por mar trescientos millones de toneladas de productos imprescindibles sin los que no habría ni luz, ni agua, ni automoción, ni muchas otras cosas? En vez de explicar eso, todavía siguen con la copla de los barcos basura y las navieras pirata en vinagre. Y claro. En este país de mierdecillas donde todo cristo se la coge con papel de fumar, los muy gilipollas han conseguido que ahora cualquier barco, se llame *Prestige* o como se llame, se convierta en apestado. Como un inmigrante ilegal.

Por cierto. Puestos a sincerarse, sería bonito y edificante que alguien del Ministerio de Fomento, o del que se tercie, explicara que España, igual que esos rusos y esos griegos piratescos y malévolos tan sobados en los periódicos, también abandera fuera buena parte de su flota mercante, con pabellón de conveniencia. Y podría añadir, de paso, que el *Prestige,* esa presunta escoria de los mares, estaba matriculado en Bahamas, país al que corresponde bandera blanca. Eso significa nivel de seguridad alto, según las categorías internacionales. Y lo que son las cosas: España tiene bandera gris. Pero ésa, claro, es otra historia.

El niño de la bufanda

Días de Navidad. Esa publicidad de la tele. Villancicos y mucho ding, dong. Mientras aguardo a que el pistolero de la cicatriz diga: *«Sólo conozco a tres hombres que disparen así. Uno está muerto. Otro soy yo. El otro se llama Cole Thorton»*, y John Wayne responda: *«Yo soy Thorton»*, me calzo, resignado, quince minutos largos de mermelada televisiva a base de banqueros sonrientes porque realizan el sueño de su vida, que es darte un crédito para la cuesta de enero. Luego vienen jóvenes modernos y felices abrazándose con espontánea camaradería en torno a un teléfono móvil, papás Noel que se lo montan en plan amiguete con los Reyes Magos, Gepetos que bailan con la decrépita legítima mientras los hijos, nietos y yernos sonríen comprensivos trinchando el pavo, honrados maestros turroneros eligiendo cuidadosamente, una por una, cada almendra y cada avellana. Etcétera. Y la verdad es que todos se quieren un huevo. Y me quieren. Los veo moverse de anuncio a anuncio, mecidos por la música ad hoc, mientras cae la nieve al otro lado de la ventana y los abetos decorados iluminan las esquinas, y ganas me dan de dejar que Wayne, Mitchum y Caan se las arreglen solos frente a los malos, apagar la tele y salir a la calle en busca de la gente, la buena gente, como dice algún anuncio, moviéndome al pegadizo ritmo del duduá navideño mientras estampo sonoros besos en sus bocas. Smuac. Smuac. Smuac. Estoy a punto de hacerlo, como digo, convencido de que amo a mis semejantes y viceversa, cuando sale un anuncio de lotería, con un fulano calvo y un niño con bufanda. Entonces me paro en seco. Un momento, pienso. Quieto, chaval, y no seas pazguato. Resérvate los besos, que aquí falla algo.

Como todos los anuncios se repiten, me quedo al acecho hasta que lo veo de nuevo. Voilá. Blanco y negro. Ambiente fraternal. Gente encantadora que irradia amor y solidaridad. Música que remite a mesas de camilla, braseros, charlas de familia, palabras y miradas de cuando los seres humanos se miraban unos a otros a los ojos, y no como ahora, todos en la misma dirección: una pantalla de televisión. El anuncio, dicho sea de paso, es de una realización técnica perfecta. Buenísimo. De esos que, además, te escarban adentro y remueven cosas viejas que humedecen los ojos y la memoria. Lotería de Navidad. Ilusión. Sueños. Gente que se mueve por la calle entre otra gente a la que desea suerte, y con la que comparte deseos, amor, felicidad. La magia del anuncio te traslada a tiempos de pantalón corto y nariz pegada a escaparates. Frío en las orejas. Zambombas, panderetas, pavos, guardias de tráfico que siempre parecían buenos, con cajas de sidra y turrón a los pies. El basurero le desea felices Pascuas. El cartero le desea felices Pascuas. Abuelos que esperaban en casa. Párpados abiertos en la oscuridad, a la espera del ruido que delatase a Melchor, Gaspar y Baltasar encaramándose al balcón. Y el niño de la bufanda que lo miraba todo con ojos abiertos por la ilusión y el asombro.

Ahí está el fallo, descubro al fin. El truco. Ahí está la falacia del asunto, la nota discordante, lo que hace que todo lo que me cuenta ese anuncio se vuelva, de pronto, falso. El niño de la bufanda y la gorra, vestido anacrónicamente, con la ropa de otro niño que tú recuerdas bien, se pasea por el anuncio de la mano del señor calvo por un mundo cálido en blanco y negro —nada es casual en la tele— mirando fascinado el mundo feliz que se extiende a su alrededor. Las sonrisas. La bondad. El calor solidario de gente que parece conocerse de toda la vida. Pero tú sabes, porque recuerdas; porque, pese a todo, no han logrado confundirte por completo la memoria, las sensaciones, el olor de aquella Navidad que el anuncio pretende recrear, apelando a ese niño que conoces mejor que nadie, para hacerte entrar en el juego. Para vender más lotería.

Es entonces cuando despiertas. De qué Navidad están hablando, te preguntas. Desde luego, no de la del año 2002. No de la que sale en cada telediario, ni oyes en la radio, ni ves en la calle. La gorra y la bufanda del niño encajan mal con las caricaturas de enanos gringos que viste hace dos meses disfrazados de esa memez anglosajona llamada Halloween, o con los que encuentras por ahí, remedos de niños virtuales que nunca existieron hasta que la tele —las series, los anuncios con otros niños en otras épocas del año, cuando el mensaje que conviene calar es diferente— los hizo existir. Y comprendes que ese niño de la gorra y la bufanda es sólo un fantasma resucitado por el oportunismo comercial de los de siempre. Ya no está. Lo mataron en cualquier guerra civil, o emigró asqueado, o le borraron la memoria en esta España de curas, banqueros y tertulianos de radio, botijera de Occidente, que va tan bien y sale tan guapa en los informativos y en los anuncios de la tele. Así que, al final, vuelves a John Wayne, y decides que pueden meterse el anuncio donde les quepa. Quieren conmover, y sólo consiguen entristecerte. Y cabrearte.

2003

El picoleto

En la sierra de Madrid anochece gris, brumoso y sucio. Llevo todo el día dándole a la tecla y me apetece estirar las piernas, así que me enfundo la cazadora de piloto del Güero Dávila y salgo a dar un paseo. Cae una llovizna fría, y el agua en la cara me espabila un poco cuando bajo hasta el bar de Saturnino, que está junto a la carretera, en busca de un café. El camino pasa por la iglesia, en cuyo porche me entretengo un rato con don José, el párroco, que está allí con su eterna boina, como un centinela en su garita. Qué te parece lo de ese pobre chico, dice. Y me cuenta. Hace sólo unas horas, muy cerca de aquí, dos heroicos gudaris han asesinado a un joven guardia civil cuando éste se llevaba la mano a la visera de la teresiana para decir buenas tardes. Hablamos un rato del asunto, el páter me cuenta los detalles que ha oído en la radio, y luego me despido y sigo mi camino bajo la lluvia.

Cuando llego al bar, llueve a cántaros. Digo buenas tardes, me apoyo en la barra sacudiéndome como un perro mojado, y pido un cortado con leche fría. Saturnino, que es grande y tripón, deja la partida de mus y pasa al otro lado del mostrador mientras sus contertulios aguardan, pacientes. En la tele, sin sonido, hay un concurso idiota; y en la radio, Rocío Jurado canta como una ola, tu amor llegó a mi vida, como una ola. Enciendo un cigarrillo. Junto a mí, en la barra, están cinco albañiles de las obras cercanas; son tipos duros, de manos rudas, manchados de cemento y yeso. Fuman y beben cubatas y carajillos de Magno mientras comentan lo del picoleto muerto, a su estilo: nada que ver con las tertulias políticamente correctas que uno escucha en el arradio ni con los circunloquios del Pepé y el Pesoe. Por lo menos, comenta uno de ellos, un etarrata se llevó lo suyo. Y lástima, añade el otro, que no le dieran un palmo más arriba, al hijoputa. En los sesos. Ése es el tono de la charla, así que tiendo la oreja. Otro cuenta cómo el segundo guardia, herido en el brazo derecho, aún tuvo el cuajo de seguir disparando con la izquierda. Y el del paraguas, añade otro. Ese que pasaba de paisano y corrió a ayudarlos con el paraguas de su mujer como arma. Compañerismo, opina un tercero. Y huevos, apunta otro. Sabe Dios cuántos guardias civiles han muerto ya con esto de ETA, dice alguien. La tira, confirman. Ha muerto la tira. Y ahí siguen, los tíos. Aguantando mecha sin decir esta boca es mía. ¿Os acordáis de sus hijos muertos en las casas cuartel?

Me quedo oyéndolos un rato mientras doy unos tientos al café infame de Saturnino. A veces son como son, comenta un albañil. Tarugos de piñón fijo. Pero hay que reconocer que siempre están donde tienen que estar. ¿No? Martínez, les dicen, ponte ahí hasta que te releven. Y Martínez no se mueve de ahí aunque se hunda el mundo o lo maten. Por ciento ochenta mil pelas al mes que cobran. Y sin sindicatos, que tiene guasa la cosa. Eso vale algo, dice otro. O mucho. La prueba es que la gente dice que tal y cual; pero cuando tienes un problema, ni Gobierno, ni rey, ni leches. De los únicos que de verdad te fías en España es de la Guardia Civil. Los cinco siguen un rato comentando el asunto. Y en ésas, como si estuviera preparado, se para fuera un coche verde y blanco con pirulos azules. Por la ventana veo cómo salen dos guardias; uno se queda junto al coche y el otro empuja la puerta y entra. Es un guardia joven y alto. Tal vez se parece al que acaban de matar. Hasta es posible que pertenezca al mismo puesto de Villalba, o al vecino de Galapagar. El guardia dice buenas tardes, se quita la te-

resiana y viene hasta la barra. Un café, por favor, le pide
a Saturnino. Solo. Al entrar se ha hecho un silencio. Los albañiles lo miran y hasta los del mus se olvidan de los duples
y del órdago. Cuando tiene delante el café, el picoleto saca
del bolsillo dos aspirinas, y se las traga con unos sorbos. Qué
le debo, pregunta, echándose la mano al bolsillo. Saturnino
va a abrir la boca, cuando en el grupo de los albañiles le hacen un gesto negativo. Está invitado, rectifica Saturnino. Por
los caballeros.

El guardia se vuelve hacia el grupo y mira un instante sus monos y ropas manchadas. Sus caretos masculinos y honrados, solemnes, sin afeitar, fatigados de todo el
día en el tajo. Los cinco lo observan muy serios. Gracias,
dice. Algún albañil inclina un poco la cabeza. Nadie sonríe
ni dice una palabra. El picoleto se pone la teresiana y se va.
Y yo me digo: me han ganado por la mano estos cabrones.
Tenía que habérseme ocurrido. Ese café habría debido pa-
garlo yo.

Bajo el ala del sombrero

No cualquiera puede llevar sombrero. Me refiero a sombrero de verdad, canónico, de fieltro en invierno y de panamá en verano. Y a los fulanos, o sea, a los hombres. Porque a la mayor parte nos sienta como un escopetazo. Lo pensaba el otro día en una ciudad antigua, invernal y adriática, viendo pasar a la gente. Que no sé por qué, en invierno y en ciudades con presunto caché mundano, a tíos que en su vida se han puesto nada en la cabeza les da por encasquetarse un sombrero. Pero no se trata de vestir correctamente o no, concluí tras mucho mirar, o de tener un careto así o asá. Se trata de hábito, supongo. De maneras que vienen de ciertos hábitos. En cualquier película norteamericana de los años cuarenta, el sombrero sentaba de cine. Hasta a los malos. Por no hablar de cómo lo llevaba aquí Alfredo Mayo. O Carlos Gardel. Decía mi abuelo, con cinismo republicano y elegante, que en sus tiempos la gorra o la boina se llevaban para que los obreros se la quitaran delante del patrón, y el sombrero para que los caballeros se lo quitaran delante de las señoras. Y supongo que se trata de eso. No lo de quitarse la gorra y el sombrero, sino lo otro. Lo de sus tiempos. Desplazado por Jamiroquai, por las puñeteras gorras de béisbol o por la falta de costumbre, el sombrero de toda la vida ha pasado de moda, y la gente ya no tiene práctica. Se lleva mal, o con torpeza. Postizo. Sienta como a un cristo un Kalashnikov AK-47. Pasa como con los sombreros blandos que ahora se usan para la lluvia o para acompañar camisetas de oenegés. Los viejos reporteros, Alfonso Rojo, el abuelo Leguineche y yo mismo, los usábamos hace veinte o treinta años, cuando eran del ejército británico y de lona, y se llamaban sombreros de jungla —no Panama Jack, o Rain Barbour o como carajo ponga en la etiqueta— porque eran para eso: para usarlos en la jungla o en el desierto. Antes era rarísimo encontrarlos. Y lo que son las cosas. Este invierno se han puesto de moda. Sales a la calle y, en vez de paraguas, todo el mundo lleva uno arrugado en la cabeza. Como si fueran de pesca por la Gran Vía.

En fin. Volviendo a lo de la boina y el sombrero de toda la vida, la verdad es que lo de cubrirse la testa no se improvisa. Lo haces como parte de tu educación, profesión o costumbre, o no hay nada que rascar. Sólo recuerdo a dos fulanos capaces de lucir boina o sombrero como si tal cosa. El sombrero lo usa con mucha dignidad mi amigo Sealtiel Alatriste. En cuanto a la boina, hay un hombre joven que la porta con naturalidad: Montero Glez, antes Roberto del Sur. Todo chupaíllo y flaco, sin perder la cara de hambre aunque ahora coma caliente, cuando se pone la boina, la gabardina y lleva la colilla de un truja en la boca, el autor de *Sed de champán* sigue siendo la viva estampa del escritor maldito al que Alfonso le fiaba el tabaco en el café Gijón. Y es que hasta para la boina hay que tener casta. Pasa como con las gorras marineras. Tengo una de marino mercante —la de comandante de submarino alemán, como la llamo— pero sólo la uso mar adentro, cuando pega el sol y no me ve nadie. Porque llevarla bien, lo que se dice llevarla como Dios manda, quien la llevaba era John Wayne en *El zorro de los océanos*. Y, en la vida real y en mis recuerdos, don Daniel Reina en el puente del *Puertollano,* don Carlos de la Rocha en el *Escatrón,* o don Antonio Pérez-Reverte en el *Viera y Clavijo.* Igual que sus colegas, esos capitanes llevaban la gorra como lo demás: en su sitio y bien puesta. Aunque eran otros tiempos, claro. Otros barcos y otros hombres.

En cuanto al sombrero de fieltro tradicional, y a quienes se lo ponen, supongo que el problema no es que encaje fatal con la ropa o el aspecto que tenemos ahora, sino el hecho evidente de que no sabemos qué hacer con él. La legítima, que tampoco tiene ni pajolera idea, dice: te ves muy guapo y elegante, Pepe. Pareces el caballero que no has sido en tu puta vida. Y Pepe, tras probárselo veinte veces ante el espejo, sale a la calle sintiéndose caballero y cosmopolita. Y así ves a Pepe con el sombrero encasquetado en un café, en el vestíbulo del hotel, visitando una catedral o paseándose entre las mesas de un restaurante. Tan satisfecho, el soplapollas. Ignorando que al entrar bajo un techo, lo mismo que en presencia de una señora o de alguien mayor o respetable, lo primero que hace un hombre educado es destocarse. Lleve lo que lleve. Aparte la pinta de cada cual, cuando de veras se nota si alguien sabe usar sombrero o no, es cuando se tiene en las manos, y no en la cabeza. Ahí está el detalle, que decía Cantinflas. La diferencia entre un caballero y un payaso.

La última aventura de Pepe el Muelas

Me cuentan que se murió mi paisano El Muelas. Un par de veces, al referirme aquí a él, lo llamé Paco, por aquello de disimular un poquillo camuflando pistas. En realidad se llamaba Pepe Muela, con el apellido en singular. Jubilado. Dejó de fumar y de todo lo demás hace casi dos años, pero yo acabo de enterarme. Palmó, según cuentan, con genio y figura hasta las últimas. He telefoneado a mis compadres Ángel Ejarque y Antonio Carnera, viejos colegas de oficio, que lo conocían y respetaban. Un clásico, ha dicho Ángel. Era un maestro y un clásico. Y Carnera, de profesional a profesional —quizá recuerden su famoso timo del abrigo de visón y la torda del Pasapoga—, lo ha definido como un genio y un aristócrata de la calle. El inventor del timo del telémetro. El hombre que pasó a la historia de la delincuencia por la venta legendaria, en los años cuarenta, del tranvía 1001: una estafa que, si en España hubiera escuela oficial de timadores, figuraría en el prólogo de todos los libros de texto.

Era de Cartagena, he dicho. A lo mejor porque nació en una ciudad trimilenaria, vieja, mediterránea y sabia, Pepe Muela tuvo siempre una filosofía vital singular. Vivió a su aire, tangando por naturaleza y por oficio. Nunca ejerció la violencia en el curro: todo era a base de talento y mojarra. Estaba dotado para el timo y para trajinar pringados lo mismo que otros lo están para la música, las matemáticas o la política. Fue fiel a sí mismo: un estafador de cuerpo entero hasta el final, cuando con ochenta y dos tacos de calendario, que ya son años, aún tenía arte y labia para engañar al médico que le expedía el certificado del carnet de conducir, o se llevaba al huerto a los contertulios de toda la vida, jubilados como él, ganándoles con trampas al dominó los cupones de la Once. Al principio, su nuera se enfadaba cuando Pepe se ponía a contarles peripecias a los nietos. No le hagáis caso al abuelito, decía. Son chistes e inventos. Pero los enanos no tenían un pelo de tontos. Sabían de qué iba el asunto y escuchaban aquellas aventuras sin escandalizarse, como se escucha a los abuelos que saben contar las cosas: con interés, benevolencia y cierto cariñoso escepticismo.

En sus tiempos de señorío y magisterio callejero, Pepe Muela hizo cientos de timos que no fueron tan sonados como el del tranvía o el de la Cibeles —que estuvo a punto de vender pieza por pieza a un turista millonario norteamericano—, jugando casi siempre con la avaricia, la estupidez o la ambición de los pringados. «Sin la complicidad de otro sinvergüenza, que es la víctima —solía decir—, rara vez funciona esto». Hacía una estampita, un nazareno o un tocomocho con la misma naturalidad con que otros se anudan la corbata; pero eso era para las cañas. Lo suyo eran las estafas complicadas, a varias bandas, que requerían imaginación y logística. Toda su vida fue una inmensa estafa, de cabo a rabo. Nunca dio palo al agua, ni trabajó, ni cumplió otras leyes que las de la calle y las de sus colegas, ni en su vida aforó un arbitrio o una tasa, excepto el IVA, que se le clavaba en el alma porque venía con los precios, y ahí no encontró manera de endiñarla. Tampoco tuvo remordimientos. Sostenía que los mayores estafadores son los políticos, desde cualquier presidente de gobierno hasta el último concejal de pueblo. «El que ni roba ni folla —solía decir— es porque no tiene dónde». Haber sido militar, en sus tiempos, le daba un barniz de señorío y autoridad muy útil profesionalmente: lo que él llamaba el don. «Para todo hay que tener don en esta vida», era otra de sus frases.

Había luchado en la guerra civil española —en los dos bandos, por supuesto—, y cerca de la Junquera se le escapó por los pelos el tesoro republicano; de modo que, tal vez para probar con el oro de Moscú, se fue a Rusia con la División Azul y se las arregló para volver de teniente. Usó hasta el final sombrero, traje, corbata y zapatos de tafilete. Tuvo suerte: su hijo, nuera y nietos no comulgaban con sus ideas ni su carácter, pero lo adoraban y lo cuidaron en la vejez. Siempre quiso volver a su tierra, así que llevaron sus cenizas a Cala Cortina y las echaron al mar. En la esquela, cuyo texto fue elegido al azar por la empresa funeraria, puede leerse: «*Dulce es morir cuando se ha sabido vivir bien. Busqué reposo en el Cielo. Allí os espero*». De saberlo, se habría tronchado de risa. Quienes lo conocieron podrían pensar que lo dejó escrito. Y hasta lo del Cielo es posible. Quizás, apenas llegado al Purgatorio con miles de años de condena por delante, El Muelas se las arregló para estafarle a alguien unas indulgencias plenarias.

Gallegos

Tengo en casa un antiguo álbum de Castelao: cuarenta y nueve láminas en folio, cada una con su leyenda. *Nós,* se llama. Nosotros. Los dibujos son de hace casi un siglo: viñetas de la vida gallega campesina y marinera, nacidas como consecuencia de las huelgas de la época, las matanzas de labriegos y el caciquismo. Imágenes y textos tan pesimistas y terribles que, en palabras del autor, queman como un rayo de sol a través de una lupa. De vez en cuando le echo un vistazo a ese álbum, por la belleza de sus estampas y por el conmovedor sentido de sus textos.

La lámina número 9 muestra a una pobre aldeana que carga un ataúd rotulado *Ley* mientras dice: *¡Canto pesa e como fede!* («Cuánto pesa, y cómo apesta»). En la número 16, un niño pobre le dice a otro: *O que sinto eu é que algún que maltratou a miña mai morra denantes de que eu chegue a home* («Lo que siento es que alguno que maltrató a mi madre muera antes de que yo llegue a hombre»). Y en la 37, un campesino comenta, hablando de sus rapaces: *Téñoche un tan listo que ten quince anos e xa non cre en Deus* («Tengo uno tan listo que tiene quince años y ya no cree en Dios»). Hay otras láminas irónicas y terribles, incluida una que me remueve por dentro cada vez que la miro: *Eu non quería morrer alá. ¿Sabe, miña mai?* En ella, ante una pobre mujer resignada, bajo un crucifijo y una mesa con medicinas, un demacrado emigrante agoniza diciendo «Yo no quería morirme allá. ¿Sabe, madre mía?».

Gallegos. Ahora, con la historia del *Prestige,* he vuelto a sentarme a pasar las páginas de *Nós.* Ya no es, por supuesto, aquella Galicia donde el pobre anciano daba su hijo para Cuba y su nieto para Melilla, y luego perdía la mísera choza por no poder pagar los impuestos. Sin embargo, quedan ecos. Aunque ese ángulo de España es moderno y mira al futuro, aún conserva desdichados aires de lo que, habiendo cambiado, nunca llegó a cambiar del todo: el lastre del caciquismo, la injusticia y el olvido.

Pensé mucho en eso estos días, viendo a los gallegos en la tele, oyéndolos hablar en la radio con la amarga y sabia gravedad de quien lo tiene todo muy claro. Conscientes, desde los tiempos de Castelao y desde mucho antes, de que *as sardiñas volverían se os Gobernos quixosen;* pero los Gobiernos, o no quieren, o hasta ahora les importaron las sardinas un carajo. Por eso, cuando el enemigo asomó frente a la Costa de la Muerte en forma de mancha de fuel, los gallegos, en vez de mirar a Madrid y llorar cruzados de brazos esperando soluciones o milagros, salieron a pelear, estoicos, que no resignados —sólo algunos políticos idiotas confunden una cosa y otra—, sabiendo desde el principio que iban a hacerlo, como siempre, solos. Con silencios, dignidad y coraje. A reñirle a la vida ese duro combate en el que son expertos desde hace siglos, dejándose la piel en las playas y en el mar. Luego vino la solidaridad de otros lugares y gentes de España; y al cabo, la lenta y torpe reacción oficial. Pero eso fue después. Al principio, cuando se lanzaron a la lucha, los gallegos ni pedían, ni esperaban. Sólo contaban con sus pobres medios. Y con sus cojones.

Es la lección admirable de esta tragedia: la extrema dignidad gallega incluso en el caos del principio, cuando la incompetencia oficial y la desesperanza. No queremos limosnas, sino ayuda, repetían. Que las marquesas del Rastrillo se metan los juguetes de Reyes por donde les quepan, y que quede claro que la pasta recaudada por éstos o aquéllos es para pagarse sus banderitas, y no cosa nuestra. Aquí no hace falta caridad, porque tenemos manos y cabeza. Lo que necesitamos son medios técnicos y vergüenza por parte de la Xunta, del Gobierno y de la puta que los parió. Y oyéndolos, viéndolos organizarse y actuar con sus barcos y los artilugios fruto de su ingenio, y encima irse a Francia a explicar a los gabachos que la marea negra no había que esperarla en la costa, sino ir a su encuentro con decisión y combatirla en alta mar, me estremecí de admiración y orgullo confirmando en sus palabras, en sus rostros curtidos y duros, en la firmeza de las mujeres que chapoteaban entre el fango de las playas, que habrían peleado igual aunque hubiesen estado solos, porque lo estuvieron siempre, y tienen costumbre. Así que, a partir de ahora, más vale que los Gobiernos se espabilen con las sardinas. Las cosas han cambiado desde aquel *En Galiza non se pide nada. Emígrase*, de Castelao. Mucho ojo. La nueva leyenda se la han ganado a pulso dando ejemplo a toda España, y es otra: «En Galicia no se pide nada. Se lucha».

La mochila y el currículum

Llueve a ratos, y Madrid está frío y desapacible. Pasan paraguas al otro lado del escaparate de la librería de mi amigo Antonio Méndez, el librero de la calle Mayor. Estamos allí de charla, fumando un pitillo rodeados de libros mientras Alberto, el empleado flaco, alto y tranquilo, que no ha leído una novela mía en su vida ni piensa hacerlo —«ni falta que me hace», suele gruñirme el cabrón—, ordena las últimas novedades. En ésas entra un chico joven con una mochila a la espalda, y se queda un poco aparte, el aire tímido, esperando a que Antonio y yo hagamos una pausa en la conversación. Al fin, en voz muy baja, le pregunta a Antonio si puede dejarle un currículum. Claro, responde el librero. Déjamelo. Y entonces el chico saca de la mochila un mazo de folios, cada uno con su foto de carnet grapada, y le entrega uno. Muchas gracias, murmura, con la misma timidez de antes. Si alguna vez tiene trabajo para mí, empieza a decir. Luego se calla. Sonríe un poco, lo mete todo de nuevo en la mochila y sale a la calle, bajo la lluvia. Antonio me mira, grave. Vienen por docenas, dice. Chicos y chicas jóvenes. Cada uno con su currículum. Y no puedes imaginarte de qué nivel. Licenciados en esto y aquello, cursos en el extranjero, idiomas. Y ya ves. Hay que joderse.

Le cojo el folio de la mano. Fulano de Tal, nacido en 1976. Licenciado en Historia, cursos de esto y lo otro en París y en Italia. Tres idiomas. Lugares, empresas, fechas. Cuento hasta siete trabajos basura, de esos de tres o seis meses y luego a la calle. Miro la foto de carnet: un apunte de sonrisa, mirada confiada, tal vez de esperanza. Luego echo un vistazo al otro lado del escaparate, pero el joven ha desaparecido ya entre los paraguas, bajo la lluvia. Estará, supongo, entrando en otras tiendas, en otras librerías o en donde sea, sacando su conmovedor currículum de la mochila. Le devuelvo el papel a Antonio, que se encoge de hombros, impotente, y lo guarda en un cajón. Él mismo tuvo que despedir hace poco a un empleado, incapaz de pagar dos sueldos tal y como está el patio. Antes de que cierre el cajón, alcanzo a ver más fotos de carnet grapadas a folios: chicos y chicas jóvenes con la misma mirada y la misma sonrisa a punto de borrárseles de la boca. España va bien y todo eso, me digo. La puta España. De pronto la tristeza se me desliza dentro como gotas frías, y el día se vuelve más desapacible y gris. Qué estamos haciendo con ellos, maldita sea. Con estos chicos.

Antonio me mira y enciende otro cigarrillo. Sé que piensa lo mismo. En qué estamos convirtiendo a todos esos jóvenes de la mochila, que tras la ilusión de unos estudios y una carrera, tras los sueños y el esfuerzo, se ven recorriendo la calle repartiendo currículums en los que dejan los últimos restos de esperanza. Licenciados en Historia o en lo que sea, ocho años de EGB, cinco de formación profesional, cursos, sacrificios personales y familiares para aprender idiomas en academias que quiebran y te dejan tirado tras pagar la matrícula. Indefensión, trampas, ratoneras sin salida, empresarios sin escrúpulos que te exprimen antes de devolverte a la calle, políticos que miran hacia otro lado o lo adornan de bonito, sindicatos con más demagogia y apoltronamiento que vergüenza. Trabajos basura, desempleos basura, currículums basura. Y cuando el milagro se produce, es con la exigencia de que estés dispuesto a todo: puta de taller, puta de empresa, boca cerrada para sobrevivir hasta que te echen; y si tienes buen culo, a ser posible, deja que el jefe te lo sobe. Aun así, chaval, chavala, tienes que dar las gracias por los cambios de turno arbitrarios, los fines de semana trabajados, las seiscientas horas extras al año de las que sólo ochenta figuran como tales en la nómina. Y si encima pretendes mantener a una familia y pagar un piso, date con un canto en los dientes de que no te sodomicen gratis. Flexibilidad laboral, lo llaman. Y gracias a la flexibilidad de los cojones se han generado, dice el portavoz gubernamental de turno —de momento le toca al Pepé— tropecientos mil empleos más, y somos luz y faro de Europa. Guau. Gracias a eso, también, un chaval de veintipocos años puede disfrutar de la excitante experiencia de conocer ocho empleos de chichinabo en tres o cuatro años, y al cabo verse en la calle con la mochila, buscándose la vida bajo la lluvia. Partiendo una y otra vez de cero.

Flexibilidad laboral. Rediós. Cuánto eufemismo y cuánta mierda. A ver qué pasa cuando, de tanto flexionarlo, se rompa el tinglado y se vaya todo al carajo, y en vez de currículums lo que ese chico lleve en la mochila sean cócteles molotov.

Poco cine y mucho morro

Pues claro que el cine español ha perdido espectadores. Y más que va a perder, antes de que la última película se titule *Cerrado por defunción*. Hay menos rodajes, menos inversiones y menos ventas. Los de la industria nacional —digo industria por llamarla de algún modo— se quejan de que el celuloide se va al carajo, y de que las productoras norteamericanas se nos comen. Es verdad. Los gringos controlan televisiones y salas de cine; y, aparte de imponer modelos ideológicos y culturales, asfixian el cine europeo y español, hasta el punto de que los exhibidores se bajan los calzones y encima pagan el cafelito. Por eso la cinematografía hispana reclama medidas urgentes. Y yo me sumo. Pero la risa locuela me viene cuando oigo que esas medidas permitirían *«competir en igualdad de condiciones con el cine estadounidense»*, y cuando productores y directores culpan a las televisiones de no invertir más en sus apasionantes proyectos cinematográficos.

Menudo morro, el de mis primos. Sobre todo el de algún productor que conozco. Hay nobilísimas excepciones, por supuesto. Muchas. Gente que se rompe los cuernos para sacar adelante proyectos dignos, y a veces lo consigue. Pero otros tienen un hocico que lo arrastran. El cine se muere, dicen quienes ayer aún voceaban eufóricos el gran momento del negocio. Ahora no hay viruta, lloran. Todos al paro, etcétera. Y los periodistas del ramo y algunos medios oficiales corean con palmas flamencas. Nada que objetar a eso. Pero lo que nadie dice es que algunos de esos productores que tanto sufren por la agonía del cine, a los que hace ocho o diez años conocimos tiesos como la mojama, se han hecho millonarios en poco tiempo gracias a esa industria que ahora agoniza. ¿El truco? Chupado. No se trata de hacer películas buenas, sino sólo de hacer películas. Lo mismo da que sean malas y baratas, aunque si son caras, mejor. También da igual que se estrenen o no, y que recauden filfa. No imaginan ustedes la cantidad de películas que en España se han rodado en los últimos años, y luego ni siquiera se estrenaron. Pero a pocos les importa, porque con el sistema de producción basado en financiación de televisiones y respaldo oficial, casi nadie puso en ellas un duro propio. Una película significa beneficio industrial para el productor espabilado que maneja dinero fácil: a veces, con sólo rodarla ya gana dinero. Y cuanto más se ahorre en guión, en actores, en dirección artística, en semanas de rodaje, mejor. Si luego va bien en los cines, chachi. Si no, Santa Rita y la culpa a los espectadores, que Hollywood les come el tarro y no apoyan el cine nacional. Y ese sistema, conocido y amparado por todo cristo con la complicidad inevitable de quienes necesitan películas para trabajar, es el que funciona en el cine español. Así se explica que se ruede tanta caspa: unos cuantos listos extorsionando al Estado y a las televisiones para forrarse sin que nadie proteste ni lo denuncie, mientras la gente que se juega con dinero propio las habichuelas y el futuro se pega leñazos de muerte y tiene que hipotecar la casa.

Pero la culpa no es sólo de esa clase de productores que lloran por un cine que han matado ellos. Salvo honrosas y singularísimas excepciones, que el público agradece en taquilla, el perfil de la película española media es la historia anodina de un fulano y/o fulana que se pasan hora y media diciendo obviedades entre planos larguísimos y gratuitos que aburren a las ovejas. Y encima pretenden que la gente pague por verlo. Eso, o la nonagésimoquinta plasta maniquea sobre la Guerra Civil, que no se cree nadie, nacionales malvados y republicanos bondadosos, con actores que no saben ni decir hola, en este país donde el guionista no existe o no le pagan, y donde cualquier tiñalpa de la tele se convierte, gracias a críticos de pesebre, en la revelación artística del año; mientras los pocos actores de verdad que van quedando tienen que buscarse la vida como pueden. Queremos cine como el francés, claman los de la presunta industria. Allí el público hace cola apoyando el suyo, mientras que el nuestro pasa mucho. Pero claro. Los gabachos, además de trincar, hacen *Nikita, El Gran Azul, Capitán Conan, Chocolat, Cyrano, La reina Margot, Los ríos de color púrpura, La cena de los idiotas, Doberman, Vidocq* o *El pacto de los lobos,* con actores como Juliette Binoche, Cassel hijo, Isabelle Huppert, Depardieu, Rochefort y Jean Reno. No te fastidia. Dale *El puente sobre el río Kwai* y toda la pasta del mundo a un productor de aquí. Que busque director, y luego te haga un guión. Y un casting.

Una de taxistas

Me gustan los taxis. Buenos días, lléveme a tal sitio, etcétera. En cuanto me acomodo en el asiento trasero, me dispongo a disfrutar de esos momentos en que todo se suspende, cuando lo inmediato no depende de ti, y te hallas en manos de otro que toma las decisiones. Lo bueno de ir en un taxi es que ya no estás en el sitio de antes y todavía no has llegado al otro. Un espacio para descansar, o reflexionar. Para cerrar los ojos, o mirar el mundo por la ventanilla mientras te mueves impunemente a través de él, en espera del siguiente episodio. Del próximo combate. Para quienes no soportamos conducir un automóvil por el territorio hostil de las ciudades, el taxi es como el cigarrillo del soldado, el café del funcionario o el carajillo del albañil. Una tregua. También me gusta observar a los taxistas, porque suelen ser gente interesante. Por lo general. Al moverse por el corazón de una ciudad se mueven también por el corazón de quienes la habitan. La suya es una magnífica atalaya de la vida humana, y en ellos intuyes el rastro de quienes han pasado por el asiento que ocupas. Muchos son lo que sus clientes han hecho de ellos, para bien o para mal. Y hay diversos tipos.

Ustedes tendrán su clasificación; yo tengo la mía: el Cliniswood, el Hincha, el Makoki, el Abuelo, el Fitipaldi, el Melómano, el Resentido, el Pelmazo. El Cliniswood, como su nombre indica, no abre la boca ni al final de trayecto para decir cuánto le debes —se limita a señalar el taxímetro— y acojona por lo serio, hasta el punto de que en los atascos no te atreves a decir que llegaríamos antes por la calle Leganitos. El Hincha pertenece al género futbolero:

va escuchando a Gaspar Rosety, y frena de pronto para gritar gol, gooool, el hijoputa. El Makoki, por su parte, es joven, gasta chupa de cuero y patillas, siempre te tutea, y en versión femenina lleva a Luz Casal en el radiocasete y un espray antivioladores en la guantera. Quien siempre te habla de usted y conduce despacio es el Abuelo, veterano con el pelo blanco y una foto de los nietos en el salpicadero, diciéndole: yayo, no corras. Al Fitipaldi se le queda pequeña la ciudad entre frenazos y acelerones, cambia de carril y pasa semáforos en ámbar, jugándose su vida y de paso la tuya; y en cuanto coge la carretera de La Coruña pone el cascajo a ciento ochenta, con vibraciones que te hacen sentir como si tuvieras Parkinson. El Melómano suele ser callado, para en cada Stop y siempre lleva puesto a Mozart. En cuanto al Resentido, odia a la Humanidad: insulta a los guardias, a las mujeres conductores, a las señoras con el carrito de la compra y a los niños que salen del cole, amenaza a los rumanos de los semáforos, y cuando un motorista le roza el espejo retrovisor de fuera, sale del coche muy cabreado empuñando un destornillador de dos palmos.

El Pelmazo es la única variedad que no soporto. El otro día me tocó uno, y casi echo las muelas. Vas en tu asiento sin meterte con nadie, viniendo de enterrar a tu madre, por ejemplo, o hecho polvo porque la legítima ha pedido el divorcio y se queda con la casa, el coche y el perro, o a lo mejor estás calculando mentalmente el tercio del cociente agregable a la división de un peso por el cuadernal móvil del que se suspende, y en ésas el taxista se pone a explicar por qué vota al Pepé o al Pesoe, a solucionar el problema vasco, o a hablar de fútbol. Ése fue el caso. El que me tocó en desgracia llevaba la radio con Bustamante a toda pastilla. Que ya tiene delito. Y cuando le pedí que bajara el sonido, hágame el favor, porque ya sólo me quedaba medio tímpano sano, lo hizo a regañadientes. Para vengarse, empezó a hablar de fútbol. Todo el rato en inexplicable plural —hemos ganado, jugamos el domingo en casa—, volviéndose de vez en cuando a asegurarme que ya era hora de que a Van Gaal lo echaran a la calle. Mi táctica de responder con vagos gruñidos y monosílabos poco alentadores, eficaz en tales casos, se estrelló en su verborrea liguera. Y el Aleti, me decía de pronto. Qué le parece a usted lo del Aleti. ¿Ein? Y se volvía a mirarme indignado, como si yo tuviera la culpa. Luego le tocó a Joan Gaspar. Al fin, a la desesperada, pregunté con perfecta cara de idiota quiénes eran esos Cásper y Vandal. Y oigan. Mano de santo. El fulano cerró la boca poquito a poco, mirándome por el retrovisor como si yo fuera gilipollas. Ya no dijo nada hasta el final del trayecto, limitándose a su pues, cuando llegamos a mi destino y mientras me bajaba del taxi, comentó, sarcástico: «Usted sale en la tele, ¿verdad? Hay que joderse».

Vieja Europa, joven América

Como esta página hay que escribirla con un par de semanas de antelación, es posible que, cuando se publique, los Estados Unidos de América se encuentren en plena tarea de salvar a la civilización occidental con el apoyo palanganero de España, la pérfida Albión y otros guitarristas finos, incluidos los que se hacen los estrechos al principio para quedar bien, luego se suben al carro, y al final parece que estuvieron ahí toda la vida; mientras las marmotas de plantilla quedan —quedamos— como putas baratas. En cualquier caso, con o sin guerra, la carta manifiesto que acabo de recibir seguirá teniendo vigencia. Así que la transcribo tal cual. La firman algunos nombres que, pese a no salir en *Gran Hermano* ni en *Crónicas Marcianas*, también tienen su puntito:

«Nosotros, los abajo firmantes, vieja Europa ante la vigorosa y joven Norteamérica, tenemos la certeza de que este decrépito y caduco continente orillado al Mediterráneo, donde durante treinta siglos se hicieron con inteligencia y con sangre los derechos y libertades del hombre, sigue en la obligación de ser referencia moral del mundo. Por desgracia, tal y como está el patio, eso es imposible. Las venerables ideas que forjaron al hombre moderno se han vuelto un obstáculo para la libre circulación del dinero y el comercio. Los listos lo advierten, y se espabilan. Al diablo las ideas: mejor ser rabo espantamoscas de león que cabeza de ratón. Europa ya no es más que un asilo de ancianos egoístas e insolidarios, incapaz de ofrecer alternativas ante una Norteamérica poderosa, paranoica, autista y arrogante en su ignorancia, convertida, sin oposición, en paradigma irrevocable de la lúgubre juventud que se avecina. Así que hemos decidido quedarnos al margen de toda esta mierda, refugiados en nuestras bibliotecas, en nuestros museos y en nuestras viejas piedras. (Recibimos de lunes a domingo, veinticuatro horas al día, sin cita previa.) Les deseamos a todos ustedes un feliz siglo XXI. Y que lo disfruten como merecen.

»Firman: Homero (rapsoda), Arrigo Beyle (milanés), Platón (filósofo de anchas espaldas), Beethoven (músico), Herodoto (historiador), Bernini (arquitecto), Jorge Manrique (huérfano), Sófocles (dramaturgo), Virgilio (poeta), Vivaldi (profesor de música), Tofiño (cartógrafo), Séneca (preceptor), Leonardo (inventor), Aristóteles (filósofo), Diego Velázquez (aposentador real), Avempace (filósofo más bien solitario), Juan (evangelista apocalíptico), Baltasar Gracián (jesuita), Averroes (moro aristotélico), Sócrates (preceptor), Diderot (enciclopedista), Verdi (músico), Darwin (naturalista), Abentofail (médico), Goethe (olímpico), Eurípides (escritor), Alfonso X (rey con inquietudes), Plutarco (biógrafo), Shakespeare (dramaturgo), Pascal (matemático), Petrarca (poeta), Ramón Llull (artista magno), Eratóstenes (sabio), Abén Ezra (neoplatónico), Ibn Jaldún (historiador), Luis de Góngora (garitero), René Descartes (dualista), Baruch Spinoza (monista), Miguel de Cervantes (soldado), Bellini (veneciano), Horacio (poeta), Voltaire (filósofo), Haendel (compositor), Francisco de Goya (pintor sordo), Vasari (arquitecto), Euclides (matemático), Ausias March (poeta), Moratín (exiliado), Galileo Galilei (astrónomo), Marco Aurelio (emperador culto), Jenofonte (mercenario), Gibbon (historiador), Jorge Juan (marino), Fidias (escultor), Saint-Simon (aristócrata), Erasmo de Rotterdam (humanista), Lope de Vega (pecador), Schubert (compositor), Antonio de Nebrija (gramático), Suetonio (historiador), Alberto Durero (grabador), Schopenhauer (filósofo), Antonio Stradivarius (violero), Miguel Servet (carbonilla suiza), Bartolomé de las Casas (fraile escrupuloso), Maimónides (guía de indecisos), Francisco de Quevedo (espadachín), Sören Kierkegaard (existencialista), Nicolás Maquiavelo (maquiavélico), Rembrandt (pintor), Thomas Malthus (perspicaz), Gustavo Doré (dibujante), Mozart (niño prodigio), Charles-Louis de Secondat (ilustrado), Luis de Camoens (poeta), Fiodor Mijailovich (novelista), Molière (actor), Joseph Perónides (maestro de gramática), Martín Lutero (ex cura), Rodin (escultor), Dickens (novelista), Tiziano (pintor), Sebastián de Covarrubias (lexicógrafo), Vincent van Gogh (suicida), Sem Tob (poeta), Tocqueville (politólogo), Ramón Muntaner (almogávar), Nietzsche (pensador), Tolomeo (geógrafo), Tomás Moro (utópico), León Tolstoi (novelista), Bernal Díaz del Castillo (conquistador), Robert Louis Stevenson (tísico), Cayo Salustio (historiador), Montaigne (ensayista), Tácito (historiador), Dante Alighieri (poeta), Giordano Bruno (hereje), Benvenuto Cellini (orfebre con arcabuz), Enrique Schliemann (troyano), Paul Cézanne (pintor), Ludovico Ariosto (poeta), Palladio (arquitecto), Miguel Ángel Buonarroti (artista gay), Cayo Valerio Catulo (poeta).»

El oso maricón

No es precisamente una fábula de Esopo, pero puede valer. Y es la cosa que estos días, con el ambiente prebélico, o bélico, o el que sea a la hora de publicarse esto, he recordado la bonita historia del cazador y el oso. Cada uno asocia las cosas a su modo, claro. Y a mí me da por ahí cuando considero el papel del Gobierno español y el presidente Aznar en la crisis de Iraq, su alineamiento con Estados Unidos y con Gran Bretaña —esa amiga y aliada nuestra de toda la vida—, y demás parafernalia. Total. Que, como les decía, la historia del cazador y el oso me ronda la testa. Así que se la cuento: Va un cazador por el bosque proceloso, armado con su escopeta de un solo tiro. Viste en plan rambo: camuflaje, gorro verde y demás. Nacido para matar, como dicen los lejías. Avanza así por la foresta, cauto, el arma dispuesta, cuando ve a un oso que está al pie de un árbol, roncando la siesta: un oso adulto, normal, pardo. De infantería. Al verlo, nuestro cazador se acerca de puntillas como el gato Silvestre, apunta el chopo y desde tres o cuatro metros de distancia le arrea un escopetazo. Y le falla. Al oír el tiro, el plantígrado abre un ojo, mira al cazador, abre el otro ojo, se levanta sacudiéndose las ramitas de pino y las hojas secas de la pelambre, y le dice: «Chaval, has tenido mala suerte. Soy un oso gay, o sea, maricón. Y no me gusta que me disparen a la hora de la siesta. Así que, para escarmentarte, ven aquí, que te voy a poner los pavos a la sombra». Y dicho y hecho; el oso agarra al cazador, y zaca. Lo sodomiza.

El cazador se toma el asunto con muy poca deportividad. «¡Venganza!», grita cuando corre al pueblo más cercano, que casualmente es Eibar. Llega, entra en una armería y pide un fusil mataosos de cinco tiros. Echa atrás el cerrojo y con mano airada mete los cartuchos. Clac, clac, clac, clac, clac. Se va a enterar, piensa tomando de nuevo el camino del bosque. Se va a enterar. Avanza así nuestro intrépido y vengativo cazador entre los árboles, el fusil dispuesto para la sarracina, los ojos inyectados en sangre. Y al fin divisa al oso maricón, que está de espaldas, entretenido con un panal de rica miel al que da golosos lengüetazos, ajeno a la tragedia que se cierne sobre su vida, y a lo peligroso que se ha vuelto el planeta azul. El caso es que se aproxima con sumo tiento el cazador, apuntando a la osuna cabeza. No quiere fallar, así que se acerca más, y más y más. Está a un metro, y el oso sigue a lo suyo. Entonces, con una risa locuela, resuelto al escabeche, el cazador grita de nuevo «¡venganza!» y aprieta cinco veces el gatillo. Bang, bang, bang, bang, bang. Le pega cinco tiros como cinco sartenazos al oso. Y el muy gilipollas falla los cinco. Entonces el oso se vuelve despacio, con mucha flema, y se lo queda mirando. «Hombre —dice—. Pero si es mi amigo el escopetero». Luego se le acerca, sonriente. «Pues ya sabes, chaval —dice—. Yo Tarzán, tú Jane. Cinco tiros son cinco ñacañacas. Ven, mi vida». El cazador intenta largarse, pero el oso, que es muy ágil aunque no lo parezca, da una especie de salto de ballet y lo trinca. Luego se lo calza cinco veces, una detrás de otra. Cling, cling, cling, cling. Cling.

Imagínense ahora a ese cazador volviendo al pueblo —esta vez camina ya con cierta dificultad— camino de la armería. Ese cazador que entra en la tienda gritando «venganza» como un descosido. Esa ametralladora que compra. «¿Cuántos tiros le pongo?», pregunta el armero. «Doscientos», responde. Imagínense luego a ese cazador camino del bosque con la ametralladora colgada, poniéndose alrededor de los hombros y del cuello, con manos temblorosas por la cólera, las cintas de reluciente munición. «¡Venganza!» Y ahora imagínense ese bosque donde canta el mirlo, o lo que cante, y donde las ardillas, asustadas y tímidas en sus ramas, ven pasar al cazador con cara de jinete del Apocalipsis. «¡Venganza!», grita de nuevo el rambo. Llega así hasta el oso; que es un oso maricón, sí, pero culto, y en ese preciso instante se encuentra leyendo una autobiografía de José María Mendiluce. Y sin más, a un palmo de su cabeza, le dispara la cinta entera. Ratatatatatá. Doscientos tiros uno detrás de otro, sin respirar. Y le falla los doscientos. Entonces el oso lo mira, chasquea la lengua, cierra el libro y se levanta despacio, como con desgana. Luego se acerca un poco más al cazador, que se ha quedado de pasta de boniato, le pasa un brazo peludo por los hombros y le pregunta, en tono de confidencia: «Venga, colega. Sé sincero... Tú aquí no has venido a cazar, ¿verdad?».

El Piloto largó amarras

Se ha muerto Paco el Piloto, y yo no estaba. No pude ir. No pude verlo. No lo sabía. Me telefonearon lejos, a Italia, para contarme que estaba listo de papeles. *«Muy malico»*, resumió la hija. Cáncer. Cuando los médicos le abrieron el asunto, se lo volvieron a cerrar y se fumaron un pitillo. Nada que rascar, Paco. Así que lo metieron en un hospital de Cartagena, a esperar. Entonces lo supe. Estaba en Milán mientras el Piloto agonizaba, y no podía volver hasta una semana más tarde. «No me llama ni se acuerda de mí», fueron sus palabras. Y se murió creyéndolo. Cuando telefoneé y pude hablar con su mujer, él estaba en la cama con la mascarilla de oxígeno, y ya no se enteró de nada. Se fue al desguace pensando que no me acordaba de él. Al enterarme, llamé a Paco Escudero, de la tele local, que es un periodista respetado y mi hermano de toda la vida, desde que traducíamos juntos *Arma virumque cano*. Está palmando el Piloto, dije. No tiene remedio y no sé si aguantará hasta que yo vuelva; pero quiero que la gente sepa que ha muerto un tío como Dios manda. Un hombre de bien, un marino y una leyenda. Y a él le habría gustado saber que no casca ignorado como un perro. Que lo recuerdo y que lo recordamos. Tranquilo, dijo Paco, que es un señor. Yo me encargo.

Ahora Telecartagena me ha mandado la cinta que emitió en el informativo, y en ella veo al Piloto con su piel atezada, los ojos azules y el pelo rizado y blanco, algo más gordo que en los años de mi adolescencia, pasear conmigo por el puerto, beber cerveza en el bar Sol, en la Obrera y en el Valencia, o pararse ante el Gran Bar de la calle Mayor cuando acababa de salir *La carta esférica,* aquella novela sobre el mar y sobre los marinos donde al Piloto lo llamé Pedro en vez de Paco, pero donde todo cristo pudo reconocerlo en los gestos, palabras y silencios. Aunque eso de los silencios ya era relativo; porque en los últimos tiempos el Piloto se había vuelto más hablador que de costumbre. Los años, quizá: saber que te vas poco a poco, y hay cosas que no has soltado nunca y quisieras no llevártelas dentro. El Piloto era uno de los últimos supervivientes de otra época: cuando los hombres se ganaban la vida en los puertos trabajando en lo que podían, trampeando, contrabandeando un poquito si era preciso, viviendo siempre, además de sobre una movediza cubierta de barco, en el difuso margen exterior de la legalidad vigente.

No tenía estudios, pero sí la profunda sabiduría de ese Mediterráneo cuyo sol y salitre le habían impreso miles de arrugas en torno a los ojos. Sabía del mar y de la vida; que, como él decía, son iguales uno que otra. Quizá en los últimos años se había vuelto más hablador para echar afuera los diablos que le dejaron dentro las autoridades portuarias, y el Ayuntamiento, y las normas legales, y la madre que parió a todos quienes lo obligaron a malvender el barco con el que se ganaba la vida, dejándolo a él en tierra, jubilado forzoso con veinticuatro mil cochinas pesetas de pensión al puto mes. Ahí reconozco a cierta gente de mi tierra. Hace un par de años propuse a las personas adecuadas comprar yo mismo el barco del Piloto y restaurarlo —costaba sólo cuatro duros— y que ellos lo colocaran en algún sitio, con el compromiso de conservarlo para que no se perdiera ese modesto trocito de la historia portuaria de Cartagena. Pero les importó un carajo, y pasaron del barco igual que habían pasado de su patrón; y *El Piloto,* que así se llamaba en realidad el otro barco que aparece con el nombre de *Carpanta* en mi novela —el Piloto era hijo de un marinero también apodado Piloto y nieto de Paca la Pilota—, se pudrió al sol varado en el muelle comercial, y nunca más de él se supo.

Por eso hoy escribo estas líneas para recordar a mi amigo. Al navegante de piel atezada y ojos azules que parecía recién desembarcado del *Argo,* que me llamaba zagal y que me guió por el mar color de vino. El hombre con quien saqué ánforas romanas que llevaban dos mil años abajo. El zorro mediterráneo que me enseñó a pescar calamares al atardecer, frente a la Podadera, con la misma naturalidad que a contrabandear tabaco rubio y whisky. El marinero que en el Cementerio de los Barcos sin Nombre me dio el primer cigarrillo y dijo que los hombres y los barcos deberían hundirse en el mar antes que verse desguazados en tierra. Hoy escribo para atenuar el remordimiento de no haber estado allí para ayudarlo a largar amarras en su último viaje y gritarle, mientras se alejaba del muelle, lo que nunca le dije: que era el amigo leal, valiente y silencioso que todo niño desea tener mientras pasa las páginas de libros que hablan del mar y de la aventura.

Mis daños colaterales

Pues a mí, fíjense, la guerra de Iraq me ha dejado daños colaterales. Y mientras escribo esto, aún no sé cómo va a terminar la cosa. Lo mismo los malvados terroristas de Saddam Hussein han volado ya el Big Ben, o un piloto suicida le ha hecho la mastectomía a la Estatua de la Libertad, o han metido el virus de las vacas locas en el metro de Madrid y se están forrando los taxistas. Pero esos daños podrían considerarse de interés general. Egoísta como es uno, me preocupan más los daños colaterales personales. Y de ésos llevo ya unos cuantos. El primero es que ahora, cuando me miro el careto en el espejo, veo a un aliado de Estados Unidos y de Gran Bretaña. Y en fin. Se me ocurren ocupaciones más dignas para un individuo de mi nacionalidad y aficiones. Lo malo de la educación reaccionaria de antes es que en el colegio nos hacían estudiar Historia; y entonces uno se enteraba de que, precisamente, Norteamérica y la pérfida Albión fueron quienes más nos reventaron en el pasado. Y claro, comprobar que ahora llevas el botijo de esos cabrones traumatiza. Por lo menos a mí, que siempre preferí Stendhal a Faulkner.

El segundo efecto colateral es que toda esta jarana me prueba, otra vez, que los gobiernos de aquí, sean los que sean, gustan de colocárnosla doblada, sin explicaciones, con una arrogancia que, desde Viriato o así, no entiende de ideologías. A lo mejor es que este país de mierda da caudillos en vez de presidentes. Me sentí igual cuando la Ucedé me metió en la OTAN, cuando el Pesoe no me sacó, y, encima, mis amigos Maravall y Solana, sin preguntarle a nadie, nos encasquetaron la Logse y convirtieron esto en un yermo de huérfanos analfabetos, poniéndoselo todo a punto de nieve a Bush Junior y a la madre que lo parió.

Tercer daño: me ha salido una úlcera de escuchar a tanto tertuliano de radio y tele barriendo para su pesebre. Y en especial a ciertos paniaguados del Pepé —algunos de ellos también fueron succionadores de plantilla con el Pesoe y con la Ucedé, y con quien haga falta— que, a propósito de si los del *Washington Post* y la CNN hacen bien al apoyar a su Gobierno y al enseñar imágenes de la guerra o no enseñarlas, han tenido los santos huevos de pasarse días debatiendo entre ellos mismos sobre ética periodística. Tomándonos a todos por idiotas, y olvidando lo difícil que resulta justificarse cuando hablas con la boca llena.

Otro daño colateral notorio es la impresión de repugnancia que me deja la infame clase política española; que, aunque a veces se apropiara de las pancartas, no estuvo ni de refilón a la altura de la ciudadanía que protestaba en la calle. Apenas he oído argumentos a favor o en contra de la guerra que no sean lugares comunes, sacudidas de caspa o simplezas; y más a esos fulanos del Pepé —Gustavo de Arístegui es una rara y digna excepción en el putiferio— cuya incultura los hace incapaces no ya de debatir sobre una guerra, sino de articular sujeto, verbo y predicado, acojonadísimos por las próximas elecciones, cerrando filas sin que nadie les explique en torno a qué las cierran, mientras el jefe pasa lista. O esos otros grupos parlamentarios de idéntica chatura intelectual, demagogos, ignorantes y sin argumentos excepto lo de que la guerra es mala; cosa que se le ocurre a cualquier imbécil. O, como guinda del pastel, este Pesoe oportunista, repeinado y sin cafeína: «Exigimos enérgicamente esto y lo otro». Qué miedo. Esos argumentos definitivos. Esos razonamientos geoestratégicos de Bambi Zapatero, experto en afirmar lo obvio; como el otro día, cuando dijo que su posición era «no a la guerra, no, no, no y no», y se quedó encantado de su propia finura política. Rediós. Tiemblo de imaginar una España gobernada por esos mantequitas blandas.

Menos mal que hubo una parte jocosa, que me alivia un poco las pesadumbres. Ibarretxe chivándose a la ONU me encantó. Y qué me dicen de Llamazares y su dialéctica. Lo mismo que cuando yo era niño y en el circo esperaba que salieran los hermanos Tonetti, estos días esperaba siempre que apareciera el líder de Izquierda Unida en el telediario. Me encantaba sobre todo cuando se ponía a hacer comparaciones con Milosevic y con Hitler, o así, amenazando con acudir al Supremo, o al Tribunal de la Haya, o algo por el estilo. Recuerdo que el día que atacaron los gringos a Iraq, su elaborado y realista argumento político fue: «Señor Aznar, pida a Estados Unidos que pare inmediatamente esa guerra».

Joder, qué país. Qué tropa.

Pendientes de un hilo

Pues eso. Que en menudo berenjenal nos estamos metiendo, a cambio de calentar un vaso de leche en el microondas. Me refiero a que cada día dependemos más de la informática y del satélite de turno. Y como resulta verdad probada que el ser humano es capaz de superar su magnífica inteligencia con su propia y desaforada estupidez, cada paso hacia el bienestar nos acerca también a nuestra ruina. Resolver la vida apretando un botón es algo estupendo, pero sólo mientras ese botón no se vaya al carajo. Y más cuando somos tan imbéciles y tan suicidas que eliminamos, por creerlas innecesarias, todas las alternativas.

Verbigracia. El arriba firmante vive en una casa dotada de las comodidades habituales. Y todo funciona, o casi, hasta que se ponen negras las montañas y las tormentas hacen saltar, indefectiblemente, la central eléctrica cercana. Entonces todo se va al carajo, los vídeos se desprograman, la cocina no funciona, la calefacción de gasóleo se apaga, el teléfono borra los mensajes, y durante horas, a la luz de linternas y de velas encendidas, el lugar se convierte en una perfecta casa de lenocinio.

Otro ejemplo. A ver qué calle con dispositivo de alumbrado fotoelectrónico, o como se diga, no se queda con frecuencia más a oscuras que José Feliciano porque fallan los sensores correspondientes. O que levante la mano quien no pase de vez en cuando media hora larga en la cola de la caja del súper porque hay sobrecarga y la tarjeta de crédito no pirula; o en la ventanilla del banco, sin cobrar el cheque porque «se ha caído el sistema». Por no mencionar cuando, pese a la certeza de tener al menos mil mortadelos en Cajamurcia, ves impotente cómo el aparato de la tienda dice nones —«tarjeta rechazada», clama el artilugio con todo el cinismo del mundo— mientras el dependiente te mira con cara de sospecha y tú farfullas excusas como un gilipollas.

Yo mismo acabo de tener jornada de confort a tutiplén. Para empezar, me llama un amigo, cuyo número queda registrado en mi teléfono. Marco el número para responderle, y una voz enlatada me dice que el número marcado no existe. Llamo a información de Telefónica, donde una joven amabilísima hace gestiones y me comunica, caballero, que ese número no figura en el ordenador central de no sé dónde, luego no existe. Pero es que me acaban de llamar de él, arguyo. Nuevas gestiones, y lo mismo. El número no consta. Cuelgo el teléfono, lo descuelgo, llamo otra vez a información, digo el nombre de mi amigo y me dan ese mismo número. Pego dos cabezazos contra la pared para desahogarme, vuelvo al teléfono, marco y sale la misma voz: «El número marcado no existe».

Segunda puntata. Oficina de Correos de mi pueblo. Buenos días, deme un sello para esta carta. Pues no puede ser, me informan. Se ha roto el ordenador, y no salen los sellos autoadhesivos de la máquina. Bueno, digo. Démelo de los del rey que se pegan con un lengüetazo. No hay, es la respuesta. Como estamos informatizados, sólo tenemos los de la máquina informática. ¿Y qué pasa cuando se rompe?, inquiero. Entonces el funcionario de Correos se encoge de hombros y dice: «Vaya usted a comprar un sello a un estanco, que ésos no están informatizados todavía».

Tercer acto. Nocturno. Se dispara la alarma de mi coche. Salgo, le doy con la llave electrónica, pero sigue sonando. Meto la llave en la cerradura para ver si abriendo deja de aullar; pero no sólo no deja, sino que el panel dice: «Error electrónico, programar llave». Miro el manual, programo la llave, dos a la derecha, uno a la izquierda, y el panel responde: «Operación errónea, motor inmovilizado», y no se jiña en mis muertos de milagro. La alarma, dale que te pego. Abro, cierro, programo, y al fin el panel dice algo así como «fallo general, desconexión general, todo a tomar por saco», el motor de arranque deja de responder y el coche se queda muerto, excepto la alarma, que sigue a lo suyo. Desesperado, abro el capó y le quito los cables a la batería, ignorando que las alarmas tienen alimentación autónoma. Y así sigue, el coche fiambre y la alarma berreando toda la noche; y yo al lado, la llave inglesa en una mano y la linterna en la otra, blasfemando del copón de Bullas en arameo. A oscuras, porque esta noche el sensor de las farolas de la calle no sensa. Y al día siguiente, además de la grúa y lo demás, el taller me cobra una pasta: al desconectar la batería desprogramé toda la electrónica del coche, y han tenido que programarla de nuevo.

No me cogeréis vivo

Lo apuntaba el otro día: no estoy dispuesto a caer vivo en manos de los españoles, cuando sea anciano e indefenso. Porque vaya país peligroso, rediós. Cómo nos odiamos. He vuelto a comprobarlo estos días, con lo de Iraq. Observando a unos y a otros. Porque aquí, al final, todo acaba planteándose en términos de unos y otros. Pero es mentira eso de las dos Españas, la derecha y la izquierda. No hay dos, sino infinitas Españas; cada una de su padre y de su madre, egoístas, envidiosas, violentas, destilando bilis y cuyo programa político es el exterminio del adversario. Que me salten un ojo, es la única ideología cierta, si le saltan los dos a mi vecino. A mi enemigo. Pues quien no está conmigo, incluso quien no está con nadie, está contra mí. Y cogida en medio, entre múltiples fuegos, está la pobre y buena gente —buena hasta que deja de serlo— que sólo quiere trabajar y vivir. Que sale a la calle con la mejor voluntad, dispuesta a defender con mesura y dignidad aquello en lo que cree; y que a los cuatro pasos ve —aunque nunca lo ve a tiempo— cómo una panda de oportunistas demagogos se apropia del grito y la pancarta. Cómo salta el ansia de degüello en cuanto hay oportunidad, y más si el tumulto facilita la impunidad, el navajazo sin riesgo, la agresión cobarde, el linchamiento. Dudo que otro país europeo albergue tanta rabia y tanta violencia. Tal cantidad de hijos de puta por metro cuadrado.

Qué cosas. Aquí nadie gana elecciones por su programa político ni por la bondad de sus líderes, sino que quien gobierna, al cabo, cae en la arrogancia del caudillismo, pierde el sentido de la realidad y se destruye a sí mismo. Entonces el otro partido emergente y el resto de la oposición se suman con entusiasmo a la tarea de apuntillarlo, en una pedrea donde vale todo; incluso ensuciar y destrozar, no sólo el respeto a este viejo y desgraciado lugar llamado España, sino también, con irresponsabilidad suicida, los mecanismos que hacen posible la esencia misma del juego democrático. Así ocurrió durante el desmoronamiento de aquel Pesoe víctima de su corrupción, de la soberbia y cobardía de un gerifalte y del silencio abyecto de las cabezas lúcidas que no osaron discrepar, renovar, adecentar. Y en la agonía de ese partido, del que tantos esperábamos que a España no la conociera ni la madre que la parió, entraron gozosos, a saco y con maneras bajunas que hicieron escuela, todos los buitres de la oposición, encabezados por quienes hoy gobiernan: a la degollina fácil, y maricón el último. Poniendo las instituciones, las reglas del juego y el sentido común en el cubo de la basura; dispuestos a llevárselo todo por delante con tal de derribar al enemigo, e infligiéndole a España —incluso a la idea que de España tiene la derecha— un daño irreparable del que todavía cojea, y cuyo precio paga ahora el Pepé en sus carnes morenas.

No puede extrañar que hoy se hayan invertido los papeles. En un lugar donde no hace falta programa político para ganar elecciones, sino que basta con esperar el suicidio del contrincante —o dejar que te lo acosen y maten otros, como hace el Peneuve—, la guerra de Iraq le ha venido al Pesoe de perlas para ajustar viejas cuentas y prepararse el futuro; y también a otras agrupaciones políticas, que habían perdido crédito por el signo de los tiempos o por su incompetencia o estupidez, y ahora disfrutan como un cochino en un maizal saliendo otra vez en los telediarios. Sin olvidar, por supuesto, la mala fe histórica de varios partidos periféricos, encantados de que les dinamiten gratis y por la cara esa España que no es la suya. Pero los comprendo. Ya me dirán ustedes de quién cojones van a proclamarse solidarios, en este paisaje. Recuerden aquella siniestra broma de cuando el franquismo: España, una; porque si hubiera dos, todos nos iríamos a la otra. No importa que las pancartas o las banderas tengan razón o carezcan de ella. Aquí, razón, cultura, instituciones, no cuentan. Lo que importa es que llega el degüello, suena el clarín, y lo mismo que nadie se atreve solo con el toro de la Vega, y es la chusma enloquecida y cobarde la que, armada con lanzas y hierros, acuchilla mientras grita adivina quién te dio, ahora todo cristo empalma la chaira al olor de la sangre; dispuesto, una vez más, a llevarse por delante lo que sea, con tal de enterrar al enemigo. Todo vale, todo es presa legítima. Y el día que al fin esto se vaya a tomar por saco, sobre nuestra lápida grabarán: *akí, tio, murio Sansón con tos los finisteos.* Suponiendo —ésa es otra— que a quien le toque poner esa lápida todavía sepa quién era Sansón. Y que sepa escribir.

Una ventana a la guerra

Murieron en Iraq hace unas semanas. No sé si cuando esto se publique habrá alguno más. En cualquier caso, españoles o no, seguirán muriendo; en esta o en la siguiente guerra. Eso nada tiene que ver con la ingenuidad de quienes sueñan con un mundo perfecto, ni con la obscena demagogia de quienes convierten en votos cada niño quemado y cada muerte. Ninguna guerra es la última, porque el ser humano es un perfecto canalla. Y para contar lo más brutal de esa infame condición humana, seguirán muriendo periodistas.

No conocía a Julio Anguita Parrado ni a José Couso. Eran jóvenes, y yo me jubilé después de los Balcanes; donde, por cierto, enterramos a cincuenta y seis colegas. No sé qué llevó a Julio y José hasta el misil o la granada que los mató, aunque puedo imaginarlo. En cuanto a por qué murieron, debo decir lo que creo: que murieron porque querían estar allí. Fueron voluntarios a un lugar peligroso, y el padre de Julio Anguita lo resumió con una entereza admirable: «*Mi hijo murió cumpliendo con su deber*». Punto. Hacían un trabajo duro, y salió su número. En la lotería donde se combinan el azar y las leyes de la balística, les tocó a ellos. Suma y sigue. El resto es demagogia y literatura.

Por qué estaban allí, supongo que es la pregunta. Por qué cerca de la línea de fuego, como Julio, o filmando asomado a una ventana en plena batalla, como José. No por dinero, desde luego. Ni por amor desaforado a la información y a la verdad. Tampoco, como he oído decir estos días a tanto gilipollas, por amor a la Humanidad, para detener con su testimonio las guerras. La milonga del periodista buen samaritano es una tontería. Ni siquiera Miguel Gil Moreno, a quien han estado a punto de beatificar desde que cascó en Sierra Leona, iba por eso. Uno ayuda, claro. Lo hace cuando puede. Incluso a veces piensa que su trabajo puede cambiar algo. Pero de ahí a que un reportero sea un filántropo, media un abismo. En veintiún años de oficio no encontré ninguno así. Al contrario. Nunca conocí a un reportero que al sonar el primer cañonazo no sintiera la excitación, el hormigueo, de quien empieza una aventura peligrosa y fascinante. Luego vienen los años, la reflexión y la experiencia. Te asustas y no vuelves; o sigues, y te matan o te haces una reputación. Mientras, en tu corazón cambian algunas cosas. Descubres responsabilidades y remordimientos. Pero eso ocurre después. Digan lo que digan quienes no tienen ni idea del asunto, lo que lleva a un periodista a sus primeros campos de batalla es poder decir: estuve allí. Pasé la más dura reválida de mi perro oficio.

Hablar de asesinatos particulares en una guerra donde mueren miles de personas es una incongruencia. Montar el número de la cabra en torno a la muerte de un reportero —aparte el respetable dolor de familia y amigos— es insultar la memoria de un profesional valiente que ha hecho su oficio con impecable dignidad, pagándolo con su pellejo. Por supuesto, cuando un tanque lo mata, hay que procurar reventar al cabrón del tanque, si se puede. Pero con realismo, no con retórica idiota. Un combate, una batalla, son un caos de miedo, incertidumbre y bombazos, y nadie puede esperar que la gente se comporte con humanidad o cordura. Quien se asoma a una ventana a filmar lo sabe. Y si no lo sabe, no debería estar allí. El problema con toda esta demagogia es que al final la gente termina creyéndose eso de la guerra limitada y las bombas inteligentes, y de tanto oír tonterías a los políticos y a la prensa del corazón —que ésa es otra, el periodismo basura hablando de compañeros muertos—, al final existe el riesgo de que los periodistas crean que los ejércitos son oenegés y la guerra, un juego virtual con reglas y principios, y se metan allí creyendo que alguien va a garantizarles la piel o la vida, o que cuando se vaya todo al carajo detendrán los combates para evacuarlos, o se pedirán responsabilidades morales y económicas al marine con fatiga de combate y gatillo fácil, o al negro que les rebane los huevos con un machete. Por eso me inquietó que el otro día un telediario anunciase que el Ministerio de Defensa español comunicaba que no garantizaba la seguridad de los periodistas españoles en Bagdad. Naturalmente. Ni el español, ni el norteamericano, ni nadie. Claro que no. Ni en Bagdad, ni en Sarajevo, ni en Saigón, ni en el saco de Roma, ni saliendo del caballo de madera, en Troya. Las guerras son, a ver si nos enteramos, peligrosas y putas guerras. Nos han vuelto tan estúpidos que de semejante obviedad hacemos una noticia.

(Este artículo recibió el premio César González-Ruano
de Periodismo en 2004)

Cada domingo, un bosque

Cada domingo, al comprar los periódicos, se me calienta la conciencia ecológica. Y además se me calienta la boca cuando voy de vuelta a casa cargado con kilos de papel engorroso e inútil, que no sé por qué eligen siempre el domingo para trufarlo todo de anuncios y extras; y a poco que me descuide se me cae algo, o todo. Y, como Pulgarcito por el bosque, en vez de migas de pan voy dejando un rastro de suplementos y cuadernillos por la floresta, cargado con papel multicolor, páginas especiales, folletos publicitarios y demás. De ese modo —añadamos dos barras de pan y supongamos que encima llueve— pueden imaginarse el cuadro.

Fíjense. Salgo de la tienda con la Biblia en pasta bajo cada brazo, sujetando las barras de pan con la barbilla. Pero a los pocos pasos la curiosidad me pierde, e intento leer los titulares para averiguar, por ejemplo, el último anacoluto del Congreso de los Diputados, o el malestar porque los escolares dedican demasiadas horas a la lengua española, o castellano —que es innecesaria en los mensajes de teléfono móvil, y que a fin de cuentas sólo la usan cuatrocientos millones de fascistas en todo el mundo— en vez de empollarse bien el silbo canario, la historia de la pintura autóctona de Zahara de los Atunes o las obras completas en fabla aragonesa de Marianico el Corto. Pero cuando intento pasar la página cae al suelo un folleto que dice: *Obras maestras del arte bizantino, en emisión numerada,* y otro titulado: *España, sello a sello.* Los recojo, aunque la verdad es que, en ayunas, el arte bizantino y el sello me importan un carajo; y lo de España empieza a importarme lo mismo, pues ya juré el otro día que no me cogerán vivo cuando sea viejo e indefenso. No en este país de cojos Manteca, de Prestiges de los que nadie dimitió ni nadie se acuerda, de becarios de Bush, de cabras tiradas del campanario, de demagogos oportunistas y de monumentos vivos del Neolítico. O me exilio antes, si puedo, o me compro una escopeta y una caja de posta lobera del 12. Pero volviendo al papeleo dominical, les decía que se desparrama todo. Así que a los pocos pasos, se me caen una barra de pan y tres colorines de fin de semana rebosantes de palpitante actualidad —*Cremalleras a la vista: la moda del nuevo hombre*— y de útiles consejos domésticos. Un titular me deja especialmente pensativo, tuteo aparte: *¿Tienes problemas de estreñimiento?*

Prosigo mi camino quitándole con el codo la tierra a la barra de pan, y cazo al vuelo, antes de que se me caiga, un suplemento femenino que reza: *La moda: consejos para salir a la calle.* Qué haría uno en el proceloso mar de la vida, concluyo, sin tales consejos. *Pruébala,* dice un folleto adjunto: *Un año sin cuota anual.* Por un momento creo que se refiere a la prójima del folleto, que se parece mucho a Inés Sastre. O es. La pruebo aunque sea con cuota, me digo. Pero luego veo que no; que se trata de una tarjeta de crédito. Sigo adelante, orgulloso de mi habilidad manual —parezco un malabarista de platos chinos, con toda la maldita masa de papel móvil en equilibrio—, cuando veo mi gozo en un pozo: don José, el párroco, que está fumándose un truja en la puerta de la iglesia, me advierte de que se me ha caído algo. Hijo, añade. Y yo pienso: maldición. Con cireneos así, no necesito romanos. Me vuelvo a mirar y, en efecto, un colorido folleto proclama: *Ahorra 107 euros: Pisoteamos los precios.* Al volverme se caen ocho kilos de papel. Reprimo un juramento por respeto a don José y al recinto sagrado. Después me agacho, lo recojo todo —*¿Cómo per-*

derte este chollo?, proclama un catálogo para el hogar que incluye un eficaz cortacallos—, barajo papel, sigo mi viacrucis. Por fin veo una papelera, y meto las tres cuartas partes de lo que llevo encima. Hala. Medio bosque talado para mí, a tomar por saco.

Hogar, dulce hogar. Pese a todo, la prensa vuelve a desparramarse por el suelo cuando busco la llave de la puerta. A estas alturas, las barras de pan se encuentran en tal estado que decido dárselas a Mordaunt, mi perro. Por fin me siento a leer lo que conseguí salvar de la anábasis. Entre el amasijo de papel arrugado aún asoma una hoja naranja fosforito: *Decide que tu dinero te dé más.* Mientras lo decido, veo que *El País* habla bien de Aznar, y que *El Mundo* dice que Zapatero tiene futuro. Luego compruebo que, juntando papeles, he metido los suplementos dominicales en periódicos equivocados. Al reordenarlos, se abre *El Semanal* por las páginas centrales: *El ano del mundo,* leo. Oichsss. Qué finos nos hemos vuelto, rediós.

Sobre chusma y sobre cobardes

Se me han cabreado unos vecinos de Tordesillas porque el otro día califiqué de *chusma cobarde* a la gente que se congrega cada septiembre para matar un toro a lanzazos mientras la Junta de Castilla y León, pese a las protestas de las sociedades protectoras de animales, mira hacia otro lado y se lava las manos en sangre, con el argumento de que se trata de una tradición y un espectáculo turístico. No sé si es que los llamara chusma o los llamara cobardes, o las dos cosas, lo que pica el amor propio de mis comunicantes. El caso es que se dicen *«lanceros de Tordesillas, y a mucha honra»*, y preguntan cómo yo, que alguna vez he escrito que me gusta asistir de vez en cuando a una corrida de toros, me atrevo a hablar así de lo que desconozco, o sea, de *«un duelo atávico y mágico, un combate de la bravura contra la inteligencia, un ritual de valor y de bravura que se celebra desde tiempo inmemorial»*. Exactamente eso es lo que dicen y lo que preguntan. Así que, con el permiso de ustedes, se lo voy a explicar. Despacito, para que me entiendan.

Amo a los animales. Por no matarlos, ni pesco. Tengo un asunto personal con los que exterminan tortugas, delfines, ballenas o atún rojo. También prefiero una piara de cerdos a un consejo de ministros. Creo que no hay nada más conmovedor que la mirada de un perro: mataría con mis propias manos, sin pestañear, a quien tortura a un chucho. Sostengo que cuando muere un animal el mundo se hace más triste y oscuro, mientras que cuando desaparece un ser humano, lo que desaparece es un hijo de puta en potencia o en vigencia. Eso no quiere decir, naturalmente, que caiga en la idiotez de algunas sociedades protectoras de animales que dicen que cargarse a un bicho es un acto terrorista. Incluso, como apuntaban mis comunicantes, cada año voy un par de veces a los toros. Cada cual tiene sus contradicciones, y una de las mías es que me gustan el temple de los toreros valientes y el coraje de los animales nobles. Es una contradicción —tal vez la única, en lo que tiene que ver con los animales— que asumo sin complejos; y sólo diré, en mi descargo, que nunca me horroricé cuando un toro mató a un torero. Al torero nadie lo obliga a serlo; y a cambio de jugarse la vida, gana dinero. Si no murieran toreros, cualquier imbécil podría estar allí. Cualquier cobarde podría dárselas de matador de toros. Cualquier mierdecilla podría justificar por la cara, sin riesgo, su crueldad y su canallada.

Yo he visto matar. Con perdón. Matar en serio. He visto hacerlo de lejos y de cerca, a solas y en grupo, y me he formado ciertas ideas al respecto. Una de ellas es que degollar y cascar tú mismo, cuando toca, forma parte de la condición humana; y que son las circunstancias las que te lo endiñan, o no. También tengo una certeza probada: muy pocos son capaces de matar cara a cara, de tú a tú, jugándosela sólo con su inteligencia y su coraje, si alguien no les garantiza impunidad. Recuerdo a verdaderas ratas de cloaca, incapaces de defender a sus propios hijos, enardecerse en grupo y gallear, pidiendo sangre ajena, cuando se sentían respaldados y protegidos por la puerca manada. Conozco bien lo miserable, cruel y violento que puede ser un individuo que se sabe protegido por el tumulto. También leo libros, vivo en España, conozco a mis paisanos, y sé que para linchar y apuñalar por la espalda, aquí, somos unos artistas. Lo hacemos como nadie. Por eso, que media docena de tordesillanos, o más, se quejen porque a estas alturas de la feria me asquea lo del toro de la Vega y me cisco en los muertos de los lanceros bengalíes me tiene sin cuidado. Lo dije, y lo sostengo.

Llamar combate, torneo y espectáculo de épica bravura a miles de fulanos acosando a un animal solitario y asustado, y después tratar de héroes a una turba enloquecida por el olor de la sangre, que durante media hora acuchilla hasta la muerte al toro indefenso, refugiado en un pinar, y que luego salga la alcaldesa diciendo que *«el combate fue rápido y ágil»*, y que el Aquiles de la jornada, o sea, el cenutrio que le metió el primer lanzazo, alardee, como el año pasado, de que *«el toro estaba a la defensiva y se escondía en los arbustos, así que era difícil alancearlo»* es un sarcasmo, una barbaridad y una canallada. Se pongan como se pongan. Al menos, en las plazas de toros el animal tiene una oportunidad: empitonar a su verdugo, de tú a tú. El consuelo, tal vez, de llevarse por delante al cabrón que lo atormenta. Así que, por mí, todos los heroicos lanceros de la Vega pueden irse a hacer puñetas.

El eco de los propios pasos

Hoy voy a hablarles de cosas frívolas, porque no se me ocurre otra maldita cosa. Diré, por ejemplo, que nunca usé zapatos de gamuza azul como los de una canción que tal vez nadie recuerda. En cuanto a los otros, la vida que llevé durante dos décadas me acostumbró al calzado cómodo; lo que en aquel tiempo era un problema. Aunque parezca mentira —el mundo ha cambiado mucho en treinta años— la indumentaria informal que todos usamos ahora no estaba todavía de moda, los panama y los timberland y esas marcas no existían ni en la imaginación, y tan difícil era conseguir aquella clase de calzado como un tres cuartos, un pantalón chino de algodón o una camisa cómoda con bolsillos grandes que aguantara un mes en los pantanos de Nicaragua o en el desierto de Tibesti. Los que necesitábamos esas prendas para vivir con una mochila al hombro solíamos proveernos con equipos militares que parecieran lo menos militares posibles, evitando siempre el color verde, que te convertía en blanco de los tiros de todo cristo. Yo me equipaba en las tiendas de ropa para marinos, donde había pantalones y camisas de faena confeccionados en algodón caqui. El algodón era fundamental, pues soportabas mejor su roce con el sudor y la suciedad, mientras que los tejidos sintéticos te llagaban la piel. Todavía conservo, descolorida pero en uso, alguna de aquellas viejas y recias camisas.

Con el calzado, como he dicho antes, ocurría lo mismo. Por aquel tiempo —mediados de los setenta— hasta las zapatillas de deporte eran de lona. Para irte por ahí no había otra cosa que el calzado clásico, botas de campo o montaña que no eran prácticas para viajar, o botas militares. Yo tenía las mías de paracaidista, pero las usaba poco; entre otras cosas porque hacían ampollas y daban mucho calor en la selva, y en las ciudades te podían identificar con un guerrillero; como le ocurrió a Alfonso Rojo, que por entonces también empezaba en el oficio, cuando estuvieron a punto de fusilarlo los somocistas en Nicaragua, precisamente por calzar unas botas de ésas. La solución la encontré en un tipo de bota ligera inglesa, o botín, de ante y suela de goma, con el que me las apañé hasta que las modas cambiaron, la gente empezó a vestirse como si acabara de llegar de Vietnam, y ese tipo de prendas, que entonces los guiris llamaban ropa casual, fue fácil de encontrar en todos sitios.

Pero me voy por las ramas, porque estaba hablando de zapatos. El caso es que las botas cortas de ante las sigo usando, como las camisas de algodón, pues me quedó la costumbre. Lo que pasa es que, en los últimos diez años, desde que me jubilé de vagabundo, la vida de la tecla y los efectos colaterales que implica me obligan a usar, a veces, ropa y calzado clásico, de ese que mis padres se empeñaban en colocarme de jovencito, cuando pretendían hacer de mí un caballero. Y debo confesar algo: con los años, desde que me pongo chaqueta con más frecuencia, he vuelto a tenerles respeto a los zapatos de toda la vida. Zapatos españoles —como saben, aquí tenemos los mejores del mundo, o casi— sobrios, sólidos, de cordones, negros o marrón oscuro, con suela de material, a los que, por razones de seguridad, pues nunca sabes dónde acecha la piel de plátano, siempre les hago poner unas tapas de talón de goma. Zapatos cuya propia naturaleza te obliga a llevar siempre limpios, relucientes, con el cuero bien pulido. Zapatos que saben envejecer con dignidad, de esos a los que se refería mi abuelo cuando comentaba que la ropa, para llevarla bien —aparte de cómo sea cada cual, que ése es otro asunto—, debe tener tres cualidades: buena, usada sin ser vieja, y ligeramente pasada de moda.

O sea, que mejor una prenda excelente que seis malas, lo mismo que siempre es preferible un grabado antiguo o una buena litografía a varios cuadros infames. Con mi editor Juan Cruz, a quien siempre reprocho que use desastrosos zapatos sin lustrar y con gruesas suelas de goma, suelo tener largas broncas al respecto. Te privas, le digo, del acto de engrasar y lustrar despacio tus zapatos por la noche, como un soldado del XVII engrasaba el arnés de su espada. Y además, sólo con unos buenos zapatos de toda la vida es posible escuchar los propios pasos: el eco de ti mismo en una habitación, en una escalera, en un viejo café, en las calles de una ciudad antigua. En la madera del puente de las Artes de París, en el barrio de Santa Cruz de Sevilla, en las noches silenciosas e invernales de Venecia. Unos buenos zapatos ayudan a creer que no pasas por la vida sin dejar huella.

Alcaldes para todos y todas

Ahora que han transcurrido un par de semanas y todo está consumado, de momento, y nadie puede tomar esto por injerencia interesada en la campaña electoral, puedo al fin comentarles lo que he estado callando todo este tiempo, semana a semana, artículo tras artículo, mientras me rechinaban los dientes de tanto apretar la boca para no reírme. Me refiero al argumento de campaña del Pesoe; la frase que salía en cada cartel junto al careto del candidato —o candidata, que ahí está el intríngulis— en cuestión: *Un alcalde para todos y todas*. Lo que más me pone es imaginar cómo se gestó la cosa. Esa reunión en la calle Ferraz de Madriz. Esos altos ejecutivos del partido socialista obrero de aquí. Esos expertos en publicidad electoral. Y, supervisando el cotarro, ese tigre de Bengala, ese Clint Eastwood del hemiciclo, ese malote de película, ese Liberty Valance de la política nacional llamado José Luis Rodríguez Zapatero. A ver esas frases de campaña, demanda el tigre. Pues hemos pensado, dice alguien, en algo así como *un alcalde para el pueblo*. Me gusta, dice Zapatero. Pero le falta punch. Le falta redondear la idea. ¿Qué tal *un alcalde para el pueblo popular?*, apunta otro. Eso ya me gusta más, señala el líder carismático. Va más en nuestra línea y aclara el concepto. Lo malo es que lo de popular recuerda un poco a Alianza Popular, por una parte, y al Frente Popular por la otra. Y no sé qué es peor. Además, que una cosa es ser socialistas y obreros, como por ejemplo tú, Caldera, o tú, Blanco, o yo mismo sin ir más lejos, y otra cosa es ser populares. No jodamos. No es lo mismo juntos que revueltos. No es lo mismo tener un programa de centro-izquierda caracterizado precisa y cuidadosamente por la ausencia de programa, a fin de que nuestra horquilla electoral sea más amplia, que incurrir en deshonestas demagogias. Cien años de honradez nos avalan. O más. ¿Y qué tal *un alcalde para todos?*, pregunta alguien. No está mal, responde Zapatero; pero le falta contenido. Le falta garra que agarre. ¿Me explico? Pues oye, apunta otro creativo. Ya que estamos en eso, a quien no le va mal es al lendakari Ibarretxe con esa murga de los ciudadanos y ciudadanas vascos y vascas. En vez de descojonarse de risa y decirle oye, chaval, no nos tomes por gilipollos y gilipollas, allí la gente va y lo vota, o por lo menos lo votan algunos y algunas; y lo mismo, pasito misí, pasito misá, hasta libera a Euskadi de la brutal opresión franquista y los hace independientes e independientas del Corte Inglés un día de éstos. Y será una imbecilidad y una demagogia barata y todo lo que quieras, pero la cosa ha hecho fortuna. Ahora todo cristo, para que no lo tachen de machista y de carca y de españolisto y españolista, se apresura a cepillarse el género neutro y se apunta a la cosa de los pavos y las pavas.

Pues tienes razón, responde Zapatero. El otro día, sin ir más lejos, hasta uno de esos fascistas del Pepé dijo algo sobre la educación infantil, hablando del futuro que espera a los niños y a las niñas de España. Por no hablar de los soldados y soldadas, los conserjes y conserjas, los pacientes y pacientas, las dentistas y dentistos, los maricones y las mariconas. Algo está cambiando en este país, y el Pesoe tiene que estar por cojones y ovarios a la cabeza de ese cambio. Es más: la guerra de Iraq, el *Prestige,* el terremoto de Argelia y la neumonía china han demostrado que nosotros somos el cambio. No hay más que verme en el Parlamento, cómo me los como sin pelar. Así que, decidido: el lema de esta campaña será *Un alcalde o una alcaldesa socialista o socialisto para todos y todas.* ¿Cómo lo veis? ¿Ein?

Lo vemos de post meridiem, contestan los adláteres. Tienes un pico de oro, jefe. Pero igual conviene acortarlo un poco. El eslogan. Lo mismo con tanto texto no nos cabe la foto del candidato o la candidata en el cartel; y ya sabes, patrón, que sin las caras sonrientes, honradas y honestas de los políticos y políticas españoles en carteles pegados por las calles, las campañas electorales no tendrían ni la mitad del morbo y la morba que tienen. Fíjate si no en el Pepé, que son astutos y astutas que te cagas, y han puesto para su campaña por la presidencia autonómica de Madrid la cara de Esperanza Aguirre asín de grande; y con esa torda ya podemos darnos por jodidos y jodidas, porque seguro que arrasa. No hay como la cara de la Espe puesta en un cartel y mirándote como te mira, para barrer en las urnas. Así que Madrid, olvidadlo. Tampoco vamos a pretender triunfar en todas partes. Hay que ser realistas. Y realistos.

More to Explore

Go to www.**sno-isle.org** to renew items, place holds, and search online resources.

Sno-Isle Libraries
Lynnwood Library
425-778-2148

7/20/2010   7:00:18 PM

Customer Name: VALD SOT
Customer Number: 2906705647XXXX

ITEMS BORROWED:

1 Title: No me cogereis vivo (2001-2005
Call #: INTL-SPA 864 PEREZ R
Item #: 39067044103863
Due Date: 8/10/2010

Cine sin nicotina

Pues ya saben. Según idea de la Organización Mundial de la Salud, recientemente abrazada con entusiasmo por la ministra española de Sanidad, doña Ana Pastor, sus tiernos zagales —los de la ministra, si los tiene, y los de ustedes— pueden estar delante de la tele toda su pequeña y puñetera vida viendo degüellos, orgasmos, violaciones, tiroteos y masacres con bombas inteligentes o de las otras, y no pasa nada. De nada. Incluso pueden ver sin pestañear, cada vez que encienden la tele, a Yola Berrocal depilándose la bisectriz en directo, y al Pocholo de los huevos haciendo el aeroplano mientras doscientos marujos del público aplauden y babean. Al fin y al cabo, es bueno que los niños y niñas españoles y españolas se acostumbren a lo que les espera en este país de imbéciles. Pero si a uno de los actores de tal o cual película se le ocurre encender un pitillo, alto ahí. Noool. En tal caso, ni lo duden: abalánsense sobre el enano y tápenle los ojos, o apaguen la tele en el acto. Clic.

Ésa es la medida preventiva individual, provisional, fundamental, mientras se pone a punto una normativa para prohibir a los menores de 18 años las películas en las que se fume. La ministra de Sanidad lo ha dicho bien clarito, insinuando incluso la posibilidad, en España, no de una censura —por favor, en una democracia consolidada como ésta—, sino de leyes ad hoc, autorregulaciones y pactos con productores, exhibidores y televisiones, etcétera. Y conociendo este país, donde todo cristo se apunta a la demagogia y al qué dirán, que no cuestan nada y quedas de cojón de pato, ya me imagino a esos diputados votando todos juntos, Peneuve, Pepé, Pesoe, Izquierda Unida de Toda la Vida: cine sin tabaco, televisión sin tabaco, cafés sin tabaco, estancos sin tabaco. Polvos sin tabaco. Y los chicos de *Operación Triunfo* en videoclip cantando España, pulmones blancos de mi esperanza. Todo solidario y real como la vida misma.

Y ahora, en lo del cine, cuéntenme qué hacemos con *Casablanca,* por ejemplo. Con *Gilda.* Con *Forajidos.* Con Burt Lancaster en *Los profesionales.* Con Harvey Keitel en *Smoke.* Con Henry Fonda camino del OK Corral en *Pasión de los fuertes.* Con la pipa holmesiana de Basil Rathbone en *El perro de los Baskerville.* Con *El hombre que mató a Liberty Valance,* cuando John Wayne le dice a James Stewart: «Recuerda... Recuerda» entre el humo de un cigarro. Díganme qué harían los soldados de *Un paseo bajo el sol* sin tabaco, o cómo se lo montaría Marlene Dietrich sin fumar en *El expreso de Shangai, Fatalidad* o *Siete pecadores.* Explíquenme despacio, incluidas todas las alternativas posibles, qué hacemos con la escena cumbre de *Tener o no tener,* cuando Humphrey Bogart y esa Lauren Bacall que está para mojar pan, la criatura, dialogan sobre el acto de curvar los labios y soplar en la puerta de la habitación del hotel de Frenchie, con el pretexto de unos cigarrillos y una caja de fósforos. ¿Qué hacemos con esas descaradas promociones de la nicotina? A ver, ministra. ¿Las emitimos por la tele, pero censuradas, aliviándolas de las escenas fumatorias? No creo. Si otros se quedan en las medias tintas de la puntita nada más, nosotros, con nuestra fe de conversos a lo que se tercie, iremos, supongo, hasta las últimas consecuencias, o más. A talibanes de lo socialmente adecuado no nos gana nadie; y, en cuestiones de mens sana in corpore insepulto —o como se diga—, a los españoles, o lo que seamos últimamente, no va a mojarnos nadie la oreja. Así que no me cabe duda: habrá debate parlamentario y unanimidad al respecto. Nada de medias tintas. Lo que haremos es prohibir esas películas, y a tomar por saco. Nada de emitirse en la tele. En su lugar meterán obras maestras del cine español, de esas que el Ministerio de Sanidad va a apoyar a partir de ahora: películas donde los soldados de la guerra civil no fumen en las trincheras y donde las putas de la calle Montera chupen pastillas Juanola. Y además, cosa obligatoria, todas las tapas de los vídeos y los cedés donde haya humo irán rotuladas asín: *ver esta película perjudica seriamente la salud.* Luego, ya tomada carrerilla, puede hacerse lo mismo con las películas donde aparezca gente bebiendo alcohol, diciendo palabrotas o jiñándose en la madre que parió a los Estados Unidos de América; que, con tanta mierda políticamente correcta, empeñados en transformar el mundo a imagen y semejanza de sus turistas y sus marines, nos están volviendo a todos gilipollas.

Burbujas de vacío y otras *performances*

Todavía quedan ecos de la polémica sobre el pabellón que Santiago Sierra montó en la bienal de Venecia, ya saben: aquella instalación rodeada por un muro, con el nombre de España tapado con bolsas de plástico, a la que sólo se dejaba entrar a quienes tenían un DNI español, y que, una vez dentro, no encontraban más que escombros, un cuarto de baño hecho polvo y restos de material de construcción. Algunos amigos cabroncetes, al corriente de que soy tan reaccionario en materia de arte que de los bisontes de Altamira para acá todo me parece asquerosamente moderno —ese chico, Velázquez, hizo mucho daño con sus vanguardismos—, me han estado metiendo el dedo en la boca con el asunto. Qué te parece la *performance,* chaval. O lo que sea. Cómo lo ves. Y creo haberlos decepcionado, porque mi respuesta ha sido todo el tiempo la misma. Me parece estupendo, o sea. Chachi. Lo que ignoro es si lo de Venecia fue arte o no lo fue. No estoy cualificado para apreciar el mérito —sin duda, enorme— de una lata de cocacola aplastada, ni de una escoba sucia. Conceptual, es el término. Creo. Lo que tengo claro es que ese concepto no me interesa un carajo. Prefiero mis bisontes; o, puestos en ultramodernos, la *Batalla de San Romano,* que también tiene su cosita. Bolsas de basura lleno yo cada día, y no necesito bienales ni artistas para reflexionar sobre el concepto de que el mundo es una puñetera bazofia. Pero eso no quita para que lo de Venecia me haya parecido de perlas.

En primer lugar, al Gobierno español —a todos los gobiernos— le encanta que le den hostias. Vas a un ministro, por ejemplo, le pegas una patada en los huevos diciendo que se trata de una *performance* artística, y si recibir *performances* en los huevos suena a vanguardista y a socialmente correcto, el ministro se descojona de risa y encima te subvenciona las botas. Eso tiene su solera y su tradición: la historia del arte, de la literatura, de la música, está llena de aristócratas y burgueses dispuestos a pagar tanto para que los adularan como para que los pusieran en ridículo; y a menudo tuvieron más éxito social —no siempre parejo con su talento real— los artistas provocadores que los otros. Pese a que la palabra vanguardia ya no tiene sentido, o tal vez justo por eso, buena parte de las llamadas expresiones artísticas modernas circulan libremente, valga la antítesis, por ese carril. Me parece adecuado, entonces, que el concepto de España presente en Venecia haya sido el de un muro que circunda un espacio desolador y lleno de escombros, al que además se restringió el acceso; hasta el punto de que el jurado de la bienal, al no poder entrar en el pabellón, no le prestó la menor atención a la hora de los premios y las distinciones. «*Tapar la palabra España del pabellón es como subrayarla* —explicaba el artista—. *Hemos creado una burbuja de vacío, y eso invita a pensar*». Luego, supongo, se fumó un puro. Pero tenía razón: invita a pensar, y mucho. Por ejemplo, en la imaginación y el trabajo de tantos jóvenes artistas españoles que luchan sin que nadie les ofrezca bienales venecianas, cada cual en la medida de su genio y sus posibilidades, demostrando que entre la mediocridad, la provocación fácil, el oportunismo y la imbecilidad hay también mucho talento, o coraje. Ignoro si tal es el caso de Santiago Sierra, de quien no conceptúo más que las burbujas de vacío, y me faltan datos. Pero propuestas como la suya, incluso si parecen —o son— una gilipollez, expresan perfectamente el hecho de que vivimos inmersos en una monumental gilipollez. Y a fin de cuentas, de eso se trata. El arte, entre otras cosas —hay quien valora esto por encima de todo, y hay quien no—, es también reflexión sobre su momento. Desde ese punto de vista, un muro infranqueable, un inodoro atascado y un suelo lleno de basura reflejan mejor la realidad española que el pincho de tortilla, Carmen Martínez-Bordiú en la portada del *Hola*, o los cuadros de Goya que están colgados todos los días en el Prado, y que sólo visitamos haciendo colas enormes y empujándonos, sudorosos y cabreados, cuando nos dicen que se celebra el centenario de Goya. Así que, para la próxima bienal, sugiero un pabellón imaginario, que ni siquiera esté allí, pero con el nombre de España bien visible en la puerta inexistente, y dentro, como único y elocuente elemento conceptual, una mierda virtual del tamaño exacto del sombrero de un picador.

Istolacio, Indortes, Lutero

Estaba el otro día con unos lectores cuando alguien, aludiendo a estos panfletos dominicales, me puso los pelos de punta. «Le agradezco que defienda con objetividad la Historia como nos la enseñaron en el colegio», dijo, y me hizo polvo. En primer lugar, el arriba firmante nunca ha pretendido ser defensor objetivo de nada. Consideren la objetividad cuando digo que Fernando VII era un perfecto y nocivo hijo de puta rodeado de curas reaccionarios, o que la pérfida Albión, esa entrañable aliada del Pepé en la última guerra del Golfo, se ha pasado los últimos quinientos años dándole a España por saco. Pero lo de la objetividad es anecdótico. Lo que de veras me acojonó fue que mi interlocutor, sin duda queriendo ser amable, creyera que, porque me repatea la forma en que ahora se enseña Historia a los chicos, y atribuyo a la Logse de mis amigos Maravall y Solana buena parte del analfabetismo rampante, añoro los libros de texto de mi tierna infancia. Y tampoco es eso.

Admito que antes los libros del cole tenían información. Quiero decir que había fechas, batallas y nombres de reyes, referencias que facilitaban un marco general donde después podías encajar las cosas que leías o que vivías, sin poner cara de cenutrio cuando alguien mencionaba el nombre de Viriato, la palabra almorávide, Otumba, Cavite, Isidoro de Sevilla o el tributo de las Cien Doncellas. O las que fueran. Pero de ahí a decir que aquellos libros eran un modelo de objetividad y de rigor histórico, va un abismo. Valgan, de muestra, unos ejemplos tomados de mi Historia de España de maristas, segundo grado. Por ejemplo: «*Istolacio e Indortes* —aquellos dos caudillos enfrentados a los cartagineses cuando la idea de España no existía ni de coña— *son los dos primeros mártires de la independencia patria».* Tampoco está de más considerar, en lo que vale, esta otra perla: *«Almohades, almorávides y benimerines cayeron sobre la indomable España, que supo triunfar de todos».* O la justificación histórica para la expulsión de los judíos, que según el texto: *«Eran objeto del odio popular por su avaricia y crímenes».* Por no hablar de *«la herejía protestante predicada por el vicioso Lutero»;* o, vueltos a la limpieza étnica, la de los moriscos, cuya conversión *«no había sido sincera y eran aborrecidos por el pueblo a causa de su codicia desmesurada, por lo que fueron arrojados al África».* Y todo ese entrecomillado, damas y caballeros, puesto negro sobre blanco en un libro —muy bien editado, por cierto— de la Editorial Luis Vives, años cincuenta, con *nihil obstat* del censor, canónigo D. Vicente Tena, e *imprímase* de monseñor Lino, obispo de Huesca. Con dos huevos.

Como puede comprobarse, en lo de manipular cual bellacos por acción u omisión, todas las épocas cocieron habas. Incluso estoy convencido de que aquellos libros de mi infancia tergiversaban más que los de ahora. Lo que pasa es que antes, además de afirmar que nuestra raza era el copón de Bullas —igual les suena el argumento—, contaban cosas y te enseñaban también los hechos fundamentales de la Historia. Ahora, bajo el pretexto de corregir aquella manipulación, lo negamos y borramos todo; y en su lugar imponemos la nada y la gilipollez políticamente correcta, sustituyendo la idea de España vista en conjunto, como plaza pública de pueblos y lenguas —que el nacionalismo franquista y sus herederos se apropiaran del concepto, corrompiéndolo, no lo anula en absoluto—, por doscientas españitas mezquinas que, según algunos textos modernos, siempre fueron a su rollo y nada tenían que ver unas con otras. Bromas y contradicciones propias aparte, aborrezco los nacionalismos grandes tanto como los pequeños, porque todos, hasta los vinculados a causas nobles, engordan con lo más reaccionario y mezquino de la sucia condición humana; pero no soy tan imbécil como para confundir estupidez de malas bestias con cultura y memoria, que son nobilísimas y respetables, ni tan mierdecilla, quizás, como quienes agachan las orejas por si alguien los interpreta mal y los llama fascistas. Por eso digo que cuando eduquen a mis nietos, si los tengo, prefiero que les hablen de Lutero, de Almanzor, del concilio de Toledo, de Cánovas y Sagasta o del desastre de la Invencible, que de la influencia histórica del silbo canario, el refajo ansotano y su impronta en los fueros de Aragón, la pelota vasca como resistencia cultural neolítica, o el ruido de alpargatas de los portapasos de la Macarena como clave y esencia de la nación andaluza.

Esta navaja no es una navaja

Qué cosas. Abro un diario y me topo con un titular inquietante: *Menor detenido por matar a una turista.* Hay que ver, me digo. Estos menores violentos, enloquecidos por la tele y los dibujos animados. *Un chaval es autor del apuñalamiento,* sigue la cosa. *El menor homicida iba acompañado de un amigo.* Porca miseria, pienso. Cada vez tenemos asesinos más jovencitos. Y es que, claro. Con tanto Matrix y tanto videojuego, así anda el patio. Niños psicópatas a troche y moche. Sigo leyendo: *Al robarle el bolso y resistirse la mujer, el chaval zanjó el forcejeo con una puñalada.* Pues vaya con el chaval, concluyo. Como para disputarle una bolsita de gominolas. Si uno es así de cabroncete en la tierna infancia, imagínate cuando sea mayor.

Sigo leyendo, y más abajo me entero de que el menor era de origen marroquí, y ya había sido detenido antes: la cosa viene como perdida en el texto, y es evidente que el redactor, procurando no meterse en jardines racialmente incorrectos, ha situado la nacionalidad y la marginalidad del chaval —en lo de chaval insiste cinco veces— de forma casual, como de pasada. Comprendo esa cautela, aunque sea discutible: si destacar que el niño era marroquí puede interpretarse como asociación facilona de la inmigración con la delincuencia, también es cierto que diluir el dato, o camuflarlo en el texto, es sustraerle al lector una clave para comprender el suceso. Pero bueno. Asumo que, en estos tiempos, y con lectores que no siempre son capaces de hilar fino, hay que asírsela —observen hasta qué punto refina ser académico de la RAE— con papel de fumar.

Total. Abro otro periódico y me encuentro una foto del chaval. Quiero decir del menor. Y el niño, que sale esposado, es un pedazo de moro más alto que los policías que lo trincan. Diecisiete años, dice el pie de foto. El nene. Interno en un reformatorio para menores con delitos graves, once meses por robo con intimidación, disfrutando del cuarto permiso de fin de semana. Lo demás, rutina: Madrid, dos jóvenes navajeros al acecho, una turista paseando —delante del palacio de las Cortes, por cierto, lugar peligroso de cojones—, tirón del bolso, la turista que no se deja, cuchillada, tanatorio. Suceso habitual en una ciudad, como en otras, donde la madera, escasa de medios y personal, maniatada por la infame lentitud de la Justicia y por el miedo a que los apóstoles de lo conveniente confundan eficacia y contundencia razonable con exceso policial, prefiere tocarse los huevos a complicarse la vida. Lo que me preocupa es que, en vez de limitarse a contarlo, y punto, diciendo que dos navajeros peligrosos acaban de cargarse a otra guiri, el redactor en cuestión, o sus jefes, o el director de su periódico, tengan tanta jindama a que los tachen de intolerantes y de racistas y de incitar a sus lectores a desconfiar de los inmigrantes, que prefieren marear la perdiz con circunloquios, rodeos y pepinillos en vinagre, repitiendo veinte veces lo de chaval, y pasando de puntillas por el origen marroquí. Escamoteando que las palabras delincuente e inmigrante, cuando van juntas, son uno de los principales problemas de seguridad en ciertas ciudades españolas. Y no porque los emigrantes sean delincuentes, ojo, sino porque nuestro egoísmo e imprevisión complican mucho las cosas. En el caso de los numerosos jóvenes marroquíes que cruzan el Estrecho, por ejemplo, pocos se ocupan de atenderlos, evitando que se busquen la vida a su aire. Y olvidamos que un inmigrante marginado y sin trabajo puede volverse muy peligroso en una sociedad opulenta, confiada en sus derechos y libertades, tan ostentosa y estúpidamente consumista como la nuestra, que él, con diferentes valores y afectos, no considera suya, y a la que ve como lugar hostil o territorio a depredar. Como un coto de caza lleno de tentaciones. Negar eso, disimularlo como si origen, cultura y ubicación social no tuvieran nada que ver, es alimentar el problema. Ni los inmigrantes deben ser acosados y expulsados, como dicen los cenutrios malas bestias, ni todos son angelitos negros de Machín. Tenga diecisiete o cuarenta años, tan hijo de puta es un navajero nacido en Badajoz como el que nace en Tetuán. Y lo históricamente probado es que una democracia se suicida cuando, en parte por culpa de los explotadores, los demagogos y los imbéciles socialmente correctos, los animales de la ultraderecha intransigente llenan sus mítines de votantes hartos de que los apuñalen para robarles el bolso.

¿Cómo pude vivir sin Beckham?

Les juro a ustedes por mis muertos que yo no sabía quién era Beckham. Supongo que alguna vez, hojeando revistas a la hora de los crispis y el colacao, me había topado con su careto. Digo que supongo, porque la verdad es que no lo sé. Para mí todos los futbolistas son iguales, y lo mismo me da un negro que un hijoputa de blanco. La legítima del balompedista, la Spice pija esa, o ex, o lo que sea, sí que me sonaba de verla en la tele hace años —tengo una hija, háganse cargo—, cuando estaba con las otras, que eran, me parece, una anoréxica, una deportista y una pelirroja, o por ahí, y las discográficas sacaban cada semana un grupo de pavas imitándolas, al rebufo del asunto. Pero en fin. El caso es, como digo, que mi vida transcurría hasta hace unas semanas con absoluta normalidad, ignorante de quién era Beckham, su arte futbolero, la pasta que gana y lo guapo que es el tío. Y de pronto, zaca, me cae un diluvio de informaciones sobre el fulano, fotos, reportajes, y hasta abren con él los telediarios para contarme que acaba de visitar una guardería o un asilo o algo en Japón. Y no puedo menos que preguntarme cómo he podido vivir hasta hoy, escribir novelas y artículos, ir por la vida, en resumen, sin saber nada de ese individuo; sin el que —acabo de descubrirlo— el Real Madrid, España, el mundo, la existencia misma, no serían lo que son. Y mucho me temo que de ahora en adelante, me interesen o no el fútbol, las Spices pijas y las guarderías japonesas, Beckham formará parte de mi vida para siempre jamás. Que voy a tragar Beckham por un tubo, me guste o no me guste. Por cojones.

Ignoro lo que mi primo era antes para el mundo. Para mí, sujeto paciente del bombardeo, acaba de nacer, alehop, otra estrella. Otro nombre imprescindible del que todo cristo da por supuesto —quizá sea cierto a partir de ahora, y es lo que me preocupa— que deseo, exijo, necesito saberlo todo. Y no digo, achtung, que mi extrema ignorancia sobre la vida y milagros de ese digno deportista le reste un gramo de mérito. No. Lo que pasa es que todo el putiferio montado en torno al personaje me lleva a reflexiones incómodas. Verbigracia. ¿Cómo es posible que, de la noche a la mañana, algo o alguien —hablo de Beckham como podría hacerlo de los restaurantes sushi— desconocido para mí se convierta en objeto de culto apasionado o al menos de interés por mi parte? ¿De verdad soy el único que no se había percatado hasta ahora del carisma de mi primo? ¿Soy tan idiota como parezco, hojeando revistas cada mañana como un loco para informarme sobre un fulano que, juegue en el Madrid, juegue en el Mindanao o juegue a la bolsa, me importa literalmente un carajo? Y ahora que los periódicos meten a Bustamante y los desfiles de modas en las páginas de Cultura —imagino que el fútbol está al caer—, ¿me habré vuelto un inculto recalcitrante y postmoderno?

Vaya usted a saber. Lo cierto es que ya hay otro famoso del que ya no me voy a despegar ni con agua caliente. Aunque haya clases. Al menos éste no cobra por calzarse a Marujita Díaz, sino por ser, dicen, competente en su oficio. Y hablando de la consistencia de la fama estelar, aunque tenga poco que ver con esto —en el fondo sí lo tiene—, me estoy acordando, mientras tecleo, del debut de Enrique Iglesias como cantante, hace unos años. De mi asombro patedefuá ante el hecho de que un jovenzuelo a quien nadie había oído cantar fuese acogido, antes ya de abrir la boca, con delirio de fans y prensa a tope, cual Mike Jagger. Como, por no salir de la copla, mi estupefacción cada vez que veo en la tele a ese pedazo de sex simbol y extraordinaria vocalista llamada Paulina Rubio, paseándose delante de un público enfervorizado que le arroja calzoncillos y dice que está buenísima. O sea. Hablo de todos esos innumerables fulanos y fulanas que van y vienen, alimentando la maquinaria mediática que se los sacó de pronto de la manga. En realidad, que tengan todos los méritos del mundo o sean unos pobres tiñalpas, nada tiene que ver. Fíjense en todas esas marujas desencadenadas, presuntas respetables matronas con hijos y nietos, que lo mismo aplauden a José Saramago que a Coto Matamoros, o le piden autógrafos a Yola Berrocal mientras la besan y la llaman bonita. No hablo de canción, ni de fútbol, ni de nada. Sólo de estupidez humana. De la mía y la de ustedes. De la altísima cuota diaria de baba que este país de soplapollas necesita derramar para sentirse a gusto.

El timo del soldadito Pepe

Es que lo ponen a huevo. Observen si no la perla. Televisión, hora de máxima audiencia, publicidad: *«Nuestras fuerzas armadas siempre están donde se las necesita»*. Ahí, nada que objetar. Las fuerzas armadas están para eso. Patria aparte, soldado viene de soldada, que significa cobrar por jugarse el pellejo. Al oír lo de fuerzas armadas —fuerza que lleva armas— uno imagina a intrépidos guerreros desembarcando con el machete entre los dientes, corriendo colina arriba bajo el fuego enemigo, o defendiendo Perejil hasta la última gota. Incluso —a ver si le hago caso a mi madre y me reconcilio con los obispos de una puta vez— a curtidos lejías sin rastro de grifa en la mirada marcial, llevando en alto al Cristo crucificado en las procesiones de Málaga tras poner su equis en la correspondiente casilla eclesiástica de Hacienda. Uno espera eso, por lo menos, de un anuncio que reclama voluntarios para las fuerzas armadas. Pero no. Desilusión al canto. En vez de referirse a la guerra espantosa, que es lo relacionado de toda la vida con ese oficio, se diría que el anuncio se lo encargaron a la factoría Disney.

Supongo que también lo han visto: unos jóvenes y jóvenas con cara de buenos chicos, maravillosos, solidarios, vestidos de camuflaje, ayudando a la gente de una manera, oyes, que te pone la carne de gallina, sonrientes, abnegados, maravillosos. Éste da de beber al sediento, aquél viste al desnudo, el de acá visita al enfermo, el otro consuela a los afligidos. Todo como a cámara lenta y con música, creo recordar —lo mismo no era esa peli, pero se parece— de *La Cenicienta*. Ya saben. Eres tú el príncipe azul que yo soñé.

Y, por supuesto, ni pistolas, ni tanques, ni nada. Armas de destrucción masiva o en menudeo, ni por el forro. El arma de esos muchachos, desliza implícitamente el anuncio, es su corazón de oro. Disparar ya no se lleva, por Dios. Para antibelicistas, nosotros. Tenemos las únicas fuerzas armadas pacifistas del mundo. Invento nacional, marca Acme. Así que ya lo sabes, joven. Si quieres ayudar a tu prójimo, hazte soldado.

Y qué quieren que les diga. Antes, el Ministerio de Defensa sacaba a unas topmodels estupendas vestidas de marineras y de rambas, que daban ganas de engancharse y reengancharse varias veces, por la patria o por la cara. Ahora, con la cosa humanitaria, no sé. Porque esa imagen del soldado en plan Heidi y Pedro tiene la pega de que luego, cuando te descuartizan —en la guerra suele ocurrir— el interfecto puede decir oiga, esto no venía en el anuncio. Me querello. Y además, lo del soldado pacifista es una idiotez que se han sacado de la manga los que viven y trincan de no llamar a las cosas por su nombre. Porque, o eres, o no eres. Y si eres, lo asumes y punto. Sin milongas. Aparte de dar medicinas a los niños en sus ratos libres, que es muy loable, los soldados están, sobre todo, para pegar tiros. La filantropía a tiempo completo corresponde a las oenegés, y no conviene confundir al personal. El respeto que merecen los militares españoles muertos en misiones humanitarias no debe hacer olvidar que ésa sólo es una parte, y no la principal, del oficio castrense. Cada uno a lo suyo: las oenegés ayudan y los soldados escabechan. Eso de la reconversión pacífica del soldado moderno es una milonga macabea española. Pregúntenles a los marines, que son modernos de cojones, o a las pacíficas ratas del desierto de Blair. A ver para qué está un soldado si no es para matar a troche y moche. Otra cosa es que la guerra sea reprobable e indeseable, que en España no haya presupuesto para escopetas, que un cazabombardero sea políticamente incorrecto, y que salga más bonito y barato tirarse el pegote con lo del ejército humanitario. Pero oigan. Si jugamos a eso, que el Gobierno sea consecuente y lo asuma a fondo. Que disuelva las fuerzas armadas y las sustituya por las fuerzas desarmadas, los cascos rosa Ken y Barbie o la oenegé Soldados Besuqueadores sin Fronteras. Así no gastaremos viruta en uniformes de camuflaje, tendremos la conciencia como los chorros del oro, y no habrá necesidad de poner en la tele anuncios con el tocomocho del soldadito Pepe. Y si un día nos ataca Andorra, que no cunda el pánico. Seguiremos poniendo el culo en Washington para que los marines de Bush —al fin y al cabo, ocho de cada diez se apellidan Sánchez y hablan castellano— maten por nosotros. Aquí, paz. Y después, gloria.

El asesino que salvó una vida

Se llamaba Tanis Semielfo. Thantalas, en el lenguaje de los elfos Qualinesti. Llegó a casa de Beatriz, su dueña, en Culleredo, con dos meses cumplidos, desnutrido, deshidratado, lleno de pulgas, enfermo de displasia: una desconfiada bolita gris. Ella lo cuidó sin escatimar vacunas, desparasitaciones, piensos especiales, cien mortadelos mensuales por el tratamiento durante ocho meses. Ya saben. Los que tienen perros lo saben. Noches en vela, sobresaltos, meadillas por aquí y por allá, si no tuviera perro esto no pasaría, tus diarreas por todas partes, cabroncete, y yo partiéndome el lomo para comprarte comida y llegar a fin de mes.

A cambio, lo que también saben los que saben: el misterio leal de sus ojos, su presencia callada a los pies de la cama, su fuerza tranquila, el trueno del vozarrón perruno, su pataza torpe apoyada en tu brazo pidiendo una caricia, su trufa húmeda y fría, sus miradas de consuelo. De adoración. Si alguien mira a Dios, piensas, sin duda debe de mirarlo así. También colmillos, por supuesto. Diecisiete meses después, la bolita asustada y enferma pesaba cincuenta y cinco kilos, con setenta y dos centímetros a la cruz, y una boca en la que cabía la cabeza de un niño. Es un perro asesino, le dijeron a su dueña. Un Fila Brasileño. No vivirá mucho, porque tiene el hígado enfermo; pero, mientras tanto, cuidado con él. Mata. Su dueña tuvo mucho cuidado. También quiso saber más.

Investigó, reconstruyendo la siniestra biografía genética de su perro. Naturalmente, a ella no podía ser ajena la mano del hombre. Tanis era un perro hecho para el combate, un guerrero antiguo con una estirpe gladiadora tan vieja como la Historia: el *Canis Familiaris Inostranzevi,* el moloso persa, griego, asirio, el *onzeiro,* el cabezudo, el *boiadeiro* brasileño. Hace dos mil años, sus antepasados destripaban leones y gladiadores en el Coliseo de Roma, acompañaban a las legiones de César, cuidaban su ganado y despedazaban bárbaros con idéntica eficacia; y todavía hace siglo y medio, sus descendientes cazaban esclavos para los blancos en las selvas amazónicas. Por eso los cachorros Fila tienen ojos de viejo, y alma llena de costurones, y mirada resignada, hecha de siglos, de sangre y de fatalidad —su dueña me dijo que los ojos glaucos de Tanis le recordaban al capitán Alatriste—: el hombre los hizo asesinos, y lo saben. Sin embargo, cuando tienen amo no hay lealtad comparable a la suya.

Los Fila, como casi todos los perros, son fieles súbditos de reyes que no los merecen: luchan en guerras que no son suyas, dejándose matar a cambio de una palabra, una caricia o una mirada. Nadie ama como ellos aman. Nadie tocará al dueño mientras sigan en pie, luchando. Hablo de esos mismos dueños que luego, cuando los perros están viejos, enfermos o inválidos —a veces por obedecer sus órdenes— los abandonan, los envenenan, los echan a un pozo o los ahorcan. Eso era Tanis: un sicario. Una pistola cargada y amartillada en manos de los hombres. Uno de esos perros que, cuando el amo baja la guardia, salen en los periódicos y en el telediario, convertidos en criminales por la estupidez o crueldad del dueño, porque la naturaleza tiene extrañas oscuridades, o simplemente porque, en un mundo lleno de gente desquiciada, es lógico que se desquicien los animales. El caso es que, un día, Tanis, el asesino al que los vecinos, con toda la razón del mundo, miraban con recelo y miedo, paseaba por el parque junto a su dueña, entre niños jugando y mamás sentadas en los bancos. De pronto, un pastor alemán que estaba cerca —a diferencia del Fila, y en principio, el pastor alemán es un ciudadano libre de toda sospecha— atacó a un niño de tres años llamado Martín. Por las buenas. Directamente a la garganta. Entonces Tanis Semielfo, Thantalas en el lenguaje de los elfos Qualinesti, voló sobre la hierba. Todo el mundo, dueña incluida, creyó que se sumaba a la matanza. Pero no. Se fue derecho al otro perro, fajándose con él a dentelladas. Sangre, colmillos y jadeos: un alarde profesional, resultado de siglos de adiestramiento. Y no lo degolló allí mismo porque el pastor alemán se largó con el rabo entre las patas. El niño, derribado en mitad de la refriega, lloraba entre los gritos histéricos de su madre. Y entonces el perro asesino, cojeando con una pata lastimada y en alto, fue a tumbarse panza arriba, junto a él, para que le acariciara la barriga.

Mi amigo el torturador

Algunas veces, en otro tiempo menos académico, vi torturar. Sé que no suena políticamente correcto, pero no siempre eliges la letra pequeña, o bastardilla, de tu biografía. Hablo de torturar de verdad; cuando importa un carajo que el paciente salga inválido para toda la vida, o no salga. Pongamos Nicaragua, por ejemplo. Hace veinticinco años estuve con los rangers somocistas en el combate del Paso de la Yegua. Después, en una cabaña, había un prisionero herido que gritaba más de lo normal. Me acerqué a echar un vistazo; y cuando asomé la cabeza y vi el panorama, un teniente al que llamaban El Gringo, y con quien hasta entonces había tenido muy buen rollo, dejó la faena para mirarme de una manera —«¿Qué hace aquí este hijueputa?», preguntó— que me puso la piel de gallina. Supongo que esos héroes mediáticos que van a la guerra tres días, de turistas y acompañados por cámaras de televisión y oenegés, y a la vuelta hacen mesas redondas y escriben ensayos sobre el corazón de las tinieblas, habrían protestado, hablándole al teniente de derechos humanos y afeándole su conducta. Pero yo era un puto reportero y estaba solo con aquellos fulanos, en el culo del mundo. Así que decidí irme al otro lado de la aldea, a buscar una cerveza. No sé si me explico.

Otra vez, en Mozambique, conocí a un ex militar portugués. Nos hicimos colegas emborrachándonos en un puticlub. El tipo era simpático, y obtuve de él informaciones interesantes. Siempre hablan, dijo al fin. Y era evidente que lo que sabía del asunto no se lo había contado nadie. Si el operador —él decía operador— es inteligente y tiene paciencia, terminan contándotelo todo. Lo que pasa es que hay mucho aficionado, malas bestias con prisas, y ésos destrozan a la gente y se les mueren entre las patas. «Hasta para eso hacen falta profesionales», remataba el cabrón, mirándome por encima del whisky. Y lo extraño es que aquel fulano, que a lo largo de la conversación me proporcionó argumentos objetivos suficientes para afirmar que era un hijo de la gran puta, me había estado cayendo bien. No por lo que contaba, claro, sino por la cara que tenía, sus gestos, la forma de explicar las cosas, el modo de bromear con el camarero, la cortesía exquisita con que trataba a las lumis negras del local. Pretendo decirles con esto que un torturador no lleva la T mayúscula tatuada en la frente; y que, si desconocemos su currículum, muy bien podemos tomarlo por uno de nosotros. O tal vez —lo que ya resulta más inquietante—, algunos de nosotros, en el contexto adecuado, podrían convertirse en torturadores.

A finales de los setenta, con motivo de un reportaje en la Antártida, conocí a varios oficiales jóvenes de la Armada argentina. Tenían mi edad, les caí bien, y ellos a mí. Eran apuestos y educados. Encantadores. Salimos un par de veces a cenar y de copas por Buenos Aires. A un par de ellos —Marcelo, Martín— llegué a considerarlos amigos. Yo era un reportero que cubría conflictos, revoluciones y guerras. Eso formaba parte de mi trabajo, y aquellos chicos eran contactos útiles que atesoraba en mi agenda. En esos tiempos aún coleaba la represión militar en Argentina, y los Ford Falcon circulaban todavía como sombras siniestras por la ciudad. Pero cuando yo mencionaba eso, ellos encogían los hombros. Nada que ver, decían. O muy poquito. Lo nuestro, decían, se limitó a algún operativo cumpliendo órdenes. Y cambiaban de conversación.

Años más tarde, el diario *Pueblo* me envió a cubrir la guerra de las Malvinas. Tiré de agenda, y mis amigos marinos, que entonces estaban destinados en embajadas argentinas europeas y en Inteligencia Naval de Buenos Aires, me fueron utilísimos. Obtuve de ellos muy buena información, y gracias a su ayuda viajé al escenario del conflicto y firmé muchos días en primera página. Después me fui a otras guerras. Entretanto, en Argentina había caído la dictadura militar, y empezaban a conocerse de veras los detalles de la represión, las torturas y los asesinatos. Un día abrí una revista y encontré una relación de torturadores de la Escuela de Mecánica de la Armada, con fotos. Mis amigos estaban allí. Todos. A uno de ellos, Marcelo, he vuelto a verlo hace poco, fotografiado en una cárcel española. Sigue teniendo cara de buen chico y conserva el bigote rubio, aunque ha engordado un poco. En el pie de foto figura su nombre real: Ricardo Cavallo.

Giliaventureros

Me parece muy bien que un fulano, o fulana, practique deportes de riesgo: parapuenting, nautishoking, tontolculing y todo eso. Cada cual es cada cual, y hay quien no encuentra riesgo suficiente en conducir cada mañana camino del curro, con doscientos hijos de puta a ciento ochenta adelantándote por los carriles derecho e izquierdo. Sobre gustos, ya saben. Como he comentado alguna vez, veo de perlas que alguien ávido de vivir peligrosamente haga motocross por Afganistán, o se tire por las cataratas del alto Amazonas con una piedra de quinientos kilos atada al pescuezo. Me parece bien, ojo, siempre y cuando el osado deportista no vaya luego quejándose al Ministerio de Exteriores cuando un pastor de cabras afgano y enamoradizo lo ponga mirando a Triana en las soledades del paso Jyber, o las pirañas motilonas le roan un huevo. Como el propio complemento indica, son deportes de riesgo, y punto. Allá cada cual con lo que se juega. Lo que pasa es que incluso ahí hay clases. Categorías. No es lo mismo ser un aventurero de riesgo que un giliaventurero. Y no es giliaventurero el que quiere, sino el que puede.

Para que ustedes capten la diferencia, pongamos que un aventurero normal, español, de infantería, al que le gustan los deportes de riesgo, compra en Carrefour un barreño de plástico, se pone un casco de albañil de la obra y los manguitos de su hija Jessica, y se tira dentro del barreño por los rápidos de un río asturiano, por ejemplo, al día siguiente de que el ministro de Fomento haya afirmado rotundamente que los ríos asturianos son los menos contaminados, los más tranquilos y seguros de Europa. Eso es echarle adrenalina y cojones al deporte, y ahí no tengo nada que objetar. *Al filo de lo imposible* se hace con cosas menos arriesgadas. Además, lo del barreño está al alcance de cualquiera. Sale por cuatro duros. Basta ser un poquito imaginativo y una pizca gilipollas.

El otro, el aventurero de riesgo de élite, o sea, el giliaventurero a lo grande, es un ejemplar más exquisito. Tiene rasgos específicos propios, lejos del alcance de cualquier tiñalpa. El nivel Maribel de sus hazañas, por ejemplo, está muy por encima de la media del resto de los aventureros cutres. Un giliaventurero de pata negra nunca se despeina por menos de una travesía atlántica a bordo de un navío de línea de setenta y cuatro cañones construido por artesanos turroneros de Jijona con bejucos del Aljarafe, y tripulado por una dotación hermanada y multirracial —eso es lo más emotivo y lo más bonito— compuesta por un saharaui, un chino, un maorí y uno de Lepe. Y si nunca llega a atravesar nada porque una vez se le suelta el bejuco y otra se le amotina el chino, y tiene que salir doce o quince veces, pues mejor. Más fotos y más prensa. Además hay aventuras alternativas, como hacer *slalom* entre los icebergs de Groenlandia con moto acuática y sin otra escolta que una fragata de la Armada, o tirarse con parapente de kevlar ignífugo sobre Liberia —hermoso detalle solidario con esos pobres negros— para aterrizar en Puerto Portals, entre una nube de fotógrafos, casualmente el día de la regata patrocinada por la colonia Azur de Juanjo Puigcorbé número 5.

Pero la piedra de toque, la condición indispensable, el contraste de calidad por donde se muerde a este aventurero al primer vistazo, es ese aura, ese carisma mediático que deja, para toda la vida, tener o haber tenido algún parentesco, aunque sea lejano o accidental, con familias de la realeza europea: primo del heredero de Varsoniova, ex novio de la hija hippie del rey de Borduria, hermano del cuñado del rey de Ruritania, o así. Detallitos, en fin, que permiten salir en la prensa rosa. Ayuda mucho ser de buena familia, con posibles, y que el patronímico —con los aventureros cutres se dice nombre a secas— sea, por ejemplo, Borja Francisco de los Santos; pero que desde niño la familia y los amigos te hayan llamado, y sigan haciéndolo aunque ya tengas cuarenta tacos, Cuquito, Cholo o Totín. Porque luego, cuando el *Hola* dedica cuatro páginas a tu última hazaña, para el titular queda estupendo eso de *Totín Fernández del Ciruelo-Bordiú, estirpe de aventureros, declara: «Que Televisión Española, Iberia, Telefónica, el BBVA, La Caixa, Transmediterránea, Repsol, la Once y la Doce me financien esta gesta no tiene nada que ver con que yo sea cuñado del rey Ottokar de Syldavia».*

En brazos de la mujer bombera

Me pregunto qué habrá pasado con las bomberas murcianas. Hace unos meses, el concejal de Extinción de Incendios de allí manifestó su empeño de que además de bomberos macho haya también bomberos hembra. *«No pararé hasta que lo logre»*, afirmó públicamente el concejal en cuestión. La cosa venía de que, en las últimas oposiciones al asunto, entre seiscientos aspirantes a doce plazas se presentaron sólo seis mujeres, de las que cuatro renunciaron y las otras no pudieron pasar las pruebas físicas. Lo que me parece, con perdón, lógico. A fin de cuentas, lo del casco y la manguera y el hacha para romper puertas y los rescates colgado de una escalera o una cuerda no son cosa fácil, requieren cierta musculatura, y es normal que, salvo excepciones tipo Coral Bistuer, las tordas no estén a la altura. Lo que no quiere decir, ojo, que las mujeres no puedan o no deban ser bomberas, o bomberos, o como se diga; sino que lo normal, en un oficio que entre otras cosas requiere estar cachas, es que sean hombres quienes superen con menos esfuerzo las pruebas físicas. Tengan en cuenta que para las oposiciones bomberiles hay que realizar pruebas escritas con problemas matemáticos y temas legales y poseer conocimientos de carpintería, albañilería y electricidad, pero también es necesario superar pruebas que incluyen correr cien metros, correr mil quinientos, nadar cincuenta, levantar pesos, subir una cuerda, saltos de obstáculos y flexiones. Es natural que en esto último los hombres lleven ventaja. De cara a ciertos oficios, lo sorprendente sería lo contrario. A ver a quién iba a extrañarle, por ejemplo, que en unas oposiciones para luchador de sumo no saliera ninguna geisha.

Pero a lo que íbamos. En vista de lo ocurrido, el concejal responsable de Extinción de Incendios anunció que conseguir mujeres bomberas era una de las prioridades vitales de su departamento, sobre todo teniendo en cuenta que en España sólo hay —o había en ese momento— una mujer bombera; así que a la ciudad tenía que corresponderle, por huevos, el honor de tener la segunda. Y si salía una tercera y una cuarta, pues mejor me lo pones. La cosa era poder decir: aquí apagamos con bomberas y bomberos. Murcia siempre a la vanguardia. Así que, para facilitar ese logro histórico, la solución anunciada por el concejal fue rebajar más el nivel de las pruebas físicas exigidas a las mujeres. Y digo más porque el nivel ya se había rebajado en la oposición anterior, y aun así no triunfó ninguna gachí. O sea, que ya no se trata tanto de apagar fuegos como de cuestión de cuotas. Porque tiene razón el concejal murciano: si en España tenemos feroces caballeras legionarias, que desfilan con la cabra y le mojan la oreja incluso a las tenientes O'Neil de Bush, que no están como nuestras rambas en unidades de combate de primera línea sino marujeando en transportes, comunicaciones y mantenimiento, a ver por qué carajo no vamos a tener bomberas. Y oigan. Si aun rebajando las exigencias físicas no sale ninguna mujer en la próxima oposición, pues se insiste. Se sigue bajando el nivel de exigencia hasta que se consiga, al fin, meter a una. Por lo menos.

Ardo —adviertan el agudo juego de palabras— en deseos de que culmine la cosa, si es que no ha culminado ya. Así, cuando vaya a Murcia y se le pegue fuego al hotel Rincón de Pepe, entre las llamas y el humo vendrá a rescatarme una bombera intrépida. Me la imagino, y ustedes también, supongo, cogiéndome en brazos, yo agarrado a su cuello y corriendo ella sin desfallecer por los pasillos —aunque más me vale que el pasillo tenga sólo doscientos metros, que es lo que le habrán exigido a la bombera en las pruebas físicas—, apartando las brasas a patadas como una jabata, mientras nos caen alrededor vigas ardiendo y cosas por el estilo. Si eso lo hace un bombero macho, a ver por qué no puede hacerlo una pava. Luego me bajará sin pestañear y sin soltarme por una escalera de esas largas, y al llegar al suelo, como yo toseré, cof, cof, por el humo, encima se quitará el casco para hacerme la respiración boca a boca, porque aún le quedará resuello de aquí a Lima. Y después, como en todas las películas norteamericanas un minuto antes de que acaben, me preguntará: «¿Estás bien?». Guau. Qué fashion. Y todo eso gracias al concejal de Murcia.

Se busca Ronaldo para Fomento

Ahora que Jordi Pujol está a punto de jubilarse, me pregunto si no sería posible ficharlo para la política nacional, como a esos jugadores de fútbol por los que se paga una pasta enorme. El ya casi ex honorable presidente de la Generalidad catalana es el mejor político que ha dado la España del último tercio del siglo XX. Su inteligencia y su tacto profesional son para echarle de comer aparte, sobre todo si lo comparas con otros fulanos de su quinta: paquidermos franquistas o paletos neolíticos. El president se los come sin pelar, porque el arte básico de la política es como el de los triles: ésta me pierde, ésta me gana, adivinen bajo qué tapón está la bolita. Se lo lleva muerto la casa, oigan, y ha perdido el caballero. Y claro. En un quilombo como el nuestro, que íbamos camino de ser una democracia seria como la británica y nos estamos quedando en un pasteleo de compadres y golfos estilo Italia de Berlusconi, tener a mano un político eficaz, solvente, fino filipino, resulta más que un lujo: es una necesidad de supervivencia.

Está feo que yo lo diga, lo sé. Pero la idea es cojonuda. A ver por qué esto de la política no puede funcionar como el fútbol, con los partidos y los gobiernos y las autonomías y hasta los ayuntamientos fichando a políticos nacionales y extranjeros con limpia y probada ejecutoria. Un Ronaldo de la economía. Un Beckham de la política exterior. Un Zidane del Fomento. No me digan que no iba a ser la leche. Mercenarios de élite cuyo aval y objetivo fuese la eficacia. Gestores de la política, profesionales rigurosos para devolverle el crédito a un país donde los aficionados y los sinvergüenzas no se limitan a emputecer y a robar, o a dejar que otros roben, sino que encima, a la hora de justificarse, se llevan por delante las instituciones y lo que haga falta, cargándose por un cochino voto lo que costó quinientos años conseguir y un cuarto de siglo sanear, democratizar y consolidar. Quizá se pregunten dónde queda el sentimiento patriótico en todo esto: la bandera y demás. Pero qué quieren que les diga. Entre todos han conseguido ya que lo de patria suene fatal, y las banderas no te digo. Más lealtad a sus colores encuentro en Beckham cuando habla del Real Madrid que en muchos de los irresponsables, los incompetentes, los demagogos o los hijos de la gran puta que, en esta España que algunos ni siquiera se atreven a nombrar, infaman el paisaje de la política.

Calculen qué diferencia si pudiéramos fichar a gente de pata negra, con pedigrí. Se les da una pasta y el título de español, o de gallego, o de vasco, o de melillense, o de secretario general del Pesoe por cuatro años prorrogables. Que un ministro japonés ha gestionado bien la economía, pues se le ficha. Que un presidente australiano se jubila con brillante historial, millones al canto. La única condición es que todos sean figuras; porque mierdecillas, advenedizos y segundones ya tenemos aquí a espuertas. Se me licuan los tuétanos de gusto imaginando, oigan, un Gobierno español donde, por ejemplo, el ministro de Defensa y el de Justicia fueran ingleses; el de Fomento, alemán; el de Hacienda, suizo; el de Educación, francés; el de Cultura, italiano, y el de Deporte, chino. Luego, para la cosa de la transparencia, y a fin de evitar chanchullos y escándalos, podría autorizarse el uso de publicidad, a fin de que sepamos de quién trinca cada cual y cada cuala. Así, como los deportistas en sus camisetas, los presidentes, ministros, lendakaris, presidents, consejeros autonómicos y demás, llevarían el nombre o el logo de quienes les endiñan viruta bien visible en corbatas, chaquetas, carteras de mano, alcachofas de micrófonos y paneles al fondo de las ruedas de prensa. Así nadie iba a llamarse a engaño: Truquibanco, Petroyankee, El Honesto Ladrillo S. A., Asociación del Rifle, Ecónomos Reunidos de la Santa Madre. Todo eso, claro, mientras fuesen figuras de primera división. Después, a medida que se desgastaran o pasaran de vueltas, podríamos irlos traspasando a autonomías de segunda fila, ayuntamientos y sitios así. Y luego, para reciclarlos hasta el final —del político, como del cerdo, puede aprovecharse todo—, a países del Tercer Mundo. No vean lo que iban a presumir en Rascahuevos del Canto fichando para jefe de la policía municipal de su pueblo a Colin Powell, cuando éste dejara de ser director general de la Guardia Civil. O el juego que iba a dar Javier Arzallus con eso de las tribus en Liberia o Sierra Leona.

Golfos, ayuntamientos y ladrillos

En el fondo tiene su gracia. Creo. O su maldita gracia. Hace un par de meses, coincidiendo con la crisis de Marbella y con el putiferio de la Asamblea de Madrid, un grupo de trabajo de cuatro universidades europeas, incluida la de Málaga, hizo públicos los resultados de un estudio interesantísimo en el que se atribuía al dinero negro el auge inmobiliario en la Costa del Sol, se alertaba sobre el control político de municipios por mafias de constructores, y se denunciaban los vínculos que a veces se dan entre construcción, delincuencia y política. Los resultados del informe eran estremecedores, sobre todo porque, aunque el estudio se limitaba al litoral malagueño, algunos datos eran aplicables —aparte honestas excepciones, supongo— a la realidad de innumerables municipios españoles, con costa o sin ella. Y la conclusión final era desoladora: en materia urbanística, la corrupción no tiene color político. Cuando se trinca, lo mismo dan tirios que troyanos. Y para más escarnio, los controles ciudadanos, administrativos y judiciales que deberían vigilar todo eso no intervienen: se ven con las manos atadas, miran hacia otro lado o se llevan su tajada del pastel.

El hecho, como digo, de que la difusión del informe coincidiese más o menos en el tiempo con las crisis de Marbella y de la Asamblea de Madrid, que precisamente ponían de manifiesto los efectos de esa nefasta vinculación de ladrillos y política, me hizo pensar que el asunto daría de sí y que, con las armas proporcionadas por el informe, algunas personas decentes apuntarían hacia aquí o hacia allá, apro-

vechando para airear el asunto, abriéndose tal vez un debate sobre la corrupción urbanística y sus ramificaciones de
todo tipo, incluida una que explica no pocas cosas en la
realidad política española: el clientelismo y la subordinación de quienes necesitan esto o lo otro a los grupos de poder
instalados en ayuntamientos o gobiernos autonómicos, donde una recalificación de terrenos o una licencia urbanística
pueden suponer negocios de miles de millones de mortadelos. Por ejemplo.

Bueno, pues no. Quiero decir que después de publicarse el informe, todos se callaron como furcias. Y ahí siguen, silbando mientras miran al tendido. Y cuando digo
todos, digo todos. A primera vista sorprende, claro. Que
pongan a tiro la ocasión y nadie mueva una ceja. Pero luego
atas cabos. A ver por qué se creen ustedes que cuando un
grupo político se reparte el poder en un ayuntamiento recién
conquistado, nunca hay problemas para nombrar al concejal de Deportes ni a la concejal de Cultura, pero todo cristo
se acuchilla sin piedad en torno a la concejalía de Urbanismo. La razón es evidente: porque ahí está la viruta. Y eso
pasa lo mismo en la Asamblea de Madrid que en Villaconé-
jos del Cenutrio o en el ayuntamiento de Jaén, por ejemplo, donde a principios del verano los del Pepé aún se estaban dando de hostias entre sí, casualmente por el control
del área de urbanismo.

Pero, claro, no se trata de eso nada más, en un país
donde combatir los delitos urbanísticos y la corrupción política tropieza —que también es casualidad, mecachis— con
el hecho de que se haya decidido no perseguir delitos por
debajo de los quinientos kilos, que ya es una pasta, y donde
nadie pega un puñetazo en la mesa ni se pronuncia a menos que esté muy obligado y se destape el asunto. Y aun en tal
caso lo hace con mucho tiento, porque nunca se sabe. O al
contrario: porque se sabe. A fin de cuentas, aunque uno sea

honrado y limpio como los chorros del oro, cosa que en política ocurre a veces, siempre hay alguien —si no eres tú será un pariente, un colega o un compañero de partido— que tiene un esqueleto enterrado en hormigón. Y así es como se explica, entre otras cosas, parte de la boyante economía de esta España que en materia de negocios va tan de puta madre: un monipodio de compadres que se callan o que trincan mientras ladrones convictos enriquecidos precisamente con la especulación urbanística —otra casualidad— no sólo no ingresan en prisión, ni se les embarga nada porque nada tienen a su nombre, sino que pasan el verano rascándose la flor en su yate mientras esperan el indulto. Mientras que a una abuela de ochenta años, que cobra una mierda de pensión, se le pasa hacer un año la declaración de la renta y la persiguen hasta la tumba.

Con o sin factura

La semana pasada, hablándoles de las mafias de la construcción, del trinque municipal y de la pasividad, cuando no complicidad, de la política con el desolador panorama de este patio de Monipodio, se me quedó en las teclas del ordenata el asunto del dinero negro, ahora llamado eufemísticamente dinero B. Éste se diferencia del otro, como saben, en que ni se declara, ni paga impuestos, ni nada de nada. Y aunque no tenga ni pajolera idea de economía, cualquiera advierte que buena parte de la alegría mercantil en esta España que parece ir tan bien, como dicen quienes lo dicen, se explica porque hay una masa enorme de dinero negro moviéndose por debajo. Eso, claro, da mucho cuartelillo. También da de comer a la gente, hasta el punto de que al final nadie pregunta de dónde viene, y lo acepta como lo más natural del mundo. Al fulano que vende bemeuves, apartamentos o televisores en color, a sus empleados, a las familias de éstos y a la cajera del súper donde la señora o la suegra o el cuñado hacen la compra, les importa un nabo que el fajo de mortadelos que le ponen sobre el mostrador venga de la especulación urbanística, del atún rojo, de la venta de castañuelas flamencas o del narcotráfico.

Lo malo es cuando todo se vuelve tan natural y público que perdemos la vergüenza. Antes, quienes tenían la suerte de manejar ese tipo de dinero no declarado a Hacienda abordaban la materia con mucho tacto y con infinitos circunloquios. Pero las cosas han cambiado, la filosofía del pelotazo caló muy hondo en la peña, y nadie se corta un pelo por decir en público que el chalet de cincuenta kilos lo ha comprado con tela B. Incluso se alardea de ello, para marcar distancias con los pobres capullos que van por la vida crucificados ante Hacienda con una perra nómina.

Corríjanme si tienen huevos: en España es casi imposible realizar una actividad económica sin toparse con dinero negro en algún momento de la peripecia. Con la presión fiscal convertida en expolio sistemático del ciudadano honrado, este Estado de mierda ha conseguido que la gente se lo monte a su aire, y al final quienes de verdad pagan el pato son los infelices que carecen de las complicidades oficiales adecuadas o viven de un sueldo controlado por Hacienda. En un país donde el dinero negro se mueve con naturalidad impúdica, desde la princesa altiva a la que pesca en ruin barca, desde el fontanero que pregunta si lo quieres con o sin factura hasta el que te vende el coche o la casa, ocho de cada diez fulanos apuntan una sugerencia más o menos explícita, una puerta abierta a la forma de pago, una facilidad a la hora de encajar la morterada, que te ponen los pelos como escarpias. Lo malo es cuando contestas que no, gracias, que lo tuyo es una nómina y no disfrutas de ese tipo de ingresos, o simplemente que no te interesan modalidades alternativas de pago y lo pagas todo por derecho y con factura. Entonces te toman por un tiñalpa o por un perfecto gilipollas. Es más: conozco a gente que no ha podido adquirir tal o cual cosa —o no ha querido— porque el vendedor exigía que la mayor parte del pago fuese en B. Y no hablo sólo de particulares que manejan bienes propios y hacen de su capa un sayo; a menudo quien plantea el asunto es un proveedor oficial de una gran marca, o el agente de una cadena multinacional. O un funcionario público.

Hay numerosos ejemplos con los que podría ilustrarse todo esto. Entre las bonitas anécdotas personales tengo una de hace años, cuando pretendía comprar una casa, y una propietaria, anciana respetable, collar de perlas y sonrisa encantadora, abuela de nietos que estudiaban carreras adecuadas, me planteó sin rodeos que los dos tercios del pago fuesen, dijo literalmente, «en dinero del otro»; y cuando respondí, cortés, que de eso nada, monada, me miró como si yo fuera un muerto de hambre. O el caso de un conocido que quiso venderme una plaza de garaje mitad y mitad, y cuando lo informé de que en materia de pagos sólo pronuncio la letra A, propuso: «Bueno, pues dámelo en talones pequeños al portador, que ya me arreglaré yo con Hacienda». Lo último fue hace una semana justa. Fui a una tienda famosa y potente a comprar unos electrodomésticos; y a la hora de sacar la tarjeta de crédito, el vendedor, hombre amabilísimo, bajó la voz para decirme en plan compadre: «Si paga con tarjeta tendré que ponérselo todo en la factura...» y luego se me quedó mirando, como sugiriendo tú dirás. Y eso fue lo que más me fastidió. El compadreo.

Artistas (o artistos) con mensaje

Total. Apago la tele y llamo al perro inglés. Recristo, le digo. He visto la presentación del último cedé, o elepé, que se decía en nuestros tiempos, de uno de esos artistas que viven en Miami o que pasan por allí. Alejandro Iglesias creo que se llama, o Enrique Bisbal, o igual era una pava, oyes, Paulina Aguilera, Chenoa Rubio o algo por el estilo. Y mira, chaval. Te digo una cosa. Al lado de lo que acaban de ver estos ojitos que se ha de comer la tierra, las presentaciones de nuestros libros, los tuyos, los míos y los del resto de la peña, son una puñetera mierda. Asín de grande, tío. Y ahora estoy con un complejo de paria que me voy de vareta. Igual nos hemos equivocado de oficio, porque acabo de caer en que lo trascendente de verdad no es lo que nosotros hacemos dándole a la tecla, y que tus fiebres y tus lanzas, o los sefardíes y askenazis del otro colega que realquiló tu piso, o mis narcotochos del sur, e incluso los orgasmos tibetanos de Paulo Coelho, que son la rehostia mística, no tocan ni de coña la médula del asunto. A ver cuándo han dicho, por ejemplo, en la presentación de un libro tuyo, o mío, o del yayo Saramago, una perla Majórica como ésta: «*El cantante, con una imagen más dura, no está de acuerdo con la sociedad actual y quiere dejarles a sus nietos un mundo mejor*». Y es que somos unos tiñalpas, socio. Nos falta mensaje. Teníamos que habernos dedicado a la música.

Imagínate el cuadro. Tropecientos mil fans amontonados, levitando, junto a ochenta cámaras de televisión y trescientos periodistas y periodistos. Parafernalia cibergaláctica. Entradillas para *Salsa Rosa, Corazón Corazón, Cróni-*

cas Marcianas, Cuate aquí hay tomate, Qué me dices y *Qué me cuentas*. Una reportera vestida de verde fosforito con cremalleras hasta en los pezones y lentejuelas en la alcachofa del micro, que le dice a la cámara: «*Al fin vamos a desvelar un misterio que nos tiene en ascuas: cómo va vestido el Artista*». Y en ésas, para desvelar éste y otros fascinantes enigmas, aparece un alto ejecutivo de la discográfica ataviado con gorra de béisbol y pantalón rapero. «¡*Con todos vosotros* —larga mi primo— *el Artista*!». O la Artisto. Y el antedicho o la antedicha aparecen al fin en carne mortal entre aullidos del personal, acoso de cámaras y delirium tremens mediático. El acabose.

El Artista ha cambiado de línea estético-ideológica. Ha visto la luz. Ahora, para protestar contra la guerra, la injusticia, el hambre en Sierra Leona y lo de Iraq, se indumenta con chamarra militar, pantalón de camuflaje, camiseta bélica, y al cuello le cascabelean, libertarias, unas chapas de identificación del ejército norteamericano. O sea. Una cosa sencilla, espartana, a tono con los tiempos, con un mensaje subliminal que te cagas. Pura metáfora. Además, según informa el ejecutivo —el interesado asiente humilde al escucharlo— para reforzar su compromiso, y que la gente sepa que no se trata de una imagen promocional oportunista, el Artista, dice, se ha tatuado el Guernica de Picasso en el huevo izquierdo y parte del derecho, porque no le cabía todo en uno. La basca aúlla entusiasmada y solidaria, encendiendo mecheritos Bic. No a la guerra, sí a la paz, corean miles de gargantas. El Artista sonríe, porque es un chico o chica sencillo y estas cosas, ya se sabe, lo cortan mucho. En su último cedé, nos informa el presentata, no ha hecho otra cosa que comprometerse hasta el páncreas, dando lo mejor de sí por la deuda que tiene con la Humanidad en general y con sus fans en particular, demostrando que pese a su modesta casa de Miami con embarcadero particular y helipuerto, no olvida el compromiso con los valores de las personas humanas. Los nuevos temas, remata el ejecutivo presentador, *«son escalofriantes»*. Denuncian la guerra, la injusticia, la violencia de género, la pederastia en Tailandia, el aparcar en doble fila. A destacar la letra —*«Descarnada, tremenda»*, matiza el ejecutivo— de la canción que da título al cedé: *La guerra es mala, Pascuala*. Llegados ahí, el Artista parece incómodo con que le desnuden su alma en público de esa manera tan inesperada, así que saluda tímido a sus fans, hace ademán de irse, empieza a irse, y al fin, retenido por el clamor popular y, supongo, por el contrato que ha firmado, se para un momento para posar durante una hora y tres cuartos ante las cámaras. Y lo hace con un yenesepacuá natural, espontáneo, como es él. Comprometido. Sencillo. Con mensaje.

La sorpresa de cada año

La verdad es que cuando lo pienso, y sobre todo cuando me toca vivirlo, las vísceras me piden venganza. El problema es que no sé en quién vengarme, porque el enemigo es demasiado confuso, general. Colectivo. Y me incluye a mí mismo, supongo. A fin de cuentas tengo Deneí de aquí, mayoría de edad y derecho a voto, y soy tan responsable de este desparrame como cualquiera. O sea, que también apuesto por mi mismidad, como dirían muchos diputados de nuestro culto parlamento parlamentario; a los que, por cierto, les ha dado últimamente por usar el verbo *apostar* sin ton ni son, lo mismo para un cocido que para un estofado. Ahora todo el mundo, políticos, banqueros, periodistas, tertulianos de radio, apuesta por eso o por aquello, en lugar de optar, o desear, o elegir, o proponerse, o preferir, o prever. Además de ignorar estólidamente la existencia de los diccionarios de sinónimos, nos hemos vuelto un país de apostadores, que es lo que nos faltaba. Encima de analfabetos, ludópatas.

Pero a lo que iba. Hace un par de semanas tuve la desgracia de que me pillaran las primeras lluvias del otoño en un aeropuerto español. Y el cuadro era como para irse por la pata abajo: vuelos retrasados y cancelados, multitudes desconcertadas haciendo colas larguísimas ante los mostradores de las compañías aéreas, etcétera. Luego, cuando al fin logré llegar a Madrid, del caos aeronáutico pasé al caos urbano: la ciudad, sus accesos y salidas eran una inmensa trampa de coches atascados bajo la lluvia, de accidentes, malas maneras, insolidaridad y desesperación. Y yo miraba todo eso desde la ventanilla del taxi, diciéndome: rediós, alguien —tal vez el Ministerio de Fomento, o uno de ésos— tendría que averiguar un día de éstos, si no es mucha molestia, cómo se las arreglan en Oslo, o en Londres, o en Reikiavik, donde no llueve, nieva, truena o lo que sea unas cuantas veces al año, sino que se pasan media vida con lluvia, nieve o lo que caiga, y sin embargo funcionan los semáforos, y circulan los automóviles, y los aviones salen a su hora, y no se paraliza medio país cada vez que el Meteosat empieza a dar por saco.

A ver si alguien me lo explica de una puta vez. Veamos por qué un taxi londinense me lleva al aeropuerto lloviendo a mares, y un taxi madrileño, cayendo en ese momento exactamente la misma agua, me tiene dos horas en un atasco, y encima con la radio a toda leche oyendo el fútbol. Es que los guiris tienen más costumbre, suele ser la respuesta. Allí arriba ya se sabe. Además, aquí eran las primeras lluvias del año, la primera nevada del año, los primeros calores del año, las primeras vacaciones del año, el puente tal o el puente cual. Naturalmente, nos pilló por sorpresa, dicen. O decimos. Y luego nos fumamos un puro. Porque ésa es otra: la milonga de la sorpresa. Cómo carajo conseguimos que siempre nos pille por sorpresa todo. Nos sorprende que haya una ola de calor en verano y que venga una ola de frío en invierno, y que en abril caigan aguas mil. Aunque siempre hay previsto algo. Faltaría más. Pero, claro, ¿qué pueden hacer los gobiernos y los ciudadanos frente a la conjuración malvada de los elementos? Cero pelotero. Por eso aquí nadie tiene la culpa.

Da igual que las estaciones del año vengan muy bien explicadas en el calendario, que la meteorología e incluso la estupidez humana sean predecibles, que sepamos que en invierno hace frío, que en verano hace calor, que la lluvia moja y que el mar hace olas, y que en cuanto caigan cuatro gotas o cuatro copos, como ocurre año tras año desde hace la tira de siglos, los trenes se retrasarán porque las vías no están previstas para tanta agua, los aeropuertos cerrarán porque no están previstos para tanta niebla, las calles se congestionarán porque no están previstas para tanta nieve, y todos los ciudadanos de este puñetero e irresponsable país, exactamente como cada año por las mismas fechas, volveremos a quedarnos paralizados y con cara de gilipollas. Y, como ocurre por lo menos desde que a Felipe II le hundieron la Armada los elementos, nadie, ni los ciudadanos, ni el Gobierno, ni el ministerio tal o cual, ni las compañías aéreas, ni los aeropuertos, ni los alcaldes, ni los concejales, ni nadie, se confesará responsable del putiferio. Somos un país de imbéciles inocentes. Aquí nunca apostamos por tener la culpa de nada.

El subidón del esternón

Lo confieso. Soy un chulo y un prepotente. Acabo de comprenderlo tras la publicación de aquel artículo sobre las artistas y los artistos donde le contaba a mi colega el perro inglés los pormenores de la presentación de un nuevo elepé, o cedé, o como carajo se diga ahora, choteándome de cierta música con mensaje guais del Paraguais, y del compromiso de algunos jóvenes artistas con los valores de las personas humanas y jurídicas. Tras publicarse aquello, un conocido, ejecutivo de discográfica potente, me echó en cara mis prejuicios. Eres un carca, dijo. A ver si te crees que sólo decían cosas Brassens y Brel y Paco Ibáñez, tío. O Serrat y Sabina. Lo que pasa es que los tiempos cambian, y no te enteras. Los de tu generación estáis para echaros a los tigres. Cabrón.

Confieso que me hizo pensar. Lo mismo tiene razón este hijoputa, reflexioné. Así que, dispuesto a salvarme de los tigres a toda costa, me abalancé sobre el Canal Music Channel, o como se llame, y me calcé diez horas de puesta al día. Por fin vi la luz. Y me la envaino: la música actual es tan comprometida como la de antes. O más. Me di cuenta, sobre todo, con una canción comprometidísima de una torda jovencita que no me acuerdo ahora cómo se llama, pero que arrasa. Sin duda porque su último éxito tiene, y ahí me duele, una enjundia de la leche. Fíjense, si no, cómo empieza: *Fin de semana, por fin / hoy es viernes, voy a salir. / ¡¡A ponerme ciega!! / Cojo el coche, cruzo Madrid / mientras todos luchan por mí / ¡¡yo me haré la sueca!!*... Y reconozcan, como yo lo hago, que ahí arranca ya todo un programa vital, filosófico, apoyado sobre todo en los conceptos ciega y sueca. Que te dejan así, como meditando. Absorto. Prosigue la letra: *En mi buzón mil mensajes nuevos / tengo un plan genial / y subiré a tocar el cielo. / ¡¡Y no voy a parar!!...* Espero que adviertan el toque juvenil, fresco, de los mil mensajes del buzón y lo del plan genial, pues ambos elementos son claves para apreciar lo que sigue: *No quiero irme a dormir / ahora no me muevo de aquí / pues estoy de miedo. / Roces, manos que van más allá de lo que es legal / bajan al infierno...* Aparte la extraordinaria rima —lo de estoy de miedo y lo de bajar al infierno son hallazgos sutiles—, todo eso prepara magistralmente lo que viene después: *Sexo y alcohol laten en el aire / y en el esternón / qué subidón / ya no hay quien me pare. / ¡¡Menudo colocón!!...* Admito, llegados a este punto, que esternón junto a subidón y colocón constituye una rima algo arriesgada en lo conceptual. Pero los jóvenes son jóvenes, qué diablos. También Quevedo se arriesgaba, y está en los libros de texto. O por lo menos estuvo hasta que Maravall, Marchesi y Solana decidieron hacer más operativa y actual, con la Logse, la cultura de la niña. Pero sigamos, que mola un mazo: *¡¡Me voy de fiesta!! / Cargada de copas / casi sin ropa / voy a triunfar. / ¡¡Me voy de fiesta!! / Espérame fuera, / quizá yo te suba algo más...* Y oigan. Aparte del legítimo afán de triunfo que expresa la chavala, lo último constituye un hallazgo en materia de doble sentido. No sé si ustedes captan el intríngulis. Subidón, ya se sabe. Copichuelas, algún productillo complementario, tal vez. Y la antedicha dispuesta a colaborar, voluntariosa, en la subida o subidón del receptor, presumiblemente varón y en buena forma física. Todo un programa.

Pero el mensaje de verdad, el culmen del texto, es el final. Que dice: *Ya sale el sol / mi Amedio y yo / Marco en el ascensor. / Dale al botón / no quiero bajón.* Como ven, aparte su intertextualidad con la referencia culta al mono Amedio, el ritmo se vuelve ahora rápido, acelerando a medida que el subidón y el esternón campan a su aire, con esas rimas tras cuyo parto intelectual, la chica, que por lo visto compone sus propias murgas, debió de quedar exhausta. Y fíjense, sobre todo, en el ingenioso doble sentido de darle al botón para que no haya bajón. Porque si uno le da al botón para subir, los ascensores suben. Subir un ascensor es lo contrario de bajar. Y bajar puede asociarse con bajón. ¿Comprenden? Por eso digo que hay doble sentido. Además, la cantautora es coherente. Sería contradictorio y falto de chicha que, después de salir el viernes a ponerse ciega con mil mensajes en el buzón y el hueso esternón latiéndole a toda hostia con el subidón, al final la pava terminara la noche con un bajón. En tal caso, el mensaje de la canción se iría a tomar por saco. Sí.

Huérfano de peluquero

Hay que joderse. Ayer también me quedé sin peluquero. Cuando fui a mi peluquería habitual, La Prensa, esquina a la plaza del Callao de Madrid, la encontré cerrada. Recristo, pensé. Presa de oscuros presentimientos acudí al portero de la casa vecina, y éste confirmó mis temores. Nano se ha jubilado, dijo. El dueño vende el local. ¿Y qué hago?, pregunté. El tipo se encogió de hombros como diciendo: búsquese la vida. Salí a la calle mirando alrededor con cara de no creérmelo. Desamparado como un huerfanito al que se abandona en mitad del bosque.

Nano era el último superviviente. Un peluquero sesentón, veterano. Un artista seguro, infalible. Un clásico. Un día de éstos me jubilo, comentó la última vez, mientras me esquilaba con su habilidad de siempre. Quería retirarse a su pueblo, a plantar tomates y criar gallinas. Pero no creí que fuera tan pronto. Después de la jubilación de Andrés, su compañero, sólo quedaba él. No había que darle explicaciones: máquina a tope, como a los soldados, y unos retoques de tijera. La charla y la propina habitual. Con Andrés y con él estaba seguro. La primera vez que entré allí, hace veintiocho años, y me adoptaron como cliente para toda la vida, llevaban tiempo cortándole el pelo a la gente. Solía darles pie para que me contaran recuerdos de cuando Madrid aún era Madrid, y se podía aparcar en la Gran Vía, y tenían por clientes a Antonio Machín, Pedro Chicote, Bobby Deglané, Alfredo Mayo y gente así. Cuando las lumis de lujo, con su pelo teñido y el abrigo de pieles pagado por don Fulano o don Mengano, tomaban un café en la esquina, en

Fuyma, antes de irse a bailar enfrente, a echar el anzuelo en Pasapoga.

También estaba La Señorita. Había sido un bellezón en los años cincuenta, y todavía lo era. Soltera, guapísima, educada, trabajaba de manicura en la peluquería, y te dejaba las manos como las de un pianista. Siempre le sospeché una antigua historia de amor de las que terminan mal. Solía piropearla suavemente, con tacto. Ya he dicho que seguía siendo hermosa y encantadora. La Señorita fue la primera en jubilarse, allá por finales de los ochenta, por la misma época en que Fuyma se convirtió en un Cajamadrid. Nano y Andrés la echaban mucho de menos. Creo que en el fondo siempre estuvieron algo enamorados de ella. Nunca supe su nombre. Siempre la llamaron La Señorita.

Después se jubiló Andrés. Era flaco y elegante. Hablaba mucho de un hijo del que estaba orgulloso, y cuando empecé a escribir novelas solía darle para él libros dedicados. Andrés era tranquilo, fumaba con mucha clase y siempre pedía perdón y daba las gracias cada vez que te hacía mover la cabeza para un repaso de tijera o navaja. Sus manos olían a loción Floid y a Guante Blanco. Andrés se tomó la jubilación anticipada, y Nano anduvo mosqueado, porque aquello le parecía una pequeña traición. Pero Andrés siguió yendo por allí, a cortarle el pelo a su antiguo compañero.

Al fin sólo quedó Nano. Bajito, activo, filósofo. Igual que con Andrés y con La Señorita, siempre nos tratábamos de usted. Como una premonición, las últimas veces hablamos de los tiempos que se fueron, cuando había carteles en la puerta de las peluquerías anunciando: *Se corta el pelo a navaja*. Ya no hay artistas, apuntaba Nano. La gente tiene lo que se merece. Se acaban los viejos profesionales del peine y la tijera. Ahora todo son centros capilares, estilistas y mariconadas. Eso decía, y yo le daba la razón. Supongo que de alguna forma intuíamos que cualquiera de aquellos cortes de pelo sería el último.

El caso es que ayer deambulé angustiado por Madrid, con cara de idiota, buscando una peluquería de las de siempre. Pasé en ello toda la mañana, asomándome a las pocas que quedan abiertas. No me convencieron: peluqueros demasiado jóvenes. Por fin descubrí una donde dos viejos profesionales de pelo gris leían el periódico. Entré como quien busca refugio. Me he quedado sin peluquero, dije sentándome. Uno de ellos apagó su cigarrillo en el cenicero, me puso el peinador por encima y preguntó, impasible: «¿Cómo lo quiere el señor?». Militar, dije. Cuando sentí el chas-chas de las tijeras en el cogote cerré los ojos, confortado. En la radio sonaba, lo juro, el pasodoble *Suspiros de España*. Con suerte, pensé, tengo para cinco o seis años más. Después, que el diablo nos lleve a todos.

Más imbéciles que malvados

A veces me acuerdo de ese diálogo en el que, conversando dos amigos, comenta uno: «Somos gilipollas», y al decir el otro «No pluralices», responde «Vale. Eres gilipollas». Quiero decir con eso que en esta página suelo asumir sin demasiados complejos mi cuota de gilipollez. Cuando juro en arameo procuro recordar que soy tan culpable como cualquiera. Ya no hay nadie inocente, y nos dividimos en general, salvo excepciones dignas del National Geographic, en dos categorías: los malvados y los imbéciles. Que no sólo son categorías compatibles, sino que a veces una lleva a la otra. George Bush es una muestra de cómo la imbecilidad puede convertirte en malvado. Y en España, para qué hablar. Recuerden al imbécil de Roldán, el ex director de la Guardia Civil, que terminó en malvado de película casposa de Pajares y Esteso. Pero también se da el proceso inverso. Javier Arzallus, por ejemplo: un hombre lúcido e inteligentísimo que ha terminado escupiendo odio por el colmillo cada vez que abre la boca. A eso me refería. A veces, con su ejercicio continuado, la maldad o la mala fe pueden convertirte en un imbécil.

Lo que sí creo es que, en conjunto, somos más imbéciles que malvados. De momento. En España y en otros sitios. Lo que pasa es que aquí, claro, se nota más. Alguna vez he dicho que nunca en la historia de la Humanidad hubo, como ahora, tanto gilipollas gobernando, haciendo política, dictando leyes y normas, estableciendo lo socialmente correcto, controlando la cultura, la moda, el feminismo, el cine, las tertulias, el periodismo, creando opinión pública, influyendo en lo que vemos, comemos, vestimos, leemos, soñamos. Basta escuchar la radio, ver la tele, hojear un diario, oír hablar de delincuencia, de inmigración, de jóvenes, de religión, de automóviles, de lo que sea. Los imbéciles están en todas partes. Lo curioso, cuando miras alrededor, es que en realidad *la gente no es así*. Pero poquito a poco, como una enfermedad taimada que se va infiltrando a la manera de las películas aquellas de marcianos ladrones de cuerpos y cosas por el estilo, cada día que pasa todos nos parecemos cada vez más a esos ciudadanos virtuales que los imbéciles y los malvados se empeñan en fabricar. Los medios de comunicación masiva se han convertido en inmensos catálogos de publicidad, tendencias y reclamos. En tiranuelos de la imbecilidad de turno que se debe hacer, leer, decir, llevar. Ser. Algo imposible, desde luego, sin la complicidad de los receptores del mensaje; sin el aplauso y refocile de las víctimas, incapaces del menor sentido crítico ante el modo en que se deforma la realidad para adaptarla a las tendencias impuestas o por imponer.

De los últimos tiempos conservo, entre muchas, dos perlas ad hoc. Hace un par de meses me quedé de piedra pómez viendo un programa de la tele sobre la vuelta al cole y la moda juvenil para el nuevo curso. Ilustrando las tendencias de este año salían unas nínfulas uniformadas de colegio, con libros y mochilas, vestidas con escuetas minifaldas escocesas, calcetines, zapatos de tacón de aguja y camisas abiertas hasta el piercing del ombligo, maquilladísimas con cara de lobas agresivas y una pinta de putas que tiraba de espaldas. Y lo más gordo es que después he visto por la calle colegialas vestidas así. O casi. Pero la mejor es la otra perla. Mi premio Reverte Malegra Verte a la imbecilidad del año 2003 se lo lleva un recorte de suplemento dominical —menos mal que no es éste— titulado *La dignidad que esconde una chabola*, donde el asunto consiste en demostrar que la pobreza no significa falta de imaginación a la hora de buscar soluciones que hagan acogedor un entorno. Nada de eso. Por Dios. También los pobres tienen su puntito. Y más ahora, cuando a los poblados chabolistas se les llama, hay que joderse, *barrios de tipología especial*. Así que, para demostrar que una chabola puede ser tan imaginativa y de diseño como un chalet de Ibiza, se muestran diversas fotografías de casas gitanas cutres, imagínense el paisaje, con relamidos textos estilo *Architectural Digest: «Los materiales predominantes elegidos son la chapa, la madera y el cartón»*, dice un pie de foto, para añadir que la chabola *«cuenta con un solo espacio funcional que sirve como cocina, sala de televisión, baño y dormitorio»*. Y remata: *«La solución para sostener el techo es una viga apoyada en un divertido bidón relleno de hormigón»*. Lo juro. Tengo el recorte. Y somos imbéciles. No me pidan que no pluralice.

Sus muertos más frescos

Una noche, justo a principios del mes que ahora termina, me vi asaltado por un grupo de niños vestidos de familia Adams, las caras pintarrajeadas de colorines, túnicas negras y gorros de punta, que llevaban una calabaza y linternas. ¡Halloween!, gritaban los pequeños hijoputas. ¡Halloween! Y cuando me detuve, rodeado como Custer en Little Big Horn, un enano de unos ocho años, disfrazado de una mezcla entre Drácula y Rappel, me miró con mucha fijeza y, asestándome el haz de la linterna en el careto, espetó, amenazador: «¿Trato o truco?». Dudé, consciente de la gravedad del asunto. «¿Qué tengo que decir?», pregunté con el viejo instinto profesional de quien pasó veinte años por esos mundos, eludiendo controles de psicópatas uniformados y con escopetas. «¡Trato!», aullaron los pequeños gusarapos. Lo dije, y todos extendieron la mano. Resignado, hurgué en los bolsillos y compré mi libertad y mi vida a cambio de tres euros y cuarenta céntimos. Ojalá os lo gastéis en reparar la videoconsola, pensé. Cabrones. Seguí camino, y a poco me crucé con un grupo de jóvenes y jóvenas, ya más cuajaditos, que pasaban tocando el claxon de sus Polos y sus Focus, vestidos de Freddy Kruger y gritando ¡Halloween! por las ventanillas. Y me dije: rediós. Lo que hace la tele. España. Primeros de noviembre. El país de los cementerios mediterráneos, de los huesos de santo y de don Juan Tenorio, donde nunca hubo una bruja suelta porque las quemábamos a todas. Y ya ves. Ahora todos vestidos de Harry Potter y haciendo el gilipollas.

Porque ya me contarán ustedes qué carajo tiene que ver lo de Halloween con aquí, la peña. Esa murga de la calabaza es costumbre anglosajona, creo, llevada a Norteamérica por los irlandeses rebeldes que su graciosa majestad británica deportaba a las colonias junto a redadas de putas inglesas, para que unos y otras se aparearan cual conejos, repoblando las tierras que el exterminio de los indios —ejecutado, claro, en nombre de la razón, la libertad y el progreso— dejaban vacías. Sí. Nada que ver con los sucios y grasientos spaniards, que además de colonizar por vulgar ansia del oro, preñaban a las indias y hasta se casaban con ellas, los degenerados, llenando América de sucios mestizos que ahora le oscurecen la piel y el idioma a los votantes de Arnold Schwarzenegger o de George Bush, mis aliados predilectos. Y que se jodan.

Pero me desvío del asunto. Y el asunto es que soy consciente de que, si leen esto, mis sobrinos van a decir que el tío Arturo es un antiguo y un fascista; pero qué le vamos a hacer. Tal vez vestirse como draculines, pedir viruta o caramelos o irse a bailar y soplar calimocho disfrazados de Chucky el Muñeco Diabólico sea más divertido. A lo mejor. Pero cada cual tiene sus gustos. Puesto a manejar calaveras, prefiero el día de Difuntos mejicano, que sí es hermoso, bellísimo como espectáculo y entrañable como conmemoración, lleno de tradiciones, de arte, de sentido y de respeto. Por favor. No me comparen a una pequeña Morticia gritando ¡Halloween! como una tonta del culo, con un crío mejicano que, junto a un altar de Difuntos barroco puesto por los familiares y vecinos en la casa, la calle, la iglesia o entre las tumbas del cementerio, te recuerda que es noche de Ánimas mientras pide un peso «para la calaverita».

Y es que yo nací hace cincuenta y dos años, cuando no había televisión que nos contaminara de imbecilidad gringa. Así que háganse cargo. Mi infancia, he dicho alguna vez, transcurrió junto a un mar azul, viejo, sabio como la memoria, en cuyas orillas crecían olivos y viñas, y por el que vinieron, desde Levante, las cóncavas naves negras, el latín, los héroes y los dioses: todo lo que, en cierto modo, siguió luego camino hacia México y otros lugares donde hoy se habla y se lee en español. Crecí educado en esa certeza, oyendo cada noche de Difuntos —entonces esa noche aún se llamaba así— recitar a mis abuelos los versos del Tenorio, y visité con mis hermanos y mis primos, cada primero de noviembre, cementerios blancos donde mujeres vestidas de negro arreglaban ramos de flores junto a lápidas con inscripciones resignadas y serenas. Lápidas en cuya lectura aprendí, mucho antes de leer a Jorge Manrique, que la muerte no es horror, sino descanso. Así que no les extrañe que, con semejante currículum en el saco marinero —el mismo que tienen muchos de ustedes—, cuando vea a los de Halloween y a la madre que los parió, me acuerde, como en la maldición gitana, de sus muertos más frescos.

El perchero de la Academia

En la Real Academia Española hay un vestíbulo con percheros y agujeritos para el bastón o el paraguas. Cada académico tiene el suyo, identificado por una tarjeta con su nombre, y ahí encuentra cada jueves el correo. Los percheros se asignan por orden de antigüedad; de manera que, según pasa el tiempo, los académicos que mueren te dejan percheros libres por delante, y los recién llegados los ocupan por detrás. Esto del perchero, me lo confió el primer día uno de los conserjes, críptico, tiene más importancia que el sillón con la letra correspondiente. Y por fin comprendo lo que quería decir. Durante unos meses, mi nombre estuvo en la última percha. Ahora me corresponde la penúltima, y pronto será la antepenúltima. La antigüedad en la titularidad del perchero suele ir en proporción a la edad del académico; pero no siempre es así. Nombres de ilustres veteranos siguen enrocados en los lugares más antiguos, mientras compañeros jóvenes se van quedando en las cunetas de la vida. En cualquier caso, a modo de indicador simbólico, ese lento movimiento hacia los puestos de más antigüedad equivale a un recordatorio de cómo, poco a poco, todos nos encaminamos hacia la muerte.

Ayer encontré algo espléndido en mi perchero de la RAE. Se trata de un libro editado por la Fundación Menéndez Pidal y por la Academia: *Léxico hispánico primitivo (siglos VIII al XII)*. No es lugar éste para comentarlo a fondo. Diré, simplificando mucho, que se trata de la culminación, parcial todavía, de un glosario proyectado en 1927 por Ramón Menéndez Pidal y ejecutado en su mayor parte por su discípulo Rafael Lapesa para rastrear las primeras palabras escritas de la lengua española —llamarla castellana es una reducción estúpida, además de inexacta— desde el siglo VIII, cuando, entre el latín vulgar, aparecieron los balbuceos del español entre vocablos asturleoneses, castellanos, navarroaragoneses, gallego-portugueses, catalanes y mozárabes.

Fue una obra complejísima y difícil. En la España medieval no había diccionarios, y las voces romances de ese mundo lejano carecen de forma única, camufladas en textos escritos con letra gótica y frecuentes arabismos. Lapesa empezó a trabajar en su glosario con diecinueve años y murió a los noventa y tres sin verlo revisado ni publicado como tal, incluida la angustia de poner a salvo la documentación durante los bombardeos de la guerra civil. Ahora dirige la edición don Manuel Seco —uno de los más perfectos académicos que conozco—, quien ya trabajó con Lapesa en el *Diccionario Histórico* de la Academia. El *Léxico,* por supuesto, interesa sobre todo a especialistas e investigadores; pero también es fascinante para el curioso que recorre sus páginas. Asistir a la afirmación, por ejemplo, de la palabra mujer tras seguir sus peripecias durante dos siglos —*mulier, muliere, mulie, mullier, muler, mugier*—, o comprobar cómo la palabra hombre se abre camino desde el año 844 a través de *homo, omne, huamnne, uemne, homne,* produce un estremecimiento de gratitud hacia los hombres tenaces que se quemaron los ojos cuando la informática aún no facilitaba estas cosas, y había que escudriñar con tesón y paciencia textos y más textos, fichando, ordenando, anotando. Luchando, además, contra la incomprensión y la imbecilidad de quienes, antes como ahora, tienen la obligación de apoyar estos esfuerzos, pero ven más rentable gastarse la pasta en demagogias electorales.

He dicho alguna vez que en la RAE hay dos clases de académicos. Unos son los imprescindibles, los maestros:

curtidos filólogos, lingüistas, lexicógrafos. Sabios que hacen posible culminar obras como ésta. Generales honorables, en fin, que con su esfuerzo callado y su ciencia pelean en la trinchera viva del español usado por cuatrocientos millones de hispanohablantes. Otros, allí, somos los humildes batidores que hacemos almogavarías y forrajeos en el campo de batalla, regresando con nuestro botín para ayudar en lo que haga falta: escritores, científicos, historiadores, economistas. Reclutas, o casi, en contacto con la calle. La fiel infantería. Por eso, llegar un jueves y encontrar de oficio, bajo el perchero, un libro como éste resulta un privilegio. Tenía razón el conserje: el perchero en la RAE importa más que un sillón con tu letra. En la sala de plenos todos los académicos son iguales. En las perchas centenarias late el largo camino que ha recorrido cada cual.

Cerillero y anarquista

No sé cuántas Navidades más pasará Alfonso con nosotros. Ojalá sean muchas. Por si acaso, sus amigos del café Gijón organizamos un pequeño homenaje el otro día. Mejor una hora antes que un minuto después. Así que nos juntamos el gran Raúl del Pozo, Javier Villán, Pepe Esteban, Manuel Alexandre, Álvaro de Luna, Mari Paz Pondal, Juan Madrid y un montón más —de los clásicos sólo faltaron Umbral y Manolo Vicent, los muy perros—, habituales de la barra, la tertulia de la ventana, la mesa de los poetas, o sea, clientes de toda la vida, pintores, escritores, actrices, actores. Amigos o simples conocidos que apenas nos saludamos al entrar o salir del café, hola y adiós, pero giramos en torno a ese modesto puesto de tabaco y lotería que Alfonso, el cerillero, atiende en el vestíbulo del que fue último gran café literario del rompeolas de las Españas.

Hace tiempo prometí que un día pondríamos una placa con su nombre donde, desde hace treinta años, asiste a las idas y venidas de los clientes, presta dinero y fía tabaco, te guarda la correspondencia y confirma el generoso corazón de oro que late tras su gesto irónico y el mal genio que asoma cuando le pega al frasco y recuerda que su padre, miliciano anarquista, luchó por la libertad antes de morir en la guerra civil, dejando a su huérfano sin infancia, sin juventud, sin instrucción y lejos del lado fácil de la existencia. Por eso en la placa pone: «*Aquí vendió tabaco y vio pasar la vida Alfonso, cerillero y anarquista. Sus amigos del café Gijón*». La redactamos así, en pretérito indefinido, para que Alfonso sepa qué leerá la gente cuando él ya no esté allí. Privilegio ese, conocer en vida el juicio de la posteridad, que está reservado a muy pocos. A grandes hombres, tan sólo. A gente especial como él.

Así que háganme un favor. Si van a Madrid, pasen a saludarlo. Alfonso es la memoria bohemia de Madrid, del café legendario que en otro tiempo se llenaba de artistas famosos, escritores malditos o benditos, gente del teatro, actrices, poetas, vividores, sablistas y furcias profesionales o aficionadas; cuando, por culpa de algún guasón, la pobre señora de los lavabos salía voceando: «Don Francisco de Quevedo, lo llaman al teléfono». Alfonso es monumento vivo de un mundo muerto. Centinela de nuestras nostalgias. Y ese último testigo de los fantasmas del viejo café sigue allí, en su garita de tabaco y lotería, mirando, escuchando en silencio, despreciando, aprobando con ojos guasones y juicio callado, inapelable. De vez en cuando le da el arrebato libertario y monta la pajarraca; como hace poco, cuando sus jefes del Gijón lo tuvieron tres días arrestado en casa, sin dejarlo ir al trabajo, porque Joaquín Sabina se lo llevó a una taberna a calzarse veinte copas, y a la vuelta, un poquito alumbrado, Alfonso cantó las verdades a un par de clientes que se le atravesaron en el gaznate. «Los intelectuales —decía— sois una mierda».

Ése es mi Alfonso. Con su pinta de torero subalterno maltrecho por el ruedo de la vida. Con sus filias y sus fobias, conciencia viva de una época irrepetible con su historia artística, noctámbula, erótica, golfa. Y con quien, por cierto, seguimos jugando a la lotería que nunca nos toca, en mi caso pagando yo el décimo pero a medias en los hipotéticos beneficios, a ver si salimos de pobres de una puta vez. Y hay que ver cómo pasa el tiempo. A veces estamos charlando, me da el correo, un periódico o un cigarrillo, y me recuerdo a mí mismo jovencito y recién llegado a Madrid, sentado tímidamente en una mesa del fondo. Cuando envidiaba a los clientes habituales que se acercaban a charlar con el cerillero, y soñaba con que un día Alfonso me distinguiera también con su aprecio y su conversación.

El día en que tomé posesión del sillón en la Real Academia Española lo invité, claro. Se presentó repeinado, con chaqueta y corbata —«La primera vez que me la pongo», gruñó cuando le comenté, para chinchar, que parecía un fascista—. Lo que es la vida: le tocó sentarse al lado de Jesús de Polanco, y allí estuvieron los dos charlando de sus cosas, de tú a tú, el cerillero del café Gijón y el propietario del Grupo Prisa. Cómo lo ves, Jesús, y tal y cual. Yo en tu lugar, etcétera. Todo con muy buen rollo. Aunque al final, según me cuentan, a Alfonso le dio la vena anarquista y le estuvo dando al pobre Polanco, que escuchaba y asentía comprensivo con la cabeza, una brasa libertaria de la leche.

Botín de guerra

Tengo en mi biblioteca dos libros que son botín de guerra. Fueron impresos hace tres siglos y se encuentran en buen estado, pese a las circunstancias en que cayeron en mis manos. La palabra botín de guerra no es casual. Y no tengo remordimientos. Uno lo rescaté entre las ruinas de un pueblo fantasma llamado Vukovar, y otro en el incendio de la biblioteca de Sarajevo. Transmitidas las imágenes para la tele —lo primero era lo primero— trabajé después con algunos voluntarios en salvar cuantos libros y documentos pudimos rescatar de las llamas. Fue un día difícil, con los francotiradores y los artilleros serbios —hijos de la gran puta— dificultando la tarea. Así que al final decidí recompensarme a mí mismo eligiendo un libro al azar, sin que ninguno de los allí presentes pusiera pegas. Tal vez pensaban que me lo había ganado.

De vez en cuando limpio y aireo esos libros mientras recuerdo, y reflexiono. Es curioso: crecí entre libros, formé luego mi propia biblioteca, y durante cierto tiempo tuve la seguridad de que, si un día no tenía sucesores dignos de ella, preferiría verla desaparecer antes que dejar mis libros atrás, dispersos, huérfanos, sujetos a la estupidez y a la maldad humana, o al azar. En sueños me imaginaba pegándole fuego a la biblioteca antes de hacer mutis por el foro. Un mechero, gasolina. Fluosss. A tomar por saco. La maté porque era mía.

Háganse cargo. La certeza de la fragilidad de la vida, adquirida en lugares donde bibliotecas y seres humanos se convertían fácilmente en cenizas, acabó convenciéndome de lo provisional que es todo. Por eso nunca quise poner en mis libros una marca de propietario. Ni siquiera una firma. Como asiduo de librerías anticuarias y de viejo, veía demasiadas dedicatorias y ex libris que siempre me causaban inmensa tristeza; la misma que al mirar viejos juguetes o muñecas en un escaparate polvoriento, cuando te preguntas dónde están los sueños y las ilusiones de los niños que jugaron con ellos.

Sin embargo, en los últimos tiempos algo ha cambiado. Tal vez porque envejezco, o porque al cabo uno comprende que el amor a los libros, a las personas, a lo que sea, atormenta demasiado cuando lo perturban el egoísmo, la incertidumbre, el miedo, el deseo de conservar a toda costa, más allá de lo posible, lo que la vida entrega y arrebata con inapelable naturalidad. Caí en la cuenta hace años, al conseguir una primera edición muy deseada. El ejemplar tenía un antiguo ex libris: don Cosme Tal, digamos. Y de pronto pensé: diablos. Si don Cosme Tal, cuyos descendientes, si los tuvo, quizá fueron indignos de conservar este libro, hubiera sabido que alguien, ahora, iba a pasar con cuidado estas páginas, a acariciar la piel de su encuadernación y a acogerlo en una biblioteca junto a otros hermanos rescatados, como él, de los innumerables naufragios de infinitas vidas, sin duda habría sonreído satisfecho, tranquilizado por la suerte de ese libro que amó hasta el punto de marcarlo con su nombre y su emblema.

Ese día, supongo, comprendí que un libro, como todo, es sólo un depósito temporal. Que al fin desaparecemos mientras la vida sigue, y que los libros también deben vivir su aventura, sujetos a los avatares e incertidumbres de la existencia. Morir, vivir, deshacerse entre las manos de lectores, ser víctimas de la ignorancia, la barbarie, la maldad. Y así, con el tiempo, los supervivientes, uniéndose y separándose unos de otros, como hacemos los hombres que los crearon, llevan en sus páginas y en su encuadernación su propia historia. Su propia vida.

Por eso ya no sufro por mi biblioteca. Sé que un día se verá destruida o dispersa, pero no me angustia esa idea. Aunque algunos de mis libros se pierdan o perezcan en esa diáspora inevitable, otros volverán al mundo para ser rescatados de nuevo y hacer la felicidad de afortunados lectores que tal vez no han nacido todavía. Y un día, quizás, esos lectores pasarán sus páginas con el mismo cariño y atención con que yo lo hice. Y cuidándolos, atesorándolos, leyéndolos, tal vez intuyan en esos viejos y nobles libros las huellas centenarias de las manos que los acariciaron o maltrataron, los fantasmas sonrientes de quienes nos inclinamos sobre ellos persiguiendo placer, conocimiento, lucidez. En busca de respuestas a las preguntas que desde hace siglos nos hacemos todos.

2004

Trenes rigurosamente olvidados

Eran otros tiempos, y otros niños. También otros padres. Piensas en eso, melancólico, cuando en el catálogo de una casa de subastas de Madrid encuentras la foto de un vagón de tren de juguete: una cisterna amarilla, de latón, con el rótulo *Campsa*. La reconoces en el acto, porque ese vagón formaba parte de un tren eléctrico, con vías y caseta de cambio de agujas, que sus majestades los Reyes Magos de Oriente tuvieron el detalle de dejar en el balcón de tu casa en la madrugada de un 6 de enero, hace más o menos cuarenta y cinco tacos de calendario.

Qué curioso, ¿verdad? Eso de los recuerdos. La foto del vagoncito de tren se convierte de pronto en una ventana sobre tu memoria. En los años cincuenta, los críos aún éramos de una inocencia estremecedora: comparados con los escualos de videoconsola que ahora imponen su ley, el más resabiado meaba agua bendita. Quizá por eso la foto del vagón amarillo suscita imágenes, sensaciones y olores: un niño con abrigo y bufanda, los ojos muy abiertos frente a la vitrina de una juguetería donde se reflejaba, a su espalda, un mundo que parecía seguro, inmutable, perfecto. Música de villancicos, personas mayores cargadas con paquetes y deseándose felices Pascuas, figuritas de belenes, corrales callejeros con auténticos pavos vivos, guardias municipales con casco blanco —esos guardias que parecían todos respetables y buenos— a quienes los conductores regalaban cajas de turrón y botellas de vino. Etcétera.

Y luego, en el esperado amanecer de colacao y olores tibios, el tren. En ese tiempo lejano no conocíamos la puñetera tele, el día de Reyes todavía no era un criadero de pequeños psicópatas y retrasados mentales, y sus majestades de Oriente aún no se habían dejado sodomizar por el imbécil Papá Noel de George Bush y sus gringos. Todo discurría con sobriedad razonable: un par de juguetes al año, una muñeca para tu hermana, un balón de fútbol. Eso, claro, los niños con suerte. En cuanto al tren, recuerdas perfectamente cada vagón saliendo de su caja, las secciones de vía que se encajaban unas con otras hasta formar el gran óvalo de rieles negros sobre la alfombra. Y, maldita sea. Tardaste horas en jugar con ese tren. La primera sensación de propiedad fue sólo relativa. Cuando miras atrás recuerdas a tu padre, a tu tío y a un par de vecinos adultos reunidos en torno a las cajas recién abiertas, cigarrillos humeantes en la boca, de rodillas en el suelo, montando el tren eléctrico con tanto entusiasmo como si se lo hubieran traído a ellos, y no a ti. Enchufando el transformador, cambiando de vía, haciendo circular el convoy, tumbados alrededor, sin hacer caso de tus protestas. Luego, zagal. Luego. Lo estamos probando, a ver si falla algo. Vete a jugar por ahí. Criatura.

Ya ves. Ahora, casi medio siglo después, aquel vagoncito amarillo se ha convertido en un objeto de subasta que cuesta un huevo de la cara; y las viejas sombras familiares, el hombre flaco y elegante que fumaba tumbado en la alfombra, los vecinos, el tío, aquellos adultos arrodillados como chiquillos en torno al convoy y las vías hace tiempo que desaparecieron para siempre y vagan por tu memoria igual que fantasmas, junto al niño de ojos soñolientos que los miraba, impotente, jugar con su tren.

Qué cosas. Apuesto la tecla eñe del ordenata a que no lo reconocerías. Me refiero al niño. De hecho, acabas de situarte ante un espejo buscándolo en el fulano que te mira desde el otro lado del azogue. Nada que ver. Ni rastro de él en esas arrugas, canas, marcas. Cicatrices. Y te preguntas dónde estará, a tales alturas de la feria. Luego enciendes la tele, y ves al sargento Mortimer Kowalski que apunta con su Cetme, o su Emedieciséis, o como se diga, a tres prisioneros en Iraq. Y echas cuentas. En días como éstos ocurrió lo de Herodes: ris, ras, y angelitos al cielo. Pero lo de Herodes es un asunto de mala prensa. En realidad se cargó a treinta, como mucho. Belén era un pueblo pequeño. El caso es que hoy, en la tele, Melchor, Gaspar y Baltasar tienen las manos en alto. Terroristas, los increpa el sargento Kowalski. Fuckings terroristas de mierda. Los camellos yacen por allí cerca, destripados de una ráfaga. Ratatatá. Operación Libertad Que Te Rilas, Petronila, rotula la CNN. En las alforjas de los camellos fiambres ya no hay trenes de juguete. Ahora lo del sargento Kowalski es un juego de ordenador.

Educando a los malos

A menudo me pregunto si de verdad somos así de gilipollas. La última vez fue ayer, viendo la tele. Un escáner, decía el telediario. En Rotterdam o por ahí. Un artilugio para detectar droga y contrabando en los contenedores, oigan. El último grito. Y lo vamos a poner aquí, claro. España siempre en cabeza de la tecnología punta, con foto de ministros incluida. Para subrayarlo, el telediario contaba con pelos y señales el funcionamiento del escáner de marras, o sea, atentos a la jugada, tatachín, tatachán, cuando los malos hacen esto, la máquina lo detecta así y lo detecta asá, y suena una campanita. Ding, dong. Premio. Tan bueno es el sistema que vamos, nos repiten, a instalarlo en España; aunque, como el artilugio es caro de narices, sólo estará en uno o dos puertos. Como mucho. Concretamente en los puertos Zutano y Mengano, se informa. Y en los otros, no. Fecha incluida. Con lo cual, señoras y señores, a estas alturas del informativo toda la peña traficante y contrabandista de la galaxia sabe perfectamente que, en el futuro, por esos puertos no debe meter droga ni harta de vino. Ojo. Mejor por otros.

Si sólo fuera lo del escáner, todavía. Pero no. Empeñados una y otra vez en hacer público lo eficaces que son nuestros cuerpos y fuerzas de seguridad, y lo mucho más que lo van a ser en cuanto puedan, los portavoces correspondientes, gabinetes de prensa, políticos proclives a la confidencia, maderos con amiguetes en la prensa y otros sujetos dados a confundir la transparencia informativa en una democracia con un bebedero de patos, con tal de presumir de eficacia han terminado por convertir los medios de comunicación de masas en perfectos manuales de información para los malos. A cualquier terrorista, narco, psicópata, asesino de la baraja en serie o por menudeo, le basta hojear un diario o sentarse diez minutos ante la tele para averiguar con detalle qué errores cometieron sus torpes colegas de oficio y cuidarse un poquito más de ahora en adelante. Tiene huevos. Después del caso Wanninkhof, verbigracia, o de cualquier otro por el estilo, yo mismo, sin ir más lejos, ya sé que si estrangulo a una colegiala, violo a mi prima Maripili o le doy matarile a Paulo Coelho, sin ir más lejos, debo abstenerme de fumar en la escena del crimen, tener mucho cuidado con el ADN, procurar que no haya arañazos en la pintura de mi coche, y que el fiambre no tenga en las uñas pellejito alguno de mi rumbosa anatomía. Por ejemplo.

La parafernalia de los comandos etarras tiene capítulo aparte. Lo que me sorprende a estas alturas es que se sigan dejando trincar, los subnormales, cuando toda España está al corriente, gracias entre otras cosas a las informaciones puntuales suministradas por los ministros del ramo, de que dos papeles de Susper, la agenda o los disquetes de ordenador de Mortadelo, detalladísimos, son una fuente de información decisiva para la madera y los picoletos, o de que a Mobutu o a Lumumba, o al que sea, le dieron el estás servido porque al alquilar el piso pagó así o asá, porque las pistolas marca La Pava se encasquillan al tercer tiro, o porque la olla exprés para la bomba del atentado tal la compró en Carrefour, el tonto del haba, con la tarjeta Visa del etarra Macario. O sea. Todo eso se publica alegremente un día sí y otro también, con regodeo en los detalles, en vez de decir, no sé, trincamos a estos cabrones y punto, y apuntarle al periodista que pregunta mucho: oiga, chaval, hay una cosa que se llama secreto profesional, o seguridad nacional, o como le salga a usted del cimbel. Así que no fastidie. Lo que pasa es que para eso hay que tener muy claro lo que uno hace, y carecer de complejos, y no estar loco por salir en la puta foto, y no confundir la información razonable y necesaria con el chichi de la Bernarda. Pero claro. En este patio de Monipodio todo cristo tiene esqueletos en el armario, o lo parece, y vive pendiente del qué dirán y del no vayan a creer que yo no soy tal, o que soy cual. Y así les va, y nos va. Estamos en la única democracia occidental donde nos matan a siete agentes secretos y eliminamos de los informativos las imágenes más crudas, cuando los iraquíes se ensañan con los cadáveres, pateándolos a gusto; pero luego retransmitimos en directo, durante los funerales, los rostros de sus familiares y la relación completa con sus nombres y apellidos. Transparencia informativa, llamamos a eso. Aquí. Venga y tóqueme la flor, corneta.

Una noche en el Tenampa

En el Tenampa, excepto algunos turistas guiris que caen por allí a las horas punta, son duros hasta los mariachis. Y lo que de verdad me gusta de ese antro es que permanece fiel a lo que fue. Música, tequila. Comas etílicos. La leche. Desde hace quince años, cada vez que viajo a México D. F., el Tenampa es una de mis dos visitas obligadas. La nocturna. La otra es hacia el mediodía, a una cantina —cuyo nombre, disculpen, no cito aquí para que no me la revienten— donde uno puede tequilear oyendo a José Alfredo y narcocorridos de Los Tigres del Norte en la rockola. En el Tenampa, sin embargo, la música es en vivo. Se paga por oírla, incluso a veces antes de llegar al sitio. Según las horas, cruzar la plaza Garibaldi puede ser una pequeña aventura. Ni lo pienses, te dicen los amigos, o el personal del hotel. De noche, Garibaldi es territorio comanche. Llena de mariachis a la caza y de delincuentes a lo mismo. Además, a una cuadra empieza el barrio de Tepito, donde son peligrosos hasta los policías; y al salir con Xavier Velasco o con el Batman Güemes del Catorce —que ahora es el Quince— o del Bombay te puedes encontrar el cañón de una 45 en la sien, porque hasta los taxistas te atracan con toda la naturalidad del mundo. Hablándote, eso sí, todo el rato de usted. Aquí, los atracadores no han perdido las maneras. Deme usted ahorita las tarjetas de crédito o se muere, dicen apuntando la artillería. Y me fascina ese formal *se muere*. Lo plantean como si se tratara de tu exclusiva responsabilidad. Los hijoputas.

He vuelto al Tenampa, claro. A la mesa de siempre, bajo las efigies de Cornelio Reyna —me bajé de la nube en que andaba—, de Jorge Negrete, de Vicente, de José Alfredo. Los clásicos. Como era entre semana, no me cachearon en la puerta. Había poca gente, como debe ser: un par de grupitos de mejicanos, dos fulanos con una torda en la mesa de al lado, mariachis cantando a tanto la pieza, ya saben: cuántas veces me sacaron del Tenampa, hablando de mujeres y traiciones, la mitad de mi copa dejé servida, etcétera. Lo de siempre. Se vinieron a la mesa mis mariachis de plantilla, dirigidos por el compadre César, casado con española. Una hora y quince minutos cantando, y yo con ellos. Una pasta, rediós, pero siempre vale la pena. Esta vez, tras unas cuantas clásicas —por supuesto, *Mujeres divinas* la primera— nos dio por los corridos de la Revolución: *Siete Leguas, La tumba de Villa*. Y otras. Lo bueno de los antros mejicanos es que, si quieres y eres un tipo derecho, nunca estás solo. Pagas una copa, o las que hagan falta, y al rato has hecho amigos para toda la vida. Esta vez, igual. Los dos fulanos de la mesa de al lado eran un sujeto con pinta de guardaespaldas y otro maduro, de pelo corto y gris. La jaca que iba con el maduro se levantaba de vez en cuando a cantar con los mariachis. Al final, el jambo se me acercó, muy cortés. «Soy el general Zutano. ¿También es usted militar?», preguntó. «Lo fui», respondí con el aplomo de haberme calzado tres tequilas. «Lo he notado por su aspecto —apuntó, perspicaz—. ¿Qué graduación?». Lo miré muy serio, cuadrándome. «Me retiré de comandante, mi general.» En dos minutos éramos íntimos. Me invitó a unirme a su mesa, a su guardaespaldas y a su piruja, pero decliné. La piruja era de las que suelen traer problemas, como aquella de otra noche, cuando un narco quiso pegarnos unos pocos plomazos a Sealtiel Alatriste y a mí porque mirábamos demasiado, dijo, a su hembra. En fin. Cuando el general, su guarura y su moza se fueron, el miles gloriosus me dedicó un saludo castrense. Se lo devolví, marcial. Me encanta México.

A poquito, rodeado por los mariachis —esa noche no dejaron un peso en mi cartera, los malditos—, César se me sentó un rato a la mesa y charlamos, como de costumbre. México, España. Lo de siempre. De vez en cuando viaja aquí con su mujer. Esos chatos de vino, rememoraba nostálgico. Ese jamón de pata negra. Llevaba una insignia con la cruz de Santiago en la solapa de su chaqueta de charro. De pronto se inclinó hacia mí, y con aire de confidencia pero en voz alta, dijo: «Oiga, mi don Arturo. Yo soy malinchista, proespañol. Nací en Tlaxcala, donde los meros indios que ayudaron a Cortés. O sea, que soy tlaxcalteca, a mucha honra. ¿Y sabe nomás qué le digo? —en ese punto señaló a sus compañeros, que asentían bonachones, guitarra en mano—... ¡Pues que entre usted y yo chingamos bien a todos estos cabrones!».

La foto de la zorrimodel

Nos va la marcha, rediós. Nos gusta, o sea. Nos pone. De lo contrario no estaría circulando ni la décima parte de la bazofia de la que luego nos quejamos. Bazofia gorda y lustrosa, cebada con nuestra propia estupidez. La mayor parte de los estafadores que conozco —y conozco a unos cuantos— basa su negocio en la vanidad, en la lujuria, en la ambición, en la gilipollez de la víctima. En su complicidad técnica, por decirlo de otro modo. Mi compadre Ángel Ejarque, sin ir más lejos, ahora jubilado de la calle, pero que en su momento fue el rey del trile, capaz de hacer palmar a un guiri dos mil dólares en diez minutos en plena Gran Vía, me lo dice siempre: «Las ratoneras funcionan, colega, porque al ratón le gusta el queso».

Pensaba en eso el otro día, mirando una foto de una revista donde aparecía, muy suelta y en un pase de modelos, una guarra profesional, de esas cuya bisectriz del ángulo principal —expresado con delicadeza geométrica— es de dominio público. Dicho de otra manera: una de esas lumis que antes se ganaban la vida apoyadas en el quicio de la mancebía, hablándoles a los marineros de tú, y ahora han cambiado la tradicional esquina por el plató de *Salsa de Tomate Marciano,* o como carajo se llame, y en vez de cobrar cinco mil y la cama aparte, como antes, se calzan a un futbolista, a un torero, a un ex guardia civil reciclado a vivir del morro propio o del de su señora, y luego cobran una pasta horrorosa por glosar en público las peripecias de su baqueteado chichi. Resumiendo: putas de moderno nivel, Maribel.

Total. Que en la foto salía la pájara en cuestión desfilando por una pasarela en plan topmodel que te rilas, oye,
tía, con ese garbo y esa gracia natural que tienen nuestras
pedorras autóctonas, pisando fuerte y segura de sí, con un
modelo de Faemino y Cansado, me parece que era, o de
Américo y Vespucci, o algo por el estilo —uno de esos mo-
distos italianos, creo, que luego resulta que son dos y de Pa-
lencia—. El caso es que, en la foto, la topmodel de las narices estaba puesta tal que así, vamos, con los flashes de los
fotógrafos y tal; y alrededor de ella, mirándola emboba-
do, el público. Y a eso voy. Porque era un público femenino,
no en plan pijolandio sino compuesto por señoras de cierta
edad, vamos, presuntas respetables marujas y algunas marilolis ajenas al ambiente tope fashion; sin duda un viaje en
autobús a la capital o algo así, por la tarde a Torrespaña a
hacer de público, por la noche pase de modelos cutre. Supongo. El caso es que allí estaban en la foto, todas esas pavas a dos palmos de la zorrimodel; y lo que me puso la piel
de gallina fueron sus expresiones: sus caras irradiando envidia, admiración, felicidad. Se lo juro a ustedes por mis muertos: parecían mi madre en Semana Santa, viendo pasar el
trono de la Virgen. Aquellas respetables matronas y sus hijas ejemplares, actuales y futuros pilares de la sociedad española, con sus permanentes de peluquería de toda la vida
y su honesta ropa comprada en los almacenes Tal, miraban
a la chocholoco de la pasarela transfiguradas de gozo y ternura, como si ésta encarnara —y me juego lo que se tercie
a que así era— sus sueños más recónditos y húmedos. Sus
ambiciones. Caminar con tacón alto por una pasarela, ser
objeto de flashes, salir en la tele. Ser portada del *Pronto* y
del *Qué me dices y qué me cuentas*. Guau. En una palabra:
triunfar.

Y es que ahí está el punto, supongo. En esas caras
significativas de la foto. En esos culos hechos agua de li-

món. Porque tiene delito. Nos pasamos la vida protestando en la plaza, en la peluquería, sobre hay que ver esto y lo otro, vecina. Adónde vamos a parar. Y luego nos pegamos a la tele como lapas, cloqueando cual gallinas en celo, babeando de gusto cuando vemos en carne mortal a una zorra de papel cuché, ay, bonita, cómo te admiro, un beso, mua, mua, un autógrafo, deja que nos hagamos una foto contigo. Las tordas de la foto son las mismas madres que luego disfrazan a sus niños de Rickismartin y de Madonnitas repelentes y los mandan a los concursos de la tele, a que canten, a que bailen, a que consigan los cutres aplausos y la fama que, en el fondo, siempre anhelaron ellas. Esas marujas en éxtasis, admirando aleladas a una vulgar pedorra, son un símbolo perfecto de lo que tenemos y de lo que merecemos tener. Por casposos. Por imbéciles.

Esta industria de aquí

Me han convencido, pardiez. Me refiero a los anuncios de apoyo al cine español que han puesto en la tele, choteándose del que se hace en los Estados Unidos. También a las declaraciones de ciertos productores cinematográficos —la industria, se llaman a sí mismos— afirmando que hay que educar a los espectadores, que nuestro cine es mejor, y que parece mentira que, con los pedazos de películas que hacemos aquí, la estúpida chusma no acuda en masa a la taquilla, y en cambio se infle a canales digitales y deuvedés, o haga cola en los estrenos de Hollywood, hay que joderse, toda esa competencia desleal e inexplicable, incluidos los moros y los negros manta, rediós, una conjuración de Venecia que te vas de vareta, oye, todos contra el buen y sólido cine español. Acogotadito lo tienen, a pesar de su calidad y su tronío. Y claro, dicen. El espectador, que es tonto del nabo, salvo en carambolas como *Los lunes al sol* o *Mortadelo y Filemón,* se deja engañar por estafadores tipo Peter Weir o Ridley Scott en vez de precipitarse a las butacas cuando estrenan Fulano o Mengano —disculpen que eluda nombres, pero insultar me da mucha risa, y toso—. La solución, naturalmente, es que el Estado y las televisiones suelten más subvenciones y más pasta. Todo cristo, ojo, menos los productores de cine. Porque es sabido que en España ningún productor importante arriesga un duro propio. Hasta ahí podíamos llegar. Una cosa es ser industria y pasar de paria a comprarte chalets en San Apapucio de la Infanta, y otra es ser gilipollas. No te fastidia.

Así que estoy con ellos, lo mismo que con algunos imprescindibles directores nuestros que sólo pueden oponer el noble argumento de su pata negra auténtica, española, a la brutal ofensiva del cutre cine norteamericano. Esos guiris son vulgares mercenarios que se limitan a contar una historia de forma eficaz, ajenos a los delicados matices artesanos del cine que hacemos aquí, al contenido filosófico, a la cultura, a nuestra hilarante capacidad para filmar comedias que envidiaría Billy Wilder. Sin contar con que Hollywood juega con sucia ventaja. Allí hay guionistas que escriben guiones, y actores que cuando dicen algo te lo crees, y hasta el niño de los Soprano, que no abre la boca, parece un actor. Y claro, así hace cine cualquiera. El mérito es hacer cine sin guión y sin actores, como lo hacemos aquí. Porque el cine de verdad se hace con un productor con cuartelillo en las teles y en el ministerio, con un director que —a ser posible— se la succione al Pepé, al Pesoe o a quien mande, y con actores naturales como la vida misma, no maleados por las escuelas de interpretación, el teatro o la experiencia: gente que farfulla con la misma frescura y naturalidad que se utiliza en la puta calle, y a la que da lo mismo que te creas o no, porque lo que cuenta es que sepan decir: oye tía, paso de ti, con espontaneidad honesta.

También, volviendo a la industria, comprendo que ser productor de películas fascinantes e incomprendidas lleva sus gastos. La culpa la tienen el Estado y las televisiones, que llevan la tira financiando doscientas obras maestras cada año, y ahora se rajan. O sea, que te acostumbran a tirar con pólvora del rey, y de pronto llegan los aguafiestas y dicen: chaval, se acabó el chollo, o sea, ya no hay más viruta para que hagas arte y de paso te pagues las letras del yate y el estirado de pellejos de tu pava. Ya sé que todos los críticos —los de aquí— ponen tus películas de cinco estrellas para arriba. También sé que has producido la versión neohistóricaporno de Rosario la Cortijera dirigida por Vicente Aranda, el apasionante drama psicológico *Pásame la sal, cariño,* o la desternillante comedia *Al sur del oro y el moro de Moscú,* esta última nada menos que con Andrés Pajares. Sí. El cine español está en deuda contigo, colega. Una deuda que te cagas. Por eso te dimos once estatuillas y un beso de Paz Vega en la gala de los Goya. Pero la teta no da más leche. ¿Captas? Treinta y seis espectadores no justifican los seiscientos kilos que te endiñamos por cada una. Así que chao, Cecilbedemille. Eso es lo que te dicen ahora. Y claro, te hunden el negocio. Perdón. La industria.

Hay diez justos en Sodoma

Acostumbrado como está uno a que lo obliguen a vivir entre los parches de un día para otro, a que todo cristo se vuelque en lo provisional y luego salga el sol por Antequera, a la subvención oficial de rentabilidad inmediata, a la cultura diseñada por el cuñado del alcalde, al político a quien lo que le importa es la foto de prensa o el telediario del día siguiente, a los golfos, a los sinvergüenzas, a los meapilas de sacristía, a los fanáticos, a los analfabetos con escaño y coche oficial, a la estúpida arrogancia de los que mandan y al rencor cainita, demoledor, de los que están dispuestos a dejarse sacar un ojo si al adversario le arrancan dos, o sea, acostumbrado a España, resumido todo en una breve y triste palabra, uno se dice a veces: anda y que nos den por saco. Que abran este puñetero melón con sabor a pepino, que se nos indigeste el café colectivo, que tensen la cuerda y la partan, que sacudan el árbol y que nos vayamos, de una vez —o una vez más— todos al carajo. Que llueva candela sobre Sodoma, y todos a mamarla a Parla. Verbigracia.

El caso, digo, es que uno —yo mismo, sin ir más lejos— piensa eso a veces, los días en que se levanta turbio. Lo que pasa es que luego coge el coche y se va, no sé, a Vitoria, por ejemplo. Y se baja allí, en una catedral gótica, la de Santa María, que empezó a construirse en el siglo XIII, en esta España que ahora algunos han descubierto —tiene huevos— que nunca existió. Y camina por el lugar, que está siendo restaurado en el marco de uno de los proyectos de rehabilitación más importantes y punteros de la Europa del siglo XXI, y en el que toda la ciudad se ha volcado con entusiasmo. Y entonces uno mira alrededor y se dice: bueno, chaval. A lo mejor se te ha ido un poco la olla, y lo de que llueva chicharrón del cielo, o de donde llueva, es pasarse varios pueblos; y lo mismo, oyes, hay diez justos en Sodoma, por lo menos, y otros tantos en Gomorra, o donde sea, y al final va a resultar que hay gente que merece salvarse en todas partes, dignos ciudadanos, buenos vasallos en demanda de buenos señores; y cuando se les da la oportunidad, y se explican las cosas, y en vez de subvencionar un libro lujosísimo con los cien poetas de Villaconejos del Canto imprescindibles para la cultura occidental, o pagarle tropecientos kilos a Madonna por cantar en la entrañable fiesta del tomatazo de Tomillar del Cenutrio —calificada de interés turístico, ojo—, se invierte la pasta en memoria, y en educación, y en cultura de verdad en el más generoso pero exacto sentido de la palabra, entonces esa buena gente reacciona, responde, se compromete y se vuelve solidaria y maravillosa, devolviendo el sentido a palabras cuyo noble significado hemos pervertido tanto en los últimos tiempos: paisanos, vecinos, conciudadanos. Compatriotas.

Dense una vuelta por Vitoria —Gasteiz si prefieren el viejo y nobilísimo nombre vasco— si necesitan reconciliarse con este país nuestro, con esta España de tanto cuento y tanta mierda. Verán cómo un proyecto de restauración de una catedral y su entorno puede convertirse, con talento y buena voluntad, en una lección viva de historia; en una visita guiada hacia atrás, recorriendo los diferentes estratos de lo que fuimos, para comprender mejor lo que somos y lo que, si nos dejan, tal vez lleguemos a ser. Para entender, con la lección objetiva de las viejas piedras, que en este antiquísimo lugar nuestro, plaza pública en la que confluyeron tantas razas, tantas lenguas, tantas culturas, tantas gentes que a veces se mataron entre sí y a veces se unieron para matar a otros, sufriendo bajo los mismos reyes incapaces, los mismos frailes fanáticos, los mismos ministros y funcionarios chupasangres, recuperar la memoria es conservar el cemento, la argamasa que une entre sí piedras que, sin ella, no serían más que escombros dispersos, insolidarios, de un pasado muerto del que sólo quedaría el eco de los agravios. Por eso, cuando caminas entre los andamios y los cimientos desnudos y las antiguas tumbas abiertas en el subsuelo de la catedral de Vitoria, por el itinerario tan sabiamente dispuesto por los arquitectos y arqueólogos responsables de ese proyecto extraordinario, experimentas un estremecimiento de solidaridad y orgullo, porque paseas por tu propia memoria. Sintiéndote una piedra más, imprescindible como las otras, en esa vieja y cuarteada catedral, llamada —de algún modo tenemos que llamarla— España.

Chantajeado por Telefónica

Pues no, Telefónica de mis narices. No te doy el consentimiento. Me niego a que *se traten mis datos para promocionar productos y servicios de empresas distintas a Telefónica de España.* ¿Está claro? Lee mis labios, anda. No. Nein. Niet. Nones. Nasti de plasti. Negativo. Es más: los productos y servicios de empresas distintas a ti, e incluso los productos y servicios directamente vinculados contigo, me importan un carajo. ¿Capisci? Así que, por mí, como si promocionas a tu prima en una esquina. Porque francamente, tía, lo único que me interesa de tus servicios es el telefónico, o sea, que cuando descuelgo el aparato pueda hablar con quien quiero hablar, que el contestador automático grabe los mensajes, que el fax conectado a tu línea cumpla con su obligación, y que el aparato que me instales en casa no sea una chapuza como los dos últimos: el del dormitorio se estropeó a los tres días, y el de trabajo, aparte de que el cartucho del fax había que cambiarlo cada dos semanas y costaba un huevo de la cara, tenía un sistema de grabación de mensajes tan cutre que a los cuatro meses las grabaciones no eran más que farfullos incomprensibles, rediós, que en vez de a Telefónica parecía que estaba abonado al pato Donald. Y encima, cuando llamé para que me lo reparases, la respuesta fue que el aparato modelo Zeta marca La Pava que me habías puesto *tú* era propiedad *mía* y que me buscara la vida. Con el postre añadido de que, cuando acudí a un particular, me dijo que ya no se fabricaba, que la propia Telefónica había cambiado de marca y modelo porque ése era una mierda, y que mejor me compraba otro.

También sé, Telefónica de mis partes nobles, que cuando antes uno necesitaba el número de teléfono de, no sé, los Legionarios de Cristo por ejemplo, para apuntarme —me hizo ver la luz el reportaje de *El Semanal* de hace un mes sobre la salvación alternativa—, marcaba el 003, que todos nos sabíamos de memoria. Entonces se ponía una señorita encantadora que decía: Telefónica, dígame, y luego te preguntaba por la familia, y al cabo te buscaba el número. Al terminar tú dabas las gracias, y ella respondía las que usted tiene, caballero. Y listo. Ahora, en cambio, para hablar contigo, con Telefónica, hay que llamar primero a un amigo que sepa el número de teléfono de alguna empresa subcontratada que tenga servicio de información telefónica, marcarlo, y previo pago de su importe te sale una señora o un caballero a los que tienes que preguntarles el número de información de Telefónica. Y cuando al fin marcas el puto número, lo que sale es una pava enlatada que te dice: «*Nuestros asesores están ocupados*» —por cierto, no sé qué hace un asesor ocupándose allí— y tras esperar un rato, al fin asoman el asesor o la asesora que, antes de asesorarte, te pide el número de teléfono y la filiación completa. Aunque lo mejor es lo de la línea ADSL, o como se escriba. De vez en cuando me llama uno de tus asesores para asesorarme insistente, recomendando la instalación de una línea de ésas. Y cuando le digo vale, de acuerdo, y llamo a donde me asesora que llame, otro asesor me dice que no me la pueden poner porque esa clase de línea aún no la han instalado en la zona donde vivo. Y que ya me asesorarán más adelante.

Te cuento todo esto, Telefónica de España, porque he recibido esa desvergonzada carta tuya en la que me dices que, si no quiero que me llenes por la cara el buzón de basura publicitaria, tengo que molestarme en meter el impreso en un sobre y perder el tiempo yendo a Correos o al estanco, poner un sello y echarlo al buzón. Y eso, que es un chantaje infame, he de hacerlo en el plazo de un mes, forzado, según apuntas en tu carta, *por la legislación vigente*. ¿Y sabes lo que te digo? Que si a uno que está tan tranquilo en su casa sin haber cometido otra falta que abonarse a tus servicios, la legislación vigente lo obliga a molestarse en rechazar una oferta que nunca pidió, ni falta que le hace, la legislación vigente es una puñetera mierda. Aun así, ya eché la carta al buzón. Alguno de tus asesores la tendrá, supongo. De todas formas, para que esté claro, he querido también decírtelo aquí, por escrito. Si vuelves a utilizar mis datos para publicidad —cosa que ya hiciste otras veces sin pedirme permiso, y mi buzón todavía sufre las consecuencias— me voy a ciscar en todos tus asesores y en todos tus muertos. Prenda.

El retablo intermitente de Murcia

Al fin, colega, me digo. Llevas años blasfemando en arameo por culpa de los párrocos, obispos o sujetos a quien corresponda, que mantienen cerradas iglesias y catedrales impidiéndote visitarlas. Los malajes. Y no es que uno se incline al agua bendita. De eso me curé leyendo, jovencito, y terminaron por rematarlo veintiún años de mochila, cuando me ganaba el jornal enseñando muertos en el telediario, y me hubiera encantado —lo juro por mi perro— que de veras hubiera un responsable de todo aquello en alguna parte, para dirigirme a él y ciscarme en sus muertos. El caso es que así, leyendo, viajando, mirando alrededor, aprendí lo que comentaba aquí hace unas semanas: que las iglesias y las catedrales forman parte de mis diez mil años de memoria, y que sin ellas, sin lo bueno y lo malo que representan y recuerdan, monumento a la fe, a la historia, al espíritu noble del hombre y también a su capacidad de manipulación y engaño, es imposible entender el mundo actual, el Mediterráneo, Europa y lo que todavía llamamos Occidente. Por eso hace mucho que defiendo en esta página la asignatura de Religión. No como la plantean mis primos —no me hagan señalar—, currándose un modo de seguir mojando pan en todas las salsas sin perder el paso de baile con los nuevos ritmos. No. Hablo de la religión católica como cultura objetiva. Como explicación imprescindible de lo que fuimos y lo que somos.

Al grano. Les decía que fastidia mucho llegar a un sitio, dispuesto a visitar la iglesia románica, la catedral o lo que sea, y a diferencia de lo que suele ocurrir en Francia o Italia, encontrártelas cerradas; y a menos que le comas el tarro al secretario del ayuntamiento o a un sacristán que salga a por tabaco, vas listo. Recuerdo, hace poco, dos días de navegación hablando del gótico amurallado, el amarre del barco en Palma de Mallorca, la cuesta ciudad arriba con un calor del carajo —era verano—, y la puerta de la catedral cerrada a las doce de la mañana. También es verdad que la chusma de patas peludas y bodis fosforito comprimiendo lorzas de tocino que circulaba por allí no merecía otra cosa, la verdad, sino que el gótico se lo amurallasen y hasta pusieran campos de minas en el atrio. Pumba, pumba. A tomar por saco. Pero bueno. Unos cuantos justos, supongo, aparte de mí, se quedaron sin catedral. Y fastidia.

Pero aquí me encuentro hoy, vive Dios. En Murcia. Y veo ese pedazo de catedral maravillosa con las puertas abiertas de par en par. Me froto los ojos, incrédulo. Ocho de la tarde. Esto parece Europa de verdad, me digo. Así que entro, mojo los dedos en agua bendita —la vieja costumbre— y contemplo esa belleza estupendamente restaurada. Paseo con las manos a la espalda, disfrutando como un gorrino en un maizal. Y así llego ante la reja del altar mayor, cuyo retablo está a oscuras. Ya la jodimos, pienso. Toca aflojar la mosca, o sea, el óbolo. Pero qué diablos. Uno lo afloja con mucho gusto en este sitio. En la maquinita pone: *1 euro*. Saco la moneda correspondiente del bolsillo, y la meto. Clic. El retablo se enciende. Retrocedo cinco pasos para admirar mejor el panorama, y al tercer paso el retablo se apaga. Contrariado, vuelvo al aparato, busco en el bolsillo. Por suerte llevo más monedas. Meto el mortadelo en la ranura. Se enciende el retablo, retrocedo de nuevo, se vuelve a apagar. Sapristi, mascullo, finolis —en una catedral no es cosa de ponerse a jurar a los doctrinales—. Dos euros por treinta segundos de luz es una pasta. Lo mismo no funciona bien el tragaperras, concluyo. Veo un interruptor, lo toco a ver qué pasa, y apago una batería de lamparillas eléctricas que hay cerca, también a un euro la lucecita. Miro en torno, avergonzado, pero no me ha visto nadie. Uf. Así que hago un último intento, e introduzco una tercera moneda. Ahora no se enciende nada. Ni lamparillas, ni retablo. Aguardo, paciente. Por fin se enciende todo muy despacio, aleluya, y echo una carrera hasta los bancos —corriendo de espaldas, a riesgo de romperme la crisma con un reclinatorio— a ver si llego a tiempo de ver algo. Pero ni hablar. Al tercer paso, el retablo se apaga. Entonces, la verdad, pierdo los papeles. Cagüentodo. Me voy a la máquina y empiezo a sacudirle golpes, como en las cabinas telefónicas, a enchufar y desenchufar cables ciscándome en el retablo y en el copón de Bullas. Y de pronto apago media catedral. Entonces, acojonado, aprovechando la oscuridad, salgo por pies. O sea, huyo. Como un ladrón en la noche.

No todos los inocentes son iguales

Qué coincidencia. Llevo unos días con los vídeos de una estupenda serie inglesa sobre la Segunda Guerra Mundial, hace poco leí *El incendio* —el libro de Jörg Friedrich sobre los bombardeos aliados en Alemania—, y ahora acabo de toparme con unas declaraciones del propio Friedrich, afirmando que las pilas de civiles alemanes muertos bajo las bombas son idénticas a las de los campos de exterminio nazis, y que ambas situaciones tienen en común el sufrimiento de inocentes que no querían aniquilar a nadie. Y oigan. Quizá por las fechas en que andamos, la palabra *inocentes* se me queda pegada a la mollera y a las teclas del ordenador. Y no termino de digerirla, fíjense. Inocentes, según y para qué.

A ver si me explico. Una cosa es que a Ana Frank le venga un animal de bellota vestido de SS, la obligue a lucir una estrella amarilla y luego se la lleve a tomar una ducha de gas Cyclon porque a los judíos, a los gitanos, a los rojos y a los maricones hay que darles matarile, y otra es que a los súbditos de un país que ha puesto el mundo patas arriba con arrogancia y crueldad inauditas, les pasen factura, como dicen en México, mochando parejo. Y no me vengan con murgas igualitarias, porque toda esa barrila de los inocentes me la sé de memoria, mejor que muchos cantamañanas teóricos del asunto. Pasé casi la mitad de mi vida abonado a esa clase de espectáculos, y de inocentes y verdugos tengo información de primera mano. Por eso digo que en todas partes hay inocentes, claro. Pero no todos son iguales.

A ver si me explico más. Inocente absoluto es, sin duda, el niño de ojos asustados que levanta las manos ante el fusil de un verdugo nazi en el gueto de Varsovia —como lo es, también, el niño palestino que ahora las levanta ante el fusil de un verdugo israelí—. Pero sobre la inocencia del niño rubio achicharrado junto a sus papis entre las ruinas de Dresde, tengo ciertas dudas. No hablo de inocencia individual, claro, sino de inocencia colectiva. Histórica. Porque oigan. Yo he visto a ese mismo niño vestido de cachorro de las juventudes hitlerianas, saludando entusiasmado a su Führer, con la mamá rubia, sana, aria, con sus trenzas y todo, llorando emocionada al paso del tío Adolfo. Un tío Adolfo, por cierto, que con su pandilla de gangsters y psicópatas llegó al poder en Alemania, no mediante golpe de Estado ni guerra civil como Franco en España, sino legal y con papeles, con urnas de por medio, sencillamente porque era la encarnación del ideal exacto que en ese momento rumiaba Alemania: un reich, un pueblo, un führer. Aunque ahora se llamen a altana mis primos, Hitler no fue un accidente, sino la encarnación de un sueño alemán, de una forma de entender el pasado, el presente y el futuro. De un concepto nacional del mundo y de la vida: una *Weltanschauung* colectiva, o como carajo lo dijera Spengler, del mismo modo que los criminales Milosevic y Karadzic —a los que tanto sonreía, por cierto, don Javier Solana en los telediarios mientras otros contábamos muertos en Sarajevo—, con sus matanzas y limpieza étnica, eran la encarnación del ideal colectivo del pueblo serbio, e igual que hoy la imbecilidad de George Bush encarna el ideal arrogante, analfabeto y paranoico de, por lo menos, la media Norteamérica que lo votó.

Lo que intento decir es que, en términos históricos, a los inocentes hay que cogerlos con pinzas. Las víctimas juntas, vale. Pero no revueltas. Aunque se parezcan mucho, y aunque los tontos del haba de lo políticamente correcto sostengan lo contrario, no todos los muertos son iguales.

Y es injusto, y peligroso, meter en el mismo cazo a quienes no cometieron otro pecado que ser rubios o morenos, tener la nariz larga, la sangre con errehache tal, o situar la nuca cerca de la pistola de un hijo de la gran puta, y a los cómplices, y los clientes, y los que recogen las nueces, y los cobardes que callan, y los que miran hacia otro lado porque la tragedia no afecta a sus intereses. Dicho en bonito: los mierdas que aplauden emocionados cuando pasa el Mercedes con la esvástica y luego, cuando les enseñan el horno crematorio con huesos humeantes, pretenden convencernos de que ellos no sabían nada, de que sólo pasaban por allí, de que los obligaron. Esos inocentes postizos que, a la larga, terminan formando pilas parecidas, pero nunca iguales, a las de aquellos a quienes dejaron morir por cobardía y por vileza.

Barbie era una señora

Yo odiaba a Barbie, fíjense. Tan rubia ella. Tan gringa. Cursi como la madre que la parió. Cada vez que la veía, pensaba que la peliteñida esa de cinturita de avispa y guardarropa era perfecta para tirarla en paracaídas sobre un campamento de chetniks serbios. El odio venía de antiguo. Cuando era jovenzuelo, figúrense, hace la tira, a mi hermana Marili le regalaron una Barbie por Reyes, o por su comunión. Y recuerdo con desaforado odio mediterráneo a la repipi de mi hermana jugando a las casitas con aquella muñequita escuchimizada que se parecía a las tías de los anuncios del *Reader's Digest* y a las que salían en las portadas de las novelas de Daphne du Maurier y Vicky Baum que leía mi tía Pura: Barbie Dulces Sueños, Barbie en el Lago de los Cisnes, Barbie y sus Animalitos Mimosos, etcétera. Para echar la pota. Yo aprovechaba cuando mi hermana estaba en el colegio para ahorcar a la muñeca en el hueco de la escalera; y al volver ella con la banda de alumna predilecta puesta se pegaba unas llanteras de órdago al ver a su muñeca girando en el vacío con un hilo bramante atado al cuello. Lo de mi otra hermana, Petunia, era más bonito si cabe: cada vez que se acercaba al moisés de su muñeco Tumbelino y lo destapaba, se lo encontraba apuñalado con un abrecartas de mi padre que tenía forma de daga moruna. Pero en fin. El capullo de Tumbelino no tiene nada que ver con esta historia.

Odiaba a Barbie, insisto. Por su pinta y por lo que representaba: ese estúpido aspecto de superioridad étnica, de norteamericana impasible, de ejemplar madre de familia blanca, protestante y anglosajona, segura de que su nación confía en Dios y viceversa, con su pinta de Doris Day bulímica —sólo tolero a esa torda haciendo de señora Mac-Kenna en *El hombre que sabía demasiado*—, aséptica, pulquérrima, de sexualidad descafeinada del tipo tú a Boston y yo a California, un martini seco al volver el esposo del trabajo en la clínica —médico o arquitecto cualificado, por supuesto, con prestigio y viruta— y luego, figúrense: huy, querido, cómo pretendes que yo te haga eso. Qué diría Jorge Washington. La puntita nada más.

Con esos antecedentes me senté el otro día a hojear el periódico junto a una niña que jugaba poniéndole vestiditos a una muñeca que al principio me pareció una Barbie, pero luego comprobé que no lo era. Más bien tenía pinta de putón verbenero. La muñeca. Así que le pregunté a la tierna infanta cómo se llamaba su pavita. «Bratz», dijo, mirándome con mucha desconfianza y mala leche. Al principio pensé que la niña eructaba o me estaba insultando, pero luego deduje que no. A ver si la criatura es hija de inmigrantes, me dije, y todavía no chamulla bien la lengua fascista del Imperio, o sea, esta jerga infame que se inventó Franco. Así que fui a preguntarle a mi hija, que ya no tiene edad de muñecas pero se infla a ver la tele, como todos los de su quinta. Y despejé la incógnita. Bratz, me dijo, es el nombre de la rival de Barbie. Que no te enteras, papi.

Picadísimo por mi ignorancia, me puse a investigar. Y resulta que la Bratz esa, como la Santísima Trinidad, es una pero en realidad son tres: Cloe, Dana, Jade, con dos amigos que se llaman Dylan y Eitan. Por lo visto son unas pájaras de aquí te espero: cabezonas, de ojos grandes, con curvas sinuosas, que se visten bajunas y apretadas, en plan *Gran Hermano,* o sea, vil gallofa. Dicen todo el tiempo jenial, buen rollito, oye tía, kedamos y wapa, no le hacen ascos a nada, y claro, arrasan. Ellas son las culpables de que a la pobre Barbie de toda la vida le haya venido una depresión espantosa, agravada por el hecho de que su hija Kelly creció, cambió su nombre por el de Myscene, y le ha salido un poquito puta, tal vez por la mala influencia de sus amigas íntimas Madison, Chelsea y Nolee, que a su vez se lo hacen con Ellis, River y Brian, unos chicos modernos amigos suyos. En cuanto a Barbie, para más drama, el novio aquel que tenía, Kent, le salió más maricón que un palomo cojo. Así que ella se lió con un muñeco australiano y cachas, cambió de vida, ahora se hace llamar Flava y ya no se viste de Laura Ashley, sino de rapera estilo Madonna; y a sus cuarenta y tres tacos —que ya es tener poca vergüenza— ha decidido, al fin, practicar sexo oral. O sea, que se arrastra por el fango. Imagínense. Quién me iba a decir que un día echaría de menos a aquella Barbie de mi juventud: tan recatada, tan pulcra, tan honesta. Que era una calientapollas, sí. Pero oigan. También era una señora.

Retorno a Troya

Nox atra cava circumvolat umbra. Me despierto con esas palabras en la cabeza, como un soniquete. Latín, claro. Son viejas conocidas. Me ducho repitiéndolas. *Nox atra cava*, etcétera. Don Antonio Gil, mi profesor del asunto, me las hizo traducir hace más de treinta años: *La noche negra nos rodea con su envolvente sombra*. Cojo la toalla. De pronto me detengo, mirando en el espejo el careto de un fulano que ya en nada se parece al muchacho que traducía a Virgilio. *Envolvente* por *cava* suena raro: *envolvente sombra*. ¿Es posible que lo recuerde mal? ¿O que la traducción que hice entonces no fuera buena? *Nox atra cava circumvolat umbra*. Toda la vida recordándolo así, y ahora dudo. Siempre fue mi fragmento favorito, el verso 360, cuando Eneas y sus compañeros, sabiendo que Troya está perdida, deciden morir peleando; y como lobos desesperados caminan hacia el centro de la ciudad en llamas, no sin que antes Eneas pronuncie ese *Una salus victus nulam sperar salutem* que tanto marcaría mi vida, mi trabajo, las novelas que aún no sabía que iba a escribir: *La única salvación para los vencidos es no esperar salvación alguna*.

Cava umbra. El enigma me anima el día. Con los dedos hormigueantes voy a la biblioteca, donde el viejo diccionario Spes, maltrecho pero fiel, me recuerda que *cavo*, transitivo de la primera, significa cavar, vaciar, ahuecar, horadar, ahondar. Envolver, ni por el forro. Estoy perplejo. Don Antonio Gil —tres años de latín en el instituto después de que me expulsaran de los maristas— era un catedrático joven y comprensivo, pero también muy riguroso. Nunca me habría dejado pasar una alegría, pienso. ¿Y si toda mi vida lo he recordado mal? Consulto otras traducciones. La que tengo más a mano simplifica: *rodeados por las tinieblas de la noche.* No me vale. Recurramos al canon. Acudo a los estantes de la Biblioteca Clásica Gredos. Volumen 166. Lo abro: *La negra noche vuela en derredor ciñéndonos en su cóncava sombra.* Recristo, me digo. Doctores tiene la materia, pero lo de *volar en derredor* suena pretencioso de narices. Aunque lo de cóncava, la verdad, es más literal que *envolvente.* Sólo literal, ojo. Pues lo cóncavo, si estás dentro, envuelve. Y vista la cosa desde la perspectiva de los guerreros troyanos que se disponen a morir en la oscuridad de la noche, que ésta sea cóncava o convexa se la debe de traer a cada uno de ellos bastante floja. Lo que se ven es envueltos, claro. La imagen no es casual. Caminan envueltos en la noche negra de sus vidas y su ciudad, hacia la muerte.

Me voy a la parte menos accesible de la biblioteca, desempolvo cajas, pilas de viejos libros desencuadernados y hechos polvo. Y al fin me alzo con el botín: mi *Ilíada,* mi *Odisea* y mi *Eneida* anotadas. *A. P.-R. Preu Letras.* Abro el Virgilio: *Arma virumque cano.* Cuánto tiempo, pardiez. Cuántos años y cuántas cosas. Con emocionada melancolía paso los dedos por las líneas de los hexámetros virgilianos con mis trazos a lápiz marcando cada dáctilo, espondeo y cesura, y con la traducción anotada a bolígrafo junto a cada verso. Y ahí está, en el libro II. *Nox atra cava circumvolat umbra: la noche negra nos rodea con su envolvente sombra.* No hay duda. En aquel curso 1968-69, don Antonio Gil dio por bueno el envoltorio que dispuse para los guerreros troyanos. Sonrío, evocador. Luego recuerdo el título de un ensayo de don Manuel Alvar: *La lengua como libertad.* Sonrío más y me recuesto en la silla, pensando que tengo el privilegio de poseer una lengua, la española, que es una herramienta eficaz y maravillosa. Y qué profunda —envolvente y cóncava—, concluyo, es la deuda con quienes me ayudaron a conocer sus nobilísimas claves y a utilizarla, antes de que ministros y psicólogos imbéciles pasaran a cuchillo la formación de los jóvenes, confundiendo renovación con igualitarismo educativo —igualitario por abajo— y desmemoria.

Y así estoy, sentado con Virgilio, cuando regresa mi hija de clase, ve el libro y charlamos un rato sobre aqueos, troyanos y peligrosos caballos de madera con soldados cubiertos de bronce ocultos en su vientre. Mi vástaga estudia Historia y Arqueología, pero en su facultad —tiene intríngulis la cosa— no puede estudiar latín ni griego. Debe apañarse con lo que pudo estudiar en el colegio y buscarse la vida por su cuenta. Ya lo definió Virgilio, claro: *Nox atra cava circumvolat umbra*. A todos.

Hijos de puta, pienso, cerrando la *Eneida*. Hijos de la gran puta.

Las ratas cambian de barco

Por ahí andan. Tan previsibles ellos, y con tan poca vergüenza. En los últimos ocho años, cada vez que abríamos un diario o encendíamos el arradio estaban allí, ellos y ellas, empleados en minuciosas tareas de palmeo fino y succión, peones de brega dispuestos a dar unos oportunos capotazos para ayudar al señorito, siempre y cuando eso no los obligara a salir mucho del burladero. No me pidan nombres, que me da risa. Léanse algunas columnas de periódico, oigan ciertas tertulias radiofónicas y decidan ustedes. Lo chusco es que uno, que fue puta antes que monja, ya conocía a varios de cuando el duodecenato —o como carajo se diga— de la etapa anterior. Tenía las fotos, vamos, de esos mismos jetas peloteando con idéntico entusiasmo a los anteriores amos del cotarro. Incombustibles, inasequibles al desaliento y sin cortarse un pelo, en plan muy bueno lo tuyo, ministro, o hay que ver, presidente, está feo que te lo diga, pero eres un hombre providencial. Y encima, guapo. Siempre dije que tú esto y que tú lo otro. En fin. A unos cuantos de esos lameculos tuve ocasión de tratarlos un poco durante mi época de reportero, cuando a veces me tocaba la cobertura informativa de un viaje oficial a alguna zona africana o latinoamericana de mi competencia, primero con la Ucedé y luego con el Pesoe. Pasmaba el compadreo, oigan. Las mamadas.

Luego ganó el Pepé —es un decir, porque en esta perra España nunca gana la oposición; pierden los gobiernos—, y todos los sicarios que llevaban acumulados cuatro trienios ganándose el jornal como finos analistas orgánicos decidieron que, con la coartada moral de contribuir al pluralismo democrático del nuevo tinglado, no había problema en integrarse en las tertulias de radio y en los medios informativos copados por los vencedores. Cobrando, claro. Todo lo contrario: allí podrían aportar su granito de arena, su experiencia y su hombría de bien, templando el discurso fascista, etcétera. Y oigan. Tanta dedicación le pusieron a lo de templar, que ponías la radio o la tele a cualquier hora del día y de la noche, y siempre salían los mismos, con sus lugares comunes, su ya lo decía yo, su demagogia inculta y todoterreno, su osadía a la hora de enjuiciar cualquier tema situado en el cielo o la tierra. Y sobre todo su descarada adulación al poder que les llenaba el pesebre.

La verdad —las cosas como son— es que en momentos cruciales como lo del *Prestige* y la guerra de Iraq, todos esos mierdas se ganaron el jornal, adaptándose con pasmosa flexibilidad a cada coyuntura: virtuosos de la contradicción propia sin consecuencias, especialistas en afirmar exactamente lo contrario de lo que afirmaban semanas atrás, maestros en echar cortinas de humo con la coletilla: yo siempre sostuve que. Y ojo: no hablo de quienes, a su manera, por convicción ideológica o por los garbanzos, justifican su salario de honrados mercenarios trabajando para quien les da de comer. Eso lo hace hasta el que aprieta tornillos en la Renault. No. Hablo de los otros. De ciertos impúdicos polivalentes, útiles lo mismo para un cocido que para un estofado. De los trincones golfos que, entre lametones y lametones, viajes en aviones presidenciales y comidas en La Ancha —donde nunca pagan ellos la cuenta— ensañándose con el débil y adulando al poderoso, tienen los santos huevos de manipular y mentir como ratas, mientras se proclaman sin ningún rubor ecuánimes, equilibrados, vírgenes y honorables.

Y claro. Ahí los tienen a todos ellos de nuevo, cogidos a contrapelo e intentando recobrar el paso perdido. Yo no quería, me obligaron, sólo pasaba por allí. Como para echar la pota, oigan. El espectáculo. Pese a lo mucho que llevamos visto en este desgraciado país, todavía asombra el cinismo, la demagogia, el oportunismo con el que esa gentuza se cambia de bando —mi apuesta clara siempre fue Zapatero, la arrogancia del Pepé no podía terminar bien, etcétera— y se dispone a trincar, a costa de sus perspicaces análisis, también durante los próximos cuatro años. ¿Y saben qué les digo? Que ahí estarán: en las mismas tertulias, en las mismas radios, en las mismas teles y en las mismas columnas de los diarios. Diciendo sin despeinarse lo contrario de lo que decían hace un mes, como si los lectores y los oyentes y los telespectadores fuésemos gilipollas. Que lo somos. A fin de cuentas, mande quien mande, quienes tienen el poder siempre necesitan a los mismos.

La pescadera de La Boquería

Mercado de San José, en Barcelona. Más conocido por La Boquería. El fulano tiene cincuenta y tantos tacos largos, o los aparenta, y una pinta infame de mendigo desaliñado, con deportivas rotas y una sucia camiseta de una feria del libro de hace la tira; de cuando el cabo de Creus era soldado raso. La camiseta me llama la atención, y por eso me fijo en el individuo mientras camino detrás, entre los puestos de fruta y verdura, las especias, la carne, las salazones. Me gusta La Boquería en particular y los mercados en general; sobre todo los mediterráneos, supervivientes asomados a las orillas de ese mar viejo e inteligente, sin que la modernidad, y la higiene, y todas esas murgas sanitariamente correctas de la asepsia, el plástico y el envase al vacío les hayan hecho perder carácter; y aun vestidos de limpio y de bonito siguen siendo lo que fueron, llenándote los sentidos de colores abigarrados, aromas entremezclados, rumor intenso de voces que pregonan, interrogan, tocan, regatean. Disfruto como Charlton Heston con un rifle —el hijoputa— paseando por esos lugares: miro, me paro a tender la oreja, recordando. Nada se parece tanto como uno de esos mercados a otro de esos mercados: Barcelona, Nápoles, Tánger, Estambul, Beirut, Cádiz, Melilla. Etcétera. También eso es cultura. Y no me refiero a lo que algunos soplapollas llaman aquí cultura: la gastronomía como cultura, el fútbol como cultura, el teléfono móvil como cultura. Sus muertos más frescos como cultura. Ahora se le llama cultura a todo —acabo de oír a un político imbécil hablando de la *cultura de la violencia*—. No. Hablo de cultura de verdad.

Historia y explicación, memoria y presente. Huellas y claves de lo que fuimos y lo que somos.

Pero estamos en La Boquería, les contaba. Caminando detrás del fulano con pinta de mendigo, que al pasar ante los puestos saluda a los tenderos. Viéndolo arrastrar los pies deduzco que es uno de esos habituales de sitios así, que se buscan la vida limosneando, llevando cargas o haciendo pequeños recados. Éste saluda a todo el mundo con aire ido, como muy para allá. Algunos le devuelven el saludo. Llega así —y yo detrás— a la zona de la pescadería. Y va a pasar de largo, hacia la salida de atrás del mercado, cuando lo llama una pescadera. El hombre se vuelve y se acerca despacio a la mujer, que es madura, grandota, con delantal. Una pescadera canónica. De toda la vida. Esa mujer coge un pescado del mostrador, lo envuelve en papel y se lo ofrece casi discretamente, sin decir palabra. Entonces el mendigo, o lo que sea, sonríe con su boca desdentada, asiente y hace ademán de besar el envoltorio. Y se va.

Me quedo mirando a la pescadera, que sin darle importancia vuelve a lo suyo, a amontonar mejor el hielo picado bajo las gambas y a disponer con más arte las rodajas de emperador. Estoy estupefacto. Esa mujer no puede saberlo, claro. Acabo de presenciar punto por punto algo que viví hace más de cuarenta años en el mercado de la calle Gisbert, en Cartagena, una mañana que, acompañando a mi abuela a la compra —a la plaza, como dice la gente del sur—, vi cómo a un pobre hombre, un infeliz desharrapado que allí barría los restos de verduras y ayudaba a cargar las cestas para buscarse la vida con una propinilla, una pescadera muy parecida a ésta, gordota, con el mismo delantal e idénticas manos enrojecidas por el trabajo, le daba un pescado grande, envuelto en papel de periódico. Tal cual. Al niño que yo era le pareció aquello el colmo de la compasión, y como tal lo recordé siempre. Y resulta que hoy, en La Boquería de

Barcelona, casi medio siglo después, veo repetir el mismo gesto hacia el mismo hombre, en manos de la misma mujer. Un gesto que, pese a cómo está el patio y a lo retorcido que cada cual tiene el colmillo, lo reconcilia a uno con muchas cosas. Con quien todavía, por ejemplo, es capaz de actuar bajo el impulso personal de la caridad sin esperar aplausos, votos, bendiciones apostólicas ni nada a cambio. Sólo porque sí. Por la cara.

Total. Que sigo frente al puesto de pescado cuando la mujer levanta la vista y me mira hosca, notando que la observo. Suspicaz. Qué diablos tendrá este tío, debe de pensar viéndome sonreír como un idiota. No sabe que lo que tengo es ganas de acercarme, apoyar las manos entre los lenguados y los salmonetes y estamparle un beso. Smuac. En los morros. Por seguir siendo ella después de tantos años.

Omar y Willy al volante

En este país de gilipollas y gilipollos, donde confundimos realidad y demagogia, donde cualquier cantamañanas puede soltar la chorrada más inmensa y el gobernante local o general de turno responder, oiga, vale, bueno, de acuerdo, vamos a estudiarlo detenidamente, etcétera, más que nada porque no se diga que él no es más razonable y más liberal y más demócrata que la leche, hay temas de opinión incómodos. Uno de ellos tiene que ver con la inmigración, y eso lo hace más delicado todavía, pues abordar la materia supone moverse por la cuerda floja, entre los cenutrios xenófobos que echan su estupidez y frustraciones sobre la espalda del inmigrante que viene a trabajar y ganarse honradamente la vida, y los imbéciles de buena voluntad que sostienen, impertérritos, que todos los que llegan son cachos de pan bendito. O sea: que un pedazo moro de diecisiete años con una navaja, o un hijoputa latino que clona tarjetas de crédito en el restaurante donde trabaja de camarero son, respectivamente, un pobre menor magrebí marginado por la sociedad occidental y un entrañable indiecito guaraní como el del bolero. Y bueno. Todo esto viene a cuento por un asunto que llevo tiempo esquivando: los permisos de conducir de los emigrantes. Lo que pasa es que hoy no se me ocurre otra murga para teclear. Además hace frío, me he tomado dos orujos, y lo socialmente correcto me importa un huevo.

No todos, claro. Pero algunos conducen como para darles cuatro tiros. Muchos son peligros públicos al volante de máquinas de matar y de matarse. Las razones son evidentes: menos exigencias para obtener los permisos en sus países de origen, o la adquisición de aquéllos con el único trámite del pago de su importe, sin prácticas, ni autoescuelas, ni ciruelos en vinagre. El funcionario trinca lo suyo y tú puedes conducir lo que te salga. Eso ocurre en ciertos países de Hispanoamérica, el Magreb y África; pero es que, además, ni siquiera todos los permisos allí obtenidos por la vía derecha son garantía absoluta. Sólo a un retrasado mental se le ocurre sostener que el nivel exigido a un conductor en Senegal es el mismo que en España o en Holanda. Además, en Europa se estilan comportamientos al volante que, sin ser homogéneos, ni perfectos —tampoco vamos a comparar a un italiano o un español con un alemán o un sueco—, se sitúan dentro de una convención general que tiende al civismo, a la urbanidad, al respeto por las normas. Es lo que algunos llaman educación vial; pero en algunos países de origen de nuestros inmigrantes, ese marco de convivencia no siempre es el mismo, sino al contrario: cada uno por su cuenta y todos contra todos.

Y claro. Luego llegan aquí Willy Rodríguez, Omar Nguema o Ludmila Popescu, se compran un cacharro de tercera o cuarta mano —que ésa es otra—, se suben ocho o diez para poder llegar temprano al tajo, al taller, al invernadero donde los explotan por cuatro putos duros, y en el paso a nivel los desparrama a todos el Talgo, o en la curva se empotran contra una familia. O se matan ellos solos con la moto de mensaka yendo en dirección contraria con el casco a lo Pericles, o te endiñan por detrás y por delante con la furgoneta de reparto, o se saltan el semáforo que en Bamako, Quito o Tirana siempre está fundido, o adelantan en cambio de rasante porque en su tierra están acostumbrados, si un policía les dice ojos negros tienes, a soltar dos mortadelos y aquí no ha pasado nada. Y eso no puede ser, porque además cada vez son más —y es bueno que lo sean, que vengan a meterle sangre joven y ambición y cojones a esta vieja Europa arrugada, estéril, zángana, caduca y egoísta—. Por eso es preciso que todo se regule con sentido común y con justicia, y que en vez de que salgan a la calle, como hace poco no sé dónde, cuatro mil pardillos a pedir que se homologuen sin más trámite ni requisitos, por la cara, todos los permisos de conducir de los emigrantes sin excepción, ya mismo, o sea, ipsoflauto, intentemos evitar que cada año sean detenidos en España, estadísticas en mano, diez mil que circulan sin carnet de conducir, con éste irregular o sin el seguro obligatorio —que ésa es otra: te espilfarran y vete a cobrar los daños—. Pero eso no se improvisa con simplezas solidarias. Se planifica despacio, con cuidado, a largo plazo. Sin vulnerar derechos de gente honrada, pero sin tampoco hacer el chorra. Sin demagogia barata. Con garantías para los inmigrantes, claro. Y para todos.

Vienen tiempos duros

El problema de escribir esta puñetera página es que hay que hacerlo con dos o tres semanas de antelación, y nunca sabes qué ocurrirá mientras tanto. Aun así, en España no resultan difíciles ciertas predicciones: te apuntas a lo peor y aciertas siempre. O casi. Para eso los militares tienen una fórmula: dispuestos para la hipótesis más probable pero preparados para la más peligrosa. Razonable, ¿verdad?... Pues no. Aquí nadie se prepara para nada. Nos adaptamos sobre la marcha, y que salga el sol por Antequera. Y claro. Todo nos pilla de sorpresa: la nevada, el apagón, las lluvias, la operación salida, la operación retorno, el terrorismo islámico. O sea, todo. Nadie lo ve venir. Manda huevos.

Lo del terrorismo islámico, por ejemplo. En los últimos treinta años, desde el Pesoe al Pepé sin olvidar a la Ucedé y vuelta al Pesoe, o sea, desde que palmó Franco hasta el 11-M, el asunto musulmán se la estuvo trayendo floja a todo cristo con mando en plaza: desidia, incapacidad, falta de medios operativos, ignorancia extrema de la realidad árabe, ausencia de política magrebí, marginación de los especialistas, etcétera. Lo que, en un país con la tradición y experiencia moruna del nuestro, clama al cielo. A eso hay que añadir, como guinda, una inmigración masiva cuya regulación, asentamiento e integración se basa en la indiferencia del Estado, la codicia de los empresarios y la demagogia absoluta de tanto cantamañanas que confunde la realidad con la canción del negrito y la ucraniana del —por otra parte inmenso— Joaquín Sabina.

Así que voy a hacer un par de predicciones. Y no digo que las voy a hacer gratis, porque este artículo lo cobro: Aramís Reverte Fuster, pero sin tetas. Previsiones, por cierto, que podría hacer cualquier idiota. El terrorismo moderno, para abreviar, sólo se combate con leña; y sus principales aliados son las leyes mismas, unidas a la demagogia y la falta de agallas. Hoy, el arma clave del terrorismo en Europa son precisamente las garantías legales, los derechos ciudadanos adquiridos durante siglos con esfuerzo y sacrificio: el delincuente y el terrorista se protegen con ellos mientras los vulneran o destruyen. Conseguir el delicado equilibrio entre libertad y seguridad no se improvisa; hace falta decisión política, honradez e inteligencia. Controlar ciertas libertades individuales es peligroso, pero también lo es cerrar los ojos a la realidad, y que, por ejemplo, los expertos franceses y británicos alucinen preguntándonos cómo carajo queremos combatir el terrorismo con demagogia y la puntita nada más. Por cierto: seguro que a nadie se le ha ocurrido estos días darse un garbeo por los barrios de población inmigrante magrebí y ver lo preocupada que está la gente mayor y lo envalentonados que andan algunos chiquillos con tanto Islam y tanta Palestina en la tele y tanto americano linchado en Iraq. Pero claro. Mirar hacia otro lado es más socialmente correcto y no le complica a uno la vida. Ni te llaman fascista.

Por eso dudo que nuestra —con las excepciones de rigor— infame clase política, acostumbrada a abalanzarse cada mañana sobre los periódicos para ver si sale su foto, tenga la firmeza democrática, la falta de complejos y los cojones suficientes para encarar los nuevos desafíos. Y como hacer terrorismo de mochila está chupado, y los jueces, por si acaso, seguirán cogiéndosela con papel de fumar hasta para pincharle el teléfono a Bin Laden, y cada investigación policial será detallada en conferencia de prensa por el ministro del ramo, alertando a los malos sobre sus aciertos y errores a fin de demostrar que para transparencia democrática la que tenemos en este país de gilipollas, resulta, señoras y señores, que vienen tiempos muy duros. Y que aunque durante los próximos cuatro años el Gobierno no va a estar todo el día meando agua bendita, porque de momento se les acabó el chollo estatal a los Legionarios de Cristo, a Kiko Argüello y a las Siervas de San Apapucio, me temo que los nuevos gobernantes seguirán practicando la cristiana propensión a poner la otra mejilla. Quiero decir que nos las seguirán dando ahí. A todos. Va a ser divino de la muerte, oigan: *Alá ajbar* por un tubo, los geos cascando por las prisas, los infelices magrebíes inocentes —hasta que los hagamos dejar de serlo— pagando el pato de la xenofobia y el cainismo hispanos, y los nacionalistas, allá en su pueblo de Astérix, cobrándoselo en carne, como siempre.

Dos de Mayo en Iraq

A ver si les suena esta bonita y edificante historia. Ocurrió hace ciento noventa y cuatro años, tal día como hoy. El imperio de turno quería exportar democracia y, de paso, dirigir el orden mundial. Sus marines eran tropas entrenadas e invencibles. En España gobernaba un macarra que había conseguido el poder calzándose a la reina, y a lo que este individuo aspiraba era a que el Bush de entonces le diera palmaditas en la espalda, plas, plas, y dijera cuánto aprecio a mi amigo Manolo. Lo que no sabía el pringadillo era que el otro tenía intención de fumigárselo a él y a la monarquía reinante, poner en el trono a un pariente y dotar a esta caverna de analfabetos supersticiosos de una Constitución que modernizara la cosa. Entonces el Emperador, tras reunirse con sus asesores en el despacho oval correspondiente, decidió meter aquí a sus marines. A esos animales, dijo, los vamos a modernizar por cojones. Y al que no quiera ser libre, lo obligaremos a serlo. Primero lo hizo con tacto, pero al final se lió la de Dios es Cristo. Antes todo eso venía en los libros de Historia —lo llamábamos Dos de Mayo—, aunque ahora ya ni sale. Las sublevaciones patrióticas no son políticamente correctas. Además, a quién puede aprovecharle estudiar batallitas, dijeron un par de ministros llamados Maravall y Solana —el de Sarajevo, la OTAN y el dieciseisavo—. La Historia, como el resto de las Humanidades, traumatiza mucho a la juventud. Ese yugo y esas flechas fascistas. Ese Cid xenófobo y asesino de magrebíes que pasaba mucho de las oenegés. Para hablar por teléfono móvil no hace falta saber quiénes fueron los almogávares y las almogávaras.

Volviendo a lo que les contaba y a las tropas del Emperador, el caso es que la gente de Madrid se sublevó. Como en Faluya, fíjense. Qué cosas. Los marines ocuparon España sin tener ni puta idea del avispero en el que se metían. Eso del progreso y el libre pensamiento les sentaba como un tiro a los imanes de aquí, o sea, a los curas. Se les iba el control. Así que se remangaron las sotanas y se pusieron a calentar a la gente desde las mezquitas locales, que en España —donde a Dios se le enfoca desde otro punto de vista— suelen llamarse iglesias. A eso añadamos la torpeza de los marines, su chulería, su ignorancia, su falta de respeto a las costumbres locales, su desconocimiento de la visceralidad elemental de una España variopinta que degüella o vota con los huevos antes que con la cabeza. Y claro. Primero se echaron a la calle los que nada tenían que perder: gentuza de los barrios bajos, lumis, chulos, mendigos. A degollar marines gabachos y ver de paso qué podían sacar del barullo. Los otros, por su parte, empezaron a dar cargas de caballería y a fusilar gente. Acción, reacción, ya saben. Con todo eso se hicieron después manuales de lucha revolucionaria.

Y se lió la intifada. A los españoles liberales, llamados afrancesados, los arrastraron por las calles, ofcourse. Al final, hasta los que creían en las mismas cosas en que creían los invasores, la libertad y el progreso, se vieron obligados a elegir: estar de parte de quienes mataban a sus vecinos y amigos, o pelear. Los que tenían sangre en las venas hicieron de tripas corazón, uniéndose a partidas de guerrilleros mandadas por curas e integradas por analfabetos. Si quieren saber cómo fue, miren los cuadros de Goya o los grabados de los Desastres de la Guerra. Esos ojos enloquecidos por la desesperación y el odio, esas navajas, esos franceses despedazados colgados de los árboles. Enemigos de España, enemigos de Dios. Figúrense. Quienes se estremecen ante las fotos de americanos y extranjeros linchados en Iraq, cual si fuera originalidad inesperada —«¿Cómo puede un ser humano hacerle eso a otro?», preguntaba un bobo en la tele—, deberían echar un vistazo a esa memoria que nos escamotean los ministros imbéciles. La foto que hace un mes fue primera plana en los diarios, aquel despojo humano colgado del puente en Faluya, es idéntica a los grabados que Goya tomó aquí del natural. A los españoles que hacían eso, los marines gabachos los llamaban bandidos y terroristas. Aquí los llamamos resistentes o guerrilleros. Da igual. Eran, sobre todo, fuerzas ciegas en manos de los de siempre: los que manipulan el fanatismo, la incultura, la estupidez; los emperadores arrogantes, los imanes radicales, los curas fanáticos y los tiñalpas que los secundan. Pero eso no es lo peor. Lo terrible es que desde el grabado de Goya hasta la foto del despojo colgado en Iraq no hemos aprendido nada.

Al portavoz no le gusta el *Quijote*

Vaya por Dios. Resulta que al portavoz del Peneuve en la farsa parlamentaria de Madrid, o sea, en el corazón del Estado centralista y opresor, no le gusta el *Quijote*. No. Nein. Niet. Ez. Y para que nadie se llame a engaño, procuró puntualizarlo en su primera intervención pública, víspera casi del 23 de abril, cuando la gente de habla hispana —cuatrocientos ridículos millones de fascistas repartidos por esos mundos— conmemora la muerte de Cervantes. Y no es que no le guste porque esté mal escrito, ni nada de eso. No. La razón del señor Erkoreka es que el único personaje que se enfrenta en verdadero combate con don Quijote, y sale medio muerto del lance, es el escudero vizcaíno. O sea, un vasco.

Debo confesar que me sorprendió la ausencia de comentarios o choteo fino por parte del respetable. Un representante del pueblo soberano, por ejemplo, preguntándole al portavoz del Peneuve si semejante idiotez se le había ocurrido a él solo, o en compañía de otros y otras. Pero no. Hubo silencio administrativo, incluida, salvo contadísimas excepciones y de refilón, la prensa especializada en glosa parlamentaria. A lo mejor es por no crispar, pensé. Puro tacto. Pero luego se me ocurrió una explicación más plausible: probablemente, me dije, la mayor parte de quienes ese día ocupaban el hemiciclo ni ha leído el *Quijote* ni tiene ni puta idea de quién era el escudero vizcaíno.

El señor Erkoreka sí lo ha leído, por lo visto. No sé si completo, claro; pero al menos parece haber llegado hasta los capítulos VIII y IX de la primera parte, donde el hidalgo manchego mantiene el único combate de verdad, a vida o muerte, que libra en toda la obra, y que termina con don Quijote sin media oreja y con el vizcaíno en el suelo, echando sangre por las narices, los oídos y la boca. Lo que parece claro es que, incluso aunque haya leído el libro completo, entender, lo que se dice entender lo que en él se narra, el amigo portavoz no ha entendido un carajo. A ver cómo puede, en otro caso, afirmar un vasco que no le gusta el episodio donde uno de sus paisanos, o compatriotas, o como él prefiera llamarlo, demuestra ser el más valiente, digno y gallardo personaje que aparece en toda la historia que nos cuenta Cervantes. Don Sancho de Azpeitia —así traduce su nombre del cartapacio el morisco aljamiado— es aún más valeroso que don Quijote, pues éste sólo tiene el coraje que le infunde la locura, mientras que el del vizcaíno es natural: «*¿Yo no caballero? Juro a Dios tan mientes como cristiano. Si lanza arrojas y espada sacas, el agua cuan presto verás que al gato llevas. Vizcaíno por tierra, hidalgo por mar, hidalgo por el diablo, y mientes que mira si dices otra cosa*».

Ya hace tiempo, don Miguel de Unamuno —que era vasco pero no era gilipollas— comentó por escrito, con detalle y perspicacia, el lance: «*¿No es nuestro héroe? ¿No lo hemos de reclamar los vascos por nuestro?*». Con inteligencia y ternura, Unamuno nos recordaba que el vizcaíno, orgulloso de su tierra y de su casta, incapaz de sufrir que don Quijote le niegue la condición de caballero, mete mano a la durandaina y acuchilla sin achantarse ante nada ni ante nadie; ni ante su señora, sobre la que dice en el texto cervantino: «*Si no le dejaban acabar su batalla, que él mismo había de matar a su ama y a toda la gente que le estorbase*». Pero la mula que monta le falla, la almohada no basta para detener el golpe, y don Quijote le acierta de lleno al valiente vascongado en la cabeza. Y así, apunta Unamuno: «*Fue vencido el vizcaíno, pero no por mayor flaqueza de su brazo ni menor coraje, sino por culpa de su mula, que no era, por cier-*

to, vizcaína [...] Aprended, hermanos míos de sangre, a pelear apeados. Apeaos de la mula resabiosa y terca».

En fin. Uno comprende que a Cervantes y Unamuno no los lean, ni los conozcan, esos chicos antes llamados de la gasolina y que ahora son etarras de última generación, formados intelectualmente en tres décadas de política educativa del partido que el señor Erkoreka portavocea: los que escriben cartas pidiendo el impuesto revolucionario o amenazando de muerte con tales faltas de ortografía que, a su lado, Urrusolo Sistiaga e Idoia López Riaño parecían Pérez Galdós y Emilia Pardo Bazán. Pero tales chicos, o lo que sean ahora, tienen la excusa histórica de ser analfabetos. Lo difícil es disculpar lo de don Quijote y el vizcaíno en gente que todavía lee, aunque sólo sean los periódicos del día siguiente para ver si sale su foto.

Diálogos para besugos

A veces me pregunto si somos de veras conscientes de en qué manos estamos. Me refiero a la informatización y robotización de nuestra vida. De pronto se funden los plomos, o se estropea un ordenador, y todo se va a tomar por saco mientras nos quedamos con cara de idiotas, sin dinero, sin calefacción, sin aviones, sin trenes. Sin nada. Ya conté que cuando en mi pueblo se desparrama la máquina electrónica de la oficina de Correos, por ejemplo, no pueden echarse las cartas porque ya no hay sellos de los de salivilla y puñetazo, y hay que ir al estanco. Así, todo. Cada vez más. Y encima, todos los nuevos sistemas terminan en surrealismo puro. Hasta subirse a un autobús. Antes llamabas a la central, te decían a qué hora salía, comprabas el billete y punto. Fácil, ¿verdad? Bueno, pues ya no es así. Si llegas a la terminal y está estropeado el ordenador —se ha caído, te dicen impasibles—, no puedes comprar billete aunque el autobús esté a punto de largarse. En cuanto a las reservas por teléfono, los diálogos para besugos que puedes mantener con voces enlatadas son antológicos.

Juzguen ustedes mismos. Ayer viví en persona humana uno de esos momentos inolvidables que nos depara la tecnología. El hombre contra la bestia. Quería informarme sobre viajes a Santiago de Compostela, así que descolgué el teléfono y marqué el número de una compañía de autobuses. Ring, ring. Voz femenina y enlatada al canto: *«Éste es un sistema automático con el fin de facilitar su consulta, etcétera. Espere un momento, por favor».* Cielo santo, me digo. Mal empezamos. Presa de fúnebres presentimientos, espero paciente, con el auricular pegado a la oreja. *«Diga de qué se trata su consulta.»* Viajar, apunto. En autobús. *«Espere un momento, por favor.»* Espero como treinta segundos. Al fin suena de nuevo la voz electrónica de la torda: *«¿Adónde desea viajar?».* Mañana a Galicia, respondo tímido y un poquito acojonado. *«Espere un momento, por favor.»* Pasan diez segundos, o así. *«No le hemos entendido la pregunta»*, dice la fulana. *«¿Puede repetirla?»* Santiago de Compostela, preciso. *«Sí»,* afirma la voz. Y luego añade: *«Espere un momento, por favor».* Espero uno y varios momentos, con resignación jacobea. Todo sea por salvar mi alma, pienso. Compostela. El botafumeiro, la empanada de vieiras y todo eso. Galicia. Manolo Rivas. Fraga. El *Prestige.* Álvarez Cascos, que se ha ido de rositas. Empiezo a divagar. Llevo ya minuto y medio al teléfono. Por fin me atiende de nuevo la pava: *«No le hemos entendido la pregunta. ¿Puede repetirla?».* Decido cambiar de táctica. Dígame el horario de taquillas, demando. *«Espere un momento, por favor.»*

Al cabo de unos veinte segundos, aproximadamente, regresa Robotina: *«El horario es de seis a una»*, dice. Me quedo pensando, desconcertado. ¿De la noche o de la mañana?, inquiero. *«Espere un momento, por favor.»* Espero otro rato, y al poco regresa mi prima y me suelta, imperturbable: *«Los horarios a Tarragona son: las ocho normal, las doce en supra, las cuatro en normal, las seis en supra».* O algo por el estilo. Empiezo a mosquearme. Oiga, buena mujer, digo. No perdamos la dulzura del carácter. Yo pregunto por Compostela, no por Tarragona. ¿Capisci? *«Espere un momento, por favor.»* Y al rato: *«El horario a Barcelona es a las nueve normal, a las catorce supra, etcétera».* Mi curiosidad se impone al cabreo. ¿Qué puñetas es supra?, pregunto. *«Espere un momento, por favor.»* Y treinta segundos después: *«No le hemos entendido la pregunta. ¿Puede repetirla?».* Puedo repetir y repito, digo. Quiero saber cuál es la diferencia entre normal

y supra. *«Espere un momento, por favor.»* Espero. Al rato:
«¿Tiene alguna pregunta más?». Ni harto de vino, digo. Si me
contestáis ésa, que lo dudo, ya me doy con un canto en los
dientes. *«Espere un momento, por favor.»* Y al rato: *«No le
hemos entendido la pregunta. ¿Puede repetirla?».* Ahora sí que
me cabreo de verdad. Ese plural. Quiénes, a ver, pregunto.
Que den la cara. Quién cojones no ha entendido la pregunta. Tú y quién más, peazo perra. *«Espere un momento,
por favor.»* Quince segundos de espera. *«Diga de qué se trata su consulta.»* Decido tirar la toalla. Nada, respondo. No
tiene la menor importancia mi consulta, la verdad. Era una
tontería, ahora que lo pienso. Pensaba ir a Santiago de
Compostela, pero se me ha quitado la ilusión. En realidad
llamo para acordarme de vuestra puta madre. *«Espere un
momento, por favor.»* Pasan quince segundos. *«¿En qué otra
cosa podemos ayudarle?»*

Santiago Matamagrebíes

Que sí, hombre. Que sí. Me parece de perlas. A ver por qué diablos se han mosqueado algunos carcamales por el hecho de que el cabildo de la catedral de Santiago de Compostela, con buen criterio y admirable visión de la coyuntura, anuncie la retirada de la belicosa imagen del apóstol Santiago escabechando morisma: una talla de madera policromada del siglo XVIII en la que, con absoluto desprecio hacia la realidad multicultural, el respeto a la totalidad de etnias y la verdadera misión de los ejércitos españoles, que es hacer de oenegés y de Beba la Enfermera poniéndole tiritas a la gente cuando se hace pupa, representa al Hijo del Trueno en actitud neonazi, espada en mano, ejerciendo intolerable violencia racial contra el colectivo magrebí que en el siglo IX se buscaba la vida en Clavijo. Ya era hora, aplaudo, de que alguien pusiera coto a esa provocación. Gesto que estoy seguro responde a causas éticas —al fin la Iglesia Católica ha visto la luz, después de tantos siglos pidiendo leña y cajitas de fósforos— y no a la egoísta preocupación ante la posibilidad de que un peregrino chungo llamado Omar o Ali, por ejemplo, al grito de *Alá ajbar,* meta una mochila bomba debajo del botafumeiro y nos fastidie el Jacobeo. Es más. Creo que, al hilo de esa admirable iniciativa, el nombre de Santiago Matamoros que figura en tantos textos seculares y en tanto monumento, debe ser reescrito de forma conveniente. Santiago Matamagrebíes suena menos ofensivo y más socialmente correcto. Porque una cosa es explotar a mis primos por cuatro duros y llamarlos moromierdas por la calle, y otra herir su sensibilidad sensible con iconografía fascista. Ojo.

Por eso, puestos a mejorar el ambiente, estoy dispuesto a ir más lejos. Para radical, yo. Así evitaré cartas como la última, en la que un lector imbécil me llama de derechas porque hace semanas critiqué la eliminación del yugo y las flechas, sin caer en la cuenta, el analfabeto, de que yo no me refería al emblema falangista, sino al *Tanto monta, monta tanto* de Isabel, reina de Castilla, y Fernando, rey de Catalunya, antes absurdamente llamado rey de Aragón. Pero a lo que iba. Decía que lo de quitar a esa mala bestia asesina del apóstol Santiago dando mandobles debe hacerse no sólo en Compostela, sino en todas partes: el palacio Rajoy, la ciudad, el Camino, etcétera. Y puestos a ello, a fin de mantener las sensibilidades musulmanas en estado razonable, sugiero eliminar también las cadenas que figuran en el escudo de España y en el de Navarra, pues conmemoran otras cadenas aciagas: las que rodeaban la tienda del Miramamolín —Al Nasir para los amigos— aquel año 1212 en que los almohades se llevaron las suyas y las de un bombero en las Navas de Tolosa. En la misma línea sería aconsejable, asimismo, eliminar la granada del escudo español, por razones obvias: ese Boabdil llevado llorando a la frontera entre tricornios de guardias civiles, como El Lute. Y ya puestos a meter mano al escudo, sería bueno revisar las dos siniestras columnas del Plus Ultra, con sus connotaciones de genocidio y limpieza étnica, que a cualquier mejicano o peruano deben de ofenderle un huevo y parte del otro. Sin olvidar un buen trabajo de piqueta en los escudos imperiales del siglo XVI donde campea el águila bicéfala franquista.

La tarea es vasta, pero necesaria. Esa *Rendición de Breda,* por ejemplo, donde Velázquez humilló a los holandeses. Ese belicista Miguel de Cervantes, orgulloso de haberse quedado manco matando musulmanes en Lepanto. Esa provocación antisemita de la Semana Santa, donde San Pedro le trincha una oreja al judío Malco en claro antecedente del Holocausto. Y ahora que Chirac nos quiere tanto, también convendría retirar del Prado esos Goya donde salen españoles matando franceses, o los insultan mientras son fusilados. Lo chachi sería crear una comisión de parlamentarios cultos —que nos sobran—, a fin de borrar cualquier detalle de nuestra arquitectura, iconografía, literatura o memoria que pueda herir alguna sensibilidad norteafricana, francesa, británica, italiana, turca, filipina, azteca, inca, flamenca, bizantina, sueva, vándala, alana, goda, romana, cartaginesa, griega o fenicia. A fin de cuentas sólo se trata de revisar treinta siglos de historia. Todo sea por no crispar y no herir. Por Dios. Después podemos besarnos todos en la boca, encender los mecheritos e irnos, juntos y solidarios, a tomar por saco.

Jóvenes lobos negros

Detengo el coche en un semáforo de la Castellana de Madrid, y miro a uno y otro lado los enormes bloques de cemento, acero y cristal con rótulos de bancos, financieras y cosas así, sintiéndome como el conductor del carromato de las películas de John Ford, ya saben, cuando la caravana cruza el desfiladero mientras suenan tambores apaches y los pioneros se tocan con aprensión la cabellera. Estoy parado en el semáforo, como les cuento, pero hay un buen pedazo de sol que se mete entre las torres altísimas e ilumina la calle, enmarcando en un rectángulo de luz a dos niños que caminan con sus mochilas a la espalda camino del cole, a una viejecita que cruza despacio, a un señor de pelo gris que lee el *Marca* y a una señora madura, guapa, que cruza con el paso firme y el poderío de quien tuvo, y retuvo.

Mientras espero con las manos en el volante, pienso que no está mal del todo. Me refiero a esto. Siguen mandando los de siempre, claro. Los que no dejaron de hacerlo nunca. Pero la vida continúa, los chicos se besan en los parques, a los obispos nadie les hace ni puto caso, gracias a Dios, y a lo mejor ese mensaka con cara de peruano que se para al lado con la moto, o la mujer de aire eslavo y ojos claros que espera el autobús traen en su sangre y en su ambición y en su voluntad la solución biológica que cambiará al fin esta España vieja, egoísta, insolidaria, enferma, cantamañanas e ignorante. A ver si hay suerte, me digo, y el indio y la ucraniana y el moro y el negro de color preñan a nuestras hijas y son preñados por nuestros hijos, rediós, y mandan a tomar por saco todo el tinglado de la antigua farsa y a los innumerables mangantes, demagogos y sinvergüenzas que viven de él, de trapichear con nuestra estupidez y nuestra vileza de casposo campanario de pueblo. A ver si los bárbaros cruzan en masa el Danubio otra vez y nos dan candela. La Historia demuestra que, a veces, de los incendios y el degüello nacen Venecias.

Estoy pensando en eso, más o menos, y hasta se me pone en la cara una sonrisilla, supongo. Como si el rectángulo de sol se hiciera más amplio y me iluminara también a mí. Entonces miro a la derecha y los veo salir del edificio de oficinas financieras. Son cinco hombres jóvenes que parecen troquelados en una máquina de fabricar ejecutivos: los mismos trajes oscuros, la misma clase de corbatas, la misma forma de peinarse, de caminar, de mirar, de imitarse unos a otros. Cantan de lejos, al primer vistazo. Teléfono móvil, ordenador portátil, inglés fluido, máster aquí y allá, dinero en cualquiera de sus infinitas manifestaciones virtuales de ahora: plástico, impulsos electrónicos, fibra óptica. Son killers en versión postmoderna, asesinos cualificados desprovistos de piedad y de sentimientos. Fríos como peces, tiburones de moqueta dispuestos a vender su alma por ser durante cinco minutos Michael Douglas en *Wall Street*. Parecen, me digo al verlos pasar, una manada de lobos jóvenes y crueles: asépticos, seguros, guapos o intentando serlo, dispuestos a devorarse entre ellos sin remordimiento, miembros de una religión implacable cuyo cielo es medio punto más en la bolsa, cuyo purgatorio es el índice de cada día, cuyo único infierno es el fracaso. Se creen una casta privilegiada. Una élite. Pero en realidad, contemplados uno a uno, no son nada: sólo la prescindible infantería de un ejército siniestro. Basta fijarse en sus zapatos. Tarde o temprano la mayor parte de ellos caerá, será devorada por su propio Saturno ajeno a la compasión, y al minuto siguiente estarán otra vez ahí, idénticos a sí mismos, goteándoles el colmillo, dispuestos a ejercer la depredación para la que son entrenados. Por eso, al verlos cruzar ante mi coche ajenos a todo lo que no sea el próximo zumbido del teléfono móvil o la próxima cotización, mirando el mundo con el desprecio y la avidez de su ambición —el bono de rendimiento, el sueldazo, el coche de quince kilos, el chalet maravilloso, la mujer despampanante, las vacaciones caribeñas de cinco estrellas—, siento que una nube oscura oculta el rectángulo de sol y que el día se vuelve gris. Y pienso que el mensaka peruano y la polaca de la parada del autobús y yo mismo, por mucho cóctel biológico y mucha imaginación que nosotros o nuestros nietos le echemos al asunto, nunca tendremos la menor posibilidad —nunca la tuvimos, y ahora menos que nunca— en manos de estos inmortales e implacables hijos de puta.

En Londres están temblando

Huy, qué miedo. Una enérgica protesta, nada menos. Temblando tienen que estar en Londres. Resulta que el Gobierno español ha protestado con extrema energía ante el británico, después de que dos militronchos de la Royal Navy, adscritos a los servicios secretos de Su Graciosa Majestad, fueran descubiertos en la Costa del Sol al volante de una furgoneta con matrícula de Gibraltar cargada con material militar. Sin pedirle permiso a nadie, claro. Por la cara, como suelen. Por lo visto, lo que mosqueó a los picoletos, o a los maderos, o a quienes los trincaron, fue que conducían sobrios. Y ya se sabe: dos ingleses sobrios en Málaga llaman mucho la atención. El caso es que a los guiris los colocaron creyendo que se trataba de narcotraficantes; pero al darles el estáis servidos dijeron: no, oiga, somos agentes de la Queen y de su vástago el Orejas, ya saben, Cero Cero Siete al aparato. Esto es material secreto y lo llevamos a nuestra colonia colonial. Somos unos mandados, y las explicaciones las da el maestro armero. Así que las autoridades españolas se pusieron en contacto con el maestro armero, y éste dijo lo de siempre: sorry my friend, very lamentable mistake, error, malentendido, cosas de la vida y del tráfico por carretera, etcétera. No ocurrirá never more, santo Tomás Moore.

Pero no vayan a creer que las autoridades españolas, que en asuntos de soberanía nacional son siempre enérgicas y tenaces cual perros dóberman, se dieron por satisfechas. No. Vía Ministerio de Exteriores, el Gobierno exigió a las autoridades británicas una explicación exhaustiva de lo ocurrido. Lo hizo, insisto, con tanta energía y firmeza,

que estoy seguro de que a la hora de publicarse esta página
—la tecleo con tres semanas de antelación— el Gobierno
británico, acojonado, habrá aclarado el asunto con luz y ta-
quígrafos. Faltaría más. Ni Blair —el amigo íntimo de Bush
y del extinto José María Aznar, el Eje del Bien— ni sus ministros de la pérfida Albión desean verse expuestos a las espantosas represalias que la audaz diplomacia española puede poner en marcha si no media satisfacción conveniente.
Tiemble después de haber reído, míster. A ver si se creen esos
fanfarrones arrogantes que porque, hace dos años y mandando el Pepé, el desembarco en pleno día de treinta comandos de marina británicos en una playa de La Línea no
tuviera consecuencia ninguna —fue un error, dijeron también entonces, imperturbables—, nuestra Costa del Sol va
a convertirse en el chichi de la Bernarda.

Uno, que tiene sus fuentes, ya ha recibido el soplo
sobre la panoplia de represalias que el Gobierno español se
dispone a aplicar si no se aclaran las cosas. Tampoco se trata, ojo, de que la sangre llegue al Estrecho. La chulería y el
desprecio continuos de Londres, los barcos de la OTAN es-
coltados por naves británicas bandera al viento cuando cruzan la bahía de Algeciras, el contubernio portuario, el pasarse
por el forro de los huevos las aguas territoriales españolas,
el blanqueo de dinero, los treinta mil gibraltareños y su chollo vitalicio, beneficiándose al mismo tiempo de España,
Gran Bretaña, la Unión Europea y el Campo de Gibraltar,
no van a secuestrar las grandes líneas de nuestra serena política exterior. Y menos ahora, cuando al fin volvemos a
Europa, dicen, y tenemos a ésta —nada más hay que verla—
comiéndonos alpiste en la mano. O sea, que no hay que esperar gestos espectaculares, sino talante adobado de firmeza: mano de hierro en guante de terciopelo. Por eso las represalias que prepara el Gobierno español serán sutiles de
forma, pero contundentes en cuanto al fondo. No les que-

pa duda. A mí, por lo menos, no me cabe. Entre ellas se contempla subir el precio de la litrona de cerveza, prohibir a los turistas ingleses rapados, tatuados y sin camiseta vomitar más de ocho veces seguidas en la vía pública, y hacer que al fin, con todo el peso de su autoridad, la Guardia Civil empiece a amonestar severamente con el dedo, o a mover la cabeza con aire reprobador, cada vez que vea pasar a esos hijoputas que viajan por España con el volante al otro lado y menos papeles que Farruquito, y que cuando se toman la decimosexta sangría ya no se acuerdan de circular por la derecha. Se van a enterar. No saben los ingleses con quién se juegan los cuartos. Hay Bambis que se revuelven en un palmo de terreno, oigan. Y se vuelven tigres.

Manguras tiene nombre de tango

Hay algo que no comprendo bien, pero tal vez me falta información. En lo que va de año, nuestros vecinos franceses le han metido mano a un montón de barcos que pasaban frente a sus costas soltando mierda. No hablo de vertidos en puertos ni derrames a lo bestia, sino de esos barcos que limpian tanques, sentinas y cosas así mientras navegan. Según las estadísticas, la suma anual de esos vertidos en alta mar equivale, a veces, a una marea negra. Con ese motivo los gabachos llevan empapelada una docena larga de barcos, tras sorprenderlos con reconocimientos aéreos o satélites, contaminando mar adentro. Y no sólo los que ensucian a veinte o treinta millas de la costa. Al mercante maltés *Nova Hollandia* lo trincaron de marrón setenta millas al oeste de la punta de Raz; y al chipriota *Pantokratoras,* cuando pasaba frente al Finisterre bretón, dos meses después de que lo pillaran vaciando algo ciento veinticinco millas al sudoeste de Penmarch. Quiero decir con esto que, aunque un pelín fantasmas, ya saben, la Frans y todo eso, nuestros vecinos de arriba se toman las cosas marinas en serio. Allí, quien la hace, la paga.

En España, una de dos: o el único barco que contaminó fue el *Prestige,* o a esa cuenta le están cargando, por comodidad y para no complicarse la vida, cuanto desaguisado marítimo vino después. Porque ya me contarán. Desde entonces no hay apenas nombres, ni responsables. Alguna cosilla suelta, un vertido por aquí, un chorrito por allá. Poca cosa. Como ese infeliz barco cargado de borregos que lleva un año pudriéndose en un puerto gallego. Porque eso sí: aquí sobre el papel todo es rigurosísimo, claro, y cuando al fin cae alguien, para que no se diga, se la endiñan hasta las amígdalas. Pregúntenselo al capitán Apóstolos Manguras, que se ha comido las suyas y las del ministro, el desgraciado, y ya sólo les falta fusilarlo. O tal vez lo que ocurre es que trincan muchos barcos delincuentes, pero en secreto. Puede ser, aunque me temo lo más probable: que aquí no se detecte, ni se sancione, ni se trinque a casi nadie. Misterios de la alta mar española y salada. Sobre todo teniendo en cuenta que, lo mismo que los franchutes, España tiene información por satélite, supongo, aviones de vigilancia marítima y una Armada, o sea, una Marina de guerra entre cuyas competencias deberían contarse tales cosas. Y disculpen si uso la palabra guerra, socialmente incorrecta; pero no se me ocurre otra, la verdad, para una Marina que lleva cañones, por muy humanitarias y oenegés que se hayan vuelto nuestras fuerzas de tierra, mar y aire. Tengo entendido que el ministro Bono estudia seriamente la posibilidad de llamarla Marinos sin Fronteras.

Pero les hablaba de contaminación y de que, periódicamente, a las costas españolas llegan nuevos vertidos. Hace sólo un mes, por ejemplo, medio millar de aves alquitranadas desbordó los centros de salvamento de fauna en Galicia. ¿Los culpables? Misteriño. Hasta hubo quien recurrió de nuevo a las anchas espaldas del *Prestige*. Resumiendo: siguen los vertidos ilegales, pero nadie se mata por identificar al culpable. Yo mismo, hace poco, un amanecer y navegando a treinta millas de la costa, avisé por radio, canal 16, de que cruzaba la estela de petróleo, larga de una milla, que dejaba un mercante al que identifiqué con su nombre, puerto y bandera. Ni puto caso. No hubo costera, institución u organismo que dijera esta boca es mía. Silencio radio administrativo. Nadie se dio por enterado. Y no se trata sólo de falta de medios, que también. En ningún país de Europa se da, como en éste, tanta multiplicación y fragmentación de organismos, responsabilidades, intereses y competencias autonómicas y de las otras: aquí cada perro se lame su cipote, y nadie coordina nada. Ni para pagar la gasolina de un avión de vigilancia se ponen de acuerdo. No aprendemos nada de los desastres: legislación y papeleo aparte, quinientos y pico días después del *Prestige* todo sigue igual. O casi. Que recen los gallegos para que no amanezca allí otro petrolero en apuros, pidiendo un puerto de refugio. Cuando algo se descuajeringa, nunca hay un responsable. Todo cristo se pone a silbar y a mirar hacia otro lado jurando que él no ha sido, que no lo dejan hacer las cosas, que sólo pasaba por allí. Y así, ministros de Fomento como Álvarez *Chapapote* Cascos pueden jubilarse limpios de polvo y paja, sin que nadie les parta la cara. Quiero decir políticamente, por supuesto. La cara.

El pobre chivato Mustafá

Han hecho de mí un experto, los muy gilipollas. Después de varios meses siguiendo en la prensa la investigación sobre los atentados de marzo, sé —como toda España y parte del extranjero— cuanto hay que saber sobre confidentes, pinchazos telefónicos, trucos para seguir a presuntos terroristas, técnicas electrónicas, horarios en los que es mejor llamar a tu contacto en la madera o en Picolandia para delatar a los amigos, tácticas de seguimiento y vigilancia, casas seguras y no seguras, cabinas y locutorios telefónicos, control de inmigrantes sospechosos, nombres, apellidos, direcciones, números de teléfono de agentes de la ley y de sus correspondientes soplones en el mundo del hampa, el narcotráfico y el terrorismo islámico, algunos con datos familiares incluidos. Hasta las fotografías salen. Ahora me planto en la puerta de cualquier mezquita, y gracias a las fotos, pelos y señales publicados en los periódicos, soy capaz de identificar el careto de cuantos chivatos tiene la policía infiltrados en ambientes extremistas. Ventajas de la transparencia informativa, oigan. Así todos estamos al corriente de todo, para demostrar que somos más demócratas que la leche y que nadie oculta nada. No vaya a tener dudas alguien, o nos interpelen en el Parlamento. A transparentes no nos gana ni la torda que nos parió.

Comprendo, eso sí, que los interesados, o sea, los Mohamés y los Mustafás a quienes maderos y picoletos dejan trapichear con algo de chocolate, u obtienen cuartelillo a cambio de berrearse puntualmente de las actividades de sus compadres —tampoco van a jugársela por la cara, y la policía no tiene un duro ni para gasolina propia—, estén un poquito acojonados. Pero oye. Cuando te lo curras de chota en una democracia plural y transparente como ésta, hay esas pegas. Si quieres opacidad y berrearte seguro de tus primos, emigra a Francia o a Alemania o a Inglaterra, colega. Aquí, en España, un chivato está sujeto a los usos y costumbres de una policía y unos servicios de inteligencia superdemocráticos, topemodernos y megacristalinos. Leído en subtítulos, eso significa que, periódicamente, cuando sale un gorrino mal capado y la prensa y la oposición piden responsabilidades, todo cristo se pone a vender a quien tiene a mano: los picos a la madera, la madera a los picos, ambos al Ceneí y éste viceversa, y los políticos a todo cristo.

Da igual lo que se vaya al carajo: operaciones o personas. Hasta lo más rigurosamente legal se airea, por si las moscas. Supervivencia o ajuste de cuentas, da lo mismo. Le pinchamos a ése, vigilamos a aquél, nos lo soplaron éste y ésta. Primero es un ministro el que se quita el consumado de encima contándolo con detalle —siempre y cuando no sea un marrón propio— o haciendo que otros lo cuenten por él. Luego largan los secretarios y subsecretarios, y así va corriendo la cosa. Sin olvidar a ciertos jueces, cuando les conviene. Todo el mundo se lava las manos y señala con el dátil hacia el despacho de al lado o, lo más común, hacia abajo. Aunque, la verdad, en los escalones inferiores se filtra poco. Pocas veces un confite es delatado por su secante. A esos niveles la peña suele ser leal, aparte de que nadie de infantería se atreve a filtrar algo por su cuenta, porque se juega el pan. Quienes largan son los de arriba, los barandas de coche oficial y carrera política. En el escalón intermedio, los comisarios y los coroneles se limitan a encogerse de hombros y a avisar, los más decentes: oye, agente Fulano, o guardia Mengano, o como te llames. Dile a tu confite que haga la maleta y se largue cagando leches, porque el ministro acaba de pedir el informe de la Operación Emilio el Moro. Así que puede darse por jodido. Mañana salís todos en los periódicos. No, no he dicho salimos. Salís, he dicho.

Y claro. Al día siguiente, el chivato Mustafá, contacto personal del agente Mengano —que hasta le paga las cañas de su bolsillo—, sale de casa como cada día, y antes de ir a ver si están los papeles de residencia que le prometieron si colaboraba, decide darse una vuelta por el piso franco del comando islámico en el que está infiltrado. Y nada más llegar y decir salam aleikum, troncos, nota que lo miran raro. Entonces ve un periódico con su foto sobre la mesa, y entrecomillado en titulares, a toda plana, lo que le dijo por teléfono a la policía el mes pasado: «*Bin Laden y estos majaras me la refanfinflan*». Entonces traga saliva, glups, y piensa: si salgo de ésta, la próxima vez se va a infiltrar su puta madre.

El hombre que pintaba al amanecer

Antonio López es un tipo agradabilísimo, encantador. No lo sabía hasta que hace poco tuvimos ocasión de charlar un rato. Fue una conversación breve, interrumpida por otras personas, y fue imposible reanudarla. Eso me dejó en la boca algo que iba a decirle y no pude. No sobre el conjunto de su obra espléndida, ni sobre su emoción y su misterio, ni sobre los jirones de eternidad del tiempo detenido en sus lienzos; asuntos sobre los que, por otra parte, hablaría mucho con él, si tuviera ocasión, o más bien hablaría lo justo para que él hablara y yo pudiera escucharlo. No. Lo que me quedé sin contarle es una anécdota personal relacionada con él. Una pequeña historia, vieja de treinta años.

Los fines de semana que estoy en casa suelo cenar en un restaurante de El Escorial, bajo una reproducción del cuadro *Gran Vía:* esa calle de Madrid desierta al amanecer de un día de verano, la luz de levante iluminando la Telefónica y en primer término el edificio con dos templetes circulares superpuestos, los rótulos de Baume & Mercier y la joyería Grassy, y el reloj de Piaget marcando las seis y media de la mañana. Y cada vez que me siento en el restaurante, bajo la reproducción, recuerdo que yo vi pintar ese cuadro. Sin saberlo entonces, claro. Hablo del año 73 o el 74, cuando aún no sabía quién era Antonio López. Y algunos de ustedes, supongo, tampoco.

Yo era un reportero de veintidós o veintitrés años. Trabajaba en el hoy desaparecido diario *Pueblo,* y entre viaje y viaje me quedaba en la redacción de la calle Huertas hasta las tantas, en compañía de aquella desquiciada redac-

ción de golfos, burlangas, proxenetas, estafadores y alcohóli-
cos que eran, tal vez precisamente por eso, los mejores periodistas del mundo. En esta España pichafría y correcta ya
no se hacen periódicos así, ni hay gente como aquélla. Por
eso, cada vez que me tropiezo con Raúl del Pozo, Pepe Mo-
lleda, Rosa Villacastín, Tico Medina o algún otro superviviente de nuestra singular tropa, siempre dispuesta a vender a
su madre a cambio de firmar una exclusiva en primera página, se me alegran el corazón y la memoria. Tras el cierre de la
primera edición solíamos rematar la noche en garitos, disco-
tecas y antros, y era frecuente que yo caminase al amanecer,
algo inseguro el paso, por las aceras desiertas de la Gran Vía,
camino de mi apartamento de la calle Princesa. Y allí estaba
él. Yo lo ignoraba entonces, claro. Pero ahora sé que era él.

Era un pintor flaco, bajito, de pie ante un caballete
donde iba tomando forma y color la calle desierta en aquellos amaneceres de verano. Se situaba exactamente en la
isleta del paso de peatones donde confluyen Gran Vía y Alcalá, y yo lo veía allí amanecer tras amanecer, pintando. Solía saludarlo brevemente y pararme a su lado para ver la pro-
gresión del trabajo. No había un coche, ni un ruido. Nada.
Sólo aquella luz que crecía a nuestras espaldas colándose
entre los edificios, lamiendo las fachadas con su haz rojizo
y amarillo, aliviando la melancolía bellísima de ese instante. El hombre flaco y bajito me sonreía a veces, amable, el
aire distraído, y luego seguía aplicando los pinceles al lienzo, que recuerdo en tonos grises. Nunca cambiamos una
palabra. Me quedaba un par de minutos mirando y luego
seguía mi camino. El cuadro aún no me parecía feo ni bonito. Era la escena, el lugar, lo que componía otro cuadro
de veras bellísimo: la calle desierta al amanecer, la luz, el
paisaje que yo tenía ante los ojos por partida doble, esboza-
do, repetido en el lienzo con un extraño realismo dotado,
sin embargo, de un singular carácter propio. De una in-

quietante soledad. Era esa calle, pero era otra. La veía afirmarse a través de las manos del hombre que la creaba de nuevo; y al mismo tiempo, en mis ojos, calle real y calle pintada se completaban con un tercer paisaje: la Gran Vía conteniendo al hombre paciente que la pintaba en el lienzo. Ahora me recuerdo mirando ese cuadro y veo una escena aún más compleja: un joven contempla al pintor desconocido que pinta la calle en la que se encuentran, ignorantes de que, treinta años después, ese joven se sentará bajo un fragmento de esa escena y recordará el momento, el amanecer detenido en el tiempo, el cuadro completo, añadiendo por su cuenta el resto de la escena, la parte oculta que no aparece. Ahora sé que vi a Antonio López pintando un lienzo mientras yo lo pintaba a él dentro de otro. Dos desconocidos frente a un cuadro, dentro de otro cuadro, en la Gran Vía.

Comiendo cualquier cosa

No sé ustedes, pero yo colecciono gilipolleces. Quiero decir que de vez en cuando recorto algo de los diarios o las revistas, un reportaje, un titular, un pie de foto, y lo guardo en una carpeta. Para lo otro, para las hijoputeces, no necesito carpeta. De ésas me acuerdo perfectamente. Así, los días en que se me afloja el muelle y me siento sociable y hasta noto reavivarse mi aprecio por el género humano en términos indiscriminados, y se me desdibujan el francotirador serbio, el puente de la Qarantina de Beirut y los gritos de las mujeres violadas en Tessenei, por ejemplo, abro la carpeta de la que les hablaba, hojeo recortes, siento el urgente deseo de echar la pota y todo vuelve a estar como es debido. En los años en que me ganaba el jornal enseñando muertos —entonces los reporteros no éramos mártires de la libertad y samaritanos canonizables como los de ahora, sino mercenarios eficientes— adquirí, si ésa es la palabra, cierta falta de fe en la condición humana, y la certeza de que nuestra capacidad de maldad y estupidez es infinita. Eso tiene la ventaja de que cuando llegan los bárbaros, o Táriq, o los aqueos, uno puede contemplar el espectáculo con el lúcido consuelo de que, a fin de cuentas, cada colectividad tiene lo que se merece. Esa certeza no cambia nada, por supuesto. Te vas a tomar por saco con todos y como todos. Pero al menos puedes irte a la manera del amigo Séneca, o —puesto a que te lo paguen caro— a la manera de los guerreros sin esperanza de Eneas. En cualquier caso, con menos compasión, con menos remordimientos y con menos miedo.

Pero me estoy poniendo muy apocalíptico y muy grave, y en realidad yo sólo quería hablarles de gilipolleces. De esas que recorto y guardo. La de hoy son seis páginas de revista con sugerencias para comer cuando uno está solo en casa. Basándonos en situaciones, dice el texto, *que se nos pueden presentar un día cualquiera.* Es decir, que estás viendo la tele, por ejemplo, te entra hambre y no tienes ganas de bajar a un restaurante, así que decides hacerte algo con lo que tienes en el frigorífico. Algo en plan aquí te pillo aquí te como. Y para esa eventualidad, el reportaje que comento, firmado por un gastrónomo, un fotógrafo y una estilista, aporta valiosas sugerencias de cuya sencillez pueden ustedes hacerse idea si les digo que en la primera —*flauta de aguacate y anchoas*— el aguacate, previamente picado en trozos y bien tamizado por el colador, debe terminar siendo emulsionado con el aceite, etcétera. En caso de que inesperadamente suene el timbre, nos caiga una visita inesperada y haya que apañarse con cualquier cosa, el reportaje sugiere algo también sencillito: unas *alcachofas con huevos y huevas* —observen el toque gastronómicamente correcto— para las que sólo hace falta tener a mano, como todo el mundo tiene, seis alcachofas medianas, seis huevos de codorniz, seis cucharadas de huevas de trucha y un kit —el texto dice eso: *kit*— de puntilla afilada, freidora y *grill.* También cabe la posibilidad, dice el utilísimo texto, de que uno llegue cansado de trabajar y no tenga ganas de ponerse a cocinar. En tal caso, lo adecuado es una simple *esquiexada de bacalao con olivas negras,* para la que basta abrir el frigorífico y sacar de él cien gramos de bacalao desalado, tomate, cebollas tiernas, perifollo, cebollino y pasta de aceitunas, con el correspondiente *kit.* Pero ojo. Si, en vez de trabajar, de donde viene uno es del gimnasio, lo adecuado para hacerse algo rápido, simple y casero, es una *ensalada de pasta y langostinos con tomate, frutos secos y aceite de tina,* cuidando, sobre todo, hacer una pequeña incisión al langostino a lo largo del primer tercio, detalle que nos dará una presentación adecuada a la hora de saltear. Y por supuesto, emulsionar o no el aceite, según se tercie. La pasta —esa concesión es clave— puede ser del color que deseemos, por supuesto. Siempre y cuando sea fina, hecha madejitas, y se coma con palillos chinos.

Así que ya lo saben. Si no quieren quedar ante sí mismos y ante las visitas inesperadas como unos ordinarios y unos carcas, ni se les ocurra pensar en huevos fritos, tortilla a la francesa o lata de fabada. Por Dios. Y mucho menos en un bocata de vulgar chorizo. Niet. Cualquiera de las anteriores sugerencias le harán sentirse un cinco tenedores casero. Diseño y gastronomía a su alcance para ver el fútbol, o el telediario. Y eso, insiste el texto, *sin complicarse la vida*. Palabra.

Lo que siento de veras es que no puedan ustedes ver las fotos.

La mariposa y el mariposo

Todavía quedan flores a uno y otro lado de la carretera, y los campos manchegos aún no están del todo abrasados por el sol del verano. De Argamasilla de Alba a Sierra Morena, el viajero que sigue la ruta de don Quijote, el recorrido inmortal de la primera y la segunda salidas del hidalgo, se enfrenta a la desilusión propia de cuando uno emprende en España esta clase de cosas. En Francia, por ejemplo, pueden seguirse las huellas de la historia o de la literatura a simple vista; y en cuanto a Inglaterra, la mitad de su oferta turística vive de Shakespeare y la otra mitad, de Nelson. España es otra cosa, claro. Aquí vivimos de las playas, de la sangría y los discobares bajunos para chusma guiri. Alguna vez les he contado que en el barrio de Madrid donde se imprimió el *Quijote,* donde está enterrado su autor, y donde vivieron, a pocos pasos unos de otros, Cervantes, Lope, Calderón, Quevedo y Góngora —barrio que si fuera parisino o londinense sería centro de peregrinaje cultural lleno de museos, bibliotecas, placas y monumentos—, tienes que buscar con lupa las mínimas referencias a tan ilustres vecinos. Y en La Mancha, lo mismo. O peor. Sólo con un poderoso esfuerzo de la imaginación, proyectando lecturas y buena voluntad sobre el paisaje y el paisanaje, es posible encajar, a ratos, lo imaginado sobre lo real, lo cervantino con el prosaico panorama que se ofrece a la vista.

No se trata ya de que esta tierra se parezca poco a la que conoció Cervantes, con sus pueblos, corrales, ventas y polvorientos caminos; es que no tiene nada que ver. Cuando uno les echa un vistazo a las viejas fotos de pueblos manchegos, advierte que estos lugares cambiaron menos entre 1605 y 1960 que en los últimos cuarenta años. A principios del siglo XX, John Dos Passos o Azorín aún podían recorrer La Mancha poniendo el pie sobre las huellas de don Quijote y Sancho. Hoy es imposible. El desarrollo y el aumento del nivel de vida, tan deseables y necesarios, dejaron atrás, como cadáver en la cuneta, la memoria y la cultura. Excepto escasas y honrosas excepciones, la piqueta, la desidia, el mal gusto, la arquitectura absurda e inapropiada, el arte cutre de tercera fila envilecen las poquísimas referencias cervantinas que aún salen al paso del viajero. Como mucho, quedan para marcas de lácteos y embutidos: quesos Dulcinea, chorizos Sancho Panza. Política aparte, claro. En uno de los pueblos más quijotescos, la estatua de Cervantes, con una mano partida, no simbólicamente —aquí no hilamos tan fino— sino por un animal indígena, languidece bajo una enorme pancarta que reza: Vota al Pepé. Y tiemblo de pensar en lo que nos espera el año que viene, cuarto centenario del *Quijote,* con todo cristo mojando en la salsa y haciéndose la foto, como suelen, la tira de políticos y políticas mangantes y mangantas analfabetos y analfabetas —espero que las feministas de género de los cojones estén satisfechas con mi lenguaje de académico no sexista— puestos en plan aquí mi tronco Cervantes y yo, o sea, amigos y compadres de toda la vida. Ya verán, ya. Para echar la pota.

Pero el caso es que, en mitad de esa Mancha a menudo incapaz de estar culturalmente a la altura de lo que su honroso nombre exige, no todo es desolación. Niet. La vida sigue y se perpetúa. Allí, de esa cuneta florida de la que les hablaba al principio, salen de pronto dos mariposas. Una mariposa y un mariposo, supongo, pues esta última, o último, persigue a la primera con ávido revoloteo. El viajero —o sea, yo— las ve salir del lado izquierdo de la carretera, con reflejos dorados del sol en el amarillo y rojizo de sus alas. Y en el preciso instante en que el mariposo, con una amplia sonrisa de oreja a oreja, o de antena a antena, está a punto de alcanzar a la hembra, en ese momento, como digo, mi coche pasa a ciento veinte kilómetros por hora, zuuuas, y los estampa a los dos en la parrilla del radiador, chas, chas. Y algo más tarde, cuando paro a echar gasolina y miro el radiador, los veo allí estampados, la mariposa y el mariposo listos de papeles, más tiesos que mi abuela, mientras pienso: hay que joderse. No somos nadie. Si hubieran sido mariposas francesas o inglesas, lo mismo las habría cazado Vladimir Nabokov y ahora estarían pinchadas en un corcho, en una colección exquisita y tal, de las que salen citadas en los suplementos literarios selectos. Inmortales como *Lolita*. Pero ya ves. Se las ha cargado el Reverte con un puto Golf. En La Mancha, hasta las mariposas van de culo.

Sobre mendigos y perros

No tengo nada contra la mendicidad ni los mendigos. Al contrario. Lo mismo me da que sean forzados por la necesidad —que también, aunque hay menos— o de oficio. Allá cada uno con su forma de ganarse la vida. Tampoco te obligan, oye. Les das o no les das. A mí, según las pintas que tienen, los lugares que eligen para currárselo y las actitudes, me gusta echarles una mano, pagar una caña, un paquete de tabaco, escuchar su historia real o fingida. Me agradan sobre todo los que no disfrazan su condición y se proclaman mendigos a mucha honra. En los soportales de la Plaza Mayor de Madrid hay varios sentados al sol, borrachines, felices con un pitillo y un cartón de vino barato. Están muy crecidos, por cierto, desde que a una concejal o algo así, víctima de lo socialmente correcto, se la cepillaron los del Ayuntamiento porque pidió que retirasen a los mendigos de allí con motivo de no sé qué fiesta, o presentación de algo. Les oyes contarlo y te rulas de risa. De aquí no nos quita ni Dios, etcétera. Las guiris rubias y blanditas les hacen fotos, medio fascinadas y medio horrorizadas, mientras ellos, entre sorbo y sorbo al Don Simón, les dicen lo que les van a comer si la ocasión se tercia. Me encanta.

Alguna de las variedades mendicantes, eso sí, se me atraviesan en el gaznate. Como cierto fulano que se aposta en la boca de un aparcamiento con ropas raídas y actitud misérrima, al que ya he visto varias veces por la calle, los días que libra, vestido con coqueta corrección e incluso chulito de aires. Otros mendigos a quienes no trago son esos tíos como castillos que se arrodillan en mitad de la calle con los brazos en cruz y con imágenes y estampitas del Sagrado Corazón, de Santa Gema o de San Romualdo, y que te dicen tengo hambre, tengo hambre, en tono gimoteante, a veinte pasos de una obra en la que hay siete moros, cinco indios y tres negros sudando el jornal bajo un casco de albañil. Con esos mierdas siempre tengo la impresión de que si me fuera a una tienda y les comprara una navaja, no sabrían qué hacer con ella. Como le decía a uno de ellos en la calle Preciados —se lo conté a ustedes hace tiempo, en esta misma página— aquel otro mendigo punki con flauta en el cinto, botas de paracaidista y pelo mohicano: «Ni para pedir tienes huevos, hijoputa».

Los mendigos con perro son aparte. Ya he dicho alguna vez que amo a los malditos cánidos más que a las personas, y me abrasa la sangre imaginar que un canalla los tenga allí sólo por mover a compasión a los clientes. Porque ya me dirán. Desde que la cosa se puso de moda hace unos años, raro es el mendigo que no se lo monta con un chucho. Ahí libro luchas terribles conmigo mismo, entre la natural tendencia a ayudar al propietario del perro para que lo cuide, le dé de comer y todo eso, y la repugnancia a caer en la trampa sentimental que ese mismo fulano me está tendiendo. Al final, por aquello de que más vale dormir tranquilo y siempre hay uno o diez justos en cualquier Sodoma, termino palmando, claro. Mejor eso que la duda. Esos ojos del perro que te miran al irte.

Además, nunca se sabe. Hace poco, sentado a la puerta de una cafetería en la calle Ancha de Cádiz, estuve observando a un mendigo con un cachorrillo que estaba enfrente, sobre unos cartones. El cachorrillo era travieso, se escapaba detrás de la gente, y el mendigo, un fulano joven de aspecto feroz, infame, lo increpaba. Ven aquí que te voy a matar, decía. Yo estaba inquieto porque, bueno. Uno tiene sus amores y sus reglas. Y la vamos a liar, pensaba. Como le haga daño de verdad, no me va a quedar otra que levantarme e ir a que ese cenutrio me rompa la cara, entre otras cosas porque ya no voy estando en edad de sostener con hechos, como antes, todo lo que pienso y digo. Ahora, con un jambo joven enfrente, o madrugas mucho —patada en los huevos, cabezazo, vaso roto, etcétera— o te dan las tuyas y las de un bombero. En fin. El caso es que de pronto se levantó el mendigo en busca del cachorrillo, que se alejaba, y yo sentí bombear la adrenalina, pensando: vaya ruina te vas a buscar esta mañana, Arturete. A los cincuenta y dos. Hay que joderse. Y entonces, para mi sorpresa, el fulano agarró al cachorrillo por el pescuezo con una dulzura infinita, le estampó un beso en el hocico, y se lo llevó otra vez de vuelta, acariciándolo, hablándole con una ternura que me dejó hecho polvo. Y cuando al rato me levanté y al paso, como quien no ha visto nada, dejé un billetejo sobre los cartones, pensé a modo de disculpa: nunca se sabe, colega. La verdad es que nunca se sabe.

Otro verano, Marías

Cuando llegan estas fechas estivales, siempre me acuerdo de Javier Marías, alias el perro inglés. Año tras año, hasta que se fue al dominical de *El País,* el rey de Redonda y el arriba firmante intercambiábamos puntual guasa veraniega, de página a página, sobre las lorzas de tocino y las pantorrillas peludas con que cierta chusma adorna, no ya las playas, que son más o menos lugar adecuado para exhibir esa clase de espantos, sino el paisaje en general. Y lo que es la costumbre, oigan. Estos días, cada vez que veo a un fulano en chanclas, con bañador y sin camiseta, rascándose los huevos por la Gran Vía de Madrid, o a una de esas impúdicas morsas que se pasean, orgullosas de su palmito, con rodajas de sudoroso sebo rebosándoles bajo el top, no puedo menos que acordarme del ausente colega y de nuestros duetos veraniegos de antaño.

El otro día me acordé especialmente. Estaba en el aeropuerto de Barajas, soportando las habituales sevicias y humillaciones que, gracias a George Bush y a su pandilla de gangsters de ultraderecha, ahora debe sufrir cualquiera que pretenda subirse a un avión. Estaba en ésas, digo, y justo delante, a un palmo, tenía una espalda de mujer completamente desnuda. La espalda. Y cuando digo completamente, me refiero a eso: desnuda de arriba abajo. O sea, que la individua llevaba un pantalón piratesco de cintura bajísima —se advertía un tatuaje en la línea de flotación— y la parte superior de su cuerpo sólo estaba cubierta, en la región delantera, por un minúsculo paño sujeto por tirantes. El resto eran rodajas de chicha. La pava en cuestión era grandota, atocinada, abundante y bajuna sin complejos, y lucía en el omoplato derecho otro tatuaje, con un Jesucristo tan detallado que sólo le faltaba decir: con un beso me entregas, Judas, o algo así. El acento era gallego, creo. Me refiero al de la individua.

Total. Que la cola era larga e iba despacio. Los picoletos de los rayos equis escudriñaban minuciosos, y aunque había cuatro aparatos con sus arcos y toda la parafernalia, sólo funcionaba uno. Lo normal. La gente de atrás, impaciente, empujaba un poco. Yo tenía por la popa a una madre con su vástaga en brazos, y la pequeña bestezuela mascaba un donut de chocolate, agitando sus manitas pringosas junto al cuello de la camisa con la que yo debía culminar ocho horas de vuelo. A cada viaje que la criatura me tiraba al cogote, yo me echaba hacia delante, angustiado, dando sobre la espalda de la pava que tenía a proa. Ahí, háganse cargo: diera donde diera, siempre daba en carne. Sudorosa y nada apetecible, las cosas como son; pero carne al fin y al cabo, que su propietaria debía de tener, además, en alta estima. Pues era el caso que, cada vez que yo rozaba aquel espanto tatuado, el Cristo me miraba ceñudo y su exhibidora se volvía a medias, observándome también como diciéndose: sátiro habemus, y me magrea.

No he pasado tanta vergüenza en mi vida. Allí estaba yo, emparedado entre la pequeña hija de puta de mi retaguardia —la madre pasaba varios pueblos de mí— y aquella espalda enorme, desnuda, tatuada, contra la que me llevaban tanto mis movimientos defensivos como las arrancadas y frenazos de la gente. Pensé que aquello no podía ser peor, pero me equivocaba. Siempre puede ser peor. Porque a la tía de delante empezó a sonarle el móvil, puso la bolsa en el suelo mientras se agachaba a buscarlo, en ese momento me empujaron por atrás, y en el preciso instante en que, por la cintura del pantalón de la foca, que le quedó muy abajo al inclinarse, asomaban el otro tatuaje completo —un águila con aspecto de haberse tragado un tripi—, la parte superior de un exiguo tanga negro y el arranque de dos rollizos glúteos de los que le gustan a mi actual vecino de página Juan Manuel de Prada, me precipité, perdiendo el equilibrio, exactamente sobre el horror de aquellas oferentes ancas. Chof, hizo el impacto. Pero no acabó todo ahí. Cuando, inclinada como estaba, la prójima se volvía a mirarme furibunda, evaluando mis rijosas intenciones, justo en ese momento, se le salió por delante, a un lado del pañito que llevaba puesto, media teta izquierda, enorme, descomunal, que le quedó colgando con oscilaciones de ternera charolesa. Lo juro por mis muertos más frescos. Fue entonces cuando, al fin, la manita chocolateada de la niña me acertó de lleno en el pescuezo. Y yo consideré la posibilidad de arrojarme sobre el guardia civil más próximo, arrebatarle su arma reglamentaria y pegarme un tiro.

Por tres cochinos minutos

A ver si consigo que me leas con atención, Fulano o como te llames. Porque hace poco me mataste a un amigo. Y digo amigo, porque lo era. De verdad. No le había visto la cara nunca, pero eso no importa. Lo era, repito. Leía mis libros, y también esta página cada semana. Tenía veintiocho años, era bien parecido, deportista, corría diez kilómetros cada día. Buena pinta, sano y fuerte. Además era un tipo noble, sencillo, derecho, con sentido del honor como los de antes, con palabra, apretón de manos franco, y todo eso. Con sentido del humor, además, lo que era un regalo, un don de la existencia para quienes estaban con él. Había aprendido a disfrutar de la vida con dignidad y con decencia. Hay gente que vive noventa tacos de almanaque y nunca llega a ser tan sabia y lúcida como lo era él. Amaba el mar, como yo. Tenía una familia, una novia, unos amigos. Tenía una perra que ahora lo busca con ojos leales y tristes, moviendo el rabo esperanzada cada vez que alguien roza la puerta. Tenía un futuro. Si tú se lo hubieras permitido, habría llegado a ser un tipo de esos que hacen el mundo soportable, en vez de una cloaca sucia y oscura, a merced de irresponsables como tú.

También tenía una moto, aunque no era uno de los que van haciendo el cimbel como suicidas prematuros. Aquella mañana circulaba despacio, cerca de la playa, con el casco puesto y guardando las precauciones adecuadas. Y ése fue el momento que elegiste, maldita sea tu estampa, para salir con el coche de la gasolinera a toda velocidad, saltándote tres carriles antes de girar en dirección prohibida, a fin de ahorrarte los cien metros hasta el siguiente cambio de sentido. Llevabas a tu mujer y a tu hijo en el coche, y aun así hiciste esa pirula. Te jugaste tu vida y la de ellos por ganar tres minutos, y arrancaste de cuajo la de otro. Le diste de lleno, clac. Moto y motorista a tomar por saco. Doce días en coma, luchando entre la vida y la muerte. Y luego, ya sabes. Como esos aparatitos de las películas: la línea recta en el monitor. Piiiii. Pero no era una película, sino la vida de un joven lleno de sueños y esperanzas. Por usar un lenguaje de cine y que lo entiendas, cretino: cuando matas a alguien le quitas todo lo que tiene y todo lo que podría llegar a tener.

Por supuesto, ahora estás en la calle, tan campante. Los miserables como tú no van a la cárcel. Ignoro exactamente qué te cayó, si es que fue algo además de tres meses sin permiso de conducir. Si la gentuza de tu calaña fuera al talego cada vez que despacha a alguien, las cárceles iban a parecer el camarote de los hermanos Marx. No hay más que veros pasar al volante, inconscientes, letales, a toda leche, creyéndoos inmortales. Seguros, como fue tu caso, de que si alguien palma, será otro. Así que imagino que a estas alturas ya estarás conduciendo de nuevo, como si nada. Los jueces son comprensivos en esto, por lo general; y en cierta forma toco madera, porque la vida da muchas vueltas y nunca se sabe. Ignoro si un día seré yo quien tenga que verse ante un juez. Pero tales son las contradicciones de la vida. Además, lo mío es sólo una hipótesis: no suelo ahorrarme esos cien metros hasta el cambio de sentido, ni me salto los carriles de tres en tres, ni circulo como un majara. Lo tuyo es una realidad: estoy hablando de ti y de tu caso. No tengo toda la información, pero sí la sospecha de que, en vez de prohibirte conducir durante el resto de tu vida, o mandarte un año a trabajar, por ejemplo, al hospital de tetrapléjicos de Toledo, ayudando a gente a la que otros como tú jodieron la vida, supongo que la Justicia, benévola, habrá permitido que te redimas con el pago de una multa. Es lo que suele. Y ahora ni remordimientos tienes, ¿verdad? Parece mentira la capacidad de supervivencia y egoísmo del ser humano. Cómo nos convencemos a nosotros mismos de que la mala suerte, el destino, etcétera, tuvieron la culpa. Al final siempre resultamos asquerosamente inocentes. De todo. Y quién te ha visto y quién te ve. Quién reconocería ahora en ti al lloroso mierdecilla que se justificaba ante los guardias, desolado, frente al cuerpo tirado en el suelo, aquel día de la gasolinera. Pasa el tiempo, y nos justificamos, y si los dolores propios terminan diluyéndose en el recuerdo, para qué decir de los dolores ajenos.

Por eso escribo hoy esta página. Para recordártelo. Para contar que me arrebataste a un amigo al que nunca llegué a conocer. Para decirte que ojalá revientes. Cabrón.

Judío, alérgico, vegetariano

Se llama Daniel Sherr, habla siete idiomas, es neoyorquino y muy amigo mío. Alguna vez lo mencioné de pasada en esta página. También es el mejor traductor simultáneo del mundo, utilísimo para alguien que, como yo, habla inglés como los indios de las películas de John Ford: yo venir en gran pájaro metálico, yo querer agua de fuego, yo ciscarme en gran padre blanco de Washington que habla con lengua de serpiente, etcétera. Así que cada vez que viajo a los Estados Unidos para presentar una novela, exijo llevarlo de escolta, y hacemos la tournée taurino-musical en plan dúo Sacapuntas, con gran éxito de público y crítica, sobre todo por su parte, pues es tan concienzudo y tan serio traduciendo las barbaridades que les suelto a las amas de casa de Wisconsin, por ejemplo, que la gente piensa que está de cachondeo, y lo adoran. Además, Daniel es un profesional cultísimo e impecable. Un mercenario cualificado, como a mí me gustan. Traduce literal, perfecto, preciso cual bisturí, sin arquear una ceja haga yo lo que haga pasar por su boca, aunque a veces suelto complejas atrocidades para ver cómo se las apaña. En Los Ángeles, hace nada, tradujo lo de: *«Ese cabrón analfabeto de George Bush y la pandilla de gangsters paranoicos de ultraderecha que tiene secuestrada la libertad en este país y nos están jodiendo a todos»* de carrerilla y sin alterarse, pese a la cara de espanto que ponía la periodista que me entrevistaba. Luego sacó de la mochila una manzana y se puso a morderla, tranquilo.

Entre otras muchas cosas —excéntrico, antitabaquista, ciclista, ecologista— Daniel también es judío, alérgico y vegetariano. Como no hace comidas normales, necesita reponer energías a todas horas, y su mochila es una especie de súper ambulante: fruta, verduras y tupervares con arroz. Verlo comer o buscar pasto que no lo envíe directamente a las tinieblas exteriores de la ley mosaica o a la unidad de cuidados intensivos de un hospital es como para hacer fotos: sólo puede ingerir arroz, fruta, verdura y pollo. Si huele el pescado entra en coma, los huevos le bloquean la glotis, la carne de ternera le desprende las uñas, o yo qué sé. La leche. Quiero decir que también la leche le sienta como una patada en el hígado. A veces me acompaña a cenar —saca brócoli del bolsillo y lo mastica en plan Bugs Bunny mirando con desconfianza a los camareros—, y luego, cuando me voy al hotel a las tantas de la noche, se larga con una bicicleta alquilada al barrio chino, en busca de arroz hervido.

También tiene un corazón de oro. Ama al género humano, es bondadoso y asquerosamente sociable. Cuando entra en un avión o en un ascensor se enrolla con el primero que encuentra, y uno y otro terminan contándose intimidades que a mí me sonrojan. Es dulce con los perros y con los niños, y cada vez que ve a un zagal empieza a hacerle muecas y a darle conversación en cualquier idioma. El problema es que, como tiene pinta extravagante y viaja con extraños pañuelos al cuello y camisetas espantosas, las madres se acojonan y apartan a sus hijos, alarmadas, mirándonos como si él fuera un paidófilo psicópata y yo su cómplice. Y con los policías, para qué hablar. Cualquier paso de Daniel por un control de viajeros con rayos equis es un espectáculo. En primer lugar —ya dije que es ecologista acérrimo—, cada vez que llega a un hotel pregunta si allí reciclan. Y si la respuesta es negativa, va metiendo en un maletón enorme todos los papeles, periódicos, revistas, plásticos y botellas que encuentra, y viaja con todo eso a cuestas de ciudad en ciudad, de país en país, el hijoputa, hasta llegar a su casa, donde distribuye cada cosa en el contenedor correspondiente. En los Estados Unidos, con policías acostumbrados a las sectas y a los majaras y a toda esa murga, tiene un pase. Pero imagínense el cuadro cuando viene a España —trabaja mucho en Madrid y Barcelona—, en los aeropuertos, intentando convencer a un guardia civil de que los veintisiete cascos vacíos de botella son para reciclarlos en Nueva York, o de que la fruta que lleva no puede pasar por la máquina detectora porque las radiaciones, dice, destruyen las vitaminas. Yo suelo pasar por su lado como si no lo conociera, y lo espero al otro lado hasta que llega media hora después, arrastrando la maleta medio deshecha y mal cerrada, indignado, sudoroso, lamentando la falta de conciencia del mundo en que vivimos.

Pepe y Manolo en Formentera

Pues eso. Que arribé de madrugada y estoy fondeado frente a los Trocados, en Formentera, con treinta metros de cadena en cinco de sonda, intentando recobrarme de una larga noche frente a la pantalla de radar o con los prismáticos en la cara, esquivando mercantes que nunca se apartan aunque vayan a vela y encima vean tu luz roja de babor, los muy cabrones. Estoy tumbado en el camarote, digo, durmiendo el sueño glorioso de los marinos cansados que al fin arrían velas y echan el hierro donde querían echarlo, sobando como un almirante pese a los rayos de sol que se filtran por los portillos, y además tengo la suerte de que no hay ningún retrasado mental con moto de agua dando por saco cerca, y de postre hace dos semanas que no leo periódicos, ni oigo la radio, ni tengo la menor idea de cómo andan la comisión del 11-M, ni el Pesoe, ni el Pepé, ni el plan Ibarretxe, o sea, ni puta falta que me hace, ni a mí ni a nadie. Estoy tal cual, digo, dormido y razonablemente feliz, soñando que una sirena se desliza a mi lado y me despierta con la habilidad que tienen las sirenas como Dios manda para esa clase de menesteres despertatorios, cuando un estruendo exterior estremece los mamparos. Chunda, chunda, hace, igual que cuando estás en la calle y pasa un imbécil con la radio a toda leche y las ventanillas del coche abiertas.

Me levanto, jurando a los doctrinales. Después subo a cubierta y veo el otro barco. La playa tiene muchas millas y hay sitio de sobra; pero el recién llegado ha venido a situarse cerquísima de mi banda de estribor. Es un yatecito a motor de nueve o diez metros, algo cochambroso, con música bailonga atronando por los altavoces de la bañera y tres jóvenes señoras en tanga y con las tetas al aire bailando en la proa. Para ser exactos, se trata de una rubia y dos morenas. Y para ser más exactos todavía, lo de señoras resulta relativo, porque tienen una pinta de putas que te rilas. Con Ibiza cerca y a primeros de agosto, no digo más.

Pero lo mejor, el tuétano del asunto, son los tres jambos. El dueño del barco está al timón, en la toldilla. Cincuentón, moreno, peludo, tripón, con una cadena de oro al cuello. Sus dos colegas responden al mismo perfil ibérico: barriga cervecera desbordándoles la cintura del bañador, latas de birra en la mano. Un común toquecito hortera. Españoles maduros de toda la vida, con aspecto y maneras de estarse corriendo una juerga de cojón de pato. El típico Manolo que le ha dicho a su respectiva: oye, Maruja, me voy tres días con Pepe y Mariano a pescar atunes en alta mar, para descansar un poco del curro, y a la vuelta te llevo con los críos a la playa. Eso es lo que imagino mientras los observo moverse al ritmo de la música, bailoteando a saltitos discotequeros entre sorbo y sorbo a la cerveza alrededor de las pájaras de la proa, que siguen a lo suyo sin hacerles mucho caso. Y entonces, como si me hubieran adivinado el pensamiento, uno empieza a darse golpecitos de nalga con la grupa de una de las tordas y le grita al patrón: «Vente pacá, Manolo, que no decaiga». Lo juro: Manolo. Tal cual. Y entonces llega Manolo moviendo la tripa al ritmo de la murga discotequera, esforzadamente moderno a tope, y agarra a una chocholoco, la rubia, y se tira al agua con ella, y allí le quita el tanga y lo agita en alto como trofeo antes de ponérselo de gorro, y los colegas lo jalean desde el barco, y uno saca una cámara y le hace una foto chapoteando con la lumi apalancada, el tanga en el cogote y él sonriendo regordete y triunfante, imaginando, supongo, la envidia de los compañeros del curro cuando en septiembre les enseñe el

afoto. Ese afoto que luego la legítima siempre encuentra es-
condido en un cajón y te cuesta, según la pasta que tengas,
el divorcio o un disgusto.

Pero lo mejor es que, cuando Manolo sale del agua
y se pone a secarse desnudo, ciruelo al sol, mientras la rubia
despelotada pasa de él y se va a bailar con las otras, y los colegas lo rodean cerveza en mano celebrando lo del tanga,
juas, juas, qué jartá a reír nos estamos pegando, compadre,
oigo que a otro de ellos lo llaman Pepe. Les doy mi palabra.
Pepe esto y Pepe lo otro. Y me digo: no puede ser, es demasiado clásico todo, demasiado patéticamente perfecto. Pepe
y Manolo. La España eterna, cutre, cañí, nunca se rinde.
Entonces me entra así como una ternura retorcida y rara,
oigan. Y, horrorizado de mí mismo, sonrío.

Sin perdón

El otro día, oyendo la radio, me estuve riendo un rato largo. Y no porque el asunto fuese cómico. Todo lo contrario. Era la mía una risa atravesada, siniestra. Una risa con muy mala leche. Muy de aquí. La de cualquier español medianamente lúcido que ve enfrentadas la España virtual, oficial, y la España real, en cuanto se asoma un rato a observar la demagogia y la tontería que gastamos en este país de gilipollas.

La cosa, como digo, no era de risa. Un periodista entrevistaba por teléfono al padre de una joven asesinada. Tardé un rato en enterarme de que la chica asesinada era gitana, porque el entrevistador no mencionó su etnia. Esto, que en el terreno de lo socialmente correcto resulta, supongo, muy loable, informativamente hablando es una imbecilidad notoria; porque, se pongan como se pongan los tontos del haba y los cantamañanas, el hecho de que alguien sea gitano o no lo sea aclara situaciones que en otros casos tendrían difícil explicación. Decir que dos familias se tirotean, por ejemplo, sin matizar que son familias gitanas y hay de por medio un ajuste de cuentas es escamotear claves necesarias del asunto; tanto como decir que a una joven la mató su hermano por deshonrar a la familia al llegar a casa faldicorta y maquillada, si no se especifica que hermana y hermano eran de origen marroquí, y este último integrista musulmán. Quiero decir lo obvio: no son los mismos mundos, ni las mismas reglas. No siempre. Olvidar esto acarrea la imposibilidad de comprender y solucionar el problema. Cuando hay solución, claro. Que ésa es otra. Porque sólo los cretinos y los que se dedican a la política —una cosa no excluye la otra— son capaces de afirmar que existen soluciones para todo.

Pero a lo que iba. Cuando al fin me enteré, o deduje, que era un asunto de rapto gitano y asesinato, advertí la parte surrealista del episodio radiofónico: una flagrante confrontación entre la España virtual, encarnada por el entrevistador y su panoplia de clichés de lo supercorrecto y lo megaincorrecto, y la España real, representada por un padre gitano —insisto en el dato étnico— cabreadísimo por la muerte de su hija. Ha pasado el tiempo, decía el entrevistador, y las heridas estarán cicatrizando, ¿verdad?... Cómo van a cicatrisá las jeridas de mi hiha, respondía el otro con mucha lógica forense, si está muerta y remuerta. Me refiero a las heridas morales, a las suyas, apuntaba el fulano de la radio. Quiero decir que el dolor ya no será el mismo, porque el tiempo serena las cosas y tal. ¿No? Pues no, respondía el padre. A mí, fíhese usté, no me serena na de na. Me duele iguá ahora que cuando me la mató ese hihodeputa. Su lenguaje de padre afectado —matizaba rápido el entrevistador— es comprensible por la pérdida que tuvo. Pero quizá haya llegado el tiempo del perdón. ¿Del perdón? —saltaba el otro—. ¿Del perdón de qué? Voy a desirle a usté una cosa: desde que ese perro entró en el estaripé, lo tengo controlao. Sé lo que hase, con quién se hunta. Conosco hente dentro, y ahí lo espero. Me pagará lo que me tiene que pagá.

Llegados a ese punto, el entrevistador vio que la cosa se le iba de las manos. Debe usted confiar en la Justicia, insistió. Todos debemos hacerlo, en un Estado de derecho. Ahí el padre se calló un momento. ¿Confiá en la Hustisia?, dijo luego. Mire usté. Lo que yo sé de la Hustisia es que a los quinse año un guardia sivil me dio una palisa de muerte porque moyó cagarme en San Irdefonso. ¿Estamo o no estamo? Así que confiá, lo que dise confiá, a lo mehó confío.

No le digo que no. Pero la Hustisia y el Estao de deresho que de verdá no fallan son los de uno. Y le juro que ése no sale del estaripé. Y si por casualidá sale, ahí lo espero. Por éstas. Y que dé grasias su familia que la mía se conforma con eso.

En tal punto del diálogo, el entrevistador, claramente descompuesto, buscaba ya el modo de cortar la conexión de forma airosa. Ésa no es forma, farfullaba. Por Dios. El perdón, ejem, la sociedad civilizada, la democracia, los jueces, la Constitución, ya sabe. Glups. Todo eso. Déheme de cuentos shinos, le cortó el padre. A ver por qué tengo yo que perdoná al que mató a mi hiha. Y si no, espere, que se pone mi muhé. La madre. Dígale a ella que confíe en la Hustisia, o que perdone. Que parese usté que no se entera. Oiga.

Párrocos, escobas y batallas

Tenemos por delante una larga temporada de polémica histórica, a base de aniversarios, bicentenarios y cosas así. Que es justo lo que le faltaba a esta nueva España megaplural y ultramoderna que nos están actualizando entre varios compadres. La verdad es que el tricentenario de la ocupación inglesa de Gibraltar habría pasado inadvertido de no ser por la murga que organizaron los guiris, pues aquí nadie pareció acordarse de nada. Pero vienen tiempos difíciles para la amnesia. En 2005 hará doscientos años de lo de Trafalgar. Y entre 2008 y 2014, una docena de ciudades y pueblos españoles tendrá ocasión de conmemorar fechas de batallas decisivas hace dos siglos, como Bailén, La Coruña, Zaragoza, Gerona, Talavera, La Albuera, Cádiz, etcétera. Me refiero a ese período que antes, en los libros del cole, se llamaba Guerra de la Independencia, y ahora no sé cómo cojones se llama, si es que aún se llama algo.

En otros países, conmemorar esas cosas está chupado: acuden los historiadores, los niños de los colegios, las asociaciones, se recorre el campo de batalla, se homenajea a las víctimas de uno y otro bando, y se mantiene viva la memoria de los hombres, sus hazañas y sus miserias. Lo hemos visto en Waterloo, en Gettysburg, en Normandía. Todos lo hacen, como recordatorio de lo grande y lo terrible que hay en el corazón humano. En España no, claro. Somos el único país donde conmemorar batallas no sólo está mal visto, sino que permite, a la panda de mercachifles y payasos de que tan sobrados andamos, sacar fuera la mala leche, el oportunismo, la insolidaridad y la incultura que, precisamente, crearon campos de batalla. Acostumbrados a confundir Historia con reacción, memoria con derechas, pacifismo con izquierda, guerras con militarismo, soldados con fascistas, cualquier iniciativa para rescatar la memoria, el coraje y la dignidad de quienes lucharon y murieron por una idea, por una fe o simplemente arrastrados por el torbellino de la Historia tropieza siempre con un muro de estupidez y demagogia.

El último caso tuvo lugar hace poco en Bailén, cuando, en los actos conmemorativos, un párroco local —ignorando que conmemorar no significa celebrar— alzó una escoba mientras leía un texto de San Francisco en defensa de la paz, mostrando así su disconformidad con que la ciudad recuerde que allí, hace ciento noventa y seis años, un ejército de campesinos y patriotas alzados contra la ocupación de su tierra por un ejército extranjero infligió a Napoleón su primera derrota. Y así la demagogia del párroco desplazó, en los titulares de diarios, la que hubiera sido reflexión adecuada: que Vietnam o Iraq, por ejemplo, tuvieron en la batalla de Bailén —en España— un precedente digno de consideración. Que es justo de lo que se trata. La Historia como luz para iluminar el presente.

Conmemorar el aniversario de una batalla no es un acto belicista, ni de derechas, ni de izquierdas. Es un acto de afirmación histórica, de identidad y de memoria. Es homenajear a los abuelos, honrando la tierra que mojaron con la sangre que corre por nuestras venas. Es recordar el sufrimiento, el valor de quienes fueron capaces de levantarse y subir ladera arriba, entre la metralla, porque ese día, en aquel lugar, fueran cuales fuesen la bandera o las ideas que los empujaban, creyeron su deber hacerlo; así que apretaron los dientes y pelearon, en vez de quedarse en un agujero agazapados como ratas, leyendo a San Francisco mientras sus amigos y sus vecinos morían por ellos. Porque a veces, la vida, la Historia, las cosas, son muy perras, y te obligan a luchar y a morir, te guste o no te guste. Por pacífico que seas. Y todo hombre o mujer que cumple esa regla, en cualquier bando, merece recuerdo y respeto, igual que una bandera —aunque en tu fuero interno las desprecies todas— debe ser honrada, no a causa de los políticos de mierda que se aprovechan de ella, sino a causa de quienes murieron por defenderla. He dicho alguna vez en esta página que la Historia no es buena ni mala. Es objetiva. Sólo es Historia. Ocurrió y punto. A las nuevas generaciones corresponde sacar lecciones de ella, en vez de barrerla con una escoba como pretenden el párroco de Bailén y tantos imbéciles más. Escoba que, por cierto, los soldados franceses que en 1808 ocupaban su tierra a los acordes de *La Marsellesa,* poco amigos de sotanas, no habrían dudado en meterle al señor párroco por el ojete.

Sexualidad polimorfa y otros pecados

Vaya por Dios. Resulta que al Vaticano no le gusta que actrices y señoras estupendas como Cindy Crawford y Demi Moore, por ejemplo, posen o hayan posado para portadas de revistas mostrando la desnudez de sus espléndidos embarazos. Monica Bellucci, la última de la lista, lo ha hecho, según confesión propia, para protestar contra la ley italiana que, gracias al veto de la mayoría parlamentaria católica, impide que las solteras puedan acceder a la inseminación artificial. *L'Osservatore romano* acaba de calificar el asunto como «*exhibición morbosa que priva de voz y voto al ser humano que nacerá*», y lamenta comprobar que «*la maternidad se ha convertido en una exhibición desacralizada*». Y la verdad. Tengo delante la foto en cuestión, y debo discrepar de los pastores de mi alma inmortal. No sólo la señora Bellucci y su magnífica preñez me parecen algo digno de reconciliar al más misántropo con la vida, sino que le agradezco infinito que proclame, una vez más, lo bellísima que está cualquier mujer con una barriga llena de vida y de esperanza. No sé qué clase de morbo experimentarán los del *Osservatore*, mirándola. A mí lo que me entra es gana de darle a la señora Bellucci bocados en el pescuezo, por madre y por guapa. O, para ser más exactos, por lo guapa que está —insisto: que toda mujer está— cuando se convierte en madre. Aparte que no sé qué tiene que ver la palabra *desacralizar* con esto. La maternidad es hermosa, plena, misteriosa y fascinante. Lo de sagrada no lo columbro. Lo sagrado no apetece comértelo con patatas.

Mas no para todo ahí. Porque, en la misma onda, la Congregación para la Doctrina de la Fe, antes llamada Santo Oficio —Inquisición para los amigos—, también acaba de proclamarse escandalizada ante lo que se ha visto este pasado verano en esas playas. Y por boca del cardenal Ratzinger* invita a las mujeres, entre otras cosas, a mantenerse fieles a su *«carácter conyugal»*, a quedarse en casa *«cuidando al otro para el que han sido creadas»*, a *«luchar contra la sexualidad polimorfa»* y a *«no desear con concupiscencia»*. Resumiendo: a taparse los ojos, además de las tetas y la barriga. Y en fin. Uno comprende que el cardenal y los obispos, que tienen voto de castidad y toda la parafernalia, desaprueben que las mujeres practiquen con ellos la sexualidad polimorfa y los deseen con concupiscencia, o con lo que sea. Los entiendo y hasta los apruebo, oigan. Meterse a cura es como ser soldado voluntario y que te manden a Afganistán: nadie obliga. Hay reglas y cosas así, uno dice a la orden, y punto. Cumple. Pero alto ahí. Vade retro. Noli me tangere. Que un tío se haga vegetariano no le da derecho a criticar que me guste la ternera.

Lo de la concupiscencia, por ejemplo. Si nos atenemos al diccionario de la Docta Casa a la que acudo los jueves, la palabra significa, matizada por la moral católica, deseo de bienes terrenos y apetito desordenado de placeres deshonestos. Pero ahí, las cosas como son, el tocho de la RAE se queda un poquito corto. En latín antiguo, no eclesiástico, los tiros van más por apetito en general. Creo. *Concupisco* significa desear ardientemente, anhelar. O sea, tener muchas ganas de algo. De un señor, por ejemplo, en el caso de una señora. O viceversa. Y, la verdad, no sé por qué tiene que ponerle pegas la Santa Madre Iglesia a que las señoras lo deseen ardientemente a uno. Con lo difícil que es, a ve-

---

* Este artículo se publicó en septiembre de 2004. Hoy el cardenal Ratzinger es papa.

ces, despertarles la concupiscencia a las que no arrancan en frío. Así que el cardenal y los obispos protestones me parecen unos pelmazos y unos aguafiestas. No fastidien, eminencia e ilustrísimas. Háganme el favor. Al césar lo que es del césar. Los gustos son libres, y no todos preferimos Santa María Goretti a Salomé, ni Ruth a la mujer de Putifar. Si una noche me corta el pescuezo una Judith, que por lo menos sea después de habérmelo cobrado en carne. Así que si mis primas quieren ser concupiscentes, con su pan se coman lo que se tengan que comer. A mí, ya ven, me encantaría ser objeto del deseo concupiscente y la sexualidad polimorfa —incluso del carácter extraconyugal, si se tercia— de todas las señoras que toman el sol con las tetas al aire en una playa, estén embarazadas como la señora Bellucci, o no. A mí y a cualquier varón normalmente constituido. Para qué les digo que no, si sí. Además, mejor eso que ir por ahí viéndose obligado a empapelar a obispos y a párrocos por esto y aquello, y a cerrar seminarios por esto y aquello. Ya me entienden. Así que no me tiren de la lengua. Dejen que esas zorras y yo nos condenemos en paz. Plis.

Por qué me gustaría ser francés

Hay días en que apetece ser cualquier cosa menos español. Hasta italiano, fíjense, a pesar de Berlusconi, el Vaticano y toda la parafernalia. Por lo menos allí las cosas están claras: un Gobierno que nada tiene que ver con la vida real, una vida real que nada tiene que ver con el Gobierno, y la gente a lo suyo. Más o menos como aquí, con una notable diferencia: los italianos saben perfectamente de dónde vienen. Son escépticos y sabios. Comen pasta, respetan a sus madres, saben sobrevivir en la derrota y en el caos, tienen sentido del humor, practican con riguroso pragmatismo el arte del vive y deja vivir, y aunque tienen, como nosotros, un alto porcentaje de mangantes, demagogos y soplapollas por metro cuadrado, allí la mangancia se practica abiertamente —fíjense en el presidente que gastan mis cuates— y uno sabe siempre a qué atenerse. En cuanto a la demagogia y la soplapollez, los políticos, los intelectuales, las feministas de piñón fijo y otras especies socialmente correctas recurren a ellas tanto como aquí, claro. La diferencia es que allí todo el mundo escucha muy serio, luego se guiña un ojo y sigue a lo suyo, sin que de verdad se lo crea nadie.

Pero si he de serles franco —observen el astuto juego de palabras—, preferiría ser gabacho. Lo que más me gusta de los vecinos es que, cuando la revolución aquella de hace un par de siglos, a base de mucha Enciclopedia, mucho aristócrata y mucho cura guillotinados, y mucha leña al mono hasta que —nunca mejor dicho— habló francés, decidieron que una república es una cosa seria, colectiva y solidaria, y que la verdadera nación es la historia en común y el equilibrio de los derechos y obligaciones de todos y cada uno de los individuos que la componen. Que tonterías, las justas. Que el ejercicio de la autoridad legítima es perfectamente compatible con la democracia. Que la cultura de verdad —no la cateta de cabra de campanario— significa ciudadanía responsable y libertad, y que al imbécil o al malvado que no desea ser culto y libre, o no deja que otros lo sean, hay que hacerlo culto y libre, primero con persuasión y luego, si no traga, dándole hostias hasta en el cielo de la boca. Así lo hicieron los vecinos en su momento, y todo quedó muy claro. Eso es lo que ahora permite, por ejemplo, que en la fachada de cada colegio gabacho ondee con toda naturalidad una bandera francesa. Y mucho ojo. Esa bandera como tal me importa una mierda. Estoy hablando de lo que supone como símbolo y como compromiso. Las verdaderas democracias no tienen complejos.

Por eso me hubiera gustado ser francés hace unas semanas, el día que entró en vigor la ley prohibiendo el uso del velo en los colegios públicos de allí. En un ejercicio admirable de civismo republicano, los dirigentes musulmanes franceses dijeron a sus correligionarios que, incluso pareciéndoles mal la ley, aquello era Francia, que las leyes estaban para cumplirlas, y que quien se beneficia de una sociedad libre y democrática debe acatar las reglas que permiten a esa sociedad seguir siendo libre y democrática. Así, todo transcurrió con normalidad. Al llegar al cole las chicas se quitaban el velo, o no entraban. Y oigan. No hubo un incidente, ni una declaración pública adversa. Políticos, imanes, alumnos. Ese día, todos de acuerdo: Francia. Y ahora imaginen lo que habría ocurrido aquí en el caso —si hubiese habido cojones para aprobar esa ley, que lo dudo— de prohibirse el velo en las escuelas públicas españolas. Cada autonomía, cada municipio y cada colegio aplicando la norma a su aire, unos sí, otros no, Gobierno y oposición mentándose los muertos, policías ante los colegios, demagogia, mala fe, insultos a las niñas con velo, insultos a las niñas sin velo, manifestaciones de padres, de alumnos, de sindicatos y de oenegés lo mismo a favor que en contra, el Pepé clamando Santiago y cierra España, el Pesoe con ochenta y seis posturas distintas según el sitio y la hora del día, los obispos preguntando qué hay de lo mío, ministros, consejeros y presidentes autonómicos compitiendo en decir imbecilidades, Llamazares largando simplezas sobre el federalismo intrínseco del Islam, Maragall afirmando la existencia de un Mahoma catalán soberanista, Ibarretxe diferenciando entre musulmanes a secas y musulmanes y musulmanas vascos y vascas, y los programas rosa de la tele, por supuesto, analizando intelectualmente el asunto.

Lo dicho, oigan. Francés.

Víctimas colaterales

No crean. Esta página que escribo desde hace once años también tiene sus fantasmas, y sus remordimientos. Alguna vez dije que todos dejamos atrás cadáveres de gente a la que matamos por ignorancia, por descuido, por estupidez. Cuando te mueves a través del confuso paisaje de la vida, eso es inevitable. Que me disculpen los limpios de corazón y de memoria, pero siempre desconfié de aquellos que, llegados a cierta edad, tienen la conciencia tranquila y no se quedan con los ojos abiertos en la oscuridad, recordando los cadáveres que dejaron en la cuneta. Porque no se puede estar bien con todo el mundo. Vivir significa optar, elegir, moverse. Mojarse. Tomar posición y disparar contra esto o aquello, y también recibir disparos ajenos, por supuesto. Escribir, para qué les cuento.

Como ven, este domingo estoy filosófico. Suelo ponerme así cada tres o cuatro meses, cuando Jose, el mensajero de *El Semanal*, me trae a casa el par de cajas llenas con la correspondencia acumulada durante ese tiempo. Son cartas que no contesto —ojalá tuviera tiempo, después de ocho o diez horas diarias dándole a la tecla—, pero que leo siempre cuidadosamente. Hay de todo, claro: lectores que animan a pegarle fuego a todo, gente razonable o inteligente que aporta interesantísimos puntos de vista, cenutrios que no se enteran de nada y para quienes la ironía es tan inasequible como el esperanto, personal que se cisca directamente en mis muertos, y también un notario de Pamplona que echa espumarajos cada vez que menciono a la Iglesia católica, apostólica y romana. Porque eso no falla, oigan. En cuanto tocas religión o nacionalismos periféricos, la peña salta como si apretaras un botón. También hay otra clase de cartas, que son las que motivan este artículo. Ésas las leo muy despacio. Y al terminar, como dije antes, me quedo siempre con la misma sensación. Melancolía, tal vez sea la palabra. A ver si consigo explicarlo. Esta página no puede escribirse con bisturí. Carezco de talento para eso. Los ajustes de cuentas se hacen empalmando la chaira y acuchillando en corto, a lo que salga. En poco más de un folio, y con este panorama, uno pelea y apenas tiene tiempo de mirar a cuántos se la endiña. Sigue adelante, y que el diablo reconozca a los suyos. La justificación es que nadie me obliga, ni vivo de esto. Que podría firmar un libro cada dos años y observar la vida desde el escaparate de una librería. Pero ya ven. Unos domingos me divierto horrores, otros me desahogo, y otros digo en voz alta, o lo intento, lo que algunos no tienen medios para decir. Sin embargo, no es posible quedar bien con todos. También hay errores por mi parte, claro. O excesos. Aquí no caben florituras ni sutilezas, si vas a lo que vas. Y menos en esta triste España, donde la gente sólo se da por aludida cuando le pateas los cojones. Pero mochar parejo, que dicen mis carnales de Sinaloa, trae daños colaterales. Víctimas inocentes. La justificación es que uno da la cara y se la juega sin red, sin Dios ni amo, en vez de llevárselo muerto por poner la foto y marear la perdiz, o por hacerles a los demagogos y mangantes que cortan el bacalao —o a quienes pretenden cortarlo— un francés con todas sus letras.

Pero claro. Aun sabiendo todo eso, y sabiendo también que la mayor parte de quienes te leen lo sabe, o lo intuye, resulta imposible sustraerse a la impresión que producen ciertas cartas. Y no hablo de las indignadas, sino de las que envían esas víctimas colaterales que, comprendiendo las reglas del juego, escriben afectuosas, pacientes —el afecto y la paciencia que yo no tuve con ellos—, para recordarte que no siempre es así, que hay tal o cual matiz, que fuiste injusto en esto o en aquello. Y tienen razón. La tienen los jubilados que me afean una palabrota o una exposición demasiado cruda con la ternura que emplearían para dirigirse a sus nietos. La tiene la Robotina que prestó su voz enlatada para un diálogo de besugos, y que me tira de las orejas, con humor y afecto, porque la llamé cacho zorra. La tiene el joven lobo negro que estudió, y luchó, y soñó con una España europea e inteligente, y que ahora, resignado, plancha cada amanecer su traje para meterse dos horas en el tren de cercanías, e ir a ganarse el jornal en condiciones de esclavitud —comes o te comen— explotado por superlobos sin conciencia en una torre de cristal y acero. Que todos ellos y tantos otros comprendan por qué no pude dejarlos al margen hace mi remordimiento más intenso. Me rodea de fantasmas entrañables a los que me gustaría decir: lo siento.

Sobre bufones y payasos

Interesante, pardiez. Resulta que el Reino Unido de la Gran Bretaña tiene de nuevo bufón oficial después de tres siglos y medio con la plaza vacante. Para ser exactos, vacante desde 1649, fecha en la que el titular del asunto, un tal Muckle John, se quedó sin empleo cuando su amo el rey Carlos I —el que siendo príncipe de Gales, como el Orejas, vino a España de incógnito para rondar a la infanta María, hermana de Felipe IV— perdió el reino y la cabeza a manos del verdugo. Un verdugo que, por supuesto, se llamaba Mordaunt y era hijo bastardo del conde de Wardes y de Carlota Backson —más conocida por Milady de Winter, ex legítima de Athos, conde de la Fére—, y primo de Raúl, vizconde de Bragelonne. Pero ése es otro culebrón y es otra historia. Léanse la magnífica trilogía mosqueteril de Alejandro Dumas, y así me ahorran detalles. De lo que quiero hablarles hoy es de que Inglaterra ya tiene otra vez bufón. Se llama Nigel Roder y ha conseguido su trabajo después de que Patrimonio Inglés lo seleccionara entre seis candidatos al puesto, con salario y contrato en regla, que consiste exactamente en eso. En mantener viva la tradición de bufones reales en lugares históricos de allí.

También España tuvo los suyos, naturalmente. Velázquez pintó a varios, confiriéndoles en el lienzo una conmovedora dignidad. Lo que no fue un acto de piedad sino de justicia; pues muchos bufones del pasado, aunque algunos tenían taras físicas —eran tiempos crueles para todos— y su trabajo consistía en divertir al rey y a su corte, fueron personajes de extrema inteligencia, rápido ingenio y lengua afilada, hasta el punto de que su peculiar situación les permitía transgredir reglas y decir a los monarcas verdades que a otros cortesanos les habrían costado la cabeza. No sé en qué afortunado momento desaparecieron los bufones de los palacios españoles; imagino que, como en el resto de Europa, a finales del XVII fueron poco a poco sustituidos por comediantes y autores satíricos. En cualquier caso, si lo de recuperar la figura de marras puede parecer —a mí me lo parece— una perfecta gilipollez, lo cierto es que en Inglaterra esa clase de gilipolleces encaja mucho con las tradiciones y demás. Quiero decir que a nadie sorprende lo del bufón real inglés, habida cuenta, por ejemplo, de que otras añejas costumbres inglesas, como la de la puta del rey —hay alguna estupenda película sobre eso, creo—, también siguen vivitas y coleando. O casi.

En España, afortunadamente, no hacen falta concursos ni selecciones bufonescas. Si es cierto que la figura del animador real se extinguió con el tiempo, la de payaso ha tenido mucha fortuna desde entonces, y la sigue teniendo. Y no me refiero a los respetables payasos que hacen reír a los niños, sino a otros que uno se topa cada día, al encender la radio o la tele, o abrir el periódico. Payasos contumaces con escaño y coche oficial, con derecho a voz y a voto, desprovistos, en buena parte, del más elemental sentido del ridículo o la decencia. Payasos de todo tipo y pelaje. En ese registro, las variedades ibéricas son dignas de una serie del National Geographic: payasos de gaviota desplumada, escapulario y corbata fosforito, payasos a los que les tocó la lotería un 11-M y no saben qué hacer con el décimo, payasos de la Izquierda Unida Verde Manzana Federal del Circo Price, payasos que compran votos con chanchullos, subsidios e inmigrantes, payasos periféricos que ya se cargaron una monarquía y dos repúblicas y a quienes sólo importa la caja registradora de su tienda de ultramarinos, payasos que

falsifican la Historia según quién les ceba el pesebre, payasos de uniforme, fajín y menudillo de Yak bajo la alfombra, payasos episcopales y casposos incapaces de retener a la
clientela, payasos analfabetos que dicen representarme aunque son incapaces de articular de modo inteligible sujeto,
verbo y predicado, payasos cuñadísimos con moto de agua
y camisa intrépida de General Mandioca, payasos de la
demagogia galopante y omnipresente, payasos y payasas de
género y de génera. Y de postre, para rematar el circo, todos esos Payasos sin Fronteras, Payasos del Mundo, Payasos
Solidarios, Payasos en Acción, que de vez en cuando escriben cartas protestando porque, en legítimo uso de la acep-
ción principal de la voz *payaso* en el Diccionario de la Real
Academia Española —*persona de poca seriedad, propensa
a hacer reír con dichos o hechos*—, llamo payasos a tantos a
quienes, en realidad, debería llamar irresponsables hijos de
la gran puta.

Al final, género

Se veía venir. Ley contra la Violencia de Género, la han llamado. Pese a los argumentos de la Real Academia Española, el Gobierno del talante y el buen rollito, impasible el ademán, se ha pasado por el forro de los huevos y de las huevas los detallados argumentos que se le presentaron, y que podríamos resumir por quincuagésima vez diciendo que ese *género*, tan caro a las feministas, es un anglicismo que proviene del puritano *gender* con el que los gringos, tan fariseos ellos, eluden la palabra *sex*. En España, donde las palabras son viejas y sabias, llamar violencia de género a la ejercida contra la mujer es una incorrección y una imbecilidad; pues en nuestra lengua, género se refiere a los conjuntos de seres, cosas o palabras con caracteres comunes —género humano, género femenino, género literario—, mientras que la condición orgánica de animales y plantas no es el género, sino el sexo. Recuerden que antiguamente los capullos cursis llamaban *sexo débil* a las mujeres, y que *género débil* no se ha dicho en la puta vida.

Todo eso, pero con palabras más finas y académicas, se le explicó hace meses al Gobierno en un documento respaldado por sabios rigurosos como don Francisco Rodríguez Adrados, don Manuel Seco, don Valentín García Yebra y don Gregorio Salvador, entre otros. Ahí se sugerían alternativas —la RAE nunca impone, sólo aconseja—, recomendando el uso de la expresión *violencia doméstica*, por ejemplo, que es más recta y adecuada. Al Gobierno le pareció de perlas, prometió tenerlo en cuenta, y hasta filtró el informe —que era reservado— a la prensa. De modo que todo cristo empezó a decir violencia doméstica. Por una vez, se congratuló la Docta Casa, los políticos atienden. Hay justos en Gomorra. Etcétera.

Pero, como decía *La Codorniz,* tiemble después de haber reído. Ha bastado que algunas feministas fueran a La Moncloa a decir que la Real Academia no tiene ni idea del uso correcto de las palabras, y a exigir que se ignore la opinión de unos tiñalpas sin otra autoridad que ser lingüistas, filólogos o lexicógrafos, para que el Gobierno se baje los calzones, rectifique, deje de decir violencia doméstica, y la expresión *violencia de género* figure en todo lo alto de la nueva ley, como un par de banderillas negras en el lomo de una lengua maltratada por quienes más deberían respetarla. Aunque tal vez lo que ocurre sea, como asegura la franciscana peña que nos rige, que el mundo se arregla, además de con diálogo entre Occidente y el Islam —Occidente sentado en una silla y el Islam en otra, supongo—, con igualdad de géneros y géneras. El otro día ya oí hablar de la España que nos legaron *nuestros padres y madres.* Tela. Como ven, esto promete.

En cualquier caso, el nombre de la nueva ley es un desaire y un insulto a la Real Academia y a la lengua española; y ocurre mientras el español —aquí llamado castellano, para no crispar— se afianza y se reclama en todas partes, cuando en Brasil lo estudian millones de personas y es obligatorio en la escuela, y cuando se estima que en las universidades de Estados Unidos será lengua mayoritaria, sobre el inglés, hacia 2020. Y oigan. Yo no soy filólogo; sólo un académico de a pie que hace lo que puede, y cada jueves habla a sus mayores de usted. Esos doctos señores no van a quejarse, porque son unos caballeros y hay asuntos más importantes, entre ellos seguir haciendo posible el milagro de que veintidós academias asociadas, representando a cuatrocientos millones de hispanohablantes, mantengan la unidad y la fascinante diversidad de la lengua más hermosa del mundo —Quevedo, Góngora, Sor Juana y los otros, ya saben: esos plumíferos opresores y franquistas—, y que un estudiante de Gerona, un médico de Bogotá y un arquitecto de Chicago utilicen el mismo diccionario que, se supone, utilizan en La Moncloa. Pero yo no soy un caballero. Ya dije alguna vez que me educaron para serlo, pero no ejerzo. Así que me tomo la libertad de decir, amparado en el magisterio de esa Real Academia que el Gobierno de España acaba de pasarse por la entrepierna, que llamar violencia de género a la violencia doméstica es una tontería y una estupidez. Y que la palabra que corresponde a quien hace eso —página 1421 del DRAE: *persona tonta o estúpida*— es, literalmente, *soplapollas*. Eso sí: el año que viene, a la hora de hacerse fotos en el cuarto centenario del *Quijote*, se les llenará a todos la boca de Cervantes. Ahí los espero.

Cuánto lo sentimos todos

Como saben los lectores veteranos, esta página hay que escribirla un par de semanas antes de su publicación. Pero arriesgo poco suponiendo que, cuando este ruido de teclas salga a la luz, el asunto de Jokin, el muchacho que se suicidó en Fuenterrabía desesperado por el acoso de sus compañeros de clase, a nadie importará ya un carajo. No puedo tener la certeza de que sea así, claro. Ojalá no. Pero conociendo el paisaje y al paisanaje, imagino que habrá otros sucesos que ocupen la atención de la gente, y que en su instituto ya nadie andará poniendo velitas, ni notitas con mensajitos, ni soltando lagrimitas, ya saben, Jokin, perdónanos, amigo, colega, no supimos defenderte, fuimos cobardes y cobardas, nos morimos de remordimientos, etcétera. Lo bueno de los remordimientos es que tienen fecha de caducidad, como los yogures y las mujeres guapas, y pasado cierto tiempo se diluyen, y la vida sigue. Uno enciende la velita, pone cara solemne y afectada para el telediario, se abraza llorando a la compañera de clase, y listo. El muerto al hoyo, y el vivo al bollo. Lo que sí espero es que la familia haya perdonado lo imprescindible, y que aún esté buscándoles las vueltas a los jóvenes malnacidos que martirizaron a Jokin —que las respectivas madres no se den por aludidas, sólo es una metáfora literaria—, y sobre todo a los no tan jóvenes malnacidos —otra metáfora literaria— profesores, educadores o lo que diablos sean, que debían haber evitado aquello, y no lo hicieron.

Pero lo de Fuenterrabía ya no tiene remedio, y en realidad yo quería más bien quedarme con la copla. El caso del chico acosado y sometido a vejaciones por sus compañeros, su silencio para que no lo llamasen chivato, su desesperación al no verse defendido por los compañeros o por los profesores es viejo y se repite cada día, en numerosos centros escolares. Recuerdo bien a otro crío de doce o trece años —ahora debe de tener cincuenta y tres, más o menos— que era solitario e iba a su rollo, y en circunstancias similares pasó un tiempo ganándose con los puños el respeto de ciertos compañeros de clase. Pero eso no siempre es posible, ni aconsejable. No todo el mundo tiene la suerte de poder convertir su soledad en grito de pelea. No todos los jovencitos son duros, ni el colegio es el patio del talego. Para montárselo de autónomo hace falta mucha seguridad en uno mismo, y estar dispuesto a pagar el precio; sobre todo ahora, que esa murga del buen rollito, la integración y la pandilla guay del Paraguay sale en la tele y está de moda. Son otros tiempos, además: el estilo bajuno se impone en todas partes, y a tales padres corresponden tales hijos. Tampoco los profesores tienen medios para mantener la disciplina, y este absurdo sistema educativo en el que nos pudrimos lo pone más difícil todavía. Hasta hace poco, un viejo amigo mío, profesor, antes de encerrarse con un alumno conflictivo lo cacheaba por si llevaba navaja; y luego, cuando le pegaba dos hostias, procuraba hacerlo sin dejarle señales y sin testigos. Ahora ya ni eso vale. No hablo ya, dice, de darles una simple colleja; los miras mal y vas listo. Los pequeños cabroncetes se las saben todas. Y los padres son como el perro del hortelano: ni educan, ni dejan educar. Así que paso mucho, oye. Cada sociedad tiene lo que se gana a pulso.

Y una última reflexión. No sé ustedes, pero yo empiezo a estar harto de tanta lagrimita, tanto osito de peluche, tanta velita encendida y tanto cuento lagrimeante a toro pasado. Aquí todo lo arreglamos con póstumas mariconadas —otra metáfora, hoy estoy que las vendo—, manifestándonos cogidos de la mano muy compungidos y llorosos, haciendo unos altarcitos iluminados, floridos y primorosos que luego los turistas fotografían mientras dicen: hay que ver qué solidarios son estos españoles de mis huevos. Lo mismo después de la tragedia de un instituto, que con una mujer asesinada por su marido o con la víctima de un atentado terrorista. Perdónanos, Manolo, discúlpanos, Concha, excúsanos, Ceferino. Sabíamos y no hicimos nada, oímos y nos tapamos las orejas, vimos y nos tapamos los ojos, olimos y nos tapamos la nariz. Fuimos amigos, vecinos, profesores, jueces, concejales, alcaldes, y no quisimos complicarnos la vida. Gobernamos y fuimos incapaces de prever. Snif. Nadie es perfecto. Así que lo siento mucho: pancarta, vela encendida al canto, ego me absolvo. Amén. Las lágrimas de cocodrilo siempre fueron baratas.

Adiós a Humphrey Bogart

Tranquiliza mucho comprobar que no todos los tontos del haba están aquí, que el resto de Europa también goza de su correspondiente y nutrida cuota, y que ciertos ejemplares foráneos pueden llegar a serlo más que los nuestros. Cosa difícil, porque, en España, algunos tontos del haba y tontas del habo lo son hasta el punto de que, si se presentaran a un concurso de imbéciles, los descalificarían por imbéciles. Y por imbécilas. Pero también el resto de Europa está apañado, y eso consuela mucho. El último de tales consuelos se lo debo a don Markos Kyprianou, que mientras tecleo esto es futuro comisario de Sanidad del Parlamento Europeo. Y resulta que, en el contexto de una agresiva campaña contra el tabaco —que en líneas generales me parece chachi—, el señor Kyprianou quiere que se prohíba a los menores ver películas donde los protagonistas fumen. Hay que presionar a la industria cinematográfica, dice, y conseguir que las comisiones de clasificación impidan proyectar películas donde salga gente quemando tabaco.

Así que los enanos lo tienen crudo. Yo mismo, que de zagal me inflé a ver películas de guerra, policíacas y del Oeste, ahora no podría comerme una bolsa de pipas viendo ni la centésima parte de las que vi; porque en ellas, como en la vida real, fumaba todo cristo. Supongo, además, que las medidas que se propone aplicar el señor Kyprianou afectarán no sólo a las películas que se rueden en el futuro, sino también al cine clásico que a veces ponen en la tele. Así que los menores, y de rebote los mayores en horario infantil y juvenil, no podrían ver, en nombre de la salud pulmonar de Europa, a Humphrey Bogart en su bar de *Casablanca,* a Rita Hayworth a dos dedos de Orson Welles en *La dama de Shangai,* a John Wayne a punto de volar el puente en *Misión de audaces,* a los señoritos de casino en *Calle Mayor* de Bardem, a los caínes mataconejos en *La caza* de Saura, a Lauren Bacall pidiendo fuego en *Tener o no tener,* a Burt Lancaster encendiendo un lampedusiano veguero en *El gatopardo,* a Henry Fonda listo para el OK Corral en *Pasión de los fuertes,* a los marqueses de La Chesnaye y sus invitados en *Las reglas del juego,* ni a Edward G. Robinson y Fred MacMurray en la extraordinaria escena final de *Perdición.* Verbigracia.

Y en cuanto a las películas con pistolas, cuchillos o donde salga alguna guerra, poco futuro les veo. Si el tabaco es poco sano, figúrense las balas, o las navajas. Descartadas las películas de toda la vida, ¿imaginan una homologada según las recomendaciones de una Europa Sana y Feliz? ¿Qué me dicen de las de vampiros que chupan sangre? ¿O las de psicópatas que se cargan al prójimo?... En cuanto al fumeteo y las películas bélicas, cualquiera que haya vivido una guerra sabe lo que el tabaco significó y significa en situaciones así, y cómo el pitillo fue siempre tan natural en el soldado como las balas y el fusil. Incluso aceptando que la gente fuma menos ahora que hace cincuenta años, si eliminar el tabaco de una película normal supone falsear la realidad de la calle, eliminarlo de una película de guerra privaría a ésta de realismo. La guerra es, sobre todo, esperar a que pase algo malo. Quien vivió situaciones semejantes conoce el significado de un pitillo apurado de noche con la brasa oculta en el hueco de la mano, el alivio de una calada, lo valioso del paquete que circula para matar el hambre, o los nervios. Yo mismo, en otro tiempo, conseguí reportajes difíciles de conseguir, con gente difícil de tratar, gracias a la oportuna exhibición de un paquete de cigarrillos listo para hacer la ronda de tal búnker, tal choza o tal trinchera. Hasta cuando no fumaba, mi mochila incluía siempre un cartón de tabaco. Y en Beirut, en Sarajevo, en docenas de lugares, vi utilizar los cigarrillos como moneda preferible al dinero. Pero ya ven. Tal como se están poniendo las cosas, entre antitabaquistas, ejércitos a los que ahora llaman fuerzas de paz, buen rollito y demás, una película sobre nuestra Guerra Civil consistirá, supongo, en imágenes donde no aparezcan muertos para no traumatizar a las criaturas ni crispar a los adultos, con legionarios abstemios que salvan a bebés entre las ruinas del Clínico, anarquistas que no fuman, moros de Franco que socorren a viudas y huérfanas republicanas, y falangistas y milicianos que no fusilan a nadie. Y al final conseguirán que no sólo nosotros, sino nuestros padres, abuelos y antepasados, parezcamos todos igual de gilipollas.

Fascismo musical de género

Es que a veces te dan el artículo hecho. Hoy, por ejemplo, me siento a darle a la tecla mientras me gotea el colmillo, glop, glop, de gusto. Porque resulta que, apenas extinguidos los ecos del escándalo de las modelos recogepelotas, o tocapelotas, o como se diga en tenis, que vendieron sus cuerpos en el campeonato del mes pasado ejerciendo una intolerable violencia sexista contra los indignados espectadores, resulta, digo, que otro nuevo escándalo podría atizar la justa cólera del pelida Aquiles. Y no me refiero a Brad Pitt, sino a los diversos organismos, instituciones, consejerías, institutos y observatorios que vigilan que la mujer sea lo que debe ser y no lo que los malvados hombres queremos que sea. Metáfora, se llama a eso. Me refiero a lo del pelida. O se llamaba.

El nuevo zipizape está servido, señoras y caballeros. Un estudio reciente, encargado por la Confederación de Consumidores y Usuarios y que anda por los despachos adecuados, denuncia que el sexismo perverso no funciona sólo en el mundo de la publicidad, la moda o el deporte, sino, oído al parche, también en el de la música. La canción, para ser más exactos. La industria discográfica. Y como resulta, además, que desde hace tiempo buena parte de los periódicos españoles, sensibles a la realidad nacional, quitan eso de las páginas de Espectáculos para meterlo en las de Cultura —Paulina Rubio, Andrés Pajares y un desfile de lencería en Cultura, tal cual—, el asunto tiene, aparte de la vertiente sexista, un preocupante aspecto cultural de mucha enjundia. Porque resulta, cielo santo, que las canciones más escuchadas en España trasladan a la sociedad una imagen de la mujer muy cercana «*a un cuerpo capaz de hacer perder el sueño al hombre*». Literal. Nuestra música es sexista que te rilas, denuncia el informe. Pero es que además, prosigue, en esas canciones sólo se habla del amor y de los besitos y demás, y en ningún momento de la capacidad, inteligencia u otros valores sociales de la mujer. Intolerable. Eso está pidiendo a gritos que el Gobierno, previa consulta con la Real Academia Española y con las feministas adecuadas, lo llame fascismo musical de género.

Tengo entendido que la secretaría general de Políticas de Igualdad del Ministerio de Asuntos Sociales, que con diligencia y vigor denunció el perverso reclamo sexual de las modelos en lo del tenis, va a tomar cartas en el asunto. De momento, mis topos y topas en los organismos oficiales pertinentes acaban de filtrarme —no todo va a ser filtrar a la prensa nombres, direcciones y fotos de testigos protegidos del 11-M— las medidas de choque, previstas en cuatro fases, o escalones. La primera y más urgente será prohibir la difusión en medios públicos nacionales y autonómicos de canciones que no resalten los valores intelectuales de la mujer. Eso irá seguido de una ley que penalice a las casas discográficas, cantantes y medios de difusión que aireen canciones cuyo objeto sea el amor físico, el cuerpo femenino, el aquí te pillo aquí te mato, mirarse a los ojos, cogerse de la manita y cosas así. Ópera y zarzuela incluidas, por supuesto. A ver si van a irse de rositas esa *Traviata,* esa *Butterfly* o esa *Revoltosa* sexistas. La ley contempla, después, incentivar y subvencionar con cargo al Estado la sustitución de todos esos asuntos superficiales y machistas por otros que destaquen la belleza moral e intelectual de la mujer, sus nuevos roles sociales, sus relaciones laborales, etcétera, con especial hincapié en la mujer inmigrante y la mujer de la tercera edad. Pero la cosa no quedará sólo en música. Como cuarta fase y culminación espléndida del asunto, y ya que el sexismo empieza en la infancia y en la escuela, los ministerios de Educación y Cultura retirarán de los libros escolares y de la vida pública en general todo poema, novela o texto —Garcilaso, Lope, Quevedo, Neruda y gente así— donde la mujer aparezca como objeto de deseo carnal y no como compañera laboral en un mundo asexual, asexuado y paritario. Fíjense cómo irá de seria la cosa, que han convencido a Julio Iglesias para que grabe una canción nueva que dice: *No te quiero por guapa / ni porque te adhieres como una lapa / ni me atrae la costumbre / del volumen de tus ubres / Du-duá. / Te quiero por inteligente / trabajadora y consecuente. / Me enloquece que seas lista / funcionaria y feminista. / Duduá. / Que seas militara o jueza / y te duela la cabeza. / Que yo tiemble como azogue / porque posas en el Vogue. / Du-duá.* Etcétera. Ya verán como arrasa, oigan. Y Julio se forra.

Caspa y glamour exóticos

Hay tres clases de reportaje viajero de las revistas del corazón, o como se llamen ahora, que me fascinan los higadillos: los solidarios, los de convivencia exótica y los de vacaciones aventureras. Los protagoniza el famoseo de variopinto pelaje, que a su vez se parcela en dos categorías: famosos caspa y famosos pijolandios. Pero, básicamente, el patrón es el mismo: una revista, conchabada con una agencia de viajes, o viceversa, invita a un careto conocido —suelen ser tías, a veces con novio o marido—, por la patilla total, a un viaje a cualquier sitio, que incluye estilista, maquilladora, fotógrafo y demás parafernalia. *Exclusiva en las paradisíacas islas Fidji. Luna de miel en la Pampa*. Etcétera. A veces hay una variante humanitaria o así, que es cuando una oenegé corre con los gastos. *La cantante, preocupadísima por la deforestación de la Amazonia*. Todo muy conmovedor, ya saben. Conmovedor que te mueres. En cualquier caso, las fotos del viaje se publican después en forma de reportaje con mucho despliegue, según la categoría social del sujeto o sujeta —no es lo mismo una pedorra de *Gran Hermano* que un soplapollas emparentado con la casa real de Syldavia—, con portada, o sin. Luego uno hojea las revistas durante el desayuno, mientras se toma el colacao con crispis, y claro. Normal. Enganchan.

La primera categoría, la de los reportajes solidarios, suele reservarse a féminas: modelos, cantantes, actrices, que en las fotos alternan camisetas de la oenegé correspondiente con ropa de marca. La imagen clásica consiste en la individua arrodillada, cariacontecida, junto a niños escuálidos

o mujeres harapientas, ante una choza africana o chabola su-
damericana. Al titular nunca le falta un toque intelectual:
«No comprendo cómo la gente puede vivir de esta manera»,
suele comentar la pava. A veces, las fotos nos la muestran
con un niño en brazos, negro por lo general, espantándole
abnegadamente las moscas o dándole un biberón. *«La moza
—*nos aclara el pie de foto*— pasó cuatro o cinco horas im-
plicada hasta las cachas»*. En esa clase de reportajes, mi imagen predilecta es cuando la abnegada visitante se fotografía sonriente junto a los indígenas del lugar, pasándoles
los brazos sobre los hombros, con la teta izquierda situada exactamente en la mejilla del indio bajito o el joven afri-
cano de turno, que la mira como pensando: si en vez de hacerme posar así por un poco de harina me dieran un AK-47,
te ibas a enterar. Subnormal.

Otra modalidad interesante del viaje de papel cuché
es la del turismo en plan convivencia exótica con los indígenas. Ahí los famosos suelen ir con la legítima, o el legítimo, o quien esté de guardia en la garita. A convivir a tope,
como su propio nombre indica. Cuando lees la letra pequeña, averiguas que la convivencia que justifica el reportaje
ha consistido en un viaje chárter y día y medio para hacerse las fotos; pero los titulares, eso sí, impresionan un huevo:
*«Zutana y Mengano conviven con los pigmeos de la selva Maca-
bea... La torda y su novio compartieron la frugal comida de los
tuareg... Tras su dolorosa separación, Fulanita se busca a sí misma conviviendo con monjes budistas en un monasterio tibeta-
no»*. Estos reportajes suelen tener una secuela semanas más
tarde, cuando, en otra entrevista, el individuo o la individua en cuestión afirman: *«Convivir con los pastores lapones
de renos cambió mi vida»*.

De cualquier modo, mis favoritos son los reportajes de vacaciones exótico-aventureras en plan lujo y glamour
a tutiplén. Quizá porque casi siempre sale Carmen Mar-

tínez-Bordiú, con o sin arquitecto, vestida de Lorenzo de Arabia encima de un camello durante un fascinante viaje por Siria, o en Marrakech, o trajeada de Indiana Jones en Machu Picchu. Cada foto, con indumento típico del lugar en cuestión y distinto al de las otras fotos —me pregunto cómo hace para cambiarse de turbante y de ropa diez veces al día, en los áridos secarrales o en la jungla procelosa—. Pero lo que más me pone es que, además, suele aprovechar para hacer declaraciones interesantes: me pongo velo en estos sitios para respetar las costumbres, me halaga que digan que me he operado, si hubiera tenido una pala en lo del *Prestige* me habría ido allí a recoger chapapote, etcétera. Todo eso mientras posa así y asá, sofisticada y chic. Guau. Pagándoselo todo, estoy seguro, de su bolsillo. No es lo mismo Yola Berrocal con el chichi puesto a remojo en Ibiza, oigan. No. Todavía hay clases.

Las púas de la eriza

Me quedé dándole vueltas a la cosa el otro día, después de que aquella individua me pasara a ciento ochenta en la carretera de La Coruña. Yo acababa de cambiar de carril para adelantar a otro automóvil, cuando en el retrovisor advertí furiosos destellos. Un coche venía de lejos, a toda leche, exigiendo que le dejara paso libre. Así que hice lo que suelo en tales lances: seguir imperturbable con la maniobra y ejecutarla con más parsimonia de la que tenía prevista, sin prisas, vista al frente, intermitente a la izquierda y luego a la derecha, con el de atrás que frena y se cabrea, un Ibiza pegado al parachoques y dándome pantallazos con los faros, su conductor al borde de la apoplejía. Al fin, cuando ya me apartaba, eché un vistazo por el retrovisor y vi a una torda cuarentona, cigarrillo en la mano del volante y móvil pegado a una oreja, descompuesta de gesto y maneras, que debía de estar ciscándose en mis muertos con tal desafuero que echaba espumarajos por la boca. Y pensé: hay que ver cómo vienen esta temporada, oyes, desquiciadas que se van de vareta, con una agresividad y una mala leche de concurso. Hace cinco años esto no pasaba; iban por la carretera acojonadas y casi pidiendo perdón, mujer tenías que ser y toda esa murga. Y ahora, fíjate. Que no te atreves a parar en las gasolineras por si la tía a la que le has hecho una pirula coincide allí contigo, se baja del coche y te sacude un par de hostias.

Luego uno hojea los periódicos y lee que las pavas fuman más que los hombres, y le pegan al trinque más que los hombres, y andan por ahí más agresivas y descompuestas que los hombres. Y ata cabos y piensa: es verdad, colega. En los últimos tiempos, las erizas se han puesto de punta que da miedo verlas. Pero claro. Hasta hace muy poco, una generación tan sólo, una hembra se resignaba fácil, por educación y por otras cosas, y asumía con pía mansedumbre el papel impuesto por el macho durante siglos de biología, historia y vida social. En lo de pía, dicho sea de paso, cooperaban mucho esos confesores que durante varios siglos guiaron las conciencias femeninas católicas, en plan aguanta, procrea y reza, hija, y cumple con tu deber de madre y esposa, etcétera.

Lo que pasa es que las cosas caen por su peso, el tiempo no pasa en vano, hasta las más tontas ven la tele, y la milonga, poquito a poco, empezó a irse a tomar por saco. Y ahí están ellas, en tierra de nadie, conscientes, las más despiertas, de que su cambio social ha ido más rápido que su cambio biológico y su propia mentalidad. Y así, esa generación de mujeres que aún fueron educadas para ser santas madres y ejemplares amas de casa se ve forzada a pelear ahora en un mundo de hombres, a hacer vida laboral de tú a tú, pero sin poder renunciar todavía, porque no las dejan o porque no quieren, al tradicional rol —o maldición, según se mire— de mujeres responsables de que el nido esté reluciente y los polluelos limpios, sanos y cebaditos. La vieja y eterna trampa. A ver por qué, si no, las únicas mujeres trabajadoras que no están desquiciadas, o no van por la vida con un cuchillo entre los dientes buscando a quién capar, son las que no tienen hijos, las que se libraron al fin de ellos, o las que cuentan con una madre o una suegra que se haga cargo. Es imposible estar en misa y repicando; y mucho menos con maridos que creen compartir tareas domésticas porque quitan la mesa, lavan los platos por la noche y compran el pan sábados y domingos, o sea, modernos y enrollados que te rilas. A eso hay que añadir, también, impulsos más físicos y atávicos, resignaciones y gustos que aún colean del tiempo de la cueva, la caza y la guerra. Como el hecho, probado estadísticamente, de que Hugh Grant, Johnny Depp, los niños monos de tú a tú, el buen rollito socialmente correcto y el tanto monta están bien para salir en la foto; pero, a la hora de la verdad, quien sigue humedeciéndole las reconditeces a buena parte del mujerío cuajado —no todas analfabetas, por cierto— es Russell Crowe cuando les pone la zarpa encima. O tíos de ese perfil. Esto explica también algunas cosas. A veces, de ahí al moro Muza hay poco trecho. Y ciertos verdugos son imposibles sin la complicidad de las víctimas.

Así que no me extraña que las erizas anden erizadas. En el mundo actual sólo hay algo peor que la cabronada de ser mujer: ser mujer lúcida, consciente de la cabronada que supone ser mujer.

Esa plaga de langosta

Estaba el otro día viendo la tele y salió lo de la langosta en Canarias, con los bichos posándose en un sembrado y dejándolo hecho cisco al largarse. Entonces me puse a hacer analogías. Igualito que los políticos de aquí, concluí. Lo que tocan lo hacen polvo. Todo vale para ese estómago voraz que pone cuanto existe al servicio de su ambición, de sus ajustes de cuentas, de su bajeza moral. De esa España virtual que se han inventado, ajenísima a nada que tenga que ver con la España real, pero que nos imponen día tras día, porque ése es su miserable oficio y su negocio. Y claro: asunto que pasa por tales manos, asunto deslegitimado, sin crédito, sucio para siempre. Y como la política se alimenta de sí misma, el apetito es insaciable. Queman cartuchos sin respetar nada ni a nadie, dispuestos a cargarse lo que sea con tal de aguantar una semana más. Y cómo se odian, oigan. No se mandan pistoleros unos a otros porque no pueden. Porque está mal visto. Y encima se creen originales, los malas bestias. Si fueran capaces de leer, sabrían que todo cuanto hacen se hizo ya. Desde Viriato, o así. Pero es que, excepto dos o tres, no saben ni quién fue Viriato. Y así nos va. Ésa es nuestra desgracia: los políticos. La plaga de langosta. La perra historia de España.

Échenle un vistazo al patio. Lo que tocan lo ensucian, lo desmantelan, lo aniquilan. Cómo lo han puesto todo en los últimos diez o quince años, y cómo lo siguen dejando, impasible el ademán, según las necesidades del enjuague puntual, pan para hoy y hambre para mañana, yo me quedo tuerto pero a ti te dejo ciego por la gloria de mi madre. Todo sirve como arma política arrojadiza. Su injerencia en la Justicia, por ejemplo. Tela. Toda esa manipulación partidista. Toda esa infamia. Han conseguido que ahora veas una toga y unas puñetas y te hagas cruces. En cuanto a la Educación, o Enseñanza, o como se llame, qué les voy a contar. Con el concurso de ministros y consejeros autonómicos de toda condición y pelaje, entre Logses, Lous, Locus y puta que las parió, esos irresponsables aprendices de brujo han metido a las últimas generaciones de españoles en una maraña de frustración pseudoeducativa, en un callejón de donde ya no los saca ni cristo que baje y se haga cargo.

Y qué me dicen del deporte: las selecciones de mis huevos, con todo político periférico echando carreras para hacerse una foto con la que arañar media docena de votos guarros. O fíjense en la Constitución, convertida en bebedero de patos. O en las Fuerzas Armadas, ahora llamadas de Paz y Buen Rollito, porque a ver de qué otra forma se las puede llamar tal como están, desmanteladas como no se habían visto desde el día siguiente a la batalla de Guadalete. De servicios de información, para qué hablar: los del Ceneí van por ahí con máscaras del pato Donald. Interior, ya ven: convertido en Exterior, de puro diáfano y transparente. Y como la necesidad de algo para roer es vital en política, ahora le toca el turno a la Guardia Civil y todos se apresuran a llenarla de mierda, unos por vocación y otros por precaución, sin que a los de abajo se les deje hablar, y sin que los de arriba, generales beneméritos que trincan estrellas del pesebre, abran la boca para defender a su gente.

Podríamos seguir enumerando hasta la náusea: el toro de Osborne, las lenguas autonómicas, la idea de nación documentada en Cervantes, la bandera del siglo XVIII, la palabra España. Todo es materia depredable. Como la monarquía, que ahora tiene más flancos jugosos para hincar el diente. O la república, si la hubiera: ya se cargaron dos. O la política exterior, que pasa de mamársela a George Bush por una palmadita en la espalda, a hacer el payaso gratis y por la cara. Hasta el Diccionario de la Real Academia, obra magna entre las lenguas cultas, imperfecto precisamente por su rica grandeza, es insultado ahora porque las feministas radicales, alentadas por políticos tiñalpas que se acojonan ante la dictadura de las minorías, pretenden cambiar en dos días, ajustándola a su demagogia imbécil, una lengua que lleva fraguándose, desde el latín y el griego, casi treinta siglos. Pero lo peor es cuando los ves en el Congreso y la Congresa expresándose con ese verbo inculto, esa ausencia de sintaxis y esa desabrida poca vergüenza, y te preguntas cómo se atreven. Cómo es posible que estas langostas bajunas, analfabetas, se atrevan a devastar una España que ni aman, ni comprenden.

Ecoturismo y pluricultura quijotil

Guau. Dos mil actividades culturales programadas en La Mancha para el cuarto centenario del *Quijote*. Un empacho de cultura, van a tener los manchegos. La idea consiste, sobre todo, en poner a punto la Ruta de don Quijote, que nacerá de un día para otro, según la consejería de Cultura de Castilla La Mancha con la pretensión *«de ser el mayor corredor ecoturístico y cultural de Europa»*. Tela. De momento, pese a los esfuerzos de humildes héroes locales con más entusiasmo que fortuna, y salvo excepciones como Campo de Criptana, El Toboso, Almagro y algún sitio más —lean la guía magistral *Por los caminos del Quijote,* de Guerrero Martín, editada por la Junta—, la única ruta quijotil que uno encuentra allí son carteles asegurando que ésa es la Ruta de don Quijote, estatuas infames, azulejos espantosos y anuncios de quesos y chorizos con los nombres de Dulcinea, Sancho y demás. Cultura popular, ya saben. Es paradigmático el cartel que hasta hace poco campeaba en la nacional 301: *«En un lugar de La Mancha / don Quijote una meá echó / y salieron unos ajos gordos. / Por eso, vayas parriba o pabajo / de Las Pedroñeras son los ajos».* Después de leerlo, claro, la gente se abalanzaba a las librerías pidiendo Quijotes como loca. Pero eso no es suficiente. A partir del año que viene, y de un día para otro, se intensificarán esfuerzos. Lo del mayor corredor ecoturístico y cultural de Europa no es guasa. Que se den por jodidas Florencia y la Toscana, Salzburgo, Provenza, el valle del Loira o Stratford-on-Avon. Llevan siglos currándoselo, vale. Y quizá tengan el puntito cultural. Pero son lugares demasiado elitistas, obsesionados

por el buen gusto. Reaccionarios, si me permiten el término. Les falta el concepto ecoturístico popular de la España
plural. Nuestra pluricultura.

Menos mal que los medios informativos han sabido
captar el nervio del asunto, resaltando lo que hay que resal-
tar. Los actos del cuarto centenario incluyen consolidar la
red de bibliotecas en todas las localidades manchegas, pu-
blicaciones y exposiciones. Vale. Todo eso está muy bien.
Pero lo de publicar y exponer a secas suena demasiado convencional, estrecho, apolillado, sin gancho que arrastre a las
masas masivas. Así que se ha proclamado, astutamente, que
la cosa irá trufadita de espectáculos populares. Sin espectáculo popular no hay político que se gaste un duro. Eso es lo
que sitúa las cosas en su sitio, democratiza la cultura, la
acerca a la gente y demás. Así que, para intensificar el aspecto ecoturístico cervantino, hay previstos conciertos de
rock y música pop en plazas mayores, claustros de conven-
tos y patios y corrales antiguos —los pocos que quedan, dicho sea de paso—, a fin de que la juventud manchega y fo-
rastera, elemento básico en estas cosas, capte las esencias
del *Quijote* y profundice en ellas entre litrona y litrona. Pero no todo va a ser chundarata. Niet. También la música
intelectual tiene su papelito. El proyecto incluye la actua-
ción inaugural, prevista para estos días, de Woody Allen y
su banda de jazz. Y mucho ojo. Que el gran cineasta y músico diletante no tenga nada que ver, ni de refilón, con el
Quijote, es lo de menos. Las fotos, los titulares y el público
están asegurados. Qué sería de Cervantes a estas alturas, sin
Woody Allen.

En esa línea, puestos a popularizar más la cosa y
adecuarla a la España pluriplural del buen rollito, permítanme alguna sugerencia extra. El año cervantino manchego podría empezar, por ejemplo, con una solemne petición
de perdón a las lenguas autonómicas por la brutal repre-

sión cultural a la que Cervantes no fue ajeno en absoluto. Luego, ya en otro orden de cosas, daría mucho de sí un especial de *Gran Hermano* o de *Crónicas Marcianas* en Argamasilla de Alba. Tampoco sería moco de pavo un dueto de Bisbal y Chenoa en Puerto Lápice, leyendo fragmentos del *Quijote*. ¿Y qué me dicen de un pase de modelos con Belén Esteban, o un concurso de Miss Dulcinea 2005 retransmitido por Eurovisión desde El Toboso? ¿Ein? ¿Y qué tal un concierto de Boyzone en Campo de Criptana? O un partido de fúmbol amistoso entre el Ciudad Real y el Manchester. Imagínense a todos esos hooligans ecoturísticos bailando agarrados a las aspas de los molinos y echando la pota mientras ahondan en el espíritu cervantino, con todas las cajas de los bares de La Mancha haciendo cling. Y, por supuesto, no puede faltar un anuncio institucional en televisión donde salga Isabel Preysler diciendo: *«Desde que vivo en la alta sociedad, no concibo la vida sin un Quijote alicatado hasta el techo».*

2005

Reyes Magos y Magas

Pues sí, Juanchito, sobrino. La verdad es que este año los Reyes Magos lo tienen crudo. Con semejante panorama, no me dejaba yo nombrar rey mago ni harto de sopas. Con la que está cayendo. Antes, ser rey mago era algo. En tu debut salías en camello por los arenales siguiendo la estrella, y luego, ya sabes: una cena con Herodes a la ida, una copita con San José y los pastores en el portal, vuelta por un camino distinto para darle por saco al tal Herodes, y santas pascuas. De ahí en adelante, lo mismo pero con juguetes para los niños: la Mariquita Pérez, el traje de vaquero o de indio, el mecano, los juegos reunidos Geyper, los Pinipón, la Barbie, el disfraz del Harry Potter o la espada del Señor de los Anillos. Lo normal. Llegabas la noche del 5 de enero, y aquello era tirar a pichón parado: cabalgata, zagales mirándote con la boca abierta, caramelos, aplausos, recepción de las autoridades. Un chollo que te rilas.

Pero figúrate, esta temporada. Para llegar a España los Reyes deben pasar por Oriente, como siempre. Y eso está un pelín jodido. Tienen que cruzar el Tigris y el Éufrates sin que los marines norteamericanos los liberen de sí mismos, como al resto de Iraq, dándoles matarile cuando pasen cerca. Pero es que, si los Reyes Magos sobreviven a esos hijos de puta, todavía tendrán que vérselas con otros hijos de puta un poquito más acá, cuando pasen por Israel, en las variedades hijo de puta ultra con trenzas, kipá en el cogote, escopeta y tanque Merkava guardándole las espaldas, o hijo de puta con chaleco de cloratita en la variedad *Alá ajbar* y hasta luego Lucas.

Pensarás, Juanchito, porque eres tierno y pánfilo, que al llegar a España mejorará el asunto. Pero no. Lo de Faluya y Ramala habrá sido un musical de Hollywood comparado con esto. Para empezar, la estrella que los guía dejará de verse cuando lleguen a la costa, engullida por las luces de las urbanizaciones y campos de golf que hemos construido para que las mafias rusas, inglesas, italianas y demás blanqueen a gusto la viruta. Pero la estrella da igual, oye. ¿No son magos? Que se compren un GPS. El drama se planteará cuando, al desembarcar con sus paquetes y toda la parafernalia, sepan que el Gobierno acaba de aprobar el decreto ley de Reyes Magos y Magas de Género y Buen Rollito.

Tengo el texto, sobrino. En exclusiva. Me lo acaba de pasar mi topo Gigio en La Moncloa. Y los de Oriente y tú lo tenéis chungo. De momento, a partir del año próximo tendrá que haber una reina maga por cada dos reyes, como mínimo. «*Y si no hay reinas magas suficientes, se nombran, y en paz* —ha dicho en consejo y conseja de ministros y ministras la titulara del ramo y de la rama—. *Además, se acabó lo de majestades excelentísimas por aquí y altezas ilustrísimas por acá. Eso ni es moderno, ni es democrático. Este año serán los señores reyes Baltasar, Melchor y Gaspar, a secas. Y mucho ojo: sin jerarquías racistas. Por ese orden*».

Pero la cosa no acaba ahí. La Ley de Reyes Magos y Magas de Género y Buen Rollito prohíbe terminantemente a sus majestades referirse en el futuro a los niños españoles como niños españoles. Cualquier discurso público deberá empezar con las palabras «*niños y niñas de las diversas naciones y/o nacionalidades de aquí, patatín y patatán*», a fin de no crispar con terminología fasciomachista. También, por supuesto, quedará prohibido en las alforjas reales todo juguete bélico, violento o sexista, como pistolas, espadas, armas galácticas u otros instrumentos que inciten a la violencia; pero también muñecas, cocinitas, cochecitos de bebé y otros juguetes que rebajen la condición femenina a los nefastos roles de siempre, etcétera. Los juguetes deberán ser *«asexuados, plurales, metrosexuales, paritarios, igualitarios y sanitarios».* Por ovarios. Y ojo. Los medios informativos que retransmitan la noche de Reyes tendrán la obligación de tapar el rostro de todos y cada uno de los ochenta mil niños que aparezcan en las imágenes, bebés incluidos, a fin de preservar la intimidad de las criaturas. Y novedad espléndida: los padres de cualquier niño o niña salvajemente golpeado o golpeada por un caramelo arrojado por los Reyes durante la cabalgata o cabalgato podrán interponer la correspondiente denuncia ante la Guardia Civil, y sacarles una pasta.

Van a ser tiempos duros, sobrino. Vienen tiempos muy duros. Así que ve pensando en Papá Noel.

Aquí no sirve ni muere nadie

Seguimos actualizándonos, pardiez. En la academia de suboficiales de Lérida, Defensa —el nombre empieza a parecer un chiste— ha retirado la inscripción «*A España servir hasta morir*». La decisión se tomó por presiones de vecinos y políticos locales, que pedían la desaparición de un mensaje que consideraban «*una vergonzosa agresión al paisaje, al buen gusto y a la libertad*». Y bueno. Lo del paisaje y el buen gusto podría ser; pero la agresión a la libertad no termino de verla del todo. Mi libertad, por lo menos, no se ve agredida porque los suboficiales del Ejército sirvan a España hasta morir, en Lérida o en donde sea. Más bien al contrario. A mí, la verdad, que en un ejército voluntario, como el de ahora, haya individuos e individuas dispuestos a dejarse escabechar por España, siempre y cuando sea en condiciones normales de milicia y no en vuelos chárter de segunda mano para ahorrarle cuatro duros al ministerio, me parece estupendo. Alguien tendrá que hacerlo llegado el caso, digo yo. Y además lo llevan incluido en el oficio y en la mierda de sueldo que cobran. De modo que si a alguien le parece mal, sólo veo una explicación: ese alguien cree que no hace falta que nadie muera por España.

Dejemos las cosas claras. En este país ruin e insolidario, y en lo que a mí se refiere, las banderitas e himnos nacionales, regionales y locales, los villancicos navideños, las salves marineras y rocieras, las jotas a la Pilarica o a San Apapucio, los pasos de Semana Santa y la ola en los estadios cuando juega la selección tal o la cual, se los pueden guardar algunos donde les alivien. Cuando políticos, generales, obispos, financieros y presidentes futboleros, entre otros, agitan desaforadamente trapos, crucifijos, folklore, camisetas o lo que sea, en vez de heroísmo, patrias, dignidades, espiritualidades, tradiciones y cosas así, lo que yo veo es a millones de infelices manipulados desde hace siglos por aquellos que diseñan las banderas y los símbolos, utilizándolos para llevarse al personal a la cama. Lo que no es incompatible —acabo de escribir una novela gamberra sobre eso— con la ternura y respeto que siento por los desgraciados que lucharon, sufrieron y palmaron por una fe, por un deber o porque no tenían más remedio. Pero entre quienes se benefician de ello, no veo distinción entre derechas, izquierdas, nacionalistas o mediopensionistas. En sus manos pecadoras, tan sucia es la bandera que agitan como la ausencia de la que niegan. Bicolor, tricolor, multicolor, technicolor o cinemascope. Lo mismo si la izan que si la descuartizan.

Respecto a lo que decía antes, me explico más. Quienes crean que en un país normal, con fronteras y política exterior, los ejércitos resultan innecesarios, son unos pardillos. Esa murga sería preciosa en un mundo ideal, pero nada tiene que ver con éste. Ciertos cantamañanas olvidan, o ignoran, que quienes en 1936 vertebraron la defensa antifranquista, tonterías populacheras aparte, fueron los organizadísimos comunistas y los militares profesionales leales a la República. En cuanto al presente de indicativo, la razón de que Estados Unidos, nos cuaje o no, sea árbitro del mundo no se basa sólo en su potencia económica, sino en su carísima y eficaz máquina militar sin complejos. Europa es un ratoncillo en ese terreno, y España la colita cochambrosa de ese ratón. Pregúntenselo a Javier Solana, el míster Pesc del Circo Price, cuando va a Israel y esa mala bestia de Sharon se le descojona en la cara. O a nuestro genio de la *blitzkrieg* diplomática y el buen rollito, el ministro Moratinos, la próxima vez que los ingleses le metan la Royal Navy en el estanque de El Retiro. El pacifismo y el antiamericanismo rinden en titulares de prensa; pero la falta de fuerzas armadas propias significa que, si algo se va al carajo, habrá que pedir ayuda a los Estados Unidos, como en las guerras mundiales, Bosnia, Kosovo y demás. Siempre y cuando Estados Unidos no esté con el otro bando. Lo ideal, claro, es acabar de una vez con las armas y las guerras y besarnos todos en plan dialogante, mua, mua, slurp. Pero esa película hace tiempo que la quitaron de los cines.

Aunque, volviendo a lo de la academia de Lérida, cabe una segunda posibilidad: que aparte de quien cree innecesario que exista gente capaz de sacrificarse por España, haya a quien le convenga que nadie la defienda si la maltratan o descuartizan. En el primer caso nos las veríamos con un ingenuo, o un imbécil. En el otro caso, con un relamido hijo de la gran puta.

La negra majareta

Fue todo un espectáculo. Estaba sentado en una terraza de bar portuario, al sol, mirando los barcos amarrados. Hacía buen día y todas las mesas estaban ocupadas a tope, mamás con sus niños, parejas, matrimonios mayores y demás. Los camareros no daban abasto. Y en ésas aparece una negra. Una mujer africana de color, para que me entiendan. Los que estábamos sentados éramos todos blancos, o casi, y la mujer que apareció era negra. Tanto, que parecía de color azul marino. Grandota, desgreñada, vestida con descuido, una cesta colgada del brazo. Y en ésas, la prójima, como digo, llega, se para delante de la terraza, da unos pasos entre las mesas, pide limosna. Casi nadie le da. O nadie. De pronto se pone a pegar gritos. Me tenéis hasta el coño, aúlla en perfecto castellano. Harta me tenéis. Idiotas. Imbéciles. Subnormales. Racistas. Ésa no ha venido en patera, me digo. El acento es de Valladolid, o cerca. Habla mejor que yo y que la mayor parte de quienes están aquí. Mi prima lleva en España un rato largo, o toda la vida. Conoce a los clásicos.

Lo más interesante, palabra, es la actitud de la gente. Los que estamos lejos miramos y escuchamos con la boca abierta, completamente patedefuás; pero los ocupantes de las mesas cercanas no se atreven a mirarla, por si la emprende con ellos. Hacen como que no se dan cuenta de nada, los ojos fijos en el horizonte. Y la negra, dale que te pego. Sois un hatajo de imbéciles, remacha. Hijos de la gran puta. Harta me tenéis. Miserables. Cabrones. O viene muy caliente, pienso, o está como unas maracas. Las de Machín, por supuesto. Majareta perdida. Al fin, un chico joven que está con su novia mira a la negra y dice: tranquila, tía. Entonces la otra vocea que tranquila de qué, que ella está tranquilísima, que los que no están tranquilos son el montón de hijos de puta que en ese momento hay sentados en la terraza. Blancos racistas de mierda. En ese punto me digo que, si quien monta semejante pajarraca fuera blanco y varón, incluso blanca y hembra, ya se habría llevado su poquito de leña, o sea. Hostias hasta en el cielo de la boca. Pero ésta es hembra y negra. Tela. A ver quién es el chulito que le dice ojos oscuros tienes.

Al fin, como la individua no afloja, un camarero se ve en la obligación. Hágame el favor, señora. ¿El favor?, pregunta la otra a grito pelado. ¿El favor de qué, imbécil? Anda y vete por ahí. El camarero mira alrededor, mira a su interlocutora, nos mira a todos. Luego se pone rojo como un tomate y desaparece de nuestra vista. La pava sigue a lo suyo. En vosotros y todos vuestros muertos, dice. Etcétera. Al rato, el camarero aparece con un vigilante de seguridad: uno de esos guardas jurados vestidos de rambo, con porra, boquitoqui y demás. Noventa kilos de guarda y una pinta de agropecuario que corta la leche de los cafés. A esas alturas, aparte de los parroquianos de la terraza, hay un huevo de gente de la calle que se ha parado a mirar. Parece una verbena.

Circule, señora, por favor, dice el guarda muy educado. Está usted molestando. La negra se lo queda mirando, los brazos en jarras. ¿Y si no me sale del coño?, pregunta. ¿Me vas a pegar con la porra? ¿Es que me vas a pegar con la porra, hijoputa racista? El guardia nos mira a todos como antes nos había mirado el camarero. Los pensamientos casi pueden oírsele, al infeliz, porque hace poco viento: menudo marrón me voy a comer. Señora, por última vez, dice. La otra lo manda a tomar por ahí, tal cual. Vete a tomar

por culo, dice. Rambo traga saliva. Toca la porra que lleva
al cinto. Mira otra vez al respetable. Traga más saliva. Lo
que pasa por su cabeza está más claro que si lo dijera cantando, como en los musicales del cine. Vaya ruina. Menudo marrón me voy a comer, du-duá. Si en España un guarda de seguridad le toca un pelo a una negra, delante de
doscientos testigos y tal como está el patio, por lo menos
sale en el telediario. Así que el pobre hombre hace lo único
que puede hacer: se aparta de la mujer y se va lejos, hablando por el boquitoqui, aquí cero cuatro, cambio, muy serio
y profesional, como si pidiera refuerzos. Y allí se queda, lejos, quince minutos haciendo el paripé, hasta que la negra
se aburre y se va paseando por el muelle, escupiéndoles a
los barcos. Y yo pienso, bueno. Esto se va al carajo, en efecto. Sin duda iba siendo hora. Pero mientras se va o no se
va, la cosa tiene su puntito. Sí. Algunos vamos a reírnos
una jartá.

El domingo que fui Goebbels

Me telefonean mi agente norteamericano, Howard Morhaim, y Daniel Sherr, y algunos amigos argentinos, franceses y españoles, todos judíos hasta las cachas, para decirme qué pasa, Arturete, te has vuelto mochales o qué, antisemita y neonazi a estas alturas de la feria, qué callado te lo tenías, cabrón, juas, juas, porque según cierto mensaje que circula por Internet habrías dicho, literalmente, que los judíos somos unos hijos de tal y cual —*Pérez-Reverte llama a los judíos hijos de puta. Protesta y pásalo, dice el mensaje anónimo*—, y por lo visto hay un montón de emilios y cartas a periódicos de gente que no sabemos si habrá leído o no tu puñetero artículo, chico, pero te pone como hoja de perejil. Y hasta una ex política bajuna y hortera que, consecuente con su antiguo oficio, ejerce de tertuliana en la telebasura, te compara con Goebbels y Eichmann. A ver qué pasa contigo, colega.

Así que yo, bueno, pues cuento lo que hay. Y de paso se lo recuerdo a ustedes. Que el 2 de enero publiqué un artículo en el que, entre otras cosas, apuntaba que en Israel hay —se sobreentiende que entre otras— dos variedades que detesto: «*Hijo de puta ultra con trenzas, kipá en el cogote, escopeta y tanque Merkava guardándole las espaldas, o hijo de puta con chaleco de cloratita en la variedad* Alá ajbar *y hasta luego Lucas*». Está claro para quien no sea un malintencionado, un fanático o un imbécil, que la frase no sólo alude a judíos, sino también a palestinos, aunque los fariseos escandalizados omitan esto último. Pero es que, además, ni siquiera utilizo la palabra judío, pues no me refiero a quienes pertenecen a esa religión y usan la dignísima kipá —el gorrito mosaico—, sino a un grupo concreto que vive en Israel. Ese «*ultra*» con «*escopeta y tanque Merkava guardándole las espaldas*» alude a los colonos armados, extremistas y fanáticos, que, criticados por sus propios compatriotas y enfrentados al Gobierno israelí, al que acusan de blando —y ser más duro que Sharon tiene tela—, agravan el conflicto con su cerril intransigencia.

En cuanto a los palestinos, pues bueno. Ésos no han protestado, posiblemente porque carecen de infraestructura internacional que permita inundar Internet y los teléfonos móviles con chorradas. O quizá entendieron a quién me refería al hablar del chaleco de cloratita. Los otros palestinos, la grandísima mayoría, están allí, en Israel, machacados por los tanques y por la intransigencia que, desgraciadamente —España también tiene lo suyo, a su manera—, no es exclusiva de aquella tierra. Esos palestinos no anhelan morir en nombre de nada, sino que los dejen vivir, tener agua potable, comer, caminar sin que les corte el paso una alambrada o los disparen. Y ningún imbécil o imbécila han de matizarme eso, porque lo presencié muchas veces, en otro tiempo. Hay, en efecto, hijos de puta que se vuelan a sí mismos dentro de un autobús con pasajeros inocentes. Y hay otros hijos de puta que encargan a la aviación o a la artillería que le pegue un zambombazo a una escuela con niños dentro. En 1974 pasé un día entero sacando criaturas aplastadas entre los escombros del campo de refugiados de Ain Helue. Sé lo que digo. Así que déjense de gilipolleces, y no me obliguen a matizar que todos los hijos de puta son iguales; pero que, en cuanto a motivos, algunos son más iguales que otros. Respecto al Holocausto y el antisemitismo, tampoco me toquen la flor. Esa atrocidad ocurrió hace más de medio siglo, la recordamos todos muy bien, y no justifica lo injustificable.

De cualquier modo, el mecanismo no es nuevo. En los doce años que llevo tecleando esta página, ha pasado muchas veces, y volverá a pasar. Cuando de fanáticos e imbéciles se trata, da igual que uno mencione a israelíes, a palestinos o a taxistas. La diferencia es que, cuando digo que un taxista es un ladrón y un sinvergüenza y los taxistas protestan porque insulto al gremio del taxi, la cosa queda en esperpento. Lo otro tiene ribetes más sombríos, pues prueba que quienes viven de ser víctimas, rentabilizando cada ocasión, se frotan las manos ante supuestas conspiraciones, enemigos y odios, sean judeófobos, nacionalistófobos, o capullófobos. Aun así, lo peor no son los manipuladores que sacan partido de esa murga, sino los cantamañanas que, ingenuamente, se dejan llevar por ellos al huerto. Así que también yo he mandado un mensaje por Internet y por teléfono móvil: «*Si los tontos volaran,* El Semanal *lo leeríamos a la sombra. Pásalo*».

Aceite, cultura y memoria

Acabo de recibir el primer aceite del año, que me envían los amigos: aceite de oliva virgen, decantado y limpio tras su recolección hace un mes o dos. Siempre me llegan por estas fechas algunos litros embotellados y enlatados que atesoro en la bodega, y que irán cayendo poco a poco, durante los próximos meses, con mucha mesura y respeto. Y tiene gracia. Soy todo lo contrario a un gourmet. Como y bebo lo justo. Pero antes, con la juventud y las prisas del oficio y esas cosas, todavía le daba menos valor a la cosa gastronómica. Tomaba aceite con tostadas, o echándolo a la ensalada, o con huevos fritos, sin reparar demasiado en ello. Quienes, como yo, comen casi de pie, ya saben a qué me refiero. Lo que pasa es que luego, poco a poco, con el tiempo y la calma, cuando la mirada en torno y hacia atrás suele ser de más provecho, empecé a advertir ciertos matices. A valorar cosas de las que antes pasaba por completo. En lo del aceite de oliva resultó decisivo mi amigo y compadre Juan Eslava Galán, que es autoridad aceitil —en el buen sentido de la palabra—. Y no es que me haya vuelto un experto; pero es verdad que ahora, cuando abro una botella o una lata y echo un chorrito de ese líquido aromático, dorado y transparente, sé muy bien lo que tengo delante. Y me encanta.

No se trata de aceite nada más, ni de comida, ni de cocina. El aceite de oliva forma parte no sólo de nuestra mesa, sino de la memoria, de la cultura y hasta de la verdadera patria, si entendemos así ese lugar antiguo, generoso, llamado Mediterráneo: esa bulliciosa plaza pública donde

nació todo, en torno a las aguas azules por las que ya viaja-
ban, hace diez mil años, naves negras con un ojo pintado
en la proa. Hablo del lago interior que nos trajo dioses, héroes, palabra, razón y democracia. Del mar de atardeceres
color de vino y de orillas salpicadas de templos y olivos,
donde se fundieron, para alumbrar Europa y lo mejor del
pensamiento de Occidente, las lenguas griega, latina y árabe. Un crisol de donde saldría el español que hoy hablan
cuatrocientos millones de personas en el mundo. Hablo
del mar propio, nuestro, que nunca fue obstáculo, sino camino por donde se extendieron, fundiéndose para hacernos
lo que somos, Talmud, Cristianismo e Islam. No es casual
que todavía hoy los pueblos bárbaros —filósofos, escritores
y científicos no alteran el concepto histórico, pues nunca lo
habrían sido sin la madre nutricia— sigan friendo con gra-
sa y manteca.

Creo que quienes califican, sin matices, el acto de
comer de acto cultural equiparable a visitar un museo, son
unos tarugos y unos simples. Sobre todo si observas a ciertos comensales: su conversación, sus maneras y hasta su forma de repantigarse en la silla. La cultura nada tiene que ver
con ellos, tanto si engullen solomillo como si mastican una
página de los diálogos de Platón. Pero es verdad que algunos aspectos de la gastronomía sí tienen mucho que ver
con la cultura. Salud y cocina aparte, consumir aceite no es
un acto banal. Es, también, participar de un rito y una tradición seculares, hermosos. El currículum de ese bello líquido dorado es impresionante: zumo del fruto del olivo
—la *seitún* árabe— y del trabajo honrado y antiguo del hombre, ya era parte de los diezmos que el Libro de los Números recomendaba reservar a Dios. También se utilizaba en
la consagración de los sacerdotes y los reyes de Israel, y más
tarde ungió a los emperadores del Sacro Imperio y a los monarcas europeos antes de su coronación. Y en sociedades de

origen cristiano, como la nuestra, el aceite estuvo presente durante siglos, tanto en la unción del nacimiento como en la extremaunción de la muerte. La costa mediterránea está jalonada por ánforas olearias de innumerables naufragios, y los viejos textos abundan en alusiones: el Deuteronomio llama a Palestina tierra de aceite y miel, Homero menciona el aceite en la *Ilíada* y en la *Odisea*, Aristóteles detalla su precio en Atenas, y Marcial, que era romano e hispano —esa Hispania que algunos imbéciles niegan que haya existido nunca—, pone por las nubes el aceite de la Bética. Y todo eso, de algún modo, se contiene en cada chorrito de aceite que ponemos sobre una humilde tostada. Así que, por una vez, permítanme un consejo: si quieren disfrutar más del aceite de oliva de cada día, piensen un instante, cuando lo utilicen, en todo lo que significa y lo que es. Luego viértanlo con cuidado y mucho respeto, procurando no derramar una gota. Sería malversar nuestra propia historia.

Estampitas en Chiclana

Supongo que recordarán ustedes la magnífica película *Los tramposos,* de Pedro Lazaga, en la que Tony Leblanc y Antonio Ozores, en una secuencia antológica del cine español, le dan el timo de la estampita a un paleto en la estación de Atocha. Y si no la recuerdan, o son demasiado jóvenes para conocerla, deberían comprar el vídeo, o el deuvedé, o lo que sea. La película es de finales de los cincuenta, y cualquiera diría que ese mundo desapareció del todo. Pero no. Quedan flecos. Aunque parezca mentira, aún hay pringaos a los que endiñársela, como dice mi amigo Ángel Ejarque Calvo, de quien varias veces he hablado en esta página: ex estafador y ex trilero que dejó la calle hace ya quince años —cómo pasa el tiempo, colega— y trabaja honradamente, lo que no le impide seguir siendo, más que mi tronco, mi plas. Mi hermano. El caso, como digo, es que la última víctima del timo de la estampita, hace unas semanas, fue pringá, y de Chiclana. Una entrañable ancianita de setenta y siete tacos. Y el proceso táctico del timo se desarrolló como mandan los cánones. Delicioso, de puro ortodoxo. Se lo cuento.

La mujer se vio abordada por una joven que, haciéndose pasar por deficiente mental, preguntaba por un convento de monjas. Después de un ratito de parla, la joven hizo creer a la anciana que acababa de encontrar un fajo de billetes. Estampitas, claro. Más sobado, imposible. Y a estas alturas. Pero la abuela entró a por uvas. Entonces apareció el gancho: una segunda estafadora que propuso a la anciana engañar a la presunta deficiente, darle algo de viruta a cambio del fajo y repartírselo entre las dos. Así que con la intervención de un tercer cómplice, supuesto taxista que se ofreció a llevar a la víctima a su casa y luego al banco, sacaron tres mil euros que la abuela tenía encalomados en la cartilla, o en donde fuera. Resumiendo: cuando la anciana abrió el sobre, descubrió que era chungo. Que sólo había recortes de periódicos y que los estafadores le habían pulido los ahorros de toda la vida; y además, antes de abrirse, las cuatro joyas que tenía. Clavadito a la copla: le dije a mi chiclanera hasta mañana, y me fui.

Dirán algunos de ustedes, conmovidos en sus nobles sentimientos: pobre viejecita ingenua. Pues no. Discrepo como discrepa mi consorte Ángel. De pobre y de ingenua, nada. A la abuela chiclanera le salió el chino mal capado porque se lo ganó a pulso. Así que lástima, la justa. Cuando el otro día le comentaba la cosa a mi plas, bebiéndonos unas garimbas en un bar de Leganés, el antiguo rey del trile enarcó una ceja, como suele hacer, con esa cara de boxeador currado —el Potro del Mantelete— que tiene, se apoyó en el mostrador y dijo muy serio: la codicia, colega. Parece mentira que aún te aligeren de esa manera, cuando todo cristo sabe lo del timo. Pero la codicia es mala que te rilas. Te pone un trapo en el careto y no ves más que lo que te interesa. Y los viejos más que más, oyes, porque algunos, con los años y los achaques y la artrosis —yo empiezo también con la artrosis, colega, hay que joderse—, se vuelven egoístas que no veas, y todo es amarrar para ellos. Y claro, como a pesar de los tiempos que corren, y de la chusma que hay suelta, aún quedan artistas de la calle, a veces llega gente fina, con arte y labia, y les da el tiznao. Como en mis tiempos del cuplé.

Después de decir eso, Ángel encendió un Marlboro —todavía lo llama rubio americano, porque es un clásico—, le dio un sorbo a la garimba y se quedó pensativo.

Y en cuanto a los abuelos, añadió de pronto, qué quieres que te diga. Pensamos que los puretas, por la edad y las canas y la experiencia, son todos buenos, sabios y tal. Pero los abuelos son como los demás, colega. Pueden ser unos marrajos de mearse y no echar gota. Un delincuente, un estafador, un trilero, cualquiera que se busca la vida en la calle por necesidad o por vicio, puede ser, como te digo, un golfo o un obligao por las casualidades. Cada uno es cada cual, y ahí no me meto. Pero entre la gente que se llama decente, muchos lo son porque no tienen más remedio, o nunca tuvieron ocasión de tocar otro registro, o no tienen huevos para currárselo. Hasta que de pronto creen que salta la liebre, y que sale gratis. Ésta es la mía. Y claro. Se aprovechan. Pero no te hagas ilusiones, tronco. Lo mismo entre los jóvenes que entre los abuelos hay perros a punta de pala. Lo de sinvergüenza es una de las pocas cosas que no se quitan con la edad.

Nos encantan los Titanics

No siempre, claro. Pero a menudo, cuando me topo con alguna de esas carnicerías colectivas que luego dan tanto cuartelillo a los programas de sobremesa y a las tertulias radiofónicas, en plan qué horror más horrible, quién lo iba a decir y no somos nadie, pienso en lo estúpidos que somos todos. En primer lugar por sorprendernos cuando la naturaleza o la vida misma, que van a lo suyo, dicen aquí estoy y se cobran de golpe sus diezmos y primicias. Después, porque el género humano —o por lo menos su parte privilegiada— sigue empeñado en convencerse a sí mismo de que es joven, guapo e inmortal, de que el dolor y la muerte pueden ser mantenidos a raya, y de que basta pulsar la tecla enter del ordenata para que el confort y la vida sigan su curso tranquilo. Y claro. El Universo, que es un cabrón sin sentimientos, estira de pronto las patas, bosteza, pega un zarpazo al azar, y una parte de la Humanidad se va a tomar por saco con la cara asombrada de quien murmura: esto no puede ocurrirme a mí. Después la gente acude indignada y con pancartas a pedirle cuentas a Dios, al Gobierno, a Telefónica, al alcalde, al maestro armero. Como ese tarugo a quien hace un par de semanas, cuando los temblores de tierra de Lorca, escuché decir en la radio: «*Llevemos [sic] nueve días durmiendo en la calle. No hay derecho. A ver si tenemos un poquito de compasión*», y le faltaba el canto de un euro para echarle la culpa al Pesoe.

Todo esto viene a cuento de ese avión desaforado que acaban de construir, de dos pisos o algo así, que puede llevar juntos a ochocientos y pico pasajeros; algo utilísimo en los tiempos que corren, para que todos podamos disfrutar de una playa paradisíaca en el Caribe por quince euros al mes y ser felices hasta no echar gota. Lo que pasa es que algunos leemos eso y pensamos en el zepelín *Hindenburg;* y en el Concorde que se fue a hacer puñetas; y en el desaforado e insumergible *Titanic;* y en las moles gigantescas con las que te cruzas en el mar, bloques de apartamentos a flote que en vez de ser gobernados por marinos lo son por agencias hoteleras; y en esas torres gemelas y edificios de trececientas plantas, aprovechadísimos y ultramodernos, edificios inteligentes diseñados para ser evacuados en cuatro horas pero que sólo aguantan dos en caso de incendio, o de avionazo suicida. Etcétera.

Lo que más sorprende, a estas alturas de la feria y con la información que lleva siglos circulando, es que sean tan pocos los que asumen la realidad. Y ésta es que, ruletas cósmicas aparte, el ser humano tiene lo que merece. Por supuesto, los dinosaurios no fueron culpables del meteorito que los hizo polvo. Pero desde los dinosaurios ha llovido un rato largo, y el hombre, con permiso de meteoritos, maremotos y algunos imprevistos más, ha tomado el control de buena parte de lo que se refiere a su destino, o pretende tomarlo. Ahora, la tecnología permite incluso violentar a la Naturaleza, transgredir sus leyes y someterla a la ambición y la arrogancia: desde urbanizar zonas agrestes hasta mover cauces de ríos, modificar el litoral, talar bosques, exterminar especies, cubrir de basura el mundo. Todo para llegar cinco minutos antes, trabajar menos, no subir tres pisos, apretar un botón y tener luz, agua y diversión, o vivir diez años más de la cuenta. Eso está muy bien, claro. Todos lo disfrutamos según nuestras posibilidades. La diferencia es que, cuando llega la factura, unos pagan sin rechistar, asumiendo el precio, y otros no. La mayoría ponemos el grito en el cielo. Además, casi siempre palman justos por pecadores. Aunque los justos, la verdad, siempre que pueden se pasan al otro bando. Ningún desgraciado lo es por gusto. Nunca.

De cualquier modo, antes no era así. En otros siglos, cuando el dolor y la muerte eran socialmente correctos y no se les ponía un biombo de estupidez delante, el hombre tenía la útil certeza de su fragilidad. La desgracia era tan común que estábamos preparados para enfrentarla y seguir adelante en la lucha por la vida. Hoy no existe ese consuelo. Nuestro egoísmo e inconsciencia nos dejan indefensos ante el horror que siempre acecha. Ni siquiera las palabras caridad y compasión son lo que eran. Se las dejamos al ayuntamiento, al Samur, a las oenegés, y después del telediario nos vamos a Tailandia con un piercing en una teta. La plegaria del hombre moderno es: *que no me toque a mí*. Pero claro. La vida es muy perra, oigan. Tarde o temprano, siempre toca.

Lo que se perdió *La Codorniz*

Algunos aún recordamos *La Codorniz,* revista del humor más audaz para el lector más inteligente, desde cuyas páginas genios como Tono, Mihura, Serafín, Mingote —nuestro querido Antonio Mingote— y otros muchos hicieron la vida más soportable en tiempos de dictadura, delación, estupidez y cobardía. Yo hojeaba de pequeño aquella revista, que mi padre leía cada domingo. Y la echo de menos. O quizá a quien añoro es a la gente que escribía en ella, y a la gente capaz de leerla.

Por suerte, España no pierde el humor. Surrealista, claro. Como cuadra al panorama. El último rasgo me tiene doloridos los ijares de tanta risa: un folleto de la federación de servicios y administraciones públicas de Comisiones Obreras. El autor de la redacción es un genio anónimo. O una genia anónima. Alguien se despertó chistoso o chistosa y decidió alegrarnos el día. *Campaña de comunicación no sexista,* se titula. Y lo de dentro está a la altura. Te partes. Humor fino e inteligente, como corresponde a la tradición del organismo. Salero. Guasa que *La Codorniz* habría acogido con aplausos.

«*¡Lenguaje genérico sin exclusiones! ¡Haz visible a las mujeres en tu lenguaje cotidiano! ¡Usa el genérico para todas y para todos!*» Así empieza la cosa, signos de exclamación incluidos, a fin de provocar las primeras risas. De ponerte a tono, o sea, arrancándote la primera y grata mueca cómplice. Y a continuación del estupendo exhorto, el folleto entra en materia: «*La utilización del género masculino como sinónimo de neutro y comprensivo de hombres y mujeres* [...] *es un* *error cultural impuesto en los tiempos»*. Y ojo. En este punto crucial conviene que el lector se seque las lágrimas de risa, a fin de que la vista vuelva a ser de nuevo nítida y no pierda una sílaba de lo que sigue: *«Es necesario construir y normalizar un lenguaje genérico para todas y todos que, manteniendo la máxima claridad y legibilidad, contribuya a transmitir valores y conductas de igualdad»*.

Reconozcan que el redactor o redactora del folleto o folleta claro y legible estaba sembrado. Pero lo mejor viene luego, cuando recomienda, entre otras simpáticas ocurrencias, *«emplear nombres colectivos genéricos en vez del masculino»*, *«generalizar la utilización de abstractos»* y, entre otras perlas de ingenio, dos hilarantes hallazgos. Uno es *«evitar el uso del masculino para referirse a oficios cuando los desempeña una mujer»*. Como ejemplos señala los de *autora* y *médica;* que son poco originales, la verdad, porque el primero ya lo utiliza todo cristo y no pasa nada. De hecho no recuerdo a nadie, por machista que sea, que haya dicho nunca: *la autor*. Y en cuanto a lo de médica, conozco a unas cuantas doctoras que si las llamas así —tampoco a muchas jueces les gusta que las llamen juezas— se cabrean un huevo. Ahí, por tanto, la imaginación desasiste un poco a la humorista o humoristo. Otros habrían lucido más. ¿Qué tal soldada, cooperanta, albañila, amanta, alguacila, soprana, homosexuala? ¿O matizar guardia y electricista por oposición a guardio y electricisto?

Pero donde ya te caes de la silla, tronchándote, es en los ejemplos prácticos de máxima claridad y legibilidad. Nada de niños, jóvenes o ancianos; lo recomendable es decir *«la infancia, la juventud, las personas mayores»*. Palabras como padres, maestros o alumnos quedan proscritas; nos referiremos a ellos como *«comunidad escolar»*, procurando no llamar padres a los padres, sino *«progenitores»*. Buenísimo, ¿verdad? A los extremeños —se los cita expresamente, pues sin duda se trata de algún chiste regional como los de Lepe— se les llamará: «*población extremeña o de Extremadura*». No diremos parados sino «*población en paro*», ni trabajadores sino «*personas trabajadoras*». Los funcionarios serán «*personal trabajador de las administraciones públicas*»; los psicólogos, «*profesionales de la Psicología*»; los bomberos, «*profesionales del servicio de extinción de incendios*»; y los soldados —esto es sublime por su laconismo y sabor castrense—, «*la tropa*». Pero la alternativa más rotunda es la de lector —«*persona que lee*»—; y la más deliciosa, en lugar de españoles, «*la ciudadanía del Estado español*». Tela.

Lo mosqueante es que, a ratos, sospecho que la secretaría de servicios y administraciones públicas de Comisiones Obreras puede haber publicado todo eso en serio. Luego muevo la cabeza. Imposible, concluyo. Se puede ser imbécil, pero no tanto. Cachondos, es lo que son. Unos cachondos. Y cachondas.

Los garrotazos de Goya

Acabo de leer un libro que todavía no está publicado. La amistad tiene obligaciones ineludibles; algunas se asumen con gusto y otras, a regañadientes. Ésta es de las primeras; de las que son un privilegio. Alguna vez he hablado aquí de mi amigo Juan Eslava Galán, uno de los novelistas más prolíficos y cultos que honran el paisaje. Juan es de los pocos escritores que conozco capaces de reivindicar sin complejos nuestra actividad profesional —dignamente mercenaria cuando se tercia y se cobra—, como trabajo honorabilísimo y estupendo, sin necesidad de aderezarla con justificaciones éticas, estéticas, psicosomáticas, y demás mariconadas al uso, tan del gusto de ciertos cantamañanas de la tecla. (Como, por cierto, un tal Álvaro Delgado-Gal, intelectual de oficio y sobre todo de beneficio, cuyo último libro-ensayo, *Buscando el cero,* les recomiendo encarecidamente que lean —no se quejará de que no le hago publicidad, mi primo—, pese al espantoso esfuerzo que supone, a fin de comprobar hasta qué punto se puede ser retórico y pedante en doscientas sesenta y cinco páginas, y medrar en España a base de farfolla y cuento chino.) Pero a lo que iba. El libro que acabo de calzarme y que todavía no pueden leer ustedes es el manuscrito recién parido de una historia de la guerra civil española. Un texto que no se parece a ninguno de los que conozco —los hay excelentes—, y cuyo título dice mucho: *Una historia de la guerra civil que no va a gustar a nadie.* No sé cuándo saldrá. En primavera, supongo. Así que no consideren esto la promoción de un amigo por parte de un amigo; aunque también lo sea, claro, un poco adelantada. Se trata, en realidad, de confiarles mi satisfacción. Ya tenía yo ganas, en estos tiempos en que, pese a cuanto ha llovido, seguimos mirando hacia atrás con las orejeras puestas, de tropezarme con un relato de nuestra guerra civil donde el papel de hijo de la gran puta estuviese, como corresponde, puntual y equitativamente repartido por todos y cada uno de los rincones de nuestra geografía nacional.

Mientras leía despacio y con ganas el manuscrito de Juan, pensé otra vez que el viejo Goya nos pintó mejor que nadie: dos gañanes enterrados hasta las corvas, matándose a garrotazos. La sombra de Caín es ancha en la triste España. Lo fue siempre, y aquella guerra fue prueba de ello. El error sería creer que pertenece al pasado. Cuando lees sobre la destrucción de la Segunda República —ya nos habíamos cargado la primera y dos monarquías— en manos de los de siempre, te estremeces estableciendo siniestros paralelismos con la infame clase política de ahora, aún más arrogante, iletrada y bajuna que aquélla. Y así, Juan desgrana una actualísima historia trágica, violenta, retorcida en ocasiones hasta el esperpento, con esos trágicos quiebros de humor negro que también, inevitablemente, son ingredientes de nuestra ibérica olla.

Todo estaba a punto, es la primera evidencia. Una república desventurada en manos de irresponsables, de timoratos y de asesinos, un ejército en manos de brutos y de matarifes, un pueblo despojado e inculto, estaban condenados a empapar de sangre esta tierra. Luego, prendida la llama, la chulería de los privilegiados, el rencor de los humildes, la desvergüenza de los políticos, el ansia de revancha de los fuertes, la ignorancia y el odio hicieron el resto. No bastaba vencer; era necesario perseguir al adversario hasta el exterminio. Murió más gente en la represión que en los combates; en ambos lados, analfabetos presidiendo tribunales gozaron de más poder que magistrados del Supremo. Hubo valor, por supuesto. Y decencia. Y lecciones de humanidad e inteligencia. Pero todo eso quedó sepultado por las pavorosas dimensiones de una tragedia que todavía hoy necesita reflexión y explicaciones. Este libro cuyo manuscrito acabo de leer se aventura a ello, y lo consigue con amenidad y con una extraordinaria, abundante y rigurosa documentación que —es su principal virtud— ni siquiera se nota. Juan lo ha escrito a su manera humilde, como suele. Como quien no quiere la cosa. Y, como decía antes, sin buenos ni malos. Las dos Españas mamaron veneno de la misma sucia leche. Abran los periódicos de hoy mismo y reconózcanlas. Estas páginas lo ponen de manifiesto de forma estremecedora. Por eso se trata de una historia de la guerra civil que no le va a gustar a nadie. Ya era hora.

Maestros y narcos mejicanos

Si hay algo estupendo en Méjico, son los maestros. No enseñantes, ni docentes, ni esas gilipolleces que utilizamos aquí a modo de innecesario eufemismo. Se llaman a sí mismos maestros, y a mucha honra. Quien ha visitado sus modestas escuelas rurales o del extrarradio monstruoso del Deefe sabe hasta qué punto su trabajo es heroico, hasta qué extremo llega su amor por la lengua española de la que tan orgullosos se sienten, y lo respetados que son por la sociedad a la que sirven. Tienen sus cosas, claro. Sus mafias sindicales y demás. Pero eso va en dos direcciones, y casi nunca es malo. Al contrario. Que un millón de maestros se ponga de acuerdo para pelear por ellos y por sus alumnos me parece magnífico. Ojalá en España, en vez de héroes solitarios por una parte y abúlicos mercenarios de la tiza por otra, tuviéramos una mafia magistral como ésa, capaz de romperle la cara, metafórica o literalmente, a tanta Logse, a tanta idiotez, a tanto diseño, a tanta pseudocultura paleta y a tanto ministro analfabeto. Pero, en fin. Cada cual tiene lo que merece tener.

El caso es que en los estados de Sinaloa, Michoacán y Tamaulipas, según me cuentan los amigos, se ha retirado de las aulas el libro *Cien corridos mexicanos,* que formaba parte de las bibliotecas escolares seleccionadas por doce mil maestros de allí. En Méjico son los profesores quienes deciden con qué libros trabajan sus alumnos, y uno de los elegidos había sido ése, pues el corrido fue siempre medio tradicional, popularísimo, para contar la vida real, tan ajena a los discursos oficiales: antes hablaba de revolución y delincuencia, y ahora de narcotráfico. El libro en-cuestión incluye corridos narcos, y algunos senadores han puesto el grito en el cielo. Esas canciones, dicen, pervierten a la juventud y cuentan historias ilegales. Por eso está prohibida su difusión radiofónica o televisada, muy en la línea de la actitud oficial sobre el asunto: ya que no puede erradicarse el problema, que mucha gente vive de eso y que gente poderosa coquetea con el negocio, la solución es negar la evidencia y mirar para otro lado. Tuve ocasión de comprobarlo cuando publiqué en Méjico *La Reina del Sur,* y algunos políticos le hicieron una promoción eficacísima exigiendo que se retirase de las librerías. Así que les estoy muy agradecido a esos pendejos por ponerme un piso.

Cada vez que voy a Méjico y me preguntan por la música narca, digo lo mismo: lo inmoral, lo censurable, es que el Gobierno permita la pobreza y la injusticia que empuja a la gente a buscarse la vida con el tráfico de droga, y que tanto alto personaje de la nación haya mojado en la salsa. Además, el narcotráfico es una realidad social. Ese mundo existe, tiene sus costumbres, su música y su literatura. Negarlo no soluciona nada. Los niños de las escuelas seguirán oyendo *Carga ladeada, La banda del carro rojo* o *Regalo caro* en casa, por la calle, en los centros comerciales, entre otras cosas porque esas canciones cuentan historias fascinantes y las cuentan muy bien, conectando con el sentir popular. En Méjico, la palabra Gobierno fue casi siempre sinónimo de enemigo —es herencia de familia, dice un corrido famoso, trabajar contra la ley—. En ciertos estados norteños, narcos y pistoleros son leyenda, y hasta tienen su patrón sinaloense: el bandido Malverde, santificado por el pueblo. Por eso, iniciativas como la de llevar esas canciones a las escuelas son oportunas e inteligentes. Permiten justo lo que no hace el pusilánime Gobierno: razonar, orientar, debatir el problema. Explicar el lado oscuro de ese mundo sucio a los jóvenes que, fascinados por leyendas falsamente idílicas, aspiran a convertirse en traficantes por poder y por dinero, soñando con música, mujeres y carros del año. A vivir, como cerveza Pacífico en mano decía mi compadre el Batman Güemes, «cinco años como un rey en vez de cincuenta como un buey».

Por eso dedico hoy esta página a los maestros de Méjico. Son ellos quienes tienen razón. El narcotráfico existe, luego debe explicarse. Lo que hace daño es lo inexplicable: que la televisión que censura una obra maestra como la canción *Pacas de a kilo* difunda sin escrúpulo programas de basura rosa, o idiotice a los jóvenes con la siniestra vacuidad de *Gran Hermano*. E incluso, puestos a comparar, algunos de los valores que cantan los narcocorridos tienen su puntito en los tiempos que corren. Hablo en serio. Conozco a traficantes mejicanos más leales, fiables y cumplidores que algunas de las llamadas personas decentes.

La niña del pelo corto

Además de los perros, me gustan los críos pequeños. Me refiero a los de cuatro, cinco años, o así. Apurando mucho, llego hasta los de siete u ocho. A partir de ahí empiezan a parecerse demasiado a los adultos en que tarde o temprano se convertirán. Deberíamos liquidarlos a esa edad, dice un amigo mío que no destaca por su filantropía. Herodes vio la jugada: habría que despacharlos cuando carecen de currículum y aún no son estúpidos, malvados o peligrosos. Antes de que se desgracien y nos desgracien a todos. Antes de que dejen de ser deliciosos animalitos para convertirse en basura y azote del mundo. Eso es lo que dice mi amigo, que es algo drástico. Yo no llego a ese extremo, pero denme tiempo. Es verdad que a veces me pregunto para qué crecerán. Para qué diablos crecemos.

El caso es que me gusta observar a los críos. Son fascinantes. Como los adultos somos imbéciles, creemos que funcionan sin ton ni son, en plan majareta; pero en realidad actúan y razonan según una lógica rigurosísima de la que sólo ellos poseen la clave. Son metódicos e implacables como un filósofo alemán. Cuando asistes a una discusión entre un niño pequeño y un adulto, al fin descubres, aterrado, que el más consecuente y lúcido siempre es el niño. A veces te miran con una fijeza tan extraordinaria, escrutándote los adentros, que terminas enrojeciendo, inseguro y confuso. Son jueces implacables y honrados; por eso resultan tan tiernos en sus afectos, tan crueles en sus combates, tan cabales en sus sanciones. Son lo que los adultos deberíamos ser un día, o siempre, y al cabo dejamos de ser y ya nunca somos.

Ayer me detuve ante la verja de un colegio infantil. El griterío se oía desde el otro lado de la calle. Era la hora del recreo, y correteaban por el patio los zagales, con sus babis los más pequeños y sus jerséis de pico los mayores. Estuve un rato viéndolos alborotar en corros, reír, pasarse la pelota. Siempre me fijo más en los niños que van por libre; los que juegan solos o vagan a su aire. Me quedo mirando al que camina marcando muy serio el paso militar, como si desfilara, al que desliza pensativo la mano por los barrotes de la reja, a la niña que habla sola mientras hace extraños gestos con las manos, al que corre emitiendo indescifrables sonidos con la boca, al que salta pisando el suelo como si aplastara cosas que sólo él puede ver, y me pregunto qué tendrán en ese momento en la cabeza, a qué ensueño mental, a qué pirueta de su imaginación prodigiosa corresponden aquellas actitudes exteriores que para nosotros, adultos razonables que encerramos en manicomios a quienes hacen eso mismo con unos cuantos años más, constituyen un misterio.

En aquel patio de recreo vi a la niña. Debía de tener cinco o seis años, llevaba el pelo muy corto y estaba sentada en un peldaño de la escalera con un libro ilustrado abierto sobre la falda. Leía con una concentración extraordinaria, ajena al griterío del patio, pasando las páginas enrocada en aquel rincón del mundo, en el refugio que el libro le proporcionaba. No leía con expresión plácida, sino obstinada; baja la cabeza, como si el esfuerzo de mantener a raya el bullicio circundante no fuera fácil. Se diría que aquella singular trinchera no se la regalaba nadie, sino que la conquistaba palmo a palmo, a golpe de voluntad. Enternecedoramente pequeña, sola y orgullosa, con su jersey de pico verde, su falda de cuadros escoceses y sus calcetines arrugados. Deliberadamente ajena a todo. Ella y su libro.

Fue entonces cuando levantó la vista y me vio al otro lado de la verja. Sonreí como un hermano de la costa le sonríe a otro, cómplice; pero la niña me miró suspicaz, sin devolver la sonrisa, y comprendí cómo ella realmente me veía: adulto, extraño, intruso, inoportuno. Aquella francotiradora diminuta, deduje, no necesitaba mi presencia, ni mi sonrisa de aliento; estaba lejos de mí y de todos nosotros, en el mundo creado por las páginas de aquel libro y por sus particulares ensueños. Construía un espacio propio, íntimo, en el que mi sonrisa y yo estábamos de más. Así lo demostró bajando de nuevo la vista, ignorándome con el resto del universo hostil que ese libro mantenía a raya página tras página. Y mientras me apartaba con sigiloso respeto de la verja, pensé: Herodes se equivocó. Quizá ella se salve un día. Tal vez esa niña solitaria y tenaz nos haga mejores de lo que somos.

El ombligo de Sevilla

María José, la telefonista del hotel Colón, me va a echar una bronca, como suele, en plan: esta vez se ha pasado varios pueblos, don Arturo, de Dos Hermanas a Lebrija, o más lejos, a ver quién le manda a usted meterse con la Sevilla de mi alma. Pero uno debe ser consecuente; y hace tiempo se me calentó la tecla y prometí hablar un día de cultura sevillana. De manera que hoy cumplo, arriesgándome a que me quiten los premios que en esa ciudad me dieron por la cara, a que el director de *ABC* —allí y en Madrid *El Semanal* sale con ese diario— se acuerde de mis muertos, a que los amigos dejen de mandarme aceite, a que en Las Teresas me nieguen sitio en la barra, y a que Enrique Becerra diga que el cordero con miel o la carrillada de ibérico me los va a cocinar la madre que me parió. Pero uno tiene derecho a hablar de lo que ama. Y el caso, como dije que diría, es que con la palabra cultura ocurre algo extraño. Cuando la pronuncian, cinco de cada diez sevillanos piensan en la Semana Santa o la Feria de Abril. A lo más que llegan algunos es al barroco de las iglesias. Mi compadre Juan Eslava cuenta siempre lo del turista que va en carruaje por la Alameda, y cuando pasa ante una estatua y pregunta si se trata de un pintor, un escritor, un músico o un poeta, el orgulloso cochero responde: «Qué va, hombre. Es Manolo Caracol».

Pese a los esfuerzos, casi suicidas, de heroicos paladines locales por romper la burbuja en que esa ciudad vive ensimismada, el grueso de los esfuerzos culturales sevillanos pasa por el embudo de las cofradías locales, estructura social en torno a la que se ordena la vida pública. El resto es secundario, no interesa. Los museos languidecen, las exposiciones llegan con cuentagotas —y sólo si está Sevilla de por medio—, las librerías cierran, las bibliotecas no existen o se ignoran. Si se tratara de una ciudad donde imperase la modestia, uno creería que ésta se avergüenza de cuanto la hizo hermosa e inmortal. Pero no es modestia sino egoísmo autocomplaciente, indiferencia a cuanto no sea arreglarse el Jueves Santo para salir con la medalla de la cofradía al cuello, a pintarla en la Feria, a tomarse una manzanilla en el Giralda o en Casa Román, mirando alrededor mientras se piensa, o se dice, que Sevilla es lo más grande del mundo, y qué desgracia la de quienes no nacieron sevillanos.

Siempre que viajo allí me pregunto lo que podría ser esa ciudad si dejara de mirarse en su espejo autista y se abriera al mundo con la cultura como reclamo y bandera. Hablo de la cultura de verdad, no de la caduca soplapollez de diseño que pretenden vendernos políticos y mangantes en busca de la foto y el telediario del día siguiente, o del folklore demagógico y sentimental con el que quienes manejan el cotarro pretenden —y lo consiguen desde hace siglos— llevarse al huerto a la ciudadanía. Hablo de la Sevilla que va más allá de los retablos barrocos en misa de doce, de los bares y tablaos, de los pasos de Semana Santa, de la Feria de Abril y los carnets del Betis o del otro, de los apresurados rebaños de chusma guiri que el sevillano necesita tanto como desprecia. ¿Imaginan ustedes parte de la pasta invertida en cofradías y casetas de feria empleada en hacer de esa ciudad un verdadero polo de atracción, no sólo del turismo, sino de la cultura internacional? ¿Calculan lo que supondría aprovechar el clima, el fascinante escenario, la abrumadora riqueza de palacios, atarazanas, lonjas e iglesias, para proyectar la ciudad hacia el exterior, celebrar conciertos de renombre internacional, organizar ferias y exposiciones que atrajeran a artistas, críticos y público culto de todo el mundo? ¿Imaginan una gestión cosmopolita, lúcida y eficaz, de tanto arte, arquitectura y belleza, con la extraordinaria marca registrada de Sevilla como argumento? Es desolador que una ciudad así no se haya convertido —la ocasión perdida de la Expo se esfumó con los mediocres y los catetos que la gestionaron— en sede anual, bienal, quinquenal o lo que sea, de acontecimientos culturales que pongan su nombre, a la manera de Venecia, Salzburgo, París o Florencia, en la vanguardia de la cultura internacional. En lugar de eso, Sevilla sigue resignada a ser una pequeña ciudad onanista y a veces analfabeta, que no llora por las cenizas perdidas de Murillo, pero sí cuando pasa la Virgen; y que emplea el resto del año en discutir sobre si los arreglos florales de la Esperanza Macarena eran mejores o peores que los de la Esperanza de Triana.

Déjenme morir tranquilo

He escrito alguna vez que vienen tiempos duros, predicción para la que tampoco hace falta ser muy perspicaz. Nunca hubo tantos imbéciles imponiendo su dictadura, ni tanta gilipollez elevada a la categoría de norma obligatoria. Nunca al qué dirán y a lo socialmente correcto se le dio tanto cuartelillo. Nunca condicionó tanto nuestras vidas el capricho de las minorías, la demagogia de los oportunistas, la estupidez de los tontos del culo. El ejemplo de cómo ese delirio vuelve a las sociedades enfermas e irreales lo tenemos en aquellos países que nos preceden en el asunto; pero en vez de ponérsenos los pelos de punta al advertir los riesgos y el abismo, nos adherimos con el entusiasmo desaforado del converso. En esta España escasa de cultura y de criterio, cuando se pone de moda una estupidez, en vez de llamarla por su nombre y ocuparnos de cosas más urgentes, nos ponemos a considerarla con toda seriedad. Ninguno de nosotros se la traga de verdad, pero miramos de reojo a los otros, vemos que nadie protesta y que todos —que a su vez nos miran de reojo a nosotros— parecen aprobar la novedad. Así que, haciendo de tripas corazón, nos resignamos a esa enésima vuelta de tuerca.

No deja de tener siniestra gracia que Europa, que alumbró palabras como democracia y derechos del hombre, y que pese a lo que está cayendo permanece como referente moral de lo que aún llamamos Occidente, en sus comportamientos sociales tenga como referencia las actitudes, los valores de una sociedad tan enferma e hipócrita como la norteamericana. En materia de sanidad, por ejemplo, y me

refiero a hospitales, dolor, muerte y todo ese cuello de botella por el que, tarde o temprano, la mayor parte de nosotros termina pasando, sospecho que vamos a terminar como en los Estados Unidos, donde nadie se atreve a poner
una inyección si no es delante de su abogado, porque en
cuanto le irritas un poro a un paciente, te denuncia y te saca una pasta flora, en un país donde un fulano se fuma tres
paquetes diarios durante cincuenta años, y encima, cuando
palma, su familia les trinca una millonada a las tabacaleras.
De ayudar a bien morir, ni te digo. Y no hablo de eutana-
sia, sino de que te alivien el trámite cuando estás listo de
papeles. Pero allí, con semejante presión, teniendo en la che-
pa a los meapilas, a los que buscan pasta y a los bobos de
nacimiento, no hay médico que se atreva a tomar una decisión de ese tipo. Que los alivie su padre, dicen. Y me temo
que en España vamos camino de lo mismo, con toda la cobertura mediática de la fulana aquella a la que le daban matarile o no se lo daban, como a la Parrala; y las consejerías
de Sanidad suspendiendo a médicos por sedar a pacientes
en las últimas, como si lo ético fuese que palmes aullando y
nadie haga nada. Al final van a poner esto difícil de narices.
Y cuando me llegue el turno, seguro que me joden vivo. Ni
aspirinas me van a dar. Para que todos esos capullos en flor
puedan alardear de socialmente correctos, voy a terminar
echando espumarajos, como un perro. Mentándoles a la
madre.

Así que aprovecho para ponerlo negro sobre blanco,
y que esta página valga como documento notarial, llegado
el caso. Si cuando me toque decir hasta luego Lucas no consigo organizarlo a mi aire, si el mar no colabora espontánea-
mente en el asunto, o el Alzheimer no permite que me
acuerde de dónde está el gatillo de la pistola, y por mi mala
estrella termino en un hospital, con las limpiadoras afilia-
das a Comisiones Obreras —las del folleto feminista del otro

día— pisándome el tubo del oxígeno, háganme un favor. No es lo mismo acortar la vida que acortar la agonía, así que no me fastidien. Tampoco vengan a darme la murga con gorigoris, velitas encendidas y pazguatos arrodillados en la acera con los brazos en cruz bajo pancartas proclamando que mi vida es sagrada. Mi vida —lo dice el propietario titular— no es más sagrada que la de mi perro labrador o la de los millones de seres humanos que, como el resto de los animales y las plantas, han pasado por este mundo cochambroso a lo largo de los siglos y la Historia, y seguirán pasando. A ver quién puñetas se han creído que somos. Por eso, el médico que, con mi consentimiento o el de los míos, decida aliviarme el trayecto ahorrándome sufrimiento inútil, nunca será un asesino, sino un amigo. Mi último amigo. Que otros hagan lo que quieran con sus vidas, pero a mí permítanme no perder la compostura. Déjenme morir tranquilo.

La delgada línea gris

Mientras el 21 de octubre se acerca despacio, con viento flojo del nornoroeste, te apoyas en la barra del bar de Lola, que hoy se llama La Gallinita de Cai y está en el barrio de la Viña, con el Atlántico y el Estrecho ahí mismo. Y en la barra, a tu lado, hay compadres que entran y salen, piden esto o lo otro, preguntan cuánto se debe y pagan como hombres cabales, de esos que puedes dejar tranquilamente a tu espalda sabiendo que por ahí nadie te la endiña. Y te miras en el espejo donde pone Coñac Fundador y piensas: qué suerte tienes, colega, de que esta tropa te llame amigo. El caso es que estás, como digo, con una manzanilla y una tapita de jamón, mientras Fito Cózar cuenta el chiste del burro y el león, y Juan Eslava sonríe guasón, leal, como un armario lleno de historias. Junto a ellos, el joven Fran, de Casas Viejas, se emociona recordando cómo Seisdedos y sus paisanos dijeron hasta aquí hemos llegado y se liaron a tiros con la Guardia Civil, Dani Heredia pone ojos de soñar con libros y con un mundo de gente que lea, y Óscar Lobato, el viejo zorro con memoria de linotipia y esa cara tallada por los siglos y por la vida, te cuenta la prosapia, con nombre y apellidos, de quien plantó la viña que alumbra la manzanilla que te bebes.

Siguen entrando, y cada uno paga una ronda. Mientras el fantasma entrañable de Carlos Cano le cuenta a Javier Collado, el piloto del *Pájaro,* la historia de María la Portuguesa, Antonio Marchena, el de la Caleta, viene de darse un remojón en el bajo de la Aceitera y cuenta, mirándote con ojos de bronce tartésico, que las cuadernas de los setenta y cuatro se distinguen todavía, a pesar de que los cabrones de los ingleses de Gibraltar lo han expoliado todo mientras aquí las autoridades se tocaban la minga. España, pisha. Etcétera. Y al rato entra Paco Molero, con veintiséis tacos y ese corazón que le salta en el pecho cuando mira hacia el mar y la Historia, con la cabeza ocupada por el proyecto histórico-pedagógico-textil que tiene entre manos, esas camisetas conmemorativas de una batalla perdida para las que se ha entrampado hasta las cejas. Y mientras se toma un vino de Jerez, a su lado Miguel Ángel Galeote pone sobre la barra, para que la admiremos, la reproducción perfecta, a escala, del almirante Gravina. Que sólo le falta hablar.

El caso, como digo, es que estás entre ellos y dices: son mis compadres y la siguiente andanada de a treinta y seis libras la pago yo. Entonces ves al final de la barra un periódico con los titulares llenos de esa otra España virtual, divorciada de la real. De ese zoco moruno de golfos encorbatados y sin encorbatar que te agría la leche, quieras o no quieras, a cada paso que das en este país desgraciado que tan mala suerte tiene. Y piensas: hay que ver. Tanto sinvergüenza donde siempre, que para eso no pasa el tiempo. Tanto oportunista, tanto demagogo, tanto cretino arrogante, tanto analfabeto, tanto insolidario, tanto irresponsable gobernando u oponiéndose, turnándose en la infamia desde hace siglos. Devolviéndonos al pozo cada vez que estamos a punto de sacar dignamente la cabeza, y lavándose luego las manos diciendo yo no sabía, no era mi intención, yo sólo pasaba por ahí. Entiéndaselas con el almirante francés, o con el maestro armero. Siempre salió barato hacer el destrozo y escurrir luego el bulto en este país con tan mala memoria, donde ningún culpable paga los tiestos rotos. Y sin embargo, pese a todo, tan siniestros fulanos no consiguieron acabar nunca con los Nicolás Marrajo que estaban de turno, con la delgada línea gris que todavía vertebra lo que nos queda. Con la gente que apechugó junto a la Aceitera, o donde fuera, y que hoy aguanta cada día en el trabajo, en la vida, en los sueños que ni siquiera nuestra nauseabunda clase política ha podido truncar. Tataranietos, nietos, hijos de aquellos pobres héroes sacados de hospitales, cárceles y tabernas, que pagaron, como siempre, por los que no pagan nunca. Reflexionar sobre todo eso cabrea mucho, claro. Pero también salva un poquito. O un muchito. De pronto echas un vistazo alrededor, miras los caretos honrados que tienes cerca, te asomas a la calle y piensas, bueno. Menos mal que existe el bar de Lola, y ahí se te quita el frío. Si uno se fija, aún queda gente, y ganas. Y dignidad. Quizá, después de todo, esos hijos de puta no puedan con nosotros. Y esta vez no me refiero a los ingleses.

Somos el pasmo de Europa

También vamos a tener una de las leyes antitabaco más severas y radicales de Europa. O eso dicen. Que luego se cumpla, es lo de menos. Lo que cuenta, acabo de oírle en la radio a un político de fuste, es que España está en vanguardia de toda iniciativa que se encamine a la salud, la educación, la felicidad y el buen rollito. Para pioneros, nosotros. Se acabó la caspa fascista. Se dan lecciones de mus de diez de la mañana a cinco de la tarde. Pero en algo discrepo de mi primo: a ser asombro del mundo no hemos llegado por las buenas. Sólo con esfuerzos históricos prolongados es posible mantenerse en tan espectacular vanguardia. Hace año y pico, por ejemplo, éramos pasmo de Occidente con lo de Iraq. De todos los presidentes europeos, el nuestro era el único a quien Bush permitía poner los zapatos sobre la mesa en las fotos: el amigo Ansar. Y en lo espiritual, calculen. Nadie tocó la guitarra ante el difunto Juan Pablo II como nuestras amigas Catalinas y Josefinas. Por su parte, la conferencia episcopal siempre hizo encaje de bolillos condenando al mismo tiempo el aborto y el uso del preservativo, aparte de recomendar la castidad como revolucionario tratamiento contra el sida. Comparado con algunos de los dóberman de Dios que tenemos aquí —que además predican desobediencia civil sin que nadie los meta en la cárcel—, el papa Ratzinger es mantequilla blanda. Un osito Mimosín.

En milicia también somos vanguardia a tope. El mérito no es de la nueva administración, ojo, porque ya el anterior Gobierno consiguió que el español fuese el único ejército del mundo, por delante incluso del norteamericano, donde las mujeres están en unidades de combate de primera línea; detalle que confiere a nuestras fuerzas armadas una despiadada ferocidad. Además, hemos inventado el concepto brillantísimo de fuerzas armadas desarmadas, con soldados que no son para la guerra —que está mal vista por la sociedad— sino para atender a niños huérfanos en maremotos o cosas así. Sobre el pacifismo combinado con la integración de extranjeros, ni les cuento. En Melilla, donde si un día hay enemigo, éste será moruno, casi el cuarenta por ciento de los soldados en algunas unidades es de origen marroquí: más integrados y pacíficos a la hora de combatir, imposible. De momento le queman el coche al sargento cuando hay discrepancias tácticas. A ver qué se han creído estos españoles racistas de mierda.

En lo demás, lo mismo. Punteros que echas la pota. Tenemos unos derechos y libertades tan sólidos y avanzados que, desde el humilde navajero al mafioso internacional, todos vienen a España a disfrutarlos. Y nuestros jóvenes, no es que estén protegidos: están acorazados. Si un maestro llama tonto a un alumno, los padres pueden demandarlo por violencia escolar y por insultar al colectivo de disminuidos psíquicos. Pero ni los padres tienen bula: a una madre acaban de caerle seis meses por maltratar salvajemente con dos bofetadas a su criatura de quince años. En cuestiones de paridad hombre-mujer también somos faro del universo: mitad y mitad en todo, haya o no haya, por decreto; el caso es que cuadren las cuentas. Sin olvidar los asuntos lingüísticos: somos el único país culto —es una clasificación, no una definición— donde el BOE prescinde del diccionario, de las academias, de los filólogos y de los clásicos, y el Gobierno se mofa de la lengua española a medida que a cada ministro o ministra le sale de los huevos y huevas. En materia de uniones y adopciones homosexuales, nuestra legislación superará también cuanto nadie ha legislado nunca; de modo que toda España está loca por salir del armario, a ver si trinca algo: una adopción de niños, un buen puesto de trabajo, un marido. En el ámbito escolar, no sólo hemos logrado que cada comunidad autónoma eduque como le salga del ciruelo, sino que poseemos el fastuoso récord de diecisiete sistemas educativos distintos. Que además estamos a punto de enriquecer con la francofonía, la portuguesía, la iparraldía y la magrebía; hasta el punto de que la UNESCO alucina con lo nuestro y le pide la fórmula a Harry Potter. Encima, de postre, vamos a pasar a la historia de las ciencias políticas inventando el Estado Monárquico de Naciones Plurilingües Federal y Republicano Según y Cómo, antes llamado España y ahora marca Acme. Más avanzados, imposible. Cómo será la cosa, que ya ni bandera usamos. No hace falta. Se nos conoce enseguida por la cara de gilipollas.

La perra color canela

El perro estaba suelto en la autovía, solo, desconcertado, esquivando como podía los coches que pasaban a toda velocidad. Cuando reaccioné, era tarde. Mientras consideraba el modo de detenerme y sacarlo de allí, lo había dejado atrás. Estacionar el coche con ese tráfico era imposible, así que no tuve más remedio que seguir adelante, mirando por el retrovisor, apenado. Algo más lejos se lo conté a una pareja de motoristas de la Guardia Civil: kilómetro tal, perro cual. El cabo movió la cabeza. Nada que hacer, señor. Ocurre mucho. Además, aunque vayamos a buscarlo, no se dejará coger. Nos pondrá en peligro a nosotros y a otros automóviles. Y usted habría hecho mal en detenerse. Además, a estas horas se habrá ido, o lo habrán atropellado. Mala suerte.

Sin duda el guardia tenía toda la razón del mundo, pero yo seguí camino con un extraño malestar, las manos en el volante y la imagen del perro entre los automóviles grabada en la cabeza. Su desconcierto y su miedo. Sintiendo, además, una intensa cólera. Supongo que mientras los automovilistas esquivábamos a ese pobre animal de ojos aterrados que no sabía cómo franquear las vallas y quitamiedos de la carretera, algún miserable regresaba a su casa o seguía camino de su lugar de vacaciones, satisfecho porque al fin se había quitado de encima al maldito chucho. No es lo mismo un cachorrillo en Navidad, en plan papi, papi, queremos un perrito —cuántos perros condenados a la desgracia por esas palabras—, que uno más en la familia al cabo del tiempo: veterinario, vacunas, dos paseos diarios, vacaciones, etcétera. Entonces la solución es borrarlo del mapa. Posiblemente así lo decidió el dueño del perro que estaba en la autovía: una parada en el arcén y ahí te pudras. También es lo que hizo, tiempo atrás, un canalla en una gasolinera de la nacional IV: el dueño de una perra color canela a la que no olvidaré en mi vida. Llevo doce años escribiendo esta página, y no recuerdo si alguna vez hablé aquí de ella. Ocurrió hace tiempo, pero lo tengo fresco como si hubiera ocurrido ayer. Y aún me quema la sangre, porque es de esos asuntos a los que me gustaría poner un nombre y un apellido para ir y romperle a alguien la cara, aunque eso no suene cívico. Me da igual. Con chuchos de por medio, lo cívico me importa una puñetera mierda. Ningún ser humano vale lo que valen los sentimientos de un buen perro.

Les cuento. Mientras repostaba en una gasolinera de la carretera de Andalucía, una perra color canela se acercó a olisquear mi coche, y después volvió a tumbarse a la sombra. Le pregunté al encargado por ella, y me contó la historia. Casi un año antes, un coche con una familia, matrimonio con niños, se había detenido a echar gasolina. Bajó la perra y se puso a corretear por el campo. De pronto la familia subió al coche y éste aceleró por la carretera, dejando a la perra allí. El encargado la vio salir disparada detrás, dando ladridos pegada al parachoques, y alejarse carretera adelante sin que el conductor se detuviera a recogerla. Al cabo de una hora la vio regresar, exhausta, la lengua fuera y las orejas gachas, gimoteando, y quedarse dando vueltas alrededor de los surtidores de gasolina. De vez en cuando se paraba y aullaba, muy triste. Al encargado le dio tanta pena que le puso agua, y al rato le dio algo de comer. Cada vez que un coche se detenía en la gasolinera, la perra levantaba las orejas y se acercaba a ver si eran sus amos que volvían. Pero no volvieron nunca.

La perra se quedó aquí, contaba el encargado. Mis compañeros y yo le fuimos dando agua y comida. El dueño nos dejó tenerla, porque vigila por las noches. Además, hace compañía. Es obediente y cariñosa. Al principio la llamábamos *Canela*, pero a una compañera se le ocurrió que era como la mujer de la canción de Serrat, y la llamamos *Penélope*. El caso es que ahí sigue. ¿Y sabe usted lo más extraño? Cada vez que llega un coche, la perra se levanta; y en cuanto se para, se asoma dentro a olisquear. Los perros son listos. Tienen buena memoria y más lealtad que las personas. Fíjese que nosotros la tratamos bien, no le falta de nada y hasta collar antiparásitos lleva. Pero ella sigue pendiente de la carretera. Los perros piensan, oiga. Casi como las personas. Y ésta piensa que sus amos vendrán a buscarla. Cada vez que llega un coche, se acerca a ver si son ellos. Sigue creyendo que volverán. Por eso lleva tanto tiempo sin moverse de aquí. Esperándolos.

Canutazos impertinentes

Nunca me gustó hacer el payaso, ni que los payasos ganen su jornal a mi costa. Quizá por eso me irrita cierta clase de periodismo basura que se hace en televisión, a base de reporteros provocadores que se plantan en actos oficiales o en situaciones más o menos serias y, bajo pretexto de una divertida y sana informalidad, impertinencia tras impertinencia, procuran dar un tono grotesco a la información. Eso, que en el mundo rosa tiene un pasar —quien vive de dar espectáculo, con su pan se lo coma—, se extiende también, sin escrúpulos, a asuntos más serios como la cultura, o la política. Rara es la tele que no dispone de un programa donde sus reporteros ponen la alcachofa, no para solicitar información, sino para el intercambio de supuestas ingeniosidades o tonterías a palo seco, siendo el objetivo real ridiculizar al entrevistado. Siempre que me toca estar en público eludo prestarme a ese tipo de canutazos, que rara vez favorecen a nadie, y sólo sirven para que el reportero se apunte haber logrado una chorrada más y que la gente pueda reírse a gusto. Ni siquiera en la etapa pionera de esa clase de programas, cuando Wyoming y su brillante equipo realizaban *Caiga quien caiga* con humor y extrema inteligencia, fulanos simpáticos como Pablo Carbonell o Sergio Pazos consiguieron arrancarme más que un saludo cortés. A veces, ni eso.

Comparados con algunos de sus epígonos en los tiempos que corren, aquellos caraduras eran exquisitos. Algunos hasta se cortaban un poco ante la gente respetable. Ahora, quienes practican el género entran a saco sin el menor escrúpulo; y lo que es peor, sin hacer distinciones entre lo respetable y lo otro. Por supuesto, la culpa no es suya —a fin de cuentas hacen un trabajo con el que se ganan la vida—, sino de las cadenas que se lucran con esa clase de esperpentos, del público bajuno que los disfruta, y sobre todo de quienes se prestan indignamente, con tal de aparecer treinta segundos en la tele, a las más peregrinas idioteces. A uno se le cae el alma a los pies cuando ve a gente en principio respetable, políticos de fuste o personalidades de las ciencias, las artes o las letras, dar cuartel en ese tipo de emboscadas groseras, deteniéndose en mitad de un acto oficial a responder, con una sonrisilla forzada y buscando desesperadamente una palabra o frase ingeniosa, a las incongruencias que plantea un entrevistador irreverente que mira a la cámara de soslayo mientras guiña un ojo al telespectador, como diciendo: a ver por dónde nos sale ahora este gilipollas.

Sobre todo tratándose de políticos, la cosa no tiene remedio. Ahí son todos iguales, sin distinción de sexo o ideología: ven una cámara y se les hace el culito gaseosa. Hasta los más brillantes se prestan al juego al verse interpelados micrófono en mano. Asistí a una demostración práctica el otro día, durante un acto de la Real Academia Española. Nos disponíamos a inaugurar una placa conmemorativa en la casa donde murió Cervantes. Se trataba de un acto solemne, con los académicos allí congregados, y el alcalde de Madrid, Ruiz-Gallardón, había anunciado su asistencia. En ésas, un reportero televisivo, que llevaba un rato haciendo el gamba por los alrededores, pegó bajo la placa cervantina una foto de la presidente de la Comunidad de Madrid, Esperanza Aguirre, con quien el alcalde de la ciudad tiene, como sabemos, ciertas diferencias. Yo estaba entre los académicos con traje oscuro, corbata y toda la parafernalia; y como nadie intervenía, me acerqué al reportero, le pasé amistosamente un brazo por los hombros para apartarlo de la cámara, tapé con una mano la alcachofa, y le dije al oído: «Éste es un acto muy serio de la Real Academia, no del alcalde. Así que, como lo envilezcas, te pego una hostia. Personalmente». Algo desconcertado, mirando la insignia académica que yo llevaba en la solapa, el reportero inquirió, perspicaz, si lo estaba amenazando. Respondí: «Evidentemente», y volví junto a mis compañeros. Llegó entonces el alcalde, el reportero le metió el micrófono en la boca, el alcalde pareció encantado con que hubiera periodistas divertidos y cachonduelos que aliviasen la formalidad de aquel acto cultural, y yo, discretamente, me fui a tomar una caña. Al rato, desde el bar, vi pasar el cortejo con mis compañeros camino de la segunda parte del acto, hacia la iglesia de las Trinitarias. Delante iban la cámara, grabando, y el alcalde de charla con el reportero como si fueran compadres de toda la vida. Y qué quieren que les diga. Pedí otra caña.

Un lector indeseable

Acabo de leer que un jambo al que han juzgado en Barcelona por un sucio asunto de violación, lesiones y asesinato, me hace el dudoso honor de citar párrafos de una novela mía, entre otras, en una especie de diario que ha escrito en el talego sobre su última peripecia. Y la peripecia fue que el fulano, aprovechando un permiso carcelario, fue a los juzgados, tiroteó a los mozos de escuadra que trasladaban a un colega, y dejó a uno tetrapléjico y en silla de ruedas. Los dos choros emprendieron la fuga; y al poco, sorprendiendo en un descampado a una pareja de novios, el colega le pegó seis buchantes al novio y acto seguido, sin despeinarse, violó a la novia. Tal cual. En calentito y sin que le temblara el pulso. Al menos eso afirma el diario de mi lector, que le echa toda la culpa a su consorte. El caso es que, como guinda, uno de los dos fulanos, o los dos, que de eso no estoy muy seguro, tiene el bicho: el sida. Así que el episodio puede inscribirse en toda la mierda de esa España marginal, cutre, oscura, tan miserable y cruel que se te clava en la boca del estómago; la España real que sigue ahí al apagar la tele aunque sólo salga en la sección de sucesos, y de refilón, cuando historias así destapan la cloaca. Una España negra y perra que nada tiene que ver con esa donde se hacen afotos los políticos: la europea, la civilizada, la socialmente correcta hasta echar la mascada, que según Rodríguez Zapatero y su peña —y hasta hace dos días Aznar y la suya— funciona de cojón de pato. Quiero decir que va bien.

El caso es que, volviendo a mi lector taleguero y a su colega, me gustaría precisar un par de cosas. Más que nada

por si, al leer ciertas novelas mías o alguno de estos artículos, alguien se confunde un poquito. El hecho de que a veces, cuando se me pone, puche el golfaray o les haga home-
najes a pájaros ilustres como a mi paisano El Maca —«*Le
tiré cuando se iba*»—; al gran Pepe Muelas, virtuoso de la
estafa, que en paz descanse; a mi plas Ángel Ejarque, rey
del trile; a ese querido Juan Rabadán del que nunca más
supe —uno de mis viejos remordimientos— y a otros cuyos nombres no derroto porque siguen en activo, no significa que sea un julandra que no sabe distinguir a un casta
legal de un resabiado cabrón. Tampoco el hecho de que en
mis novelas aparezcan personajes que viven en el lado oscuro de la vida y de la calle, gente de mala lengua y peor espada, o fusko, o chaira, significa que me trague las milongas
sin masticar. Una cosa es la chusma brava, a mucha honra,
y otra, la escoria. Una cosa es que la vida te haga caer en el
lado malo, y buscártela incluso con muescas de palmados
en las cachas del baldeo, y otra, que seas una alimaña sin
escrúpulos ni conciencia. Porque hasta entre los hijos de
puta hay clases; o más bien ahí es precisamente donde las
clases son más claras. A dos políticos, a dos especuladores o
a dos sinvergüenzas con corbata no los distingue más que el
color del bemeuve. Pero entre la gente del bronce, a menudo las diferencias te saltan al careto. No es lo mismo un gitano camello sin conciencia de Las Barranquillas —me importa un huevo que se reboten los gitanos que no lo son:
vayan y miren— o un payo hijo de puta como el Anglés
y sus colegas de Alcàsser, o el murciano basura y miserable que abusaba de bebés para ponerlos en Internet —lástima que se hayan perdido viejas y bonitas tradiciones del
maco, y yo me entiendo—, que un fulano a quien la jodía
vida ha puesto en mal sitio y se lo monta como puede, pero
sin olvidar que hasta para buscársela hay reglas. Que incluso un asesino a sueldo como el capitán Alatriste, un matarife

como Sebastián Copons, un ex presidiario como Manolo Jarales Campos, un tipo duro como Santiago Fisterra, una pinche narca cabrona como Teresa Mendoza tienen sus códigos. Sus límites. Y que sin esos límites serían —seríamos todos— una puñetera mierda.

Así que, por si ese fulano de Barcelona o su maldito colega el violeta de gatillo y bragueta fácil no lo han entendido, se lo explico clarito. Dije alguna vez que todo lector es un amigo, pero ahora lo matizo. Las citas literarias del zumbado de Barcelona demuestran que no todo lector lo es. Cada artículo que publico en esta página, cada novela que echa a rodar por el mundo, es una botella con mensaje dentro, que uno tira al mar confiando en que llegue a buenas manos. Resulta imposible elegir a los lectores, pero los amigos son otra cosa. A cierta clase de amigos sí que los elijo yo. Y por el mismo precio, también a ciertos enemigos.

Viejas palabras que nadie enseña

Les hablaba la semana pasada de gente indeseable, como esos fulanos que dejaron paralítico a un mozo de escuadra y luego, sorprendiendo a una pareja de novios en un descampado, lo mataron a él y la violaron a ella. Pero hubo un aspecto del asunto que me sigue haciendo runrún en la cabeza. Decía en el artículo que no es lo mismo ser un delincuente que se busca la vida en los límites de ciertas reglas, que un cabrón desbocado al que todo le da igual. Y al releerlo me di cuenta de que la mayor parte de amigos y conocidos a los que mencionaba, o en los que pensaba mientras describía el primer grupo —los malandrines que mantienen ciertos códigos—, casi todos son gente mayor o están muertos. Y lo que abunda, cada vez más, es gentuza a la que se le fue la olla, capaz de hacer daño sin el menor escrúpulo. Escoria indeseable.

Pero claro. Ahí radica la cosa. Desde las cavernas hasta la fecha, toda sociedad genera su basura. En los tiempos que corren es absurdo exigir límites éticos a unos delincuentes que se mueven en una sociedad carente de ellos. Una sociedad movida por el afán desenfrenado de lucro inmediato, la ausencia de cultura, de ideales, de memoria histórica. Toda esa gentuza desquiciada no es sino la propia de tal sociedad, llevada a extremos de perversión y disparate. Entre la clase delincuente, que en otro tiempo curraba ciertos registros para mejorar su vida, ganar dinero y salir adelante, la droga, la jeringuilla, el bicho del sida lo destruyeron todo, sustituyendo la palabra futuro por el aquí te pillo aquí te mato, por la desesperación del callejón sin salida y la huida a toda leche hacia el vacío, el rencor desesperado que se lleva por delante cuanto puede antes de estrellarse contra la pared. Y todo con esa maldita, inmoral televisión como referencia: no hay en la historia de la Humanidad instrumento tan maravilloso en sus posibilidades y tan dañino en su uso, en manos como está de sinvergüenzas sin escrúpulos. En vez de ser vía de salvación y de lucidez, se ha convertido en motor de ambición y de locura, en escaparate hacia el que convergen todas las pasiones insatisfechas, todos los sueños imposibles, todas las mentiras, todas las frustraciones que, ya desde niños, nos están volviendo enfermos y locos.

Pongan la oreja, rediós. ¿Cuánto hace que no oímos pronunciar palabras como honradez, honor o decencia? ¿Quién habla de eso en la escuela, o en la casa de cada cual? Contaminadas en otro tiempo por una derecha hipócrita, analfabeta y estúpida, desgastadas por meapilas que confunden decencia con longitud de falda, aborto y preservativo, denostadas por imbéciles oportunistas que se dicen de izquierdas, todas ellas suenan rancias, reaccionarias, y son abucheadas por quienes se benefician de lo opuesto: los políticos decididos a destruir lo que obstaculiza el negocio continuo donde viven y medran, predicando un mundo virtual, falso, inexistente; creando conflictos para vivir del cuento mientras meten el cazo en el mundo real. Aquellas viejas palabras han sido sustituidas en el lenguaje de hoy por la demagogia de los lugares comunes, por la esquizofrenia de hacer compatible la murga de lo socialmente correcto con una sociedad dislocada donde los auténticos valores, los únicos reales, son ganar dinero, fanfarronear, exhibirse. Es lo que se enseña ahora en los colegios: un mundo virtual, ajeno a la realidad, desmentido cada día por los adultos. Algo que se destruye en cuanto le da la luz, pero sin mecanismos morales para sobreponerse al golpe. Sin armadura ética. De ese modo, lo que en realidad formamos a largo plazo es gente egoísta, insolidaria, comprometida mientras no cueste mucho esfuerzo mantener la postura social vigente. Y claro. Luego, cuando el joven educado en la milonga sale indefenso a la calle, o se vuelve majareta, o traga para sobrevivir, o se corrompe para medrar.

Cuando hace años murió alguien muy cercano y querido para mí, en el momento de bajarlo a la tumba alguien, entre sus amigos, comentó: «Era un hombre honrado y un caballero». Y qué quieren que les diga. Me pareció el mejor epitafio que un hombre puede desear para sí mismo, pero temo que nadie dirá eso en mi funeral. No porque pueda o no pueda serlo, que ése es asunto mío y no viene al caso; sino porque dudo que alguien aprecie todavía el valor de esas palabras. Ahora, honrado es sinónimo de tonto, y en la puerta de los servicios de los bares llaman señora y caballero a cualquiera.

Treinta siglos, a subasta (I)

Hoy me he levantado reaccionario, así que reacciono dándole a la tecla. Cada uno reacciona como puede. Y la verdad es que tengo uno de esos días en que abres los periódicos, ves los titulares y las fotos de los protagonistas del asunto ibérico, y te entran unas ganas salvajes de ir a la puerta de las Cortes a ciscarte en los muertos de todo el que pase por allí. La primera pregunta que cualquiera con sentido común se hace ante el panorama es: ¿de verdad no se dan cuenta? Luego, al rato de meditarlo, llega la atroz respuesta: se dan cuenta, pero les importa un carajo. Esa peña de golfos apandadores vive de su negocio, de currarse una España que nada tiene que ver con la real, hasta conseguir, por insistencia, que sí lo tenga. Que esa España falsa en la que medran, la que les paga el coche oficial, el estatus, la vanidad y la arrogancia, se vuelva real y terrible hasta darles la razón y justificar su estupidez, su ignorancia, su incultura, su demagogia de leguleyos sin escrúpulos. Y así, como en el mito de los leprosos medievales, esa pandilla de sinvergüenzas contamina todo cuanto toca, arrojándolo al cubo de basura, que cada vez se parece más a una fosa común: educación, historia, idiomas, convivencia. En una España inculta y de instintos ruines como la nuestra, donde el equilibrio y la solidaridad requieren encaje de bolillos, eso equivale a ponerse la pistola en la sien. Virgen santa. Hasta han conseguido que las víctimas del terrorismo se tiren los trastos a la cabeza, y se dividan ahora en víctimas de derechas y víctimas de izquierdas.

Todo iba demasiado bien. Los ciudadanos votaban y estaban dispuestos a seguir votando a unos u otros según el momento y las circunstancias, con las alternancias lógicas en cualquier democracia. Lo normal. Pero ese proyecto lento, tranquilo y acumulativo, no encajaba en los planes de esta gentuza. Necesitaban movimiento inmediato, vidilla, oportunidades de sacarle los dos ojos al adversario con tal de que a ellos les quedase uno. Hablo de los profesionales de una izquierda desorganizada, demagoga e incompetente; de los pringados de un socialismo sin proyecto que aún rumia el rencor por el desastre felipista; de los meapilas de una derecha justamente despojada del poder a causa de su estupidez, su soberbia y su cobardía; de la infame peña totalitaria periférica que, después de treinta años de victimismo y gimoteo, ya no tiene nada que reivindicar salvo las situaciones extremas. Todos barajan demasiado resentimiento, demasiadas cuentas que ajustar, como para dejarnos al margen. Necesitan una España encabronada para justificar el tinglado, el voto, la legislatura. Y en eso andan.

No puedo compartir la opinión de ciertos analistas de la derecha que atribuyen al Pesoe la responsabilidad exclusiva del putiferio. Es cierto que la mediocridad de algunos ilustres —e ilustras— miembros del Gobierno resulta nociva y devastadora, que el daño hecho en los últimos tiempos a la convivencia, la educación, la enseñanza, el idioma español, la cultura y el sentido común es irreparable, y que resulta evidente el manejo vil de un resentimiento y una dialéctica de militancia que se remonta a la guerra civil; algo que parecía superado por la mayoría de españoles, y a lo que eran ajenas las nuevas generaciones. Pero también es cierto que todo esto ha sido alentado y favorecido por una derecha desprovista de inteligencia, de maneras, de sentido del Estado y de conocimiento del país que gobernaba. Me refiero a ese Pepé autista que perdió el poder por obcecación, oportunismo y falta de coraje político, tras gobernar arrojado sin pudor en brazos de los obispos más carcamales y de los movimientos religiosos ultravaticanos, de la educación privada en detrimento de la pública, del dinero fácil, del urbanismo salvaje, del España va bien, de la imprevisión suicida frente a la inmigración, de la ausencia de una verdadera política social y de la incapacidad de distinguir el españolismo rancio, de cabra legionaria con viento duro de levante, del legítimo y necesario sentido de la palabra España.

Una derecha que ahora las pía de seis en seis, pero que cuando fue débil en la antigua oposición y en la primera fase de su gobierno, tampoco tuvo empacho en mirar hacia otro lado, tragar y pactar con quien hizo falta, o intentarlo. Incluido aquel glorioso *Movimiento Nacional de Liberación Vasco* con el que nos obsequió, en su momento, el comparsa de George Bush. El *amigo Ansar* de los cojones.

Treinta siglos, a subasta (II)

Al hilo de lo que escribía la semana pasada sobre la responsabilidad de la derecha y de la izquierda en el desmantelamiento de la vieja palabra España, no creo, como algunos cenizos, que tanta bazofia política nos lleve de nuevo al año 36. Vivimos demasiado bien como para pegar tiros en las trincheras de la Ciudad Universitaria. Si hubiera bronca, la gente se echaría a la calle, en efecto; pero para comprobar si le había pasado algo a su coche. El estallido, cuando llegue, vendrá de las grandes bolsas de inmigración marginal desatendidas socialmente, y de los conflictos irreparables que éstas generen. Pero otra guerra civil no es el problema. Y a lo mejor de ahí viene el problema: de que ya no es un problema.

Lo que nos espera es el desmantelamiento ruin de la convivencia. Egoísmo. Insolidaridad. Atentos a las necesidades del negocio, a los socios y a la clientela, y a fin de salvar el pellejo legislativo, algunos imbéciles han decidido que la España que conocemos desde hace quinientos años está mal construida, que Isabel de Castilla y Fernando de Aragón no captaron la esencia del asunto, y que la única vía hacia una España feliz y auténtica es la liquidación del Estado y su sustitución por una confederación de naciones y nacioncillas donde cada perro se lama con sonoros lengüetazos su cipote. Esos cinco siglos de error histórico, el partido en el gobierno está dispuesto a despacharlos en una legislatura, sin despeinarse. Pero no creando antes las condiciones adecuadas —ésa sería una opción política tan respetable como cualquier otra—, sino imponiendo primero el concepto, vía artículo catorce, y luego dejando que la realidad se adapte, retorciéndose como pueda, al esquema general. Como ven, hablamos de política de alto nivel al mínimo costo. Y luego, a la hora de reclamar daños y perjuicios, a saber dónde estará cada cual. Con el maestro armero.

De cualquier modo, el sistema tiene un grave inconveniente: necesita hacer a la derecha culpable de lo que se pretende destruir. Por eso al partido en el gobierno no le preocupa que, de paso, toda la memoria histórica, toda la cultura, todo cuanto es patrimonio común y vertebra la unidad nacional de la verdadera nación, la española, se vaya a mamarla a Parla. Son daños colaterales. El precio a pagar, argumentan los gangsters que se frotan las manos dispuestos a beneficiarse de la subasta. Y mientras, los aprendices de brujo, enredados en un cóctel de probetas y líquidos de cuyos efectos no tienen la menor idea —entre otras cosas porque no han leído un libro de Historia en su puta vida—, proponen sustituir quinientos años de unidad y otros dos mil quinientos de memoria bíblica, grecolatina, árabe, mediterránea y europea, la España perfectamente definida y real, por una cultureta descafeinada y mierdecilla, por lo socialmente correcto que permite arañar votos de buen rollito, por la soplapollez de diseño que tanto llena la boca, en foros multiculturales y otras demagogias, a tanto ministro y a tanta ministra.

Hay algo que algunos no perdonaremos nunca a la presunta izquierda de este país desgraciado: que con su miopía y su mezquindad haya cedido a la derecha el monopolio de la palabra España. En vez de limpiar los símbolos y las palabras contaminadas por el franquismo, a la izquierda le convino siempre que la engreída derecha siguiera usurpando palabras como patria y bandera nacional, y que se reafirmara como supuesto centinela de los valores tradicionales, de la memoria histórica, que es la médula de cualquier nación seria. Ignoro las veces que Felipe González pronunció la palabra España siendo presidente. Pocas, desde luego. O ninguna. En cuanto a Rodríguez Zapatero, cada vez que lo hace, me pongo a temblar. Esa España suena ahora a pasteleo coyuntural. A chanchullo de taberna.

Y ése es el verdadero problema. El pudrimiento de ciertas palabras y los treinta siglos que simbolizan: tres mil años de extraordinaria herencia dilapidada por izquierdas y derechas incapaces de comprenderla y de conservarla. Ésa es la maldición histórica —la misma Historia que en los colegios y universidades nos niegan y borran— de esta tierra desgraciada donde, cada vez que algo bueno levanta la cabeza, hay innumerables hijos de puta —reyes idiotas, validos arrogantes, curas fanáticos, generales matarifes, políticos miserables— que, guadaña en mano, siguen dispuestos a cercenar la esperanza.

«Homesplante la hueva emporá»

Hace unas semanas, en la tele, un deportista al que entrevistaban se hizo repetir tres veces la pregunta, y al final confesó que no podía responderla porque no entendía una palabra. Que no se aclaraba con el farfullo del periodista. Creo recordar que la pregunta era: «*¿Homesplante la hueva emporá?*», formulada con cerradísimo acento andaluz. Al cabo de un rato, y tras darle muchas vueltas al asunto, llegué a la conclusión de que lo que el periodista había querido preguntar era «*¿Cómo te planteas la nueva temporada?*». Y oigan. Nada tengo contra los acentos. Lo juro. Ni contra el panocho de Mursia, ni contra el gallegu, ni contra el valensianet de Valensia, ni contra ningún otro. Todo es parte de la rica pluralidad, etcétera, de las tierras de España; y a mí también me sale el cartagenero cuando estoy con mis paisanos o cuando me cabreo y miento el copón de Bullas. Pero no se trata de acentos. Lo que me dejó incómodo fue el toque chusma de la cuestión. Para entendernos: hace sólo unos años, al periodista del *homesplante la emporá*, en su televisión, en su radio, en su periódico o en donde fuera, no le habrían dejado abrir la boca. Por cateto.

Y ahora dirá alguien, en plan buen rollito, que también los catetos tienen derecho a ser periodistas y preguntar cosas. Pues lo siento. Niet. Ni de coña. Los catetos, lo que tienen que hacer es dedicarse a otra cosa, o hacer los esfuerzos adecuados para dejar de ser catetos. Y los jefes de los catetos —y las catetas— que andan sueltos por ahí, preguntándoles por las huevas de la emporá a los futbolistas y a los Premios Nobel de Literatura, lo que son es unos irresponsables y unos pichaflojas, incapaces de poner las cosas en su sitio y darle dignidad al medio que les paga el jornal. Hemos llegado a un punto en el que todo vale, donde tener unas tragaderas como la puerta de Alcalá se toma por patente de salud democrática, talante y besos en la boca; mientras que poner las cosas en su sitio, exigir que los estudiantes estudien, que quienes escriben no cometan faltas de ortografía, que los que hablan en público controlen los más elementales principios de la retórica, o por lo menos de la sintaxis, se toma por indicio alarmante de que un fascista totalitario y carca asoma la oreja.

Es devastador el daño que hacen, en ese registro, dos elementos recientemente incorporados en masa a la vida pública: el periodista iletrado y el político analfabeto. Ambos flojean precisamente donde más sólidas debían ser sus vitaminas, y no me refiero sólo al lenguaje infame con que nos vejan a diario; sino también a lo que éste contiene. Un periodista utiliza el idioma como herramienta principal en su trabajo de informar y crear opinión, y un político es alguien que, aparte una presumible formación ética y una cultura —pero de eso no vamos ni a hablar, porque a fin de cuentas estamos en España—, necesita un conocimiento elemental de los recursos de la lengua en la que se expresa cuando habla en público o se dirige a sus ilustres compañeros —o cómplices, o lo que sean— de negocio. Y lo terrible es que la funesta combinación de ambos personajes, periodista iletrado y político cenutrio, es la que marca ahora el tono de la vida pública española.

Nunca hubo tal acumulación de disparates, de bajunería expresiva, de servilismo a lo socialmente correcto, de desconocimiento de las más elementales reglas de la comunicación oral o escrita. La ignorancia, la desorientación y la gilipollez son absolutas: *bulling* por acoso escolar, *mobbing* por acoso laboral, *género* por sexo, *fue disparado* por le dispararon o fue tiroteado, *severas heridas* por graves heridas, *apostar* en vez de proponerse, decidir, querer, intentar, pretender, desear o procurar. Y así, hasta la náusea. Cualquier murga nueva, cualquier coletilla, cualquier traducción pedestre del guiri, cualquier tontería o lugar común hace fortuna con rapidez pasmosa y se propaga en boca y tecla de quienes, paradójicamente, más deberían cuidar el asunto. Todo eso, claro, acentos y farfullos aparte.

Y así, algunos desoladores productos de la nueva generación de periodistas hijos de la Logse, la desaparición de la antigua, venerable y utilísima figura del corrector de estilo en los medios informativos, y la ordinariez de la ciénaga donde a menudo se nutre la vida política española nos tienen a merced de tanta mala bestia que nos bombardea con su zafiedad y su incultura, contaminándonos. Y nadie se atreve a exigir lo razonable: que lean y se eduquen, que cambien de oficio o que cierren la boca.

Cemento, sol y chusma

Vaya por Dios. Los hoteles, los ayuntamientos, las consejerías correspondientes y los ministerios se preocupan porque el turismo popular de playa anda flojo. Como hay sobreoferta de plazas y la cosa está chunga, acaban de aprobar una aportación pública de muchos millones de mortadelos para darle cuartel al asunto mientras se buscan nuevos mercados en China y en India; que por lo visto son los únicos turistas que aún no han honrado nuestro litoral. Resumiendo: languidece el chollo. Pese a nuestros denodados esfuerzos, los españoles no logramos mantener el liderazgo del turismo chusma. Y es que la chusma es muy veleta, se cansa enseguida, busca sitios más baratos todavía, y es relevada por la infrachusma que, como el sabio, pasa recogiendo las hierbas que la otra arrojó. Pero al final, ni con eso. Ahora resulta que nuestro tinglado turístico se va poquito a poco a tomar por saco, pues quienes llegan a España de vacaciones tienen menos viruta que hace ocho o diez años. Que ya es poco tener. Los únicos turistas forrados que siguen viniendo en masa, por lo visto, son los de las mafias rusas, albanokosovares y de por ahí. Pero ni siquiera en el este de Europa hay gangsters suficientes para ocupar tanto piso playero y chalet adosado.

Y es que la cosa tiene su mandanga. Después de destrozar la costa mediterránea y hacer con ella una pesadilla de cemento —enriqueciendo a mucho especulador, a mucho sinvergüenza y a mucho ayuntamiento—, después de construir miles de urbanizaciones y hoteles casi regalados para guiris con pocos céntimos en el bolsillo, después de reconvertirlo todo —ministros o consejeros autonómicos dirían *apostar*— para que el turismo popular, tiñalpa, bajuno, nutrido con botella de agua y hamburguesa, se sienta a sus anchas y traiga a sus parientes, amigos y conocidos a disfrutar del veraneo bonito y barato, resulta que ese turismo cutre, en el que estaban cifradas las esperanzas económicas nacionales, se siente tentado por otros destinos que ofrecen la misma cutrez a precios más irrisorios todavía. Quién lo hubiera sospechado.

Y es que los turistas son unos ingratos, unos desconsiderados y unos marditos roedores. Para eso, se lamentan ayuntamientos, empresarios y agencias turísticas, hemos hecho tanto sacrificio, construido tanta urbanización que chupa luz del mismo enchufe, bebe agua del mismo grifo, defeca en el mismo colector frente a la misma playa. Para eso nos hemos cargado la ecología, el paisaje, la salubridad y la vergüenza. Así agradecen esos guiris que hayamos democratizado el turismo litoral, y que España sea el non plus ultra en materia de paradisíacas vacaciones populares a bajo precio. Que hayamos reconvertido, sin complejos, cada restaurante en merendero de sangría y paella infame, cada tienda en chiringuito callejero de bocatas y agua embotellada, a cada individuo en camarero o tendero que traga lo que le echen, a cada guindilla municipal en asesor de turismo con bicicleta, chichonera y calzón corto. Así agradecen el esfuerzo cultural de las fiestas de espuma, los pases de modelos topless, la música pumba-pumba en la calle hasta las tantas de la madrugada. Así devuelven la gentileza de que a cualquiera se le permita entrar sin camiseta, en chanclas y calzoncillos, donde le salga de los cojones, o que se pueda orinar y vomitar cerveza en cualquier esquina con la mayor impunidad del mundo. Así agradecen que, exprimidas las vacas andaluza y levantina, con adosados hasta en los cuernos, le hayamos echado ahora el ojo al cabo de Gata y a la costa murciana desde Águilas al cabo de Palos, donde constructores y políticos —cogiditos de la mano— se relamen de gusto, pues el Estado federal verbenero que nos ocupa tiende a inhibirse y liberalizar la cosa, y los espacios naturales protegidos lo son cada vez menos; en aras, por supuesto, de la España descentralizada, el bien común y el desarrollo del cebollo.

Pero ya ven. Todo ese esfuerzo desinteresado y ese buen rollito nos lo agradecen los guiris yéndose ahora, por dos duros, al Caribe o a Croacia con su mochila. Hay que ser malaje. Menos mal que guardamos una carta en la manga; una baza infalible para atraer, ahora sí, el turismo de élite, el de verdad. El millonetis. Me refiero a los ciento sesenta campos de golf abiertos en los últimos cinco años y a los ciento cincuenta que esperan turno, y que caerán tan seguro como yo me quedé sin abuela. Ahora que nos sobra el agua.

La Historia, la sangría y el jabugo

Hay que ver. En cuanto se toma dos vasos de sangría en los cursos de verano, cierto historiador inglés se pone a cantar por bulerías sin sentido del ridículo. Me refiero a míster Kamen, don Henry, quien cree que vivir en Cataluña, como vive, y que allí algunos le aplauden las gracias mientras trinca una pasta de subvenciones, cursos y conferencias, lo convierte en árbitro del putiferio hispano. Así que, tras contar nuestra Historia a su manera, ahora critica cómo la cuentan otros, lamentando que España —a excepción de Cataluña, donde, insisto, mora y nunca escupe— no tenga tan buenos historiadores como él.

Uno, que modestamente tiene sus lecturas, le sigue la pista a míster Kamen y está familiarizado con sus dogmas hechos de frases despectivas sobre este o aquel punto de la historia de España; con sus afirmaciones sin más fundamento que el ambiguo terreno de las notas a pie de página; con su acumulación de citas ajenas; con sus habituales *«fuentes manuscritas completamente nuevas»* descubiertas en archivos nunca visitados por español alguno, que tanto recuerdan las falsas exclusivas de los diarios sensacionalistas ingleses. Etcétera. En su último libro, *Imperio,* donde las palabras *«nación española»* aparecen entre comillas, dedica setecientas once páginas a afirmar que eso de que España conquistó el mundo es un cuento chino, que quienes hicieron el trabajo fueron subcontratas de italianos, belgas, holandeses, alemanes, negros e indios, y que los españoles —*«los castellanos»,* matiza— se limitaron a poner el cazo. En materia cultural, quienes animaron América fueron los holandeses, y a la literatura del Siglo de Oro, cerrada e indolente, no la afectó para nada el humanismo italiano. También afirma que es dudoso que el español fuese la primera lengua de todo el imperio, que Nordlingen la ganaron los alemanes, San Quintín, los valones, Lepanto, los genoveses, y Tenochtitlán y Otumba, los tlaxcaltecas. De postre, las relaciones históricas de los siglos XV, XVI y XVII son propaganda escrita por castellanos a sueldo, Nebrija compuso su gramática española para hacerle la pelota a Isabel la Católica, y Quevedo era, como todo el mundo sabe, un ultranacionalista y un facha.

La última del caballero me honra personalmente. En un reciente artículo de prensa, sostiene que en España nadie, excepto un novelista llamado Benito Pérez Galdós y otro llamado Pérez-Reverte, ha escrito nada sobre la batalla de Trafalgar. Sólo esas dos novelas, dice Kamen, y ningún libro de Historia. «*Habrá este año un buen libro académico sobre Trafalgar* —dice—, *pero se publicará fuera de España*». Debería consultar el hispanista los clásicos de Ferrer de Couto, Marliani, Pelayo Alcalá Galiano, Conte Lacave y Lon Romeo, por ejemplo. Y si los encuentra desfasados, puede completarlos con el *Trafalgar* de Cayuela y Pozuelo, *Trafalgar y el mundo atlántico* de Guimerá, Ramos y Butrón, *Trafalgar* de Víctor San Juan, *Trafalgar* de Agustín Rodríguez González, *Los navíos de Trafalgar* de Mejías Tavero, o la obra monumental, definitiva, *La campaña de Trafalgar,* del almirante González-Aller. Aparecidos todos antes de la publicación del artículo de Kamen. Más lo que caiga.

Para el notorio hispanista anglosajón, todo eso no existe. Y además le parece mal que unos aficionados como Pérez Galdós y el arriba firmante —marcando humildemente las distancias con don Benito, matizo yo— hayamos tocado el asunto. Trafalgar es cosa de historiadores, dice, y no de novelistas. De novelistas españoles, ojo. Pues no pone pegas a novelistas anglosajones como Patrick O'Brian, Forester, Alexander Kent o Dudley Pope, que —ellos sí—, rigurosos, veraces, pueden escribir cuanto quieran sobre heroicos marinos ingleses que luchan por su nación —ésa la escribe Kamen sin comillas— y por la libertad del mundo frente a españoles cobardes, sucios y crueles a los que, encima, durante los abordajes, siempre les huele el aliento a ajo. A diferencia de las inglesas, tan objetivas siempre, Kamen apunta que en las novelas españolas *los buenos son españoles y malos todos los demás*, lo que prueba que no se ha enterado de nada, ni con Galdós ni conmigo. De *Cabo Trafalgar* critica además *el insólito lenguaje*, pero eso es lógico: hasta para un hispanista de campanillas, traducir *inglezehihoslagranputa* tiene su intríngulis.

Así que una sugerencia: siga trincando, disfrute de la sangría y el jabugo, y no me toque los cojones. Don Henry.

El niño del tren

Era un niño cualquiera. Subió al tren en Valencia, el otro día, acompañado por su madre. La señora dijo buenas tardes, lo dejó sentado en su asiento y le hizo algunas recomendaciones en voz baja. Después, antes de salir del vagón, nos dirigió una sonrisa a quienes estábamos sentados cerca: un señor en el asiento contiguo y yo al otro lado del pasillo. Una de esas sonrisas que no piden nada, pero que a cualquier persona decente la comprometen más que una recomendación o un ruego. Al quedarse solo, el niño sacó un tebeo de Mortadelo de la mochililla que llevaba, y se puso a leerlo. Con disimulo, eché un vistazo. El zagal debía de tener nueve o diez años. Sentado no tocaba el suelo del vagón con los pies. Era, como digo, un niño cualquiera, de infantería. La diferencia con la mayor parte de sus congéneres estaba en el aspecto e indumentaria: en vez de lucir la habitual camiseta desgarbada, los calzones, las chanclas y la gorra opcional de rapero enano, comunes entre los jenares de su edad y su especie —cosa lógica, por otra parte, cuando los padres visten así—, iba bien peinado, con su raya y todo, llevaba la cara lavada y vestía una camisa azul claro, un pantalón corto beige con cinturón y unas zapatillas deportivas limpias con calcetines blancos. Tenía, resumiendo, el aspecto de un niño aseado, correcto, normal. Un aspecto agradable para la vista. El que cualquier padre con el mínimo sentido común desearía para un hijo suyo.

Al cabo, ya con el tren en marcha, llegó el revisor. El niño dijo buenos días, sacó su billete y le hizo algunas preguntas que, explicó, le había encargado su madre que hiciera. Algo sobre la comida del tren. Llamaba la atención la extrema corrección con la que el niño se dirigía al revisor, usando el *por favor* y el *gracias* con una frecuencia nada común en los tiempos que corren. No puede ser, concluí. Es demasiado perfecto. Demasiado educado para ser auténtico. Así que me puse a observar al enano con mucha atención, buscándole las vueltas. Cuando el revisor siguió camino —diré, en su honor, que respondió a los buenos modales del chico con afecto y exquisita cortesía— la criatura sacó un teléfono móvil de la mochila. Un móvil con música y colorines. Ya está, pensé, suspicaz. Ya me parecía a mí. Demasiado perfecto hasta ahora. Nos ha tocado murga telefónica para rato.

Pero me equivocaba. Dejándome ante mí mismo como un imbécil, el niño marcó un número, habló con su madre, y sin elevar demasiado la voz le dijo que en la comida que iban a poner había pechuga, que no se preocupara, que comería. Luego guardó el teléfono y siguió hojeando el tebeo. Pasaron las azafatas con auriculares para la película, con las bandejas de comida, con las bebidas. El niño dijo gracias cada vez, pidió por favor esto y aquello, se bebió su refresco de naranja sin derramar una gota, sin tirar nada al suelo ni molestar a nadie. Luego se puso los auriculares y miró la pantalla. La película era *Los increíbles,* y le hacía mucha gracia. De vez en cuando reía en voz alta, con la risa fuerte y franca, sana, de niño que lo pasa en grande. A veces se volvía hacia los mayores que estábamos cerca, sonriéndonos cómplice, como para comprobar si disfrutábamos tanto como él. El señor que iba a su lado y yo nos mirábamos sin palabras, a uno y otro lado del pasillo. Aquel chaval era gloria bendita.

Al fin llegamos a la estación de Atocha, el niño cogió su mochililla, se puso en pie, nos dirigió otra sonrisa, dijo buenas tardes y salió del vagón. Caminando detrás lo vi irse ligero por el andén, hacia la salida donde lo esperaban. Eso fue todo. Y nada más que eso, fíjense. Un niño normal, como dije. Un niño correcto, educado. Un niño de toda la vida, nada extraordinario para figurar en los anales de la infancia española. Pero cuando caiga el Diluvio, pensé, cuando llegue el apagón informático o lo que se tercie ahora, cuando llueva fuego del cielo y nos mande a todos a tomar por saco, como merecemos por infames, por groseros y por tontos del haba, espero de todo corazón que este chico se salve. Les doy mi palabra de que eso fue exactamente lo que pensé viendo al niño alejarse. Y con suerte, deseé, que se encuentre en alguna parte con aquella niña del pelo corto de la que les hablé hace unos meses: la que leía un libro, obstinada y solitaria, en el patio del recreo, mientras las otras niñas movían el culo jugando a ser ganadoras de *Operación Triunfo*.

Este libro
se terminó de imprimir
en los Talleres Gráficos
de Rógar, S. A.
Navalcarnero, Madrid (España)
en el mes de noviembre de 2005

Patente de corso
(1993-1998)

ARTURO PÉREZ-REVERTE

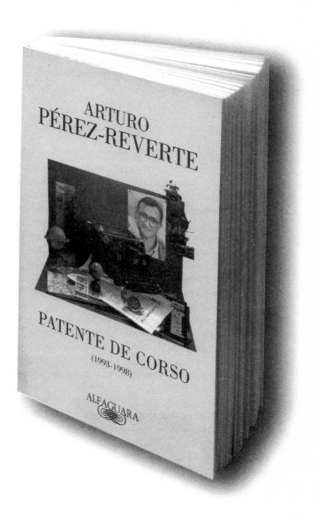

www.alfaguara.com

Con ánimo de ofender
(1998-2001)

ARTURO PÉREZ-REVERTE